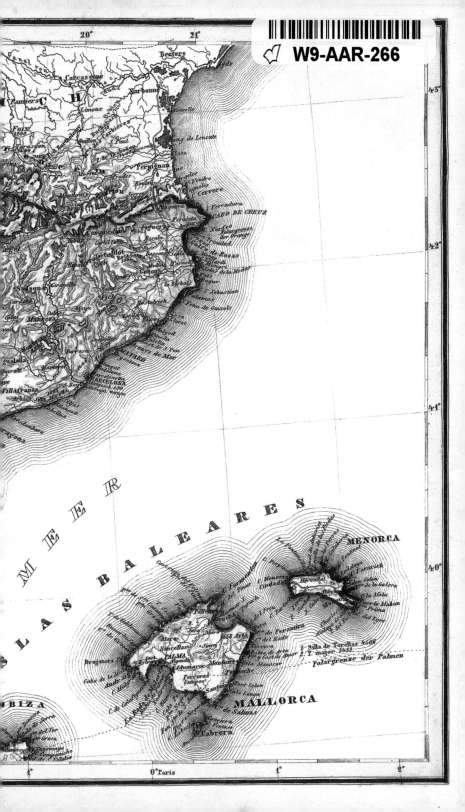

Noah Gordon

DER KATALANE

Noah Gordon

DER KATALANE

Roman

Aus dem amerikanischen Englisch
von Klaus Berr

Karl Blessing Verlag

Titel der Originalausgabe: *The Bodega*

FSC

Mix

Produktgruppe aus vorbildlich
bewirtschafteten Wäldern und
anderen kontrollierten Herkünften

Zert.-Nr. SGS-COC-1940
www.fsc.org
© 1996 Forest Stewardship Council

Verlagsgruppe Random House FSC-DEU-0100
Das für dieses Buch verwendete FSC-zertifizierte Papier
Munken Premium liefert Arctic Paper Munkedals AB, Schweden.

1. Auflage

Umschlaggestaltung: Hauptmann & Kompanie Werbeagentur,
München – Zürich
Glossar: Henriette Schimanski, Köln
Layout und Herstellung: Gabriele Kutscha
Satz: Uhl + Massopust, Aalen
Druck und Einband: GGP Media GmbH, Pößneck
Printed in Germany
ISBN 978-3-89667-367-1
www.blessing-verlag.de

Für Lorraine, auf ewig

»*Ob nun in Nischapur oder in Babylon,*
ob Süßes oder Saures im Kelche fließt,
der Wein des Lebens rinnt, Tropfen um Tropfen,
das Laub des Lebens fällt, Blatt um Blatt.«

DIE RUBAIYAT des Omar Khayyam

»*Land ist so ziemlich das Einzige,*
was nicht davonfliegen kann.«

DIE LETZTE CHRONIK VON BARSETT
von Anthony Trollope

»*Gesegnet ist, wer seine Arbeit gefunden hat;*
er verlange nach keinem anderen Segen.«

GEGENWART UND VERGANGENHEIT
von Thomas Carlyle

»*Sag mir, wo die Männer sind.*
Zogen fort, der Krieg beginnt.
Wann wird man je verstehn?
Wann wird man je verstehn?«

WHERE HAVE ALL THE FLOWERS GONE?
von Pete Seeger, deutsch von
Max Colpert

ERSTER TEIL

DIE RÜCKKEHR

Vor dem Dorf Roquebrun
in der Provinz Languedoc in Südfrankreich
22. Februar 1874

Nach Hause zurück

*A*n dem Morgen, als sich alles änderte, arbeitete Josep im Weinberg der Familie Mendès, und schon bald gingen ihm die Bewegungen wie in Trance von der Hand, er schritt von Rebstock zu Rebstock und entfernte die trockenen, müden Zweige, an denen die Früchte gehangen hatten, die sie im Oktober, als jede Traube saftig gewesen war wie eine reife Frau, geerntet hatten. Er stutzte mit unbarmherziger Hand und hinterließ karge Stöcke, die die nächste Generation von Trauben hervorbringen würden. Es war ein selten lieblicher Tag in einem bis dahin tristen Februar, und trotz der Kühle schien die Sonne mit Macht in den unermesslichen französischen Himmel zu steigen. Wenn er hin und wieder eine verschrumpelte Beere fand, die von den Pflückern übersehen worden war, aß er diese Fer-Servadou-Rosine mit großem Genuss. Am Ende jeder Reihe schichtete er die Abschnitte zu einem Haufen auf und holte vom vorherigen Feuer eine brennende Rebe, um ihn zu entzünden, und der beißende Rauch erhöhte noch seine Freude an der Arbeit.

Er hatte gerade einen neuen Haufen in Brand gesetzt,

und als er den Kopf hob, sah er Léon Mendès quer durch den Weinberg auf sich zukommen, ohne mit einem der vier anderen Arbeiter ein Wort zu wechseln.

»Monsieur«, sagte er respektvoll, als Mendès dann vor ihm stand.

»Senyor.« Es war ein kleiner Witz zwischen den beiden, dass der Besitzer Josep ansprach, als wäre er der Besitzer und nicht der Arbeiter, aber Mendès lächelte nicht. Er war, wie immer, höflich, aber direkt. »Ich habe heute Morgen mit Henri Fontaine gesprochen, der erst kürzlich aus Katalonien zurückgekehrt ist. Josep, ich habe eine schlechte Nachricht. Dein Vater ist tot.«

Josep fühlte sich, als wäre ein Knüppel auf ihn niedergesaust, und brachte kein Wort heraus. Mein Vater? Wie kann mein Vater tot sein? Schließlich fragte er einfältig: »Was war die Ursache?«

Mendès schüttelte den Kopf. »Henri hat nur gehört, dass er Ende August gestorben ist. Mehr weiß er nicht.«

»Dann muss ich nach Spanien zurück, Monsieur.«

»Aber ist es da auch ... sicher für dich?«, fragte Mendès sanft.

»Ich glaube schon, Monsieur. Ich denke schon lange über eine Rückkehr nach. Ich danke Ihnen für Ihre Freundlichkeit. Dass Sie mich aufgenommen haben. Und mich so vieles gelehrt haben.«

Mendès zuckte die Achseln. »Das ist doch nichts. Beim Wein hört man nie auf zu lernen. Den Tod deines Vaters bedaure ich sehr, Josep. Ich meine mich zu erinnern, dass du noch einen älteren Bruder hast. Ist das nicht so?«

»Ja. Donat.«

»Wo du herkommst, erbt da der Älteste? Wird Donat den Weinberg deines Vaters bekommen?«

»Wo ich herkomme, ist es der Brauch, dass der älteste Sohn zwei Drittel erbt und alle jüngeren Söhne sich den Rest teilen und eine Arbeit erhalten, die ihnen den Lebensunterhalt sichert. Aber in unserer Familie ist es der Brauch — weil wir so wenig Land besitzen —, dass alles an den ältesten Sohn geht. Mein Vater hatte mir immer zu verstehen gegeben, dass meine Zukunft in der Armee oder in der Kirche liegen würde ... Leider eigne ich mich für beides nicht.«

Mendès lächelte, aber es war ein trauriges Lächeln. »Ich kann dagegen nichts einwenden. In Frankreich hat die Aufteilung des Erbes unter allen überlebenden Kindern zu einigen lächerlich kleinen Höfen geführt.«

»Unser Weinberg umfasst nur vier Hektar. Das ist kaum genug Land, um eine Familie zu ernähren, wenn man nur Trauben erzeugt, aus denen billiger Essig gemacht wird.«

»Eure Trauben sind anfangs ja recht gut. Sie haben angenehme, vielversprechende Aromen — eigentlich viel zu gut für billigen Essig! Vier Hektar können, richtig bestellt, eine Ernte abwerfen, aus der man einen guten Wein machen kann. Ihr müsstet allerdings Keller graben, damit der Wein in der Sommerhitze nicht sauer wird«, sagte Mendès freundlich.

Josep hatte große Achtung vor Mendès, aber was wusste der französische Weinmacher denn schon von

Katalonien oder vom Anbau von Reben, die zur Essigherstellung benutzt wurden. »Monsieur, Sie haben unsere kleinen *cases* mit ihren Lehmböden gesehen«, sagte er zu ungeduldig, weil er gerade vom Schmerz wie betäubt an seinen Vater dachte. »Wir haben keine großen *châteaux*. Es ist kein Geld da für den Bau von prächtigen Höfen mit Weinkellern.«

Es war offensichtlich, dass Monsieur Mendès nicht diskutieren wollte. »Da du den Weinberg nicht erbst, was wirst du in Spanien tun?«

Josep zuckte die Achseln. »Mir eine Anstellung suchen.« Aber mit ziemlicher Sicherheit nicht bei meinem Bruder Donat, dachte er.

»Vielleicht nicht in deinem Dorf? Die spanische Rioja-Region hat einige Weingüter, die sich glücklich schätzen würden, dich zu beschäftigen, denn du bist ein geborener Weinbauer. Du spürst, was die Reben brauchen, und deine Hände sind glücklich in der Erde. Natürlich ist Rioja nicht Bordeaux, aber man macht dort einige ganz passable Rote«, sagte er leichthin. »Aber wenn du je hierher zurückkommen willst, wirst du bei mir sofort wieder Arbeit finden.«

Josep dankte ihm noch einmal. »Ich glaube nicht, dass ich nach Rioja gehen oder in das Languedoc zurückkehren werde, Monsieur. Ich gehöre nach Katalonien.«

Mendès nickte verständnisvoll. »Der Ruf der Heimat ist immer laut. Geh mit Gott, Josep«, sagte er. Dann lächelte er. »Sag deinem Bruder, er soll einen Weinkeller graben.«

Josep lächelte ebenfalls, schüttelte aber den Kopf. Donat würde nicht einmal ein Loch für ein Scheißhaus graben, dachte er.

»Du gehst weg? Ah … Dann viel Glück.« Margit Fontaine, Joseps Vermieterin, nahm die Nachricht von seiner Abreise mit ihrem verstohlenen, verschmitzten kleinen Lächeln auf – sogar mit Freude, wie er vermutete. Sie war zwar eine Witwe in mittleren Jahren, hatte aber noch immer ein schönes Gesicht und einen Körper, der Joseps Herz gerührt hatte, als er sie zum ersten Mal gesehen hatte, aber sie war so sehr mit sich selbst beschäftigt, dass sie nach einiger Zeit ihren Liebreiz verloren hatte. Sie hatte ihn mit nachlässig bereiteten Mahlzeiten und einem weichen Bett versorgt, das sie manchmal voller Hohn mit ihm geteilt und ihn dabei behandelt hatte, als wäre er ein Schüler in ihrer strengen sexuellen Akademie. »Langsam, mit Bedacht. Zärtlich! *Mon Dieu*, Junge, das ist doch kein Wettrennen!« Es stimmte, dass sie ihm akribisch alles beigebracht hatte, was ein Mann tun konnte. Er war fasziniert gewesen von ihren Lektionen und ihrer Attraktivität, aber es waren nie zärtliche Gefühle zwischen ihnen entstanden, und sein Vergnügen war begrenzt, da sich bei ihm sehr bald eine Abneigung gegen sie entwickelt hatte. Er wusste, dass sie ihn als grobschlächtigen Bauernjungen betrachtete, dem sie erst von Grund auf beibringen musste, wie man eine Frau befriedigte, ein uninteressanter Spanier, der die Regionalsprache Okzitanisch nur schlecht und Französisch so gut wie gar nicht sprach.

Und deshalb brach er mit einem unromantischen

»*Adieu!*« am nächsten Morgen auf, so, wie er nach Frankreich gekommen war, leise, unbemerkt und ohne jemanden zu stören. Auf einer Schulter trug er eine Stofftasche mit Würsten, einem Baguette und einer Flasche Wasser, auf der anderen Schulter eine zusammengerollte Decke und ein Geschenk von Monsieur Mendès, einen kleinen ledernen Weinschlauch an einem Seilriemen. Die Sonne war kaum zu sehen, der Himmel grau wie ein Taubenhals, der Tag kühl, aber trocken, und die staubige Straße fest – gute Bedingungen für einen Fußmarsch. Zum Glück waren seine Beine und Füße von der Arbeit gestählt. Er hatte einen weiten Weg vor sich und schritt deshalb beharrlich, aber ohne Hast aus.

Sein Ziel an diesem ersten Tag auf der Straße war ein *château* im Dorf Ste. Claire.

Als er dort ankam, ging er zu der kleinen Kirche St. Nazaire und fragte den Priester nach dem Weg zum Weingut eines Mannes namens Charles Houdon, eines Freundes von Léon Mendès, und als er das Gut gefunden und Monsieur Houdon die Grüße von Monsieur Mendès ausgerichtet hatte, erlaubte ihm Houdon, in seinem Fassraum zu schlafen.

Als der Abend hereinbrach, saß er vor den Fässern auf dem Boden und aß Brot und Wurst. Houdons Fassraum war makellos sauber. Die schwere Süße der gärenden Trauben konnte den herben Geruch neuen Eichenholzes nicht überdecken und auch den Gestank des Schwefels nicht, den die Franzosen in ihren Flaschen und Fässern verbrannten, um sie zu sterilisieren. In Südfrankreich wurde sehr viel Schwefel verbrannt, man hatte große Angst vor allen Krankheiten, vor allem aber vor Phylloxera, einer Seuche, die die Weingärten im Norden vernichtete und verursacht wurde von einer winzigen Laus, der Reblaus, die an den Wurzeln der Stöcke saugte. Dieser Fassraum erinnerte ihn an den auf Mendès' Weingut, auch wenn Léon Mendès rote Weine machte und Houdon nur Weißweine aus der Chardonnay-Traube herstellte, wie Josep erfahren hatte.

Josep bevorzugte Rotwein, und jetzt gestattete er sich einen Schluck aus seinem Schlauch. Der Wein blühte in seinem Mund auf, scharf und rein – *vin ordinaire,* ein gewöhnlicher Wein, den sich in Frankreich auch die Arbeiter leisten konnten, aber doch viel besser als alles, was Josep je in seinem Dorf getrunken hatte.

Er hatte für Mendès zwei Jahre im Weinberg gearbeitet, dann ein weiteres Jahr im Keller und das vierte im Fassraum, wo er die Gelegenheit hatte, Weine zu kosten, deren Qualität er sich nie auch nur hatte vorstellen können.

»Das Languedoc ist bekannt für einen anständigen *vin ordinaire.* Ich mache einen ehrlichen Wein, der etwas besser ist als der ganz gewöhnliche. Manchmal aber auch, aus Pech oder Dummheit, ist er ziemlich minderwertig«, hatte Monsieur Mendès ihm gesagt, »aber meistens ist, Gott sei Dank, mein Wein gut. Natürlich habe ich noch nie einen wirklich *großen* Wein gemacht, einen Jahrhundertwein, wie die Kreationen der berühmten Weinhersteller Lafite oder Haut-Brion.«

Aber Mendès hörte nie auf, es zu versuchen. Wenn er bei seiner unablässigen Suche nach dem höchsten *cru* –

einer Vollkommenheit, die er selbst »Gottes Wein« nannte – einen Jahrgang erzeugte, der Gaumen und Kehle Freude bereitete, dann strahlte er eine ganze Woche lang. »Riechst du das Aroma?«, fragte er Josep dann. »Spürst du die Tiefe, den dunklen Duft, der die Seele reizt, den Blumengeruch, den Pflaumengeschmack?«

Mendès hatte ihm eine Ahnung davon vermittelt, wie Wein schmecken konnte. Es wäre wohl gnädiger gewesen, Josep in Unwissenheit zu lassen. Das dünne, saure Zeug, das die Winzer seines Dorfes herstellten, war armseliger Wein, das erkannte er nun. Pferdepisse, sagte er sich mürrisch. Wahrscheinlich wäre es für ihn besser gewesen, wenn er bei Mendès in Frankreich geblieben wäre und sich bemüht hätte, bessere Jahrgänge zu erzeugen, als jetzt mit der Gefahr zu spielen und nach Katalonien zurückzukehren. Er tröstete sich mit der Vermutung, dass es für ihn inzwischen zu Hause wohl wieder sicher sein würde. Vier Jahre waren vergangen ohne einen einzigen Hinweis darauf, dass die spanischen Behörden ihn suchten.

Die bittere Erkenntnis, dass Generationen seiner Familie ihr Leben vergeudet hatten, um so schlechten Wein zu erzeugen, gefiel ihm nicht. Dennoch waren es gute Menschen gewesen. Hart arbeitende Menschen. Was ihn wieder auf seinen Vater brachte. Er versuchte, sich Marcel Àlvarez vorzustellen, aber er konnte sich nur an kleine, einfache Details erinnern – die großen Hände seines Vaters, das seltene Lächeln. In der unteren Zahnreihe hatte er vorn eine Lücke gehabt, weil ein Schneidezahn fehlte, und die beiden Zähne neben der Lücke waren schief. Sein Vater hatte auch einen krummen Zeh, den kleinen Zeh seines linken Fußes, weil er immer schlechtes Schuhwerk trug. Manchmal hatte sein Vater ohne Schuhe gearbeitet – er mochte das Gefühl der Erde unter seinen Sohlen und zwischen seinen knotigen Zehen. Josep legte sich zurück und schwelgte in Erinnerungen, und während die Dunkelheit durch die beiden hohen Fenster in den Raum drang, gestattete er sich zum ersten Mal ein wahres Gefühl der Trauer. Schließlich schlief er betrübt zwischen den Fässern ein.

Am nächsten Tag wurde die Luft schneidender. Am Abend wickelte Josep sich in seine Decke und vergrub sich in einem Heuhaufen auf einer gemähten Wiese. Das verfaulende Heu war warm, und in ihm fühlte er sich der Kreatur verwandt, die in ihren Höhlen und Bauen auf die Sonne wartete. In dieser Nacht hatte er zwei Träume. Zuerst einen schrecklichen. Dann träumte er zum Glück von Teresa Gallego, und als er aufwachte, erinnerte er sich sehr deutlich an diesen Traum, an jedes köstlich marternde Detail. Eine Traumverschwendung, sagte er sich. Nach vier Jahren war sie bestimmt bereits verheiratet oder arbeitete irgendwo weit vom Dorf entfernt. Oder beides.

Gegen Mitte des nächsten Vormittags hatte er Glück, denn ein Fuhrmann nahm ihn mit auf seinem Karren voller Feuerholz, der von zwei Ochsen mit roten Wollkugeln auf den scharfen Spitzen ihrer Hörner gezogen wurde. Wenn ein Scheit vom Wagen herunterfiel, sprang Josep ab und sammelte es wieder ein. Ansonsten fuhr er mehr als drei Fußstunden auf der Ladung in relativer Bequemlichkeit. Leider musste er diese Nacht, seine dritte auf der Straße, ohne jede Annehmlichkeit verbringen. Die Dunkelheit überfiel ihn, als er ein Waldstück durchwanderte. Nirgendwo war ein Dorf oder ein Gehöft zu sehen.

Er glaubte, dass er das Languedoc bereits verlassen hatte und der Wald, in dem er sich jetzt befand, zur Provinz Roussillon gehörte. Tagsüber hatte er nichts gegen den Wald, und als er sich noch mit dem Jagdverein traf, hatte er die Streifzüge durch die Wälder sogar sehr genossen. Aber Dunkelheit im Wald behagte ihm nicht. Es waren weder Sterne noch Mond am Himmel, und es wäre Unsinn, auf dem Waldpfad weiterzugehen, wenn er nichts sehen konnte. Zuerst setzte er sich auf die Erde und lehnte sich an den Stamm einer großen Kiefer, aber das leise Pfeifen des Windes zwischen so vielen Bäumen ließ ihn bald verzagen, und so kletterte er auf die untersten Äste des Baums und stieg dann weiter, bis er eine sichere Höhe erreicht hatte.

Er zwängte sich in eine Astgabel und versuchte, sich mit seiner Decke zu umhüllen, so gut es ging, aber es war nur ein trauriger Versuch, und die Kälte übermannte ihn, während er höchst unbequem auf diesem Ast hockte. Aus der Schwärze um ihn herum kam hin und wieder ein Geräusch. Der Schrei einer entfernten Eule. Der klagende Ruf einer Taube. Ein schrilles … Etwas, das er für den Schrei eines Hasen oder eines anderen Tiers hielt, das gerade getötet wurde.

Dann, vom Boden direkt unter ihm, das Schaben von

Leibern, die sich aneinanderrieben. Grunzen, Schnüffeln, ein lautes Schnauben, das Kratzen von Hufen in der Erde. Er wusste, dass es Wildschweine waren. Er konnte sie nicht sehen. Vielleicht waren es nur einige wenige, auch wenn er sich in seiner Vorstellung ein großes Rudel ausmalte. Stürzte er, so konnte bereits ein Keiler tödlich sein, mit diesen schrecklichen Hauern und den scharfen Hufen. Bestimmt witterten die Bestien seine Würste und den Käse, aber er wusste auch, dass sie alles fressen würden. Sein Vater hatte ihm einmal erzählt, dass er in seiner Jugend Wildschweine gesehen hatte, die sich auf ein lebendes Pferd mit einem gebrochenen Lauf stürzten und es fraßen.

Josep klammerte sich an seinem Ast fest. Nach einer Weile hörte er, wie die Schweine weiterzogen. Alles war wieder still, und er zitterte vor Kälte. Er hatte das Gefühl, dass die Dunkelheit ewig dauerte.

Als schließlich der Tag anbrach, sah und hörte er keine Tiere mehr. Er kletterte vom Baum herunter und aß von seinen Würsten, während er bereits seinen Weg auf dem schmalen Pfad fortsetzte. Er war müde von der schlaflosen Nacht, aber er marschierte in seinem gewohnten Tempo. Gegen Mittag wurden die Bäume dünner, dann lagen Felder vor ihm, und in einiger Entfernung waren die höheren Berge bereits gut zu erkennen. Als er etwa eine Stunde später die Pyrenäen erreicht hatte, setzte ein heftiger Regen ein, und er suchte Schutz im offenen Tor eines Stalls, der zu einer stattlichen *masia* gehörte.

Im Stall hörten ein Mann und sein Sohn auf, die Lagerstreu ihrer Kühe auszumisten, und starrten ihn an.

»Was ist los?«, fragte der Mann barsch.

»Bin nur auf der Durchreise, Monsieur. Kann ich mich hier einige Augenblicke unterstellen, bis der schlimmste Regen vorbei ist?« Josep sah, dass der Mann ihn sehr eingehend musterte, offensichtlich war er alles andere als erfreut über das, was der Regen ihm gebracht hatte.

»Na gut«, sagte der Bauer und veränderte seine Stellung leicht, sodass er weiter seine scharfe Heugabel schwingen und zugleich den Fremden beobachten konnte.

Der Regen prasselte weiter. Nach einer Weile wollte Josep nicht einfach nur so herumstehen, und er griff sich eine Schaufel, die an der Wand lehnte, und half den beiden bei ihrer Arbeit. Bald hörten sie interessiert zu, als er ihnen von den Wildschweinen erzählte.

Der Bauer nickte. »Hinterhältige Mistviecher, diese verdammten Schweine. Und sie vermehren sich wie die Ratten. Sie sind überall.«

Josep half ihnen, bis der ganze Stall ausgemistet war. Der Bauer war inzwischen beruhigt und freundlich und bot Josep an, im Stall zu übernachten, wenn er wolle. So verbrachte er diese Nacht behaglich und traumlos, mit drei großen Kühen, die auf der einen Seite Hitze abstrahlten, und einem riesigen Haufen warmen Dungs auf der anderen Seite.

Als er am Morgen seine Wasserflasche an einer Quelle hinter dem Haus füllte, sagte ihm der Bauer, er befinde sich westlich eines stark frequentierten Passes über die Berge. »Dort ist die Bergkette am schmalsten. Es ist ein niedriger Pass, und du könntest es in dreieinhalb Tagen über die Grenze schaffen. Oder, wenn du noch zwei Fußstunden nach Westen gehst, kommst du zu einem höheren Pass. Nur wenige Leute benutzen ihn, weil er um einiges weiter ist als der andere. Du würdest zwei Tage länger brauchen, und du müsstest zum Teil durch Schnee gehen, aber der Schnee ist nicht sehr tief... Außerdem stehen auf diesem Pass an der Grenze keine Posten«, fügte der Bauer wissend hinzu.

Josep fürchtete sich vor Grenzposten. Vor vier Jahren hatte er sich, um den Posten aus dem Weg zu gehen, nach Frankreich gestohlen, hatte immer versucht, kaum erkennbaren Pfaden durch den Bergwald zu folgen, sich dabei aber oft verirrt und in der beständigen Angst gelebt, jeden Augenblick in einen Abgrund zu stürzen, wenn nicht gar von Wachtposten erschossen zu werden. Er hatte gemerkt, dass die Leute, die an der Grenze wohnten, die besten Schmuggelrouten kannten, und nun nahm er den Rat dieses Mannes an.

»Auf dem Weg über den hohen Pass gibt es vier Dörfer, wo du Essen und Unterkunft suchen kannst«, sagte der Mann. »Du solltest in jedem übernachten, auch wenn du vielleicht noch ein paar Stunden Tageslicht vor dir hast, die ein Weiterwandern ermöglichen würden, denn außerhalb der Dörfer gibt es weder Nahrung noch geschützte Stellen zum Schlafen. Das einzige Teilstück des Passes, auf dem du dich beeilen musst, um nicht von der Dunkelheit überrascht zu werden, ist der lange Weg, der zum vierten Dorf führt.«

Der Bauer sagte Josep, dass der hohe Pass ihn weit im östlichen Teil Aragoniens nach Spanien bringen würde.

»Dort solltest du sicher sein vor den karlistischen Milizen, auch wenn die Kämpfer in den roten Baretten manchmal tief in das Territorium der spanischen Armee vordringen. Im vergangenen Juli kamen sie bis nach Alpens und töteten achthundert spanische Soldaten«, sagte er. Dann schaute er Josep an. »Bist du vielleicht zufällig in diesen Konflikt verwickelt?«, fragte er vorsichtig.

Josep war versucht, ihm zu sagen, dass er das rote Barett beinahe selbst getragen hätte, aber er schüttelte den Kopf. »Nein.«

»Das ist vernünftig. *Mon Dieu*, ihr Spanier könntet keine furchtbareren Gegner haben, als wenn ihr euch gegenseitig bekämpft«, sagte er, und Josep hätte es beinahe als Beleidigung aufgefasst, aber hatte der Mann denn nicht auch recht? So sagte er nur, dass ein Bürgerkrieg eben hart sei.

»Worum geht es bei dieser Schlächterei überhaupt?«, fragte der Mann, und Josep sah sich nun genötigt, dem Bauern eine Lektion in spanischer Geschichte zu erteilen. Dass es für sehr lange Zeit nur den erstgeborenen königlichen Söhnen gestattet war, den spanischen Thron zu erben. Dass, vor Joseps Geburt, König Fernando VII., nachdem er hatte zusehen müssen, wie drei seiner Gattinnen kinderlos starben und seine vierte Frau zwei Töchter direkt hintereinander gebar, die *cortes,* die spanische Volksvertretung, überredete, die Gesetze so zu ändern, dass er seine Erstgeborene, Isabel, als künftige Königin einsetzen durfte. Dies hatte seinen jüngeren Bruder, den Infanten Carlos María Isidro, sehr wütend gemacht, denn er hätte das Königreich geerbt, wäre Fernando kinderlos geblieben. Daraufhin hatte Carlos rebelliert und war nach Frankreich geflohen, während sich in Spanien seine konservativen Anhänger vereinigten, um eine bewaffnete Miliz zu bilden, die seitdem gegen die reguläre spanische Armee kämpfte.

Josep erwähnte allerdings nicht, dass dieser Streit ihn selbst gezwungen hatte, aus Spanien zu fliehen, und ihm die einsamsten vier Jahre seines Lebens eingebracht hatte.

»Mir ist es egal, welcher königliche *cul* auf dem Thron sitzt«, sagte er bitter.

»Ach ja, was bringt es einem vernünftigen, einfachen Mann, sich über solche Sachen den Kopf zu zerbrechen?«, sagte der Bauer, und dann verkaufte er Josep eine kleine Kugel Käse aus Kuhmilch zu einem sehr guten Preis.

Als Josep seinen Aufstieg in die Pyrenäen begann, erwies sich der hohe Pass als kaum mehr denn ein schmaler, gewundener Pfad, der stieg und fiel und stieg und fiel. Er war nur ein Staubkorn in einer unendlichen Weite. Die Berge breiteten sich vor ihm aus, wild und real, scharfe braune Gipfel mit weißen Kappen, die weit vor dem Horizont ins Blaue verblassten. Es gab spärliche Kiefernwälder und dazwischen nackte Klippen, herabgestürzte Felsen, aufgewühlte Erde. Manchmal blieb er an hohen Punkten stehen und genoss, wie im Traum, einen unvermittelt sich bietenden Ausblick. Er fürchtete sich vor Bären und Wildschweinen, stieß aber auf keine

Tiere, nur einmal sah er, weit entfernt, zwei Gruppen Hochwild.

Das erste Dorf, das er erreichte, war nicht mehr als eine winzige Ansammlung von Häusern. Josep gab eine Münze, um auf dem Boden der Hütte eines Ziegenhirten vor dem Feuer schlafen zu dürfen. Es wurde eine elende Nacht wegen des Ungeziefers, winzige schwarze Insekten, die sich nach Belieben an ihm labten. Am nächsten Tag kratzte er beim Gehen ein Dutzend juckende Stellen auf.

Das zweite und das dritte Bergdorf waren größer und besser. Die erste Nacht schlief er vor einem Küchenherd und die zweite auf der Werkbank eines Schusters, ohne Ungeziefer, aber mit dem vollen starken Geruch von Leder in der Nase.

Am vierten Morgen brach er früh auf und schritt kräftig aus, denn die Warnung des Bauern hatte er nicht vergessen. Stellenweise war der Pfad schwierig, aber, wie der Mann gesagt hatte, nur ein kurzes Stück am höchsten Punkt des Passes lag Schnee. Josep war an Schnee nicht gewöhnt und mochte ihn nicht. Er konnte sich gut vorstellen, sich ein Bein zu brechen und zu erfrieren oder in der grässlichen weißen Weite zu verhungern. Im Schnee stehend gestattete er sich nur eine eisige Mahlzeit aus seinem gehorteten Käse, er aß ihn ganz, als wäre er bereits am Verhungern, und ließ jeden kostbaren Bissen langsam in seinem Mund schmelzen, sodass sich das Aroma ausbreiten konnte. Aber weder verhungerte er, noch brach er sich ein Bein; der niedrige Schnee machte ihn zwar langsamer, aber das Gehen war keine Mühsal.

Er hatte den Eindruck, als würden die blauen Berge ewig vor ihm hermarschieren.

Seine Feinde, die Karlisten in den roten Baretten, sah er nicht. Auch seine anderen Feinde, die Regierungstruppen, nicht. Er sah weder einen Franzosen noch einen Spanier, und er hatte keine Ahnung, wo die Grenze sich befand.

Er wanderte noch immer durch die Pyrenäen wie eine Ameise ganz allein auf der Welt, als das Tageslicht langsam schwächer wurde. Aber noch vor Einbruch der Dunkelheit erreichte er ein Dorf, in dem ein alter Mann vor einem Wirtshaus auf einer Bank saß, und zwei Jungen warfen ein Stöckchen für einen dürren gelben Hund, der sich nicht rührte. »Hol ihn, du fauler Köter«, rief einer der beiden. Er rief es in Joseps Art des Katalanischen, und so wusste er, dass er bereits sehr nahe an Spanien war.

Das Schild

Sieben Tage später erreichte Josep früh an einem Sonntagmorgen das Dorf Santa Eulalia, wo er gefahrlos auch im Dunkeln hätte gehen können, da er jedes Feld, jedes Gehöft, jeden Baum kannte.

Auf den ersten Blick schien alles unverändert. Als er auf der kleinen Holzbrücke den Fluss Pedregós überquerte, fiel ihm auf, wie dünn das Rinnsal im Flussbett war, eine Folge von sechs Jahren Trockenheit. Er ging die schmale Straße entlang und überquerte die winzige *plaça,* die begrenzt wurde vom Dorfbrunnen, der gemeinschaftlichen Weinpresse, der Schmiede, dem Lebensmittelgeschäft von Nivaldo, einem Freund seines Vaters, und der Kirche, deren Schutzheilige denselben Namen trug wie das Dorf.

Er traf niemanden, obwohl einige Leute bereits in der Kirche Santa Eulalia waren; im Vorbeigehen hörte er das leise Murmeln ihrer Stimmen bei der Messe. Hinter der Kirchenmauer lagen ein paar Häuser und der Gemüsehof der Familie Casals. Dann kam der Weinberg der Freixas und danach der der Rocas. Und schließlich erreichte Josep den Hof seines Vaters, der zwischen dem

Berg der Fortunys mit den weißen Reben und Quim Torras' Pflanzung roter Reben lag.

Ein kleines Schild war an einen in den Boden gerammten niedrigen Pfosten genagelt: »Zu verkaufen.«

»Ach, Donat«, sagte er bitter. Er hätte darauf kommen können, dass sein Bruder das Land nicht behalten wollte. Doch wütend wurde er erst, als er den Zustand des Weinbergs sah, denn die Reben boten einen erbärmlichen Anblick. Niemand hatte sie gestutzt, sie waren ausgeschossen und wucherten wild, und zwischen den Reihen gediehen Gras, Disteln und Unkraut üppig.

Die *masia* hatte sich von ihrer äußeren Erscheinung her bestimmt nicht verändert, seit Joseps Urgroßvater José Àlvarez sie gebaut hatte. Sie war ein Teil des Landes, ein kleines Gebäude aus Steinen und Lehm, das aus der Erde herauszuwachsen schien, mit Küche und kleiner Vorratskammer im Erdgeschoss und einer Steintreppe, die zu zwei kleinen Schlafkammern im ersten Stock führte, sowie einem Dachboden, auf dem unter dem Giebel Getreide gelagert wurde. Die Küche hatte einen Lehmboden, und der Boden im ersten Stock war verputzt, wobei man den Putz mit Schweineblut getränkt und regelmäßig gewachst hatte, sodass er jetzt aussah wie dunkler, polierter Stein. Alle Decken hatten freiliegende Balken, zurechtgesägt aus Bäumen, die José Àlvarez gefällt hatte, als er das Land rodete, um Weinstöcke anzupflanzen, und das Dach bestand aus hohem, hohlem Schilfrohr, das am Flussufer wuchs. Gespalten und miteinander verflochten ergab es eine starke Unterlage für die Dachziegel aus grauem Flusslehm.

Drinnen lag überall Grus. Auf dem Kaminsims in der Küche stand die französische Uhr in ihrem Mahagonigehäuse – das Hochzeitsgeschenk seines Vaters an Joseps Mutter, als sie am 12. Dezember 1848 geheiratet hatten – stumm und unaufgezogen da. Die einzigen anderen Dinge im Haus, die Josep schätzte, waren die Bettstatt und die Truhe seines Vaters; beide waren von ihrem Schöpfer, seinem Großvater Enric Àlvarez, reich mit Weinblattschnitzereien verziert worden. Jetzt war das Schnitzwerk grau vor Staub. Schmutzige Arbeitskleidung lag auf dem Boden und auf den grob zusammengezimmerten Stühlen und dem Tisch, dort neben benutztem Geschirr, das neben Essensresten auch winzige Kügelchen Mäusekot enthielt.

Josep war seit Tagen ununterbrochen zu Fuß unterwegs und zu erschöpft, um viel zu denken oder zu tun. Oben kam es ihm nicht in den Sinn, das Zimmer seines Vaters und dessen Bett zu benutzen. Er zog seine Schuhe aus, ließ sich auf die dünne, klumpige Schlafmatte fallen, die sein Körper vier Jahre lang nicht mehr berührt hatte, und wusste schon nach wenigen Sekunden gar nichts mehr.

Er schlief den ganzen Tag und die Nacht durch und wachte am nächsten Morgen spät und mit schrecklichem Hunger auf. Donat war nirgendwo zu sehen. Josep hatte nur noch einen Schluck Wasser in seiner Flasche. Als er mit einem leeren Korb und einem Eimer zur *plaça* ging, sah er die drei Söhne des *alcalde* Àngel Casals auf dem Feld ihres Vaters. Die beiden älteren, Tonio und Jaume, breiteten Dung aus, und der jüngste – Josep konnte sich an seinen Namen nicht erinnern – pflügte mit einem Maultier. Beschäftigt, wie sie waren, bemerkten sie ihn nicht, als er an ihnen vorbei- und zum Lebensmittelladen ging.

Im Dämmerlicht des kleinen Geschäfts stand Nivaldo Machado, er sah noch fast so aus, wie Josep ihn in Erinnerung hatte. Dünner war er, falls das überhaupt möglich war, und kahler; die wenigen noch verbliebenen Haare waren völlig grau. Er schüttete gerade Bohnen aus einem großen Sack in einen kleinen, doch dann hielt er inne und starrte mit seinem guten Auge. Das schlechte Auge, das linke, war halb geschlossen.

»Josep? Lobet den Herrn! Josep, du bist am Leben! Meine Seele sei verdammt, bist du es wirklich, Tigre?«, sagte er und benutzte dabei den Spitznamen, mit dem er, und nur er, Josep schon immer gerufen hatte.

Josep war gerührt von der Freude in Nivaldos Stimme und den Tränen in dessen Augen. Die ledrigen Lippen drückten ihm zwei Küsse auf die Wangen, die drahtigen alten Arme umfassten ihn in einer *abraçada*.

»Ich bin es wirklich, Nivaldo. Wie geht es dir?«

»So gut wie eh und je. Bist du noch immer Soldat? Wir alle dachten, du wärst bestimmt schon tot. Wurdest du verwundet? Hast du die halbe spanische Armee getötet?«

»Die spanische Armee und die Karlisten waren beide vor mir sicher, Nivaldo. Ich war kein Soldat. Ich habe in Frankreich Wein gemacht. Im Languedoc.«

»Wirklich, im Languedoc? Wie war es dort?«

»Sehr französisch. Das Essen war gut. Aber im Augenblick bin ich am Verhungern, Nivaldo.«

Nivaldo lächelte, sichtlich glücklich. Der alte Mann warf zwei Äste ins Feuer und stellte den Schmortopf auf den kleinen Ofen. »Setz dich.«

Josep nahm sich einen der zwei wackligen Stühle, während Nivaldo zwei Becher auf den winzigen Tisch stellte und aus einem Krug eingoss. »*Salut.* Willkommen zu Hause.«

»Danke. *Salut.*«

Gar nicht so schlecht, dachte Josep, als er den Wein trank. Na ja … dünn und sauer und beißend, so wie er ihn in Erinnerung hatte, aber doch tröstend vertraut.

»Es ist der Wein deines Vaters.«

»Ja … Wie ist er gestorben, Nivaldo?«

»Marcel schien einfach … sehr müde zu werden in diesen letzten Monaten seines Lebens. Und dann eines Abends saßen wir genau hier und spielten Dame. Er bekam Schmerzen im Arm. Er wartete ab, bis er das Spiel gewonnen hatte, und sagte dann, er gehe nach Hause. Er muss unterwegs tot umgefallen sein. Dein Bruder Donat fand ihn auf der Straße.«

Josep nickte ernst und trank einen Schluck Wein. »Donat. Wo ist Donat?«

»In Barcelona.«

»Was tut er dort?«

»Er lebt dort. Verheiratet. Hat eine Frau geheiratet, die er dort kennengelernt hat, wo sie beide arbeiten, in einer der Tuchfabriken.« Nivaldo schaute ihn an. »Dein Vater hat immer gesagt, wenn die Zeit kommt, wird

Donat schon seine Verantwortung für den Weinberg übernehmen. Na ja, die Zeit ist gekommen, aber Donat will den Weinberg nicht, Josep. Du weißt, dass er diese Art von Arbeit nie gemocht hat.«

Josep nickte. Er wusste es. Beim Geruch des sich erwärmenden Eintopfs musste er schlucken. »Und, wie ist sie so? Die Frau, die er geheiratet hat?«

»Recht nett. Rosa Sert heißt sie. Aber was kann ein Mann schon sagen über die Frau eines anderen Mannes, allein vom Anblick? Still, ein wenig unscheinbar. Sie war ein paar Mal mit ihm hier.«

»Meint er das mit dem Verkauf wirklich ernst?«

»Er braucht Geld.« Nivaldo zuckte die Achseln. »Ein Mann spürt den Geldmangel, wenn er sich eine Frau nimmt.« Er holte den Topf vom Herd, nahm den Deckel ab und löffelte eine großzügige Portion auf einen Teller. Kaum hatte er dann einen Ranken Brot abgeschnitten und Wein nachgegossen, schaufelte Josep sich bereits Essen in den Mund und schmeckte schwarze Bohnen, Wurst und viel Knoblauch. Wäre es Sommer gewesen, dann wären es grüne Bohnen, Auberginen, vielleicht Kohlrabi gewesen. Plötzlich glaubte Josep, Schinken, Stücke flachsigen Hasens, Zwiebeln und Kartoffeln im Mund zu haben. Es hieß, dass Nivaldo seinen Schmortopf selten auswusch, denn wenn der Inhalt geringer wurde, fanden immer wieder neue Zutaten ihren Weg in den Eintopf.

Josep leerte seinen Teller und ließ sich eine zweite Portion geben. »Hat irgendjemand Interesse am Kauf?«

»Es gibt immer ein paar Leute, die sich für Land interessieren. Roca würde töten dafür, aber er schafft es einfach nicht, das Geld aufzubringen. Dasselbe gilt für fast alle anderen, es ist überhaupt kein Geld da. Aber Àngel Casals will Land für seinen Sohn Tonio.«

»Der *alcalde?* Aber Tonio ist sein Erstgeborener?!«

»Er ist dem Weinbrand verfallen und meistens betrunken. Àngel kommt nicht gut aus mit ihm und will ihm den Hof nicht anvertrauen. Die beiden jüngeren Söhne sind gute Arbeiter, er plant, alles ihnen zu hinterlassen, und deshalb sucht er Land für Tonio.«

»Hat er schon ein Angebot gemacht?«

»Noch nicht. Àngel wartet ab und lässt Donat schwitzen, sodass er ihm das Land für den günstigsten Preis abluchsen kann. Àngel ist der Einzige, den ich kenne, der es sich leisten kann, einen Sohn mit gekauftem Land auszustatten. Das Dorf wird immer ärmer. Alle jüngeren Söhne gehen weg, um woanders zu leben, wie du es auch getan hast. Keiner von deinen Freunden ist noch hier.«

»Manel Calderón?«, fragte Josep beiläufig.

»Nein. Auch von ihm habe ich seit vier Jahren nichts mehr gehört«, sagte Nivaldo, und Josep spürte eine vertraute Angst.

»Guillem Parera?«, fragte er und nannte den Namen eines Mitglieds des Jagdvereins, der sein engster Freund gewesen war.

»Scheiße, Josep. Guillem ist tot.«

»O nein.« Und Josep dachte: Ich hab's dir gesagt. Du hättest bei mir bleiben sollen, verdammt, Guillem.

»Alles in Ordnung mit dir, Tigre?«, fragte Nivaldo scharf.

»Was ist ihm passiert?«, fragte er und fürchtete die Antwort.

»Nachdem er mit dir und den anderen weggegangen war, verließ er offensichtlich ebenfalls die Armee. Wir hörten, dass er in València aufgetaucht war und Arbeit bei der Kathedrale gefunden hatte, die gerade renoviert wurde. Er musste diese großen Steinblöcke bewegen, und einer kam ins Rutschen und zerschmetterte ihn.«

»O je ... Wie furchtbar, so zu sterben.«

»Ja. Eine sterbende Welt, mein junger Freund.«

O Gott, der arme Guillem. Unruhig und niedergeschlagen stand Josep schließlich auf. »Ich brauche Bohnen, Reis. *Xoriço* – ein großes Stück. Nivaldo, wenn du so freundlich wärst? Und Öl und Schmalz.« Der alte Mann suchte die Ware für ihn zusammen und steckte ihm als Willkommensgeschenk noch einen kleinen Kohlkopf mit in den Korb. Für Eintopf oder Wein verlangte er von keinem etwas; doch Josep gab Nivaldo beim Bezahlen ein paar Münzen extra. So zeigte man sich erkenntlich.

Er konnte sich die Frage nicht verkneifen. »Ist Teresa Gallego noch hier?«

»Nein. Sie hat vor ein paar Jahren geheiratet, einen Schuster, Lluís ... Montrés, Mondrés ... irgendwas in der Richtung, ein Vetter der Calderóns, der eines Tages aus Salamanca für einen längeren Besuch ins Dorf kam. Bei der Hochzeit trug er einen weißen Anzug, und er spricht Kastilisch wie ein Portugiese. Er hat sie mitgenommen nach Barcelona, wo er an der Sant Domènech einen Schusterladen besitzt.«

Josep, dessen Befürchtungen Wirklichkeit geworden waren, nickte nur und schmeckte die Bitterkeit des Bedauerns. Er faltete seinen Traum von Teresa zusammen und steckte ihn weg.

»Erinnerst du dich noch an Maria del Mar Orriols?«, fragte Nivaldo.

»Jordi Arnaus Mädchen?«

»Ja. Er ließ sie mit einem dicken Bauch zurück, als er sich mit eurem Haufen aus dem Staub machte. Sie hat einen kleinen Jungen bekommen, Francesc heißt er. Später heiratete sie deinen Nachbarn, Ferran Valls, der dem Kind seinen Namen gab.«

»Ferran.« Ein älterer, stiller Mann. Kurz, aber breit, großer Kopf. Witwer, keine Kinder.

»Auch er ist schon tot, Ferran Valls. Schnitt sich in die Hand und wurde ziemlich schnell vom Fieber dahingerafft, kaum ein Jahr nach ihrer Hochzeit.«

»Wo lebt sie jetzt?«

»Valls' Weinberg gehört jetzt Maria del Mar. Im vergangenen Jahr lebte Tonio Casals eine Zeit lang bei ihr. Einige fürchteten schon, sie würden heiraten, aber sie hat ziemlich schnell gemerkt, dass er gemein ist wie eine Schlange, wenn er trinkt – und er trinkt immer. Sie hat ihn davongejagt. Seither bleiben sie und ihr Junge für sich. Sie arbeitet schwer, bestellt das Land, als wäre sie ein Mann. Züchtet Trauben und verkauft den Wein für die Essigherstellung wie jeder hier.« Nivaldo schaute ihn an. »Ich habe auch einmal das Soldatenleben an den Nagel gehängt. Willst du erzählen, was dir widerfahren ist?«

»Nein.«

»Es hat sich alles geändert, dort in Madrid, aber nicht so, wie dein Vater und ich gehofft hatten. Wir hatten auf das Pferd gesetzt, das nicht gewann«, sagte Nivaldo schwer, und Josep nickte. »Kann ich noch irgendwas tun, um dich daheim willkommen zu heißen?«

»Ich könnte noch einen Teller Eintopf vertragen«, sagte Josep, und der alte Mann stand auf, um ihn zu holen.

Josep ging auf den Friedhof und fand das Grab dort, wo Nivaldo es ihm beschrieben hatte. Neben der Grabstätte seiner Mutter war für seinen Vater kein Platz mehr gewesen. Ihr Grab sah noch genauso aus wie früher.

MARIA ROSA HUERTAS

EHEFRAU UND MUTTER

2. JANUAR 1835 – 20. MAI 1860

Sein Vater lag am Rand des Friedhofs, in der südöstlichen Ecke, direkt links neben dem Kirschbaum. Die Kirschen auf diesem Baum waren jedes Jahr große dunkle Versuchungen. Die meisten Dorfbewohner mieden die Früchte, weil sie fürchteten, dass die Leichen in den Gräbern sie genährt hatten, aber sein Vater und Nivaldo hatten die Kirschen immer gepflückt.

Die Erde auf dem Grab seines Vaters hatte bereits Zeit gehabt, sich zu setzen, aber sie war noch nicht mit Gras bewachsen. Josep trauerte und zupfte abwesend das wenige Unkraut heraus. Wenn er an Guillems Grab gestanden hätte, hätte er seinem alten Freund ein paar Worte gesagt, aber zu seinen Eltern spürte er keine Nähe. Er war acht Jahre alt gewesen, als seine Mutter starb, und sein Vater und er hatten nie irgendetwas von Bedeutung zueinander gesagt.

Das Grab seines Vaters hatte noch keine Gedenktafel. Er würde eine machen müssen.

Schließlich verließ er den Friedhof und kehrte auf die *plaça* zurück. Er knotete seinen Eimer an das Seil und ließ ihn in den Brunnen fallen, wobei ihm die Zeitspanne bis zum Aufklatschen auffiel. Der Wasserspiegel war niedrig, was er schon am Fluss bemerkt hatte. Nachdem er den randvollen Eimer hochgezogen hatte, trank er ausgiebig, füllte ihn dann noch einmal und trug ihn vorsichtig nach Hause, wo er das Wasser in zwei *càntirs* umgoss, Wasserkrüge, die es kühl halten würden.

Als er diesmal am Feld des *alcalde* vorbeikam, wurde er bemerkt. Tonio und Jaume hielten mit der Arbeit inne und schauten zu ihm herüber. Jaume hob die Hand, um ihn zu begrüßen. Josep hatte die Hände voll mit dem Korb und dem Eimer, aber er rief ihnen zum Gruß ein freundliches »*Hola!*« zu. Als er einige Minuten später den Eimer absetzte, um seine abgestorbene Hand zu bewegen, blickte er sich um und sah, dass der jüngste der Casals-Brüder – der Junge hieß Jordi, wie ihm plötzlich wieder einfiel – ihm nachgeschickt worden war, um sich zu versichern, dass es sich tatsächlich um Josep Àlvarez handelte, der nach Hause zurückgekehrt war.

Als er die Àlvarez-*masia* erreicht hatte, stellte er den Korb und den Eimer auf die Erde. Das hölzerne »Zu verkaufen«-Schild ließ sich leicht aus dem Boden ziehen, und er schwenkte es ein paar Mal über dem Kopf, bevor er es in ein dichtes Gestrüpp segeln ließ.

Als er dann die Straße noch einmal hinabschaute, musste er grinsen: Der junge Jordi Casals rannte davon wie ein aufgeschrecktes Tier, um seinem Vater und seinen Brüdern zu erzählen, was er gerade mitbekommen hatte.

Das Nest ausputzen

Die Spuren von Donats schlampiger Haushaltsfüh-
rung widerten Josep an, doch als er dann anfing
zu arbeiten, zog es ihn nicht in die *casa,* sondern in den
Weinberg. Er jätete Unkraut und stutzte die Reben,
dieselben Arbeiten, die auch seine letzten Tätigkeiten in
Mendès' größerem Weinberg gewesen waren. Was er gut
und mit Stolz in Frankreich für Lohn getan hatte, tat er
jetzt mit überwältigender Freude auf diesem kleinen
verwilderten Stück Land, das seit einhundertacht Jahren
seiner Familie gehörte.

Weit zurück in den frühen Tagen der spanischen Land-
wirtschaft waren seine Vorfahren zuerst Leibeigene und
dann Tagelöhner in den Getreidefeldern des verarm-
ten Galicien gewesen. Die Dinge änderten sich für die
Àlvarez' im Jahr 1766, als es König Carlos III. auffiel,
dass ein Großteil des Landes nicht bewirtschaftet wurde,
während sich in den Dörfern die Männer ohne Land
drängten, was eine politisch gefährliche Situation darstellte. Der König hatte dem Conde de Aranda, einem
militärischen Führer, der sich als Capitán General der
Streitkräfte ausgezeichnet hatte, den Auftrag erteilt, eine

ehrgeizige Landreform in die Wege zu leiten, in deren Folge sowohl öffentliche Ländereien wie auch Grundstücke, die durch den Ankauf ausgedehnter Liegenschaften der katholischen Kirche in den Besitz der Krone übergegangen waren, parzelliert und neu verteilt wurden.

Eine der ersten dieser Transaktionen betraf einundfünfzig Hektar isolierter Hügellandschaft am Fluss Pedregós in Katalonien. Das Land war unbewohnt, und der Conde de Aranda ließ es in zwölf Grundstücke zu je vier Hektar unterteilen. Die drei verbleibenden Hektar umgaben ein altes Steingebäude, die längst verlassene Priorei Santa Eulalia, deren Kirche er zu einer Dorfkirche umwidmete. Als Empfänger des Landes wählte der Oberbefehlshaber zwölf verdiente Kriegsveteranen aus, Oficials, die unter seinem Befehl Truppen geführt hatten. Als junge Soldaten hatten sie alle in kleineren Feldzügen und gegen Aufständische gekämpft. Jeder der Offiziere hatte noch Sold zu erhalten, keine riesigen Beträge, aber doch eine erkleckliche Summe, wenn man alles zusammenzählte. Bis auf eine kleine Vergütung, die jeder neue Bauer erhielt, um sich die erste Aussaat kaufen zu können, wurden die Soldforderungen mit den Landzuweisungen abgeglichen, und das war eine Nebenwirkung dieser Reform, die den Conde de Aranda in einem für die Krone finanziell schwierigen Jahr sehr erfreute.

Eine der zwölf Parzellen war für landwirtschaftliche Zwecke wirklich hervorragend geeignet. Dieses gute Feld lag in der südwestlichen Ecke des neuen Dorfs, an einem früheren Bett des Flusses. Jahrhundertelang hatte, in den seltenen Jahren des Hochwassers, die angeschwollene Strömung den Mutterboden weiter flussaufwärts mitgerissen und ihn in einer Flussbiegung wieder abgelagert, sodass dort eine dicke Schicht fruchtbaren Schwemmlands entstanden war. Der erste Anspruchsberechtigte, der das neue Dorf in Augenschein nahm, war Pere Felip Casals gewesen, und der hatte sich diese fruchtbare Ecke freudig und ohne Zögern ausgesucht, wodurch er den Grundstein legte für den Wohlstand seiner Familie, der seinen Nachfahren politische Macht einbrachte und sie über Generationen hinweg zu den Dorfvorstehern von Santa Eulalia machte.

Joseps Urgroßvater, José Àlvarez, war der vierte Veteran gewesen, der nach Santa Eulalia kam und sich sein Land auswählte. Er hatte davon geträumt, ein wohlhabender Weizenbauer zu werden, aber er und die anderen Oficials, alles Bauern von Geburt her, hatten Ahnung von Bodenqualität und sahen sofort, dass alle übrigen Parzellen aus Schiefererde oder trockenem Kalkstein bestanden, eine karge, steinige Krume also.

Sie hatten ausführlich und ernst debattiert. Pere Felip Casals hatte bereits angefangen, auf seinem fruchtbaren Stück Kartoffeln und Roggen anzubauen. Die anderen wussten, dass sie Durchhaltevermögen würden beweisen müssen. »Auf dieser dürren Scheiße wächst nicht viel«, hatte José Àlvarez enttäuscht gesagt, und die anderen hatten ihm zugestimmt.

Von Anfang an hatte deshalb jeder von ihnen eine Frucht angepflanzt, die in der brennenden Sonne des Sommers gedieh und sich im milden Winter des nördlichen Spaniens selbst erneuerte. Eine Frucht, die sich tief in den trockenen, steinigen Boden graben konnte, bis ihre Wurzeln saugten und schluckten, was an Feuchtigkeit tief in der Erde enthalten war.

Sie alle hatten Weinstöcke angepflanzt.

Die Landreform kam nicht sehr weit. Die Krone beschloss sehr bald, ein System zu unterstützen, bei dem große Parzellen an Hauptpächter gingen, die wiederum winzige Fleckchen Land an arme Bauern verpachteten. Schon nach weniger als zwei Jahren hörte der Conde de Aranda mit der Landverteilung auf, aber die Bauern von Santa Eulalia hatten eindeutige Eigentumstitel und waren Landbesitzer.

Jetzt, mehr als ein Jahrhundert nach der Landzuweisung, war weniger als die Hälfte der Parzellen noch im Besitz der Nachfahren dieser Veteranen und wurde auch von ihnen bearbeitet. Die anderen Stücke waren an Großgrundbesitzer verkauft worden und wurden von *pageses* bearbeitet, Wein züchtenden Kleinbauern, die winzige Parzellen pachten mussten. Die Lebensbedingungen der Besitzer und der Pächter unterschieden sich kaum, aber diejenigen, die ihre Weingärten besaßen, konnten nicht nur größere Flächen bestellen, sondern hatten auch die Gewissheit, dass kein Großgrundbesitzer je die Pacht erhöhen oder sie von ihrem Land vertreiben konnte.

An all das dachte Josep, als er kniend seine Finger in den warmen, steinigen Lehm grub und seine willkommene Sandigkeit unter den Nägeln spürte. *Diese Erde.* Wie wunderbar, sie zu besitzen, von der sonnenwarmen

Oberfläche bis zu jeder Tiefe, in die ein Mann graben wollte! Es machte nichts, dass dieser Boden nur sauren Wein und keinen Weizen hervorbrachte. Ihn zu haben hieß, einen Teil Spaniens sein Eigen nennen zu dürfen, ein Stückchen der Welt.

Am späten Nachmittag ging Josep ins Haus und fing an, drinnen aufzuräumen. Er trug das schmutzige Geschirr und die vernachlässigten Utensilien nach draußen und schrubbte Dreck und Moder ab, zuerst mit Sand und dann mit Seifenwasser. Er zog die französische Uhr auf, holte sich die genaue Zeit von Nivaldos Uhr im Laden und schätzte die wenigen Minuten, die er brauchte, um nach Hause zurückzukehren. Später fegte er den Boden, die festgebackene Erde, poliert von einem Jahrhundert Àlvarez'scher Füße. Morgen, sagte er sich, würde er seine Kleidung im Pedregós waschen, und auch die verdreckten Stücke, die Donat hinterlassen hatte. Die Luft war nicht sehr warm, aber er brauchte den Luxus eines Bads dringend. Als er den Besen wieder an seinen Platz stellte, fiel ihm auf, dass die Griffe und Stiele aller Werkzeuge trocken waren, und so nahm er sich die Zeit, alle sorgfältig zu ölen. Erst dann, als die Sonne schon unterging, holte er sich das dünne Stück braune Seife und spazierte hinunter zum Fluss.

Als er an Quim Torras' Anwesen vorbeikam, sah er, dass es zwar noch bestellt war, aber vernachlässigt wurde. Die Rebstöcke, viele noch ungestutzt, erweckten den Anschein, als hätten sie dringend Dünger nötig.

Der nächste Weinberg war derjenige, der früher Fer-

ran Valls gehört hatte. Am Wegesrand standen vier gro
ße, krumme Olivenbäume, deren alte Wurzeln so dick
waren wie Joseps Arm. Ein kleines Kind spielte zwischen den Wurzeln des zweiten Baums.

Der Junge schaute ihn an. Er war ein hübscher Kerl,
mit blauen Augen und dunklen Haaren und dünnen,
knubbeligen Armen und Beinen, die von der Sonne gebräunt waren. Josep fiel auf, dass seine Haare zu lang
waren, fast so lang wie die eines Mädchens.

Er blieb stehen und räusperte sich. »*Bona tarda.* Ich
nehme an, du bist Francesc. Ich bin Josep.«

Aber der Junge sprang auf und rannte durch die Bäume
davon. Er lief schief, irgendetwas stimmte mit seinen
Beinen nicht. Als Josep den letzten Baum hinter sich
gelassen hatte und tiefer in den Weinberg hineinschauen
konnte, sah er das Kind humpelnd auf eine Gestalt zulaufen, die mit ihrer Hacke zwischen den Reihen arbeitete.

Maria del Mar Orriols. Alle hatten sie immer nur
Marimar genannt. Das Mädchen, das er als Jordis Geliebte gekannt hatte, war jetzt eine Witwe, dachte er und
kam sich merkwürdig dabei vor.

Als der Junge auf Josep zeigte, hielt sie in ihrer Arbeit
inne und starrte den Mann dort auf dem Weg an. Sie
wirkte stämmiger, als er sie in Erinnerung hatte, fast wie
ein Mann, bis auf das arbeitsfleckige Kleid und das Tuch
auf ihrem Kopf.

»*Hola*, Maria del Mar!«, rief er, aber sie antwortete
nicht; offensichtlich erkannte sie die Gestalt auf der
Straße nicht. Er blieb stehen und wartete einige Augen-

blicke, aber sie kam nicht, um mit ihm zu sprechen, und sie machte auch keine Anstalten, ihn zu sich zu winken.

Kurz darauf winkte er und ging weiter auf den Fluss zu, und hinter der Kurve am Ende ihres Grundstücks konnte er das Ufer des Pedregós vor sich sehen, sie aber nicht mehr.

Die Heilige der Jungfrauen

Wohin Josep in Santa Eulalia auch schaute, überall sah er Teresa Gallego. Die beiden waren ein Jahr auseinander. Als sie noch klein waren, war Teresa nur eins der vielen Kinder, die auf der Dorfstraße tollten und in sehr jungen Jahren bereits anfingen, auf dem Hof mitzuarbeiten. Ihr Vater, Eusebi Gallego, hatte einen Hektar gepachtet und erwirtschaftete mit weißen Trauben einen sehr kärglichen Lebensunterhalt. Josep hatte Teresa immer wieder gesehen, aber sie nicht bewusst wahrgenommen, obwohl das Dorf so winzig war. Bis sie dann etwa sieben Jahre alt war. Da sie klein war für ihr Alter, aber schnell und stark, wurde sie zum Maskottchen der Turmbauer von Santa Eulalia. Als junger Liebling der Gemeinde war sie das Kind, das ausgewählt würde – wenn sie nur männlich wäre! –, die Spitze des *castell* der Turmbauer in ihren grünen Hemden und weißen Hosen zu bilden, die bei öffentlichen Anlässen Gott und Katalonien feierten, indem sie sich, einer auf den Schultern des anderen stehend, in den Himmel erhoben.

Einige sagten, die *castellers* spielten die Himmelfahrt

47

Christi nach. Während Musiker alte Lieder auf Trommeln und traditionellen katalanischen Holzblasinstrumenten, sogenannten *gralles*, spielten, kam zuerst ein Quartett starker Männer mit tonnenförmiger Brust. Zum Schutz von Rücken und Bauch in erstickend enge Schärpen gewickelt, wurden sie umringt von Hunderten eifriger Freiwilliger, die sich gegen sie drückten, sie stützten, mit Dutzenden von Händen festhielten, um so ein festes Fundament zu bilden. Vier weitere starke Männer kletterten nun auf die ersten vier und stellten die nackten Füße auf die Schultern der unteren. Dann kletterten noch einmal vier hoch, und auf diese stellten sich vier weitere. Und so weiter und so fort, bis acht Schichten aus Männern entstanden waren, jede Schicht ein wenig leichter als die vorhergehende, weil sie weniger Gewicht tragen musste. Die oberen Schichten bestanden aus Jugendlichen, und der Letzte, der diesen Turm bestieg, war ein kleiner Junge, der die *enxaneta*, den Reiter auf der Spitze, bildete.

Die kleine Teresa Gallego war stark und geschickt wie ein Affe, eine viel bessere Kletterin als jeder Junge im Dorf. Sie war bei jedem Training der Türmler dabei, weil ihr Vater Eusebi seine unschätzbare Kraft der vierten Männerschicht lieh. Auch wenn ein Mädchen nie die Turmspitze sein konnte, wurde die kleine Teresa doch bewundert und geliebt, und manchmal erlaubte man ihr sogar, bei Proben bis zur fünften Schicht zu klettern, über vier Körper hinweg, als würden sie eine Leiter bilden, auf Waden, Hintern, Rücken, ausgestreckte Arme tretend, bis sie schließlich auf ihrem Vater stand. Sie kletterte vorsichtig und behände, ohne hektische Bewegung, die den *castell* zum Schwanken bringen würde, aber oft schwankte und erzitterte er trotzdem, wenn sie kletterte. Ein schneller Fluchtbefehl vom Übungsleiter unten auf dem Boden, und Teresa glitt flink über all die Rücken und Beine wieder herunter, während der Turm wankte und sich verdrehte. Bei einer dieser Kletterübungen brach er unter ihr zusammen, und das Mädchen fiel zu Boden, eine kleine menschliche Frucht inmitten all der polternden, harten Erwachsenenkörper. Sie trug ein paar kleinere Verletzungen davon, aber Gott bewahrte sie vor größerem Schaden.

Obwohl sie allgemein als bestes Kletterkind anerkannt war, war es doch bei den großartigen Zeiten öffentlichen Siegens während der geplanten Auftritte der *castellers* bei Festivitäten immer ein langsamerer und ungeschickter Junge, der sich linkisch nach oben arbeitete und als neunte Schicht den Abschluss bildete, nach einem letzten Tritt auf einen Rücken in der achten Schicht triumphierend einen Arm hob und so wie die Kirsche auf einem hohen Schichtkuchen zur Turmspitze wurde, während unten die Menge johlte und jubilierte. In diesen Augenblicken stand Teresa auf fester Erde und starrte enttäuscht und sehnsüchtig in die Höhe, während die Musik der Trommeln und *gralles* Schauer durch ihren Körper jagte und der ganze menschliche Turmbau sich, siegreich und in vollkommener Ordnung, Schicht um Schicht auflöste und wieder der Erde zuwuchs.

Teresa nahm nur zwei Jahre lang an den Übungsstunden teil. In der Mitte der zweiten Saison zeigte ihr Vater frühe Zeichen nachlassender Gesundheit und hatte Mühe, das Seine zu dem Turm beizutragen. Er wurde ersetzt, und Teresa ging von da an nicht mehr zu den Übungen der *castellers*. Sie war bald nicht mehr jedermanns Liebling, und je älter sie wurde, desto mehr verlor sie an Liebreiz, aber Josep hörte nicht auf, sie aus der Entfernung anzustarren.

Er hatte keine Ahnung, was sie so interessant machte. Er sah zu, wie aus dem Kind eine große und starke junge Frau wurde. Mit sechzehn waren ihre Brüste zwar klein, aber ihr Körper war fraulich, und er fing an zu starren, wenn er sich unbeobachtet fühlte, warf einen schnellen Blick auf ihre Beine, wenn sie sich den Rocksaum in den Bund steckte, um ihn im Weinberg nicht zu beschmutzen. Sie wusste, dass er sie mit seinen Blicken verfolgte, aber sie sprachen nie miteinander.

Doch in diesem Jahr am Tag der Santa Eulalia standen beide zufällig vor der Schmiede, von wo aus man die Prozession gut sehen konnte.

Es gab eine Kontroverse um diesen Tag, weil es zwei Heilige mit dem Namen Eulalia gab – Santa Eulalia, die Schutzheilige von Barcelona, und Santa Eulalia von Mérida – und die Leute sich nicht einigen konnten, von welcher das Dorf seinen Namen hatte. Beide Heilige waren Märtyrerinnen, die unter Schmerzen für ihren Glauben gestorben waren. Der Tag der Santa Eulalia von Mérida war der 10. Dezember, aber das Dorf feierte am 12. Februar, an dem Tag, den auch Barcelona heiligte, weil man näher an Barcelona als an Mérida lag. Einige Dorfbewohner verschmolzen schließlich in ihrer Vorstellung die bewundernswerten Kräfte der beiden Heiligen und schufen so ihre kombinierte Santa Eulalia, die mächtiger war als die zwei anderen. Die Eulalia des Dorfes war als Schutzheilige zuständig für eine ganze Reihe von Dingen – für Regen, Witwen, Fischer, Jungfräulichkeit und die Verhinderung von Missgeburten. Bei fast allen wichtigen Problemen des Lebens konnte man zu ihr beten.

Fünfzig Jahre zuvor war einigen Dorfbewohnern aufgefallen, dass die Überreste der einen Eulalia in der Kathedrale von Barcelona begraben lagen, während die Gläubigen in Mérida die Reliquien ihrer Santa Eulalia in ihrer Basilika aufbewahrten. Die Bewohner von Santa Eulalia wollten ihre Heilige ebenfalls ehren, aber sie hatten keine Reliquie, nicht einmal einen Fingerknochen, und so warfen sie ihre dürftigen Mittel zusammen und gaben eine Statue von ihr für ihre Kirche in Auftrag. Der Bildhauer, bei dem die Statue bestellt wurde, war ein Steinmetz, der Grabsteine herstellte, ein Mann von beschränktem Talent. Die Statue, die er schuf, war groß und klobig, mit einem missmutigen Gesicht, in dem man das Menschliche gerade noch erkennen konnte, aber sie war mit leuchtenden Farben bemalt, und das Dorf war stolz auf sie.

An jedem Feiertag der Santa Eulalia kleideten die Frauen ihre Heilige in eine weiße, mit vielen, hell klingenden Glöckchen geschmückte Robe. Die stärksten Männer, darunter auch diejenigen, die das Fundament des menschlichen Turms bildeten, wuchteten die Statue auf eine quadratische Plattform aus kräftigen Balken. Die Männer an der Vorderseite der Plattform durften vorwärts gehen, was sie stöhnend und ächzend taten, die Männer hinten allerdings rückwärts; langsam und schwankend bewegten sie sich von einem Ende des Dorfes zum anderen und zweimal um die *plaça* herum, wobei die Klingeln an der Statue bimmelten wie in heiliger Zustimmung. Kinder und Hunde jagten einander im Schlepptau der Statue. Säuglinge schrien, die Hunde bellten, und der Zug der Santa Eulalia wurde begleitet vom Klatschen und Jubilieren der Menge, die im Sonntagsstaat zusammengeströmt war, einige aus beträchtlicher Entfernung, um an den Festlichkeiten teilzunehmen und der Heiligen die Ehre zu erweisen.

Josep war sich des Mädchens in seiner Nähe sehr deutlich bewusst. Sie standen stumm nebeneinander, und er richtete den Blick starr auf das Gebäude auf der anderen Seite der schmalen Straße, um sie nicht ansehen zu müssen. Vielleicht war sie so verzaubert wie er. Bevor ihnen überhaupt bewusst wurde, dass die Heilige sich näherte, war Eulalia schon beinahe über ihnen. Die Straße war an dieser Stelle sehr schmal. Zu beiden Seiten der Plattform waren nur wenige Zentimeter Platz, und manchmal eckte sie bedrohlich an den Steinmauern der Häuser an, bis die Männer sie mit winzigen Bewegungen wieder so ausrichten konnten, dass sie hindurchpasste.

Josep schaute nach vorn und sah, dass die Straße hinter der Schmiede zwar breiter, aber von einer Menge Zuschauer bereits besetzt war.

»Senyoreta«, sagte er warnend, das einzige Wort, was er bisher zu ihr gesagt hatte.

In der Mauer der Schmiede gab es eine schmale Nische, und Josep fasste das Mädchen am Arm, schob sie hinein und zwängte sich ebenfalls dazu, kurz bevor die Plattform sie erreichte. Wären sie noch auf der Straße gewesen, hätte die schwerfällige Last gefährlich gestoßen und gerieben. Sogar jetzt spürte er hinten an seinen Oberschenkeln, wie eine Ecke der Plattform am Stoff seiner Hose zerrte. Hätte die Plattform geschwankt, hätte es auch jetzt noch zu einem Unfall kommen können.

Aber er war sich der Gefahr kaum bewusst. Er stand an den Körper des Mädchens gedrückt – so nahe – und nahm nur noch jede einzelne seiner Empfindungen wahr.

Zum allererseten Mal betrachtete er nun ihr Gesicht; aus großer Nähe und ohne gezwungen zu sein, nach zwei Sekunden wieder wegzuschauen. Kein Mensch würde sie je für eine Schönheit halten, dachte er sich. Aber irgendwie war für ihn ihr Gesicht etwas Besonderes.

Ihre Augen waren von durchschnittlicher Größe und einer weichen, braunen Farbe, die Wimpern lang und die Augenbrauen schwer und dunkel. Ihre Nase war klein und gerade mit schmalen Nasenlöchern. Ihre Lippen waren voll, und die Oberlippe war aufgesprungen. Ihre Zähne waren stark und weiß und ziemlich lang. Er roch den Knoblauch, den sie zu Mittag gegessen hatte. Unter ihrem linken Unterkiefer sah er ein fast rundes braunes Muttermal, das er am liebsten berührt hätte.

Alles, was er sah, hätte er am liebsten berührt.

Sie zwinkerte nicht. Ihre Blicke kreuzten sich, sie konnten nirgendwo anders hinschauen.

Dann war Santa Eulalia an ihnen vorbei. Josep trat einen Schritt zurück. Ohne ein Wort entschlüpfte ihm das Mädchen und lief die Straße hinunter.

Er stand da und wusste nicht, worauf er seinen Blick richten sollte, denn er war sich sicher, dass jeder in der Umgebung ihn vorwurfsvoll anstarrte, weil er seine harte Männlichkeit an die Reinheit eines solchen Mädchens gedrückt hatte. Aber als er beschämt die Augen hob und sich umschaute, sah er, dass kein Mensch ihn mit irgendeinem Interesse bedachte und allem Anschein nach auch niemand irgendetwas bemerkt hatte, und so eilte er davon.

Danach mied er das Mädchen wochenlang, er konnte ihr einfach nicht in die Augen sehen. Für ihn war es unausweichlich, dass sie mit ihm nie wieder etwas zu tun haben wollte. Er bedauerte tief, dass er am Tag der Heiligen zur Schmiede gegangen war, bis er eines Morgens Teresa Gallego am Brunnen auf der *plaça* traf. Während sie ihre Eimer mit Wasser hochzogen, fingen sie an, sich zu unterhalten.

Sie blickten einander in die Augen, und sie sprachen sehr lange, leise und ernsthaft, wie es sich gehörte für zwei Menschen, die von Santa Eulalia zusammengeführt worden waren.

Eine Sache zwischen Brüdern

Genau eine Woche nach Joseps Rückkehr kam Donat mit seiner Frau Rosa Sert zur *masia,* und in seinem Gesicht spiegelte sich eine merkwürdige Mischung aus Willkommen und düsterer Vorahnung. Donat war schon immer stämmig gewesen, aber jetzt hatte er Hängebacken, und sein Bauch war angeschwollen wie reifer Hefeteig. Josep sah, dass Donat sehr bald schon ein wirklich fetter Mann sein würde.

Sein älterer Bruder, ein fetter Halbfremder, der in der Stadt lebte.

Sie tauschten beide Küsse mit ihm aus. Rosa war klein und drall, eine nett anzusehende Frau. Sie war wachsam, lächelte ihm aber zaghaft zu.

»Pare meinte, du wärst unter die Soldaten gegangen, wahrscheinlich ins Baskenland«, sagte Donat. »War das denn nicht der Zweck dieses Jagdvereins, dich zum Soldaten auszubilden?«

»Es hat sich nicht so ergeben.«

Josep lieferte ihnen keine weiteren Erklärungen, erzählte ihnen aber von seinen vier Jahren Arbeit im Languedoc. Er goss ihnen einen Schluck zum Probieren ein, den letzten Rest aus dem Weinschlauch, den er aus Frankreich mitgebracht hatte, und sie lobten den *vin ordinaire,* obwohl er sein Aroma schon längst verloren hatte.

»Dann arbeitest du also in einer Tuchfabrik? Ist die Arbeit in Ordnung?«

»Mir gefällt sie recht gut. Zweimal im Monat wird der Lohn ausbezahlt, egal, ob's Hagel gibt oder Dürre oder irgendein anderes Unglück.«

Josep nickte. »Regelmäßig Geld ist gut. Und was ist deine Aufgabe?«

»Ich helfe einem Arbeiter, der die Spulen überwacht, die den Webstühlen das Garn liefern. Ich lerne so einiges. Wenn der Faden oder das Garn reißt, fügen wir die beiden Enden mit Weberknoten wieder zusammen. Bevor die Spulen keinen Faden mehr haben, ersetze ich sie durch neue Spulen. Es ist eine große Fabrik, mit vielen dampfbetriebenen Webstühlen. Es gibt Aufstiegsmöglichkeiten. Ich hoffe, eines Tages Mechaniker zu werden für Webstühle oder Dampfmaschinen.«

»Und du, Rosa?«

»Ich? Ich untersuche die Stoffe und behebe Fehler. Beseitige Flecken und so weiter. Manchmal gibt es eine Schadstelle oder ein winziges Loch, und dann nehme ich Nadel und Faden und bessere es aus, sodass es nicht mehr zu sehen ist.«

»Sie ist sehr geschickt und hat sehr viel gelernt«, sagte Donat stolz. »Aber sie bezahlen gelernten Frauen weniger als ungelernten Männern.«

Josep nickte.

Ein kurzes Schweigen folgte.

»Und was willst du tun?«, fragte Donat.

Josep wusste, sein Bruder hatte mit Sicherheit bemerkt, dass das »Zu verkaufen«-Schild verschwunden war.

»Trauben züchten. Wein für die Essigherstellung machen.«

»Wo?«

»Hier.«

Sie schauten ihn beide entsetzt an. »Ich verdiene weniger als zwei *pessetes* pro Tag«, sagte Donat. »Zwei Jahre lang, solange ich das Handwerk lerne, bekomme ich nur halben Lohn, und ich brauche dringend Geld. Ich werde dieses Land verkaufen.«

»Ich werde es kaufen.«

Donats Mund blieb offen stehen, und Rosas Lippen waren fest zusammengepresst, was aus ihrem Mund einen sorgenvollen Strich machte.

So geduldig wie möglich erklärte Josep: »Nur ein Einziger ist bereit, dieses Land zu kaufen – Casals, der dir nur sehr wenig dafür bezahlen würde. Und von dem Wenigen, was der *alcalde* dir gibt, würde ein Drittel mir zustehen, der Anteil des jüngeren Bruders.«

»Pare hat das eindeutig festgelegt. Der ganze Weinberg sollte an mich gehen.«

Ihr Vater hatte es sich wirklich genau überlegt.

»Das Land sollte in einem Stück an dich gehen, weil nur eine Familie davon leben kann, wenn sie Wein zur Essigherstellung anbaut. Aber Pare hat dir nicht das Land im Ganzen hinterlassen, damit du es verkaufen kannst. Wie du weißt. Wie du es sehr genau wissen *musst*, Donat.«

Sie starrten einander an, und es war sein Bruder, der schließlich den Blick abwandte.

»Deshalb muss die gewohnte Regel gelten: zwei Drittel an den ältesten Sohn, ein Drittel an den jüngeren. Ich werde dir einen guten Preis zahlen, einen besseren als Àngel Casals. Von dieser Summe ziehen wir ein Drittel ab, weil ich nicht bezahlen werde, was mir bereits gehört.«

»Und woher willst du das Geld nehmen?«, fragte Donat leise.

»Ich verkaufe meine Trauben, wie Pare es immer getan hat. Ich gebe dir alle drei Monate eine Rate, bis der gesamte Preis bezahlt ist.«

Die drei saßen schweigend da.

»Ich habe fast meinen gesamten Lohn gespart, Lohn für vier Jahre harte Arbeit in Frankreich. Ich kann dir die erste Rate sofort geben. Und für eine lange Zeit bekommst du alle drei Monate zusätzliches Geld. Zusammen mit dem, was ihr beide verdient, wird es das Leben für euch einfacher machen. Und das Land bleibt so in der Familie Àlvarez.«

Donat schaute Rosa an, die die Achseln zuckte. »Du musst ein Papier unterschreiben«, sagte sie zu Josep.

»Warum ein Papier? Das ist eine Sache zwischen Brüdern.«

»Trotzdem muss man es auf eine ordnungsgemäße Art tun«, sagte sie und klang sehr entschlossen dabei.

»Seit wann brauchen Brüder ein Papier?«, fragte Josep Donat. Er gestattete sich, sehr verärgert zu werden. »Warum sollten Brüder einem Rechtsverdreher gutes Geld in den Rachen werfen?«

Donat schwieg.

»So macht man so etwas eben«, beharrte Rosa. »Mein Vetter Carles ist Anwalt, er wird uns das Dokument für sehr wenig Geld aufsetzen.«

Sie starrten ihn stur an, und jetzt war es Josep, der den Blick abwandte und die Achseln zuckte.

»Na gut. Bringt mir das gottverdammte Papier«, sagte er.

Am nächsten Sonntag waren sie wieder da. Das Dokument war steif und weiß und sah sehr bedeutsam aus. Donat hielt es in der Hand, als wäre es eine Schlange, und übergab es mit Erleichterung an Josep.

Er versuchte, es zu lesen, aber er war zu nervös und verärgert; die Wörter auf den zwei Seiten verschwammen vor seinen Augen, und er wusste, was er tun musste.

»Wartet hier«, sagte er und ließ sie an dem Tisch sitzen, den er immer noch als den Tisch seines Vaters betrachtete.

Nivaldo saß in seiner Wohnung über dem Laden und hatte die in Kastilisch erscheinende Zeitung *El Cascabel* vor sich aufgeschlagen. Sonntags öffnete er sein Geschäft erst, wenn die Messe zu Ende war, weil erst dann die Gläubigen zu ihm strömten, um Vorräte für die ganze Woche zu kaufen. Sein schlechtes Auge war geschlossen, und mit seinem guten Auge starrte er die Zeitung grimmig an, so wie er es bei allem tat, was er las. Er erinnerte Josep immer an einen Habicht.

Nivaldo war der klügste Mann, den Josep kannte. Josep hatte den Eindruck, er hätte alles sein oder tun können.

Er hatte Josep einmal erzählt, er könne sich nicht erinnern, je in einem Klassenzimmer gewesen zu sein. In derselben Woche des Jahres 1813, in der Joseph Bonaparte gezwungen worden war, aus Madrid zu fliehen, war Nivaldo von den Zuckerrohrfeldern seines Geburtslandes Kuba geflohen. Mit seinen zwölf Jahren hatte er sich auf einem Schiff nach Maracaibo versteckt. Er war Gaucho in Argentinien gewesen und Soldat in der spanischen Armee, aus der Nivaldo, wie Pare einmal verraten hatte, desertiert war. Er hatte auf Segelschiffen gedient. Aufgrund der rätselhaften Dinge, die er von Zeit zu Zeit sagte, war Josep sicher, dass er Freibeuter gewesen war, bevor er sich als Ladenbesitzer in Katalonien niederließ. Josep wusste nicht, wo Nivaldo Lesen und Schreiben gelernt hatte, aber er konnte beides gut genug, um Josep und Donat zu unterrichten, als sie noch klein waren. Sie saßen dazu an dem kleinen Tisch im Laden, und die Lektionen wurden immer sofort unterbrochen, wenn irgendjemand hereinkam, um ein Stück *xoriço* oder ein paar Scheiben Käse zu kaufen.

»Was ist los in der Welt, Nivaldo?«

Nivaldo seufzte und faltete *El Cascabel* zusammen. »Es ist eine schlechte Zeit für die Armee der Regierung, eine ihrer schlimmsten Niederlagen, zweitausend ihrer Soldaten wurden nach einer Schlacht im Norden von den Karlisten gefangen genommen. Und in Kuba gibt es Streitigkeiten. Die Amerikaner liefern den Rebellen Waffen und Vorräte. Die Amerikaner können von Florida aus praktisch auf Kuba pissen, und sie werden erst zufrieden sein, wenn sie es besitzen. Sie können es nicht ertragen, dass ein Juwel wie Kuba von einem Land regiert wird, das so weit entfernt ist wie Spanien.« Er legte die Zeitung weg. »Und, was hast du auf dem Herzen?«, fragte er etwas mürrisch, und Josep gab ihm das Papier des Anwalts.

Nivaldo las es schweigend durch. »Ah, du kaufst den Weinberg. Das ist sehr gut.« Dann kehrte er zum Anfang zurück und studierte das Dokument noch einmal. »Hast du das gelesen?«

»Nicht richtig.«

»*Jesús.*« Er gab es Josep zurück. »Lies es sorgfältig. Und dann ein zweites Mal.«

Er wartete geduldig, bis Josep damit fertig war, und dann nahm er das Papier wieder an sich. »Hier.« Mit gestrecktem Zeigefinger deutete er auf den Absatz. »Der Anwalt sagt, wenn du nur eine einzige Zahlung nicht tätigst, gehen das Land und die *masia* an Donat zurück.«

Josep stöhnte.

»Du musst ihnen sagen, dass dieser Teil geändert werden muss. Wenn sie dich schon auspressen wollen, dann sollte hier wenigstens stehen, dass du das Land erst verlierst, wenn du dreimal in Folge nicht zahlen konntest.«

»Zum Teufel mit ihnen. Ich unterzeichne das verdammte Ding so, wie es ist. Ich komme mir schmutzig dabei vor, wenn ich mit meinem Bruder um das Land der Familie schachere und streite.«

Nivaldo beugte sich vor, packte Joseps Handgelenk und schaute ihm in die Augen. »Hör auf mich, Tigre«, sagte er sanft. »Du bist kein Kind mehr. Du bist kein Narr. Du musst dich schützen.«

Josep kam sich vor wie ein Kind. »Was ist, wenn sie die Veränderungen nicht hinnehmen?«, fragte er mürrisch.

»Das werden sie mit Sicherheit nicht. Sie erwarten, dass du feilschst. Sag ihnen … solltest du je mit einer Zahlung im Verzug sein, dann bist du bereit, zehn Prozent auf die Summe der nächsten Zahlung draufzulegen.«

»Du glaubst, dass sie damit einverstanden sind?«

Nivaldo nickte. »Ich glaube schon.«

Josep dankte ihm und stand auf.

»Du musst diese Änderung in das Dokument hineinschreiben, und du und Donat müsst eure Namen unter den veränderten Teil setzen. Warte.« Nivaldo holte den Wein und zwei Gläser. Er nahm Joseps Hand und schüttelte sie. »Ich gebe dir meinen Segen. Möge das Glück immer bei dir sein, Josep.«

Josep dankte ihm. Dann kippte er den Wein schnell hinunter, wie Wein nie getrunken werden sollte, und kehrte zur *masia* zurück.

Donat hatte bereits vermutet, dass Josep Nivaldo um Rat fragen würde, einen Mann, den er ebenso achtete wie sein Bruder, und er hatte keine Lust, sich wegen der verlangten Änderungen mit Josep anzulegen.

Rosa aber, wie Josep erwartet hatte, widersprach sofort. »Du musst wissen, dass du ohne Verzug zahlen musst«, sagte sie streng.

»Das weiß ich sehr gut«, knurrte er. Als er ihr dann das Angebot der zehnprozentigen Strafzahlung machte, dachte sie einen quälend langen Augenblick nach, bevor sie nickte.

Sie sahen zu, wie er mühsam die Änderungen niederschrieb und dann die beiden Ausfertigungen des Vertrags zweimal unterzeichnete.

»Mein Vetter Carles, der Anwalt, hat uns gesagt, falls es Änderungen gibt, muss er sie zu lesen bekommen, bevor Donat unterschreibt«, sagte Rosa. »Willst du nach Barcelona kommen, um dein Papier abzuholen?«

Josep wusste, was sie eigentlich meinte. *Um uns das Geld zu bringen.* Er hatte kein Verlangen, nach Barcelona zu gehen. »Ich bin gerade erst zu Fuß aus Frankreich gekommen«, sagte er kalt.

Donat machte ein verlegenes Gesicht. Ganz offensichtlich wollte er seinen Bruder besänftigen. »Ich werde alle drei Monate hierher ins Dorf kommen, um die Zahlungen abzuholen. Aber warum besuchst du uns nicht am nächsten Samstagabend?«, sagte er zu Josep. »Du kannst deine unterschriebene Ausfertigung abholen, uns die erste Rate geben, und dann feiern wir ausgiebig. Wir zeigen dir, wie man in Barcelona feiert.«

Josep hatte genug. Er wollte die beiden nur loswerden, und so versprach er, sie am Ende dieser Woche zu besuchen.

Als sie verschwunden waren, saß er wie betäubt am Tisch in der stillen *casa*. Schließlich stand er auf, ging nach draußen und spazierte durch den Weinberg.

Es war, als hätte er sich plötzlich in den ältesten Sohn verwandelt. Er wusste, dass er Aufregung und Freude spüren sollte, stattdessen aber fühlte er sich bleischwer vor Zweifel.

Er ging zwischen den Reihen auf und ab und betrachtete die Reben. Sie standen nicht in einem so exakten Abstand wie die makellosen Reihen in Mendès' Weinberg, und sie waren nicht gerade, sondern gewunden und verkrümmt wie Schlangen. Nachlässig waren sie damals gepflanzt worden, ein wüstes Durcheinander aus Sorten – sein Auge erkannte kleine und große Gruppen von Garnatxa-, Samsó- und Ull-de-Llebre-Trauben. Generationen seiner Vorfahren hatten aus ihnen Wein gemacht, aus dem dann ein grober, geschmackloser Essig wurde. Seinen Vorfahren waren die Sorten gleichgültig gewesen, solange es nur schwarze Trauben waren, die genügend Saft gaben.

Auf diese Art hatten sie überlebt. Auch ihm sollte es möglich sein, auf diese Art zu überleben, sagte er sich. Aber er machte sich Sorgen; er hatte das Gefühl, dass sein Glück sich zu einfach gewendet hatte. Würde er die Herausforderungen seiner neuen Verantwortung auch meistern können?

Er musste keine Familie ernähren, sagte er sich, und bis auf allerschlichteste Nahrung hatte er kaum persönliche Bedürfnisse. Aber der Weinberg würde Ausgaben erfordern. Er fragte sich, ob er sich ein Maultier leisten konnte. Sein Vater hatte das Maultier verkauft, als seine Söhne alt genug waren, um Männerarbeit zu leisten. Mit drei Männern im Weinberg konnte man die Arbeit bewältigen, ohne sich mit der Versorgung eines Haustiers herumschlagen zu müssen. Aber jetzt hatte er nur seine eigene Arbeitskraft, und ein Maultier wäre ein Gottesgeschenk.

Im Lauf der Jahre war alles einfach nutzbare Land mit Rebstöcken bepflanzt worden, aber im Gehen sah er, dass die letzten Strahlen der Abendsonne noch die Kuppe des Hügels beleuchteten, die die Grenze des Anwesens bildete. Nur die Hälfte des Hangs war mit Stöcken bepflanzt; die Steigung hatte fast den Winkel erreicht, von dem Léon Mendès ihm gesagt hatte, dass er mehr als fünfundvierzig Grad betrage. Das war zu steil, um ihn mit einem Maultier bearbeiten zu können, aber Josep hatte in Frankreich viele Stunden damit zugebracht, Rebstöcke zu pflanzen und zu pflegen, und hatte dabei auf ähnlich steilen Hängen nur mit Handwerkzeugen gearbeitet.

Die meisten der älteren Stöcke waren Ull de Llebre. Aber ein Teilstück des Hügels war mit Garnatxa bepflanzt, und er stieg dorthin, wo die Reben sehr schön gealtert waren, vielleicht hundert Jahre alt und mit knorrigen unteren Stämmen, die so dick waren wie seine Schenkel. Eine Handvoll Rosinen hing noch an den vertrockneten Ranken, und als er sie pflückte und aß, merkte er, dass sie noch immer voller lang anhaltendem Aroma waren.

Er stieg noch höher und stützte sich hin und wieder auf ein Knie, weil die Füße auf der unbearbeiteten Flanke nicht genügend Halt fanden. Manchmal hielt er auch inne, um Ginster und Unkraut auszuzupfen. Wie viele Stöcke man hier noch pflanzen könnte! Er könnte die Traubenernte beträchtlich erhöhen.

Er erkannte, dass er vielleicht einige Dinge gelernt hatte, die sein Vater nicht gewusst hatte. Und war bereit zu schuften wie ein Arbeitstier und Dinge auszuprobieren, an die sein Vater sich nie gewagt hätte.

In dieser Nacht würde er zum ersten Mal im Bett seines Vaters schlafen.

Er begriff, dass das, was passiert war, einem Wunder gleichkam, das für ihn so wichtig war wie der Tag, an dem der König und der Conde de Aranda dem Oficial José Àlvarez das Land übergeben hatten. In diesem Augenblick fiel aller Zweifel von ihm ab, und plötzlich durchströmte ihn das Glück, das sich ihm bis jetzt entzogen hatte. Erfüllt von Dankbarkeit setzte er sich auf die erwärmte Erde und sah zu, wie die Sonne den Horizont in Röte tauchte, bevor sie zwischen zwei Hügeln verschwand. Schon bald legte sich Dunkelheit über das kleine, von Reben bestandene Tal von Santa Eulalia, und die Nacht senkte sich auf sein Land.

Ein Ausflug nach Barcelona

Am Samstagmorgen hackte und grub Josep zwei Stunden lang, er pflügte die Erde entlang einer armseligen Reihe, in der sehr alte Ull de Llebre nur dürftig wuchsen, und die festgebackene Erde splitterte wie Stein. Aber noch sehr früh am Tag hörte er zu arbeiten auf, weil er nicht wusste, wie lange er brauchen würde bis zu der Tuchfabrik, in der Donat sein Geld verdiente. So machte er sich auf zu der Straße nach Barcelona; der lange Marsch von Frankreich hierher war ihm noch frisch im Gedächtnis, und er hatte wenig Lust, zu Fuß in die Stadt zu gehen. Stattdessen stellte er sich an den Straßenrand und wartete auf ein geeignetes Fahrzeug. Mehrere private Kutschen ließ er vorüberziehen, doch als er dann ein Fuhrwerk sah, das mit neuen Fässern beladen war und von vier riesigen Pferden gezogen wurde, hob er die Hand und deutete die Straße hinunter.

Der Fuhrmann, ein rotwangiger Mann, der so kräftig gebaut war wie seine Pferde, zog die Zügel an, ließ Josep aufsteigen und wünschte ihm freundlich einen guten Morgen. Die Fahrt war ein Glücksfall. Die Pferde trappelten munter, und der Mann war eine gleichmütige Seele, die es freute, sich die Fahrzeit mit einer gemächlichen Unterhaltung zu verkürzen. Er sagte, er heiße Emilio Rivera und habe in Sitges eine Böttcherei.

»Schöne Fässer«, sagte Josep und betrachtete die Ladung hinter seinem Rücken. »Für Weinmacher?«

Rivera lächelte. »Nein.« Er verkaufe nicht an Weinmacher, sagte er, allerdings beliefere er die Essighersteller mit Fässern. »Die da sind für Fischer im Hafen von Barcelona bestimmt. Die füllen die Fässer mit Seehecht, Brassen, Thunfisch … Heringen … manchmal auch Sardinen oder Anchovis. Nicht sehr oft mit Aal, denn meistens verkaufen sie ihren gesamten Aalfang frisch. Ich mag jungen Aal sehr gern.«

Keiner von beiden erwähnte den Bürgerkrieg; man konnte nicht sagen, ob ein Fremder ein Karlist war oder ein die Regierung unterstützender Liberaler.

Als Josep die Pferde bewunderte, wandte die Unterhaltung sich Zugtieren zu. »Ich möchte mir demnächst ein starkes junges Maultier kaufen«, sagte Josep.

»Dann musst du auf den Pferdemarkt in Castelldefels gehen. In vier Wochen wird der nächste abgehalten. Mein Vetter Eusebio Serrat kauft Pferde, Maultiere und dergleichen. Gegen ein kleines Honorar wird er dir helfen, das beste Tier aus dem dortigen Angebot auszuwählen«, sagte der Böttcher, und Josep nickte nachdenklich und prägte sich den Namen ein.

Riveras Pferde trabten zuverlässig voran. Schon kurz nach Mittag erreichten sie den Ort, wo die Tuchfabrik sich befand, nur wenig außerhalb der Mauern Barcelonas, aber da Josep mit Donat vereinbart hatte, ihn um fünf Uhr nachmittags vor der Fabrik zu treffen, fuhr er mit Senyor Rivera an der Fabrik vorbei. Die Glocken im Turm der Kathedrale läuteten zwei, als er auf der Plaça de la Seu vom Wagen des Böttchers sprang.

Er schlenderte durch die Kathedrale und die Gewölbegalerien, aß sein Brot und seinen Käse auf einer Bank im Kreuzgang und warf den Gänsen, die unter den Mispeln und Magnolien und Palmen des Kirchgartens grasten, eine Rinde zu. Dann setzte er sich draußen auf die Steinstufen und genoss die dünne Sonne, die die kühle Luft des Vorfrühlings erwärmte.

Er wusste, dass es nur ein kurzes Stück war bis zu dem Viertel, wo, nach Nivaldos Angaben, Teresas Gatte einen Schusterladen hatte. Die Möglichkeit, sie hier auf der Straße zu treffen, machte ihn nervös. Was würde er zu ihr sagen?

Aber sie tauchte nicht auf. Er saß da und sah den Leuten zu, die die Kirche betraten und verließen – Priester, Angehörige der gehobenen Schichten in feinem Tuch, Nonnen in verschiedenen Trachten, Arbeiter mit ausgezehrten Gesichtern, Kinder mit schmutzigen Füßen. Die Schatten wurden bereits länger, als er die Kathedrale verließ und über schmale Straßen und kleine Plätze zum Stadtrand marschierte.

Er hörte die Fabrik, bevor er sie sah. Zuerst war das Dröhnen wie eine entfernte Brandung und füllte seine Ohren mit einem düsteren, dumpfen Brausen, bei dem ihn Unbehagen und eine dunkle Vorahnung beschlichen.

Donat umarmte ihn freudig und war sehr erpicht darauf, Josep zu zeigen, wo er arbeitete. »Komm«, sagte er. Die Fabrik war ein Kasten aus rotem Backstein. Im Vorraum war der Lärm noch bedrohlicher.

Ein Mann in einem vornehmen schwarzen Rock mit grauer Weste schaute Donat an. »Du! Neben den Krempelmaschinen liegt ein Ballen verdorbener Wolle. Sie ist verfault und kann nicht mehr verwendet werden. Wenn du ihn bitte beseitigst.«

Josep wusste, dass sein Bruder seit vier Uhr morgens arbeitete, aber Donat nickte. »Ja, Senyor Serna, ich werde mich gleich darum kümmern. Senyor, darf ich Ihnen meinen Bruder Josep Àlvarez vorstellen? Meine Schicht ist zu Ende, und ich will ihm gerade unsere Fabrik zeigen.«

»Ja, ja, zeig sie ihm, aber dann beseitige die schlechte Wolle … Sucht dein Bruder vielleicht eine Anstellung?«

»Nein, Senyor«, sagte Josep, und der Mann wandte sich desinteressiert ab.

Donat blieb vor einer Kiste mit Rohwolle stehen, zupfte ein wenig von dem Material heraus und stopfte es sich in die Ohren. »Mach es auch so«, sagte er. »Als Schutz gegen den Krach.«

Trotz der Ohrstöpsel donnerte ihnen der Lärm entgegen, als sie durch ein paar Türen gingen. Sie betraten einen Balkon und schauten hinunter auf zahllose Reihen von Maschinen, die ein ratterndes Pandämonium veranstalteten, das auf Joseps Haut prasselte und alle Hohlräume in seinem Körper füllte.

Donat klopfte ihm auf den Arm, um ihn auf sich auf-

merksam zu machen. »Spinnmaschinen… und Webstühle«, formten seine Lippen. »Und… andere… Maschinen.«

»Wie… viele?«

»Drei… hundert!«

Er ging voraus, und gemeinsam schwammen sie in diesem Meer aus Lärm. Mit Gesten zeigte Donat, wie Roll-
kutscher Kohle von einem Fuhrwerk direkt auf eine
Rutsche kippten, die die Kohle zu zwei Kesseln beför-
derte. Zwei halb nackte Heizer schaufelten unablässig
die schwarzen Brocken in die Brenner, die den Dampf
als Antrieb für die gigantische Maschine erzeugten, die
die Webstühle mit Energie versorgte. Am Ende eines
Backsteinkorridors befand sich ein Raum, in dem die
Rohwolle von Ballen genommen und nach Güte und
Faserlänge sortiert wurde – Donat bedeutete Josep, dass
die längeren die besseren waren –, bevor sie auf mecha-
nische Bänder kam, die die Wolle rüttelten, sodass der
anhaftende Schmutz durch ein Sieb in einen Behälter
darunter rieselte. Waschmaschinen spülten das Vlies, bis
es schrumpfte, und Krempelmaschinen glätteten die Fasern und bereiteten sie zum Spinnen vor. Im Krempel-
raum lächelte Donat einem Freund zu und berührte
seinen Arm.

»Mein… Bruder.«

Sein Kollege lächelte Josep an und gab ihm die Hand.
Dann berührte der Mann sein Gesicht und wandte sich
ab. Das war ein Geheimsignal der Arbeiter, wie Josep
gleich erfahren sollte, und es bedeutete, dass ein Vorge-
setzter einen beobachtete. Er sah, dass der Aufseher – an

einem Tisch auf einem kleinen, erhöhten Podest in der Mitte des Saals – sie scharf anschaute. Ein großes Schild neben dem Aufseher mahnte: »Schweigend arbeiten! Reden behindert die richtige Ausführung der Arbeit!«

Donat führte ihn schnell aus dem Raum. Sie folgten dem Weg der Wolle durch die vielen Verfahren, die zum Spinnen des Garns und dem Weben und Färben des Tuchs führten. Josep war ganz schwindelig vom Lärm und den kombinierten Gerüchen von Rohwolle, Maschinenöl, Kohlelampen und dem Schweiß von rund tausend emsigen Arbeitern. Als Donat ihn stolz aufforderte, über die fertigen Rollen sattfarbiger Stoffe zu streichen, zitterte Josep und war mehr als bereit, alles zu tun oder zu sagen, was ihn wegbrachte von dem unaufhörlichen, geballten Kreischen der Maschinen.

Er half Donat bei der Beseitigung des verfaulenden Wollballens auf einer Müllhalde hinter der Fabrik.

»Kann ich einen Sack mit diesem Zeug haben? Ich glaube, ich kann es gebrauchen.«

Donat lachte. »Warum nicht? Der stinkende Müll nützt uns nichts mehr. Du kannst haben, so viel, wie du tragen kannst.«

Er füllte einen Stoffsack mit der Wolle und lächelte nachsichtig, als sein merkwürdiger Bruder ihn von der Halde wegschleppte.

Donat und Rosa lebten im Fabrikdorf, in einem kleinen »billigen Haus«, das so hieß, weil die Arbeiter es für wenig Geld von der Fabrik mieten konnten. Ihr Haus war eins von vielen identischen Häusern, die in Reihen standen. Jedes Haus hatte zwei winzige Zimmer – ein

Schlafzimmer und eine Kombination aus Küche und Wohnzimmer –, und sie teilten sich ein Außenklo mit einem Nachbarn. Rosa begrüßte Josep herzlich und holte sofort die beiden Ausfertigungen des Vertrags hervor. »Mein Vetter Carles ist mit den Veränderungen einverstanden«, sagte sie und schaute aufmerksam zu, wie ihr Ehemann beide Papiere unterschrieb. Als Josep eins der Dokumente entgegennahm und Rosa die Banknoten gab, die seine erste Rate für das Land darstellten, strahlten sie und Donat.

»Jetzt feiern wir«, verkündete Donat und eilte davon, um die Zutaten für ein Festmahl zu besorgen. Nachdem er gegangen war, ließ Rosa Josep eine Weile allein im Haus, kehrte aber bald schon mit einer drallen jungen Frau zurück. »Meine Freundin Ana Zulema aus Andalusien.« Beide Frauen hatten sich unübersehbar für den Anlass zurechtgemacht und trugen beinahe identische dunkle Röcke und gestärkte weiße Blusen.

Kurz darauf kam auch Donat wieder, mit Essen und Getränken. »Ich war im Fabrikladen. Wir haben auch eine Fabrikkirche und einen Fabrikpfarrer. Und eine Fabrikschule für die Kleinen. Wie du siehst, ist alles, was wir brauchen, gleich hier. Wir müssen nie weg von hier.«

Er breitete gewürztes Fleisch, Salate, *bacallà,* Brote und Oliven auf dem Tisch aus; Josep sah, dass er offensichtlich einen Großteil der ersten Rate für Essen ausgegeben hatte. »Ich habe Weinbrand gekauft und Essig von den Leuten, die früher bei Pare gekauft haben. Vielleicht ist sogar dieser Essig aus unseren Trauben gemacht!«

Donat nahm einen tiefen Schluck Weinbrand. Es sah

so aus, als könne er nicht einmal zu Hause aufhören, von seiner Arbeit zu reden. »Das ist hier eine neue Welt. Die Arbeiter in dieser Fabrik, sie stammen aus allen Teilen Spaniens. Viele kommen aus dem Süden, weil es dort keine Arbeit gibt. Anderen wurde ihr altes Leben im Kriegswahnsinn vernichtet – die Häuser von den Karlisten zerstört, die Ernte auf den Feldern verbrannt, das Essen von Soldaten gestohlen, die Kinder am Verhungern. Das hier ist ein Neuanfang, eine schöne Zukunft für sie und für mich, mit all diesen Maschinen! Sind die Maschinen nicht wunderbar?«

»Sind sie«, sagte Josep nur zögernd, ihn ängstigten die Maschinen.

»In den ersten zwei Jahren bin ich Lehrling, und dann werde ich Weber.« Das Leben sei nicht einfach für die Fabrikarbeiter, gab Donat zu. »Die Regeln sind hart. Man muss sich aufs Klo stehlen, wenn man dringend muss. Essenspausen gibt es keine, deshalb stecke ich mir zu Hause ein Stück Käse oder ein wenig Fleisch in die Tasche und esse bei der Arbeit.« Die Fabrik laufe vierundzwanzig Stunden am Tag, zwei lange Schichten, sagte er. »Nur am Sonntag steht sie still, denn da werden die Maschinen geölt und repariert. Das ist die Arbeit, die ich gern machen würde, eines Tages.«

Als die vier die Flasche Weinbrand ausgetrunken hatten, gähnte Donat, nahm seine Frau bei der Hand und verkündete, dass es Zeit sei, zu Bett zu gehen.

Auch Josep hatte Weinbrand getrunken, und ihm war schwindelig. Bald fand er sich neben Ana auf dem Strohsack wieder, den Donat für ihn auf dem Boden ausgebreitet hatte. Hinter der dünnen Tür hörte er Donat und Rosa sich lautstark lieben. Ana kicherte und rückte näher. Sie hatte ein stark parfümiertes Gesichtspuder aufgelegt. Als sie einander küssten, schlang sie ein Bein um seinen Körper.

Es war schon einige Monate her, seit Josep mit Margit im Languedoc zusammen gewesen war, und sein Körper war schwach vor Sehnsucht nach Erleichterung. Ana versuchte, ihn noch enger an sich zu ziehen, aber er hatte eine albtraumhafte Vision: diese Fremde schwanger, eine überhastete Heirat in der Fabrikkirche, eine Anstellung als Hilfsarbeiter in dieser dröhnenden, klappernden Hölle.

»Josep?«, fragte sie schließlich, aber er zwang sich dazu, sich schlafend zu stellen, und so stand sie bald auf und ging nach Hause.

Er lag die ganze Nacht wach und wünschte sich Ana zurück, es verdross ihn, dass er sie hatte gehen lassen, und zugleich schämte er sich dafür. Er lauschte dem zornigen Lärm der Maschinen und zerbrach sich den Kopf wegen der Ausgaben, die er seinem Bruder und seiner Schwägerin aufgebürdet hatte.

Noch vor Sonnenaufgang verließ er den Strohsack, warf sich den Sack Wolle, den er vor der Tür abgestellt hatte, über die Schulter und machte sich auf den Heimweg.

Es war bereits später Nachmittag, als er Santa Eulalia erreichte. Fünf verschiedene Fahrzeuge hatten ihn mitgenommen, und dazwischen war er schnell ausgeschrit-

ten. Er war müde, dennoch ging er sofort zu der Rebenreihe, bei der er tags zuvor die festgebackene Erde
umgegraben hatte. Großzügig verteilte er die Wolle in
weiten Kreisen um jeden Stock Ull de Llebre und grub
dann die Fasern unter die dünne Erde. Er glaubte, dass
die bereits faulende Wolle einige Stoffe abgeben konnte,
die den Stöcken halfen. Auf jeden Fall lockerte das fe-
dernde Material die Erde, sodass Wasser und Luft leichter ihren Weg zu den Wurzeln fanden. Er arbeitete, bis
der Sack leer war, und es tat ihm leid, dass er nicht noch
mehr Wolle mitgenommen hatte. Vielleicht, dachte er,
konnte er Donat überreden, ihm noch einen Sack zu
bringen.

Als der Abend hereinbrach, ging er in das alte Steinhaus, das ihm plötzlich sehr solide und verlässlich vorkam, und holte sich *xoriço*, einen Ranken Brot und einen Weinschlauch. Er stieg den Hügel halb hoch, setzte
sich auf einen Felsen, aß sein Abendbrot und ließ sich
den sauren Wein in den Mund rinnen. Der Abend fühlte
sich frisch und sauber an, und in wenigen Wochen schon
würde die Luft erfüllt sein vom Duft wachsender Pflanzen.

Als er noch ein kleiner Junge war, hatte Nivaldo ihm
erzählt, dass tief in der Erde unter dem Land seines Vaters
eine Gemeinde kleiner, pelziger Kreaturen lebte, weder Mensch noch Tier – das kleine Volk. Aufgabe dieser
Wesen sei es, Feuchtigkeit und Nahrung zu den hung-
rigen und durstigen Wurzeln der Rebstöcke seines Vaters zu bringen, und es sei ihre Bestimmung, Jahr um
Jahr Trauben an den Stöcken hervorzubringen. Oft hatte

Josep, wenn er abends zu Bett ging, sich diese Wesen vorgestellt, furchtsam und zugleich fasziniert – kleine, wühlende Gestalten mit Fell und scharfen Klauen an den Fingern, mit denen sie gruben, Wesen, die sich durch Quieken und Grunzen verständigten und in der dunklen Erde unermüdlich arbeiteten.

Jetzt spritzte er ein wenig Wein auf die Erde, ein Opfer für das kleine Volk, und als er den Kopf hob, sah er eine Eule über den Himmel ziehen. Einen flüchtigen Augenblick lang war sie eine schwarze Silhouette vor dem Vollmond, die Federn an den Flügelspitzen ausgebreitet wie Finger. Dann war sie verschwunden. Alles war so still, dass er die Stille hören konnte, und in diesem Moment wurde ihm mit ungeheurer Erleichterung bewusst, dass er mit Donat und Rosa ein wunderbares Geschäft gemacht hatte.

NACHBARN

Josep ging langsam an seinen Rebenreihen entlang, genoss den Anblick der blassen Knospen und der gierigen Ranken an den erwachenden Stöcken und suchte nach Schnecken oder Hinweisen auf Krankheiten, die eine Behandlung mit Schwefel erforderlich machen würden.

Maria del Mar Orriols' Stimme drang von ihrem Weinberg zu ihm herüber.

»Francesc. Francesc, wo bist du?«

Zuerst rief sie nur alle paar Minuten, doch dann schallte ihre Stimme immer häufiger von der Straße aus, und sie klang verärgert. »FRA-A-AN-CE-E-SC!«

Josep sah den kleinen Jungen, der vom Ende der Rebenreihe zu ihm herunterspähte wie einer der Gartenwichtel seiner Vorstellung. Das Kind war nicht von der Straße gekommen. Josep wusste, der Junge musste von der Rückseite des Weinbergs seiner Mutter über Torras' Grund bis zu seinem Weinberg gegangen sein. Zäune gab es keine. Kaum mehr als die Breite eines Mannes trennte ein Grundstück vom anderen; doch jeder kannte die Grenze seines Besitzes sehr genau.

»Hallo«, sagte Josep. Aber der Junge antwortete nicht.
»Ich gehe meine Reihen ab. Um meine Stöcke wieder kennenzulernen. Kümmere mich um mein Geschäft, verstehst du?«

Die großen Augen des Jungen wichen nicht von Joseps Gesicht. Er trug Hemd und Hose aus fadenscheinigen, aber sorgfältig ausgebesserten Stoffen, höchstwahrscheinlich von seiner Mutter aus den besten Stücken abgelegter Erwachsenenkleidung zusammengenäht. Ein Knie seiner Hose war erdfleckig, und über dem anderen Knie zeigte sich ein kleiner Riss.

»Frannn-ce-e-sc! Fra-a-nn-ce-e-scc!«

»Er ist hier. Hier oben bei mir«, rief Josep. Er streckte den Arm aus und nahm die kleine Hand. »Ich bring dich besser zu deiner Mama.«

Francesc schien nicht anders zu sein als andere Landkinder, doch als sie dann gingen, schmerzte Josep sein deutliches Hinken doch sehr. Sein rechtes Bein war kürzer als das linke. Bei jedem Schritt seines kürzeren Beins wurde der Kopf weit nach rechts gezogen und kam dann beim nächsten Schritt des linken Beins wieder hoch.

Sie trafen seine Mutter auf halbem Weg zur Straße. Er hatte sie zwar nie gut gekannt, sah aber jetzt doch, dass sie sich deutlich von dem Mädchen unterschied, das er in Erinnerung hatte. Älter, dünner ... härter, mit einem wachsamen Argwohn in den Augen, als würde sie jeden Augenblick schlechte Nachrichten oder eine Gemeinheit erwarten. Sie hatte eine gute Haltung. Ihr Körper wirkte reif und groß, ihre langen Beine waren versteckt unter einem schmutzigen, an den Knien schlammfleckigen Rock, von einer kürzlichen Anstrengung waren ihre Haare wirr, und das Gesicht war verschwitzt und gerötet. Als sie sich vor das Kind kniete, sah er den dunklen feuchten Fleck auf dem Rücken ihres Arbeitshemds, direkt zwischen den Schulterblättern.

Sie nahm Francesc bei der Hand. »Ich hab dir doch gesagt, du sollst auf unserem Stück Land bleiben, wenn ich arbeite. Warum hast du nicht gehorcht?«, fragte sie ihren Sohn streng.

Der kleine Junge lächelte.

»Hallo, Maria del Mar.«

»Hallo, Josep.«

Er hatte Angst, dass sie ihn nach Jordi fragen würde. Jordi war tot; als er ihn das letzte Mal gesehen hatte, hatte man ihm die Kehle durchgeschnitten. Doch als Maria del Mar ihn anschaute, war ihr Blick fraglos und unpersönlich.

»Tut mir leid, wenn er dich belästigt hat«, sagte sie.

»Nein, er ist ein guter Junge, und er ist mir immer willkommen… Ich werde jetzt das Land meines Vaters bearbeiten.«

Sie nickte. Inzwischen wusste mit Sicherheit jeder im Dorf, dass er der neue Besitzer war. »Ich wünsche dir viel Glück«, sagte sie leise.

»Danke.«

Dann wandte sie sich wieder an ihren Sohn. »Francesc, so dumm bist du doch nicht. Du musst in der Nähe bleiben, wenn ich arbeite.« Sie nickte Josep zu, nahm Francesc bei der Hand und führte ihn weg.

Josep fiel auf, dass sie trotz ihrer Ungeduld nicht schnell ging, sondern Rücksicht nahm auf die Behinderung ihres Sohns, und Josep war gerührt, als er sie davongehen sah.

An diesem Nachmittag saß er bei Nivaldo, trank Kaffee und hing seinen grüblerischen Gedanken nach. »Unsere Frauen haben nicht sehr lange auf uns gewartet, mmh?«

»Warum hätten sie das tun sollen?«, erwiderte Nivaldo sachlich. »Du bist verschwunden, ohne ihr zu sagen, ob du zurückkommst oder nicht. Danach hast du keinem Menschen je eine Nachricht geschickt, nicht einmal ein Lebenszeichen. Irgendwann glaubte jeder im Dorf, dass du für immer weg bist.«

Josep wusste, dass der alte Mann recht hatte. »Ich glaube nicht, dass irgendeiner von uns eine Nachricht hätte schicken können. Ich konnte es auf jeden Fall nicht. Es gab … gewisse Gründe.«

Nivaldo wartete einen Augenblick, für den Fall, dass Josep Genaueres erzählen wollte. Als er es nicht tat, nickte Nivaldo. Wenn das irgendjemand verstehen konnte, dann er; es hatte auch in seinem Leben Dinge gegeben, über die der alte Kubaner nicht reden konnte.

»Nun ja, was geschehen ist, ist geschehen«, sagte Nivaldo. »Die Zeit ist beschränkt, die ein Mann und eine Frau getrennt sein und trotzdem ein Paar bleiben können.«

Josep wollte nicht schlecht über Teresa und die anderen Frauen sprechen, aber eine bittere Bemerkung konnte er sich nicht verkneifen. »Maria del Mar auf jeden Fall hat beim Heiraten keine Zeit verloren.«

»Mein Gott, Josep!… Sie musste um ihr Überleben kämpfen. Ihr Vater war schon lange tot, und ihre Mutter litt an der Schwindsucht. Sie konnte sich kaum ihr Essen verdienen, wie du sicher noch weißt.«

Josep wusste es noch.

»Ihre Mutter starb kurz nach deinem Weggang. Maria hatte nichts mehr außer einem gesunden Körper und einem kleinen Jungen. Viele Frauen wären in eine Stadt gegangen und hätten ihren Körper dort verkauft. Sie dagegen nahm an, als Ferran Valls ihr einen Heiratsantrag machte. Und sie hat Mut, diese Kleine, sie schuftet wie ein Pferd. Seit Ferrans Tod bestellt sie ihren Weinberg ganz allein. Sie arbeitet besser als die meisten Männer, aber sie hat es schwer. Viele Leute denken, dass es ganz in Ordnung ist, wenn eine Frau sich den Buckel auf dem Feld krumm macht, aber wenn sie eine Frau sehen, die ihr eigener Herr ist und versucht, ihre eigenen Geschäfte zu führen – das ertragen sie nicht, dann nennen diese Neidhammel sie eine gierige Schlampe. Clemente Ramírez, der für die Essigfabrik einkauft, zahlt ihr weniger, als er für Wein zahlt, den ein Mann gemacht hat. Ich habe versucht, mit ihm zu reden, aber er lacht nur. Sie kann nicht einfach wechseln und ihre Trauben woanders verkaufen. Und auch wenn sie Verbindung zu einer anderen Firma aufnehmen könnte, weiß sie doch ganz genau, dass die sie genauso betrügen würden. Eine Frau ohne Ehemann ist ihnen auf Gedeih und Verderb ausgeliefert. Sie muss nehmen, was immer sie ihr geben, damit sie ihren Jungen ernähren kann.«

Josep wurde nachdenklich. »Es wundert mich, dass sie nicht wieder geheiratet hat.«

Nivaldo schüttelte den Kopf. »Ich glaube nicht, dass sie von einem Mann noch irgendetwas will, wenn du weißt, was ich meine. Ferran war bereits alt, als sie seine Frau wurde. Ich bin mir sicher, dass er vor allem eine kräftige Arbeiterin wollte und ihre Arbeitskraft umsonst. Nach seinem Tod tat sie sich mit Tonio Casals zusammen, und er lebte fast das ganze vergangene Jahr in ihrem Haus. Er arbeitete weiter für seinen Vater und rührte keinen Finger in ihrem Weinberg. Tonio gehört zu der Sorte Männer, die gemein sind zu ihren Maultieren und ihren Frauen. Sie musste sehr bald erkannt haben, dass er ein schreckliches Vorbild ist für den Jungen, und schließlich warf sie Tonio aus dem Haus. Also, denk mal darüber nach: Zuerst schwängert Jordi sie und lässt sie im Stich. Dann nimmt Ferran sie nur auf, weil sie hart arbeiten kann. Und dann Tonio Casals... Er hat sie mit ziemlicher Sicherheit misshandelt. Bei dieser Vergangenheit kann ich mir vorstellen, dass sie es als Segen betrachtet, ohne Mann zu sein, du nicht auch?«

Josep dachte darüber nach und musste nicken.

So wie es manchmal passiert, trieb der Sommer den Frühling mit einem Ausbruch heißen Wetters davon. Die Hitze hielt fünf Wochen an, ließ zuerst die Knospen aufbrechen und versengte dann die Blüten, was eine weitere Saison der Dürre und schlechten Ernte erahnen ließ.

Josep wanderte durch den Weinberg und betrachtete seine Pflanzen sehr genau. Er wusste, dass die alten Stöcke in ihrer beständigen Suche nach Feuchtigkeit viele sich schlängelnde Wurzeln tief ins Erdreich getrieben hatten. Diese tiefen Wurzeln halfen ihnen zu überleben, aber nach einiger Zeit entwickelten einige der Stöcke Schösslinge mit schlaffen Spitzen und gelblich grundständigen Blättern, Anzeichen für große Belastung.

Dann wachte Josep eines Morgens zu Donner und einer triefenden Welt auf. Drei Tage lang prasselte es ununterbrochen, und danach kehrte die sengende Sonne zurück. Die zähen Rebstöcke überlebten, und der Regen und die Hitze arbeiteten jetzt zusammen, um neue Knospen hervorzubringen und dann eine Überfülle neuer Blüten, aus denen eine reiche Ernte sehr großer Früchte wachsen würde. Josep wusste, wenn es im Languedoc so war, dann war Léon Mendès gedrückter Stimmung, denn die großen, schnell wachsenden Trauben waren minderwertig in Aroma und Charakter und schlechtes Ausgangsmaterial für die Erzeugung von Wein. Aber was im Languedoc schlechte Nachrichten waren, waren gute in Santa Eulalia, denn eine große Menge und das größere Gewicht der Trauben bedeutete mehr Wein, den man an die Essig- und Weinbrandfabriken verkaufen konnte. Josep wusste, dass das Wetter es ihm ermöglicht hatte, bereits in seiner ersten Saison als Besitzer des Weinbergs ein Einkommen zu erzielen, und er war dankbar. Trotzdem stellte er mit großem Interesse fest, dass in der Reihe mit alten Ull-de-Llebre-Stöcken, wo er die Rohwolle untergegraben hatte, um die harte Erde zu belüften, die Reben voll und dicht wuchsen und mit schweren Traubenbüscheln behangen waren. Er konnte nicht widerstehen, die Reben nur dieser einen Reihe so zu behandeln, wie er wusste, dass Mendès es getan hätte, indem er sie ausdünnte und einige der Blätter wegschnitt, sodass sich die Essenz jeder Pflanze in den Trauben konzentrierte, die noch übrig waren.

Wärme und Feuchtigkeit hatten natürlich auch das Unkraut gedeihen lassen, und bald waren die Zwischenräume zwischen den Reihen wieder zugewuchert. Den ganzen Weinberg mit der Hand zu jäten wäre eine endlose Aufgabe gewesen. Der Pferdemarkt in Castelldefels war bereits vorüber, und Josep hatte der Versuchung widerstanden, ein Maultier zu kaufen. Langsam, aber sicher ging sein kleiner Geldvorrat zur Neige, und er wusste sehr gut, dass er seine Mittel zusammenhalten musste.

Aber Maria del Mar Orriols hatte ein Maultier. Er zwang sich, zu ihrem Weinberg zu gehen und sie anzusprechen.

»Guten Morgen, Marimar.«

»Guten Morgen.«

»Das Unkraut ist schlimm, mmh?«

Sie starrte ihn nur an.

»Wenn du mir dein Maultier leihst, damit es meinen Pflug zieht, dann grabe ich dein Unkraut ebenfalls unter.«

Sie überlegte einen Augenblick und nickte dann.

»Gut«, sagte Josep.

Sie sah zu, wie er das Tier holen ging. Er wollte das Maultier gerade wegführen, da hob sie die Hand.

»Mach meinen zuerst«, sagte sie dünn.

Eine soziale Organisation

*E*s hatte eine Zeit gegeben, in der er und Teresa Gallego unzertrennlich gewesen waren, als ihnen alles
klar erschien und die Welt und Zukunft für sie berechen-
bar gewesen waren wie der Straßenverlauf auf einer einfachen Karte. Marcel Àlvarez hatte stark wie ein Stein
gewirkt, und Josep hatte gedacht, dass sein Vater noch sehr
lange leben würde. Er wusste vage, dass Donat, wenn der
Vater irgendwann einmal starb, den Weinberg übernehmen würde, und es war ihm, wenn auch nur undeutlich,
bewusst, dass er sich eine andere Art des Lebensunterhalts
würde suchen müssen. Er und Teresa würden Mittel und
Wege finden, um zu heiraten, Kinder zu haben, schwer
arbeiten, um ihr Brot zu verdienen, und dann sterben, wie
jeder es muss, *Jesús* steh uns bei! Sie begriffen sehr genau,
was möglich war im Leben und was nötig.

Die Dorfbewohner waren es bald gewohnt, die beiden zusammen zu sehen, wenn sie nicht in den Weinbergen ihrer Väter arbeiteten. Im hellen Licht des Tages,
wenn die Augen des ganzen Dorfes auf ihnen ruhten,
war es einfacher, die Schicklichkeit zu wahren. Nachts,
im Schutz der Dunkelheit, war es schwieriger, der Ruf

des Fleisches stärker. Sie fingen an, beim Spazierengehen Händchen zu halten, eine erste erotische Berührung, die ihnen Lust auf mehr machte. Die Dunkelheit war eine private Kammer, die Josep gestattete, Teresa schüchtern zu umarmen und linkisch zu küssen. Sie drückten sich aneinander, sodass sie durch die Berührung von Schenkel, Brust und Lenden voneinander lernen konnten, und im Lauf der Zeit küssten sie sich ausgiebig und wurden einander sehr vertraut.

Eines Abends im August, als das Dorf unter heißer, schwerer Luft keuchte, gingen sie zum Fluss, zogen ihre Kleidung aus, setzten sich Hüfte an Hüfte in das sanft strömende Wasser und fingen an, einander mit erregter Verwunderung zu erkunden, überall berührten sie sich, das Haarige, das Nackte, Muskeln und Wölbungen, weiche Hautfalten, das harte Horn der Zehennägel, Kratzer und Schwielen von der schweren Arbeit. Sie ließ ihn saugen wie ein kleines Kind. Er entdeckte und berührte sanft ihr hemmendes Häutchen, den Beweis ihrer Unschuld, als wäre eine Spinne in sie eingedrungen und hätte in ihr ein jungfräuliches Netz aus dünnem, warmem Fleisch gesponnen. Sie genossen das verbotene Neue und wussten doch kaum, was zu tun war. Zwar hatten sie Tiere bei der Vereinigung gesehen, aber als er versuchte, es ihnen gleichzutun, wurde Teresa unnachgiebig, zornig und ängstlich.

»Nein! Nein, ich würde Santa Eulalia nicht mehr anschauen können!«, sagte sie wild.

Er bewegte ihre ihn umfassende Hand, bis genug Samen aus ihm herausschossen, um ein ganzes Dorf zu bevölkern, und mit dem Pedregós davontrieben. Es war nicht die große sinnliche Erfüllung, die, wie sie beide ahnten, irgendwo hinter dem Horizont lag. Aber ihnen wurde bewusst, dass sie eine Grenze überschritten hatten, und für den Augenblick gaben sie sich damit zufrieden, unbefriedigt zu sein.

Die Leidenschaft vertrieb sehr schnell ihre Gleichmütigkeit gegenüber der Zukunft. Er wusste, die Lösung für ihr Dilemma war eine frühe Heirat, aber um das zu erreichen, musste er erst eine Anstellung finden. In einem abgelegenen Dorf mit winzigen landwirtschaftlichen Parzellen war das unmöglich, denn so gut wie jeder Bauer hatte Erben und jüngere Söhne, die für den unwahrscheinlichen Fall, dass sich irgendwo eine Arbeitsmöglichkeit auftat, mit Josep in einen erbitterten Wettstreit treten würden.

Er sehnte sich danach, aus diesem Dorf zu fliehen, das ihn hielt wie einen Gefangenen ohne Hoffnung, träumte davon, einen Ort zu finden, wo es ihm gestattet wäre, eifrig und mit all seiner Kraft zu arbeiten, um sich sein Leben zu verdienen.

Unterdessen fiel es ihm und Teresa immer schwerer, die Hände voneinander zu lassen.

Josep wurde reizbar und rotäugig. Vielleicht bemerkte es sein Vater und sprach mit Nivaldo.

»Tigre, ich will, dass du morgen Abend mit mir kommst«, sagte Nivaldo zu Josep.

Er nickte. »Wohin denn?«

»Du wirst schon sehen«, sagte Nivaldo.

Am folgenden Abend gingen sie zusammen eine Fußstunde vom Dorf weg ins Umland, zu einem verlassenen Sträßchen und einem kleinen, windschiefen Gebäude aus verputztem Stein. »Das ist Nuriàs Haus«, sagte Nivaldo. »Ich komme seit Jahren hierher. Jetzt ist sie bereits im Ruhestand, und wir besuchen ihre Tochter.«

Drinnen wurden sie freundlich von einer Frau begrüßt, die das mittlere Alter bereits hinter sich gelassen hatte. Sie unterbrach ihre Strickarbeit gerade lange genug, um von Nivaldo eine Flasche Wein und eine Banknote entgegenzunehmen. »Hier ist mein Freund Nivaldo, also ist es der vierte Donnerstag. Aber ... wo ist Marcel Àlvarez?«

Nivaldo warf Josep einen verstohlenen Blick zu. »Er kann heute Abend nicht kommen. Das hier ist sein Sohn, mein Freund Josep.«

Die Frau schaute Josep an und nickte.

»Kind?«, rief sie.

Eine jüngere Frau schob den Stoff zur Seite, der die beiden Zimmer des kleinen Hauses voneinander trennte. Als sie Nivaldo neben ihrer Mutter sitzen und Josep verlegen allein dastehen sah, winkte sie mit dem Finger. Josep erhielt von Nivaldo einen Schubs in den Rücken.

Im Zimmer hinter dem Vorhang lagen zwei Schlafmatten auf dem Boden. »Ich bin Renata«, sagte das Mädchen. Sie hatte einen gedrungenen Körper, lange, tintenschwarze Haare und ein rundes Gesicht mit einer großen Nase.

»Ich heiße Josep.«

Als sie lächelte, sah er, dass ihre Zähne kantig und breit

waren, mit einigen Lücken dazwischen. Sie war etwa in seinem Alter, dachte er. Einen Augenblick lang standen sie nur da und schauten einander an, und dann schälte sie sich in einer schnellen Bewegung aus ihrem schwarzen Kleid.

»Na komm. Zieh dich aus. Alles. Dann macht es mehr Spaß, ja?«

Sie war ein hässliches und liebenswürdiges Mädchen. Ihre dicken Brüste hatten sehr weite Warzenhöfe. Verlegen, weil er wusste, dass die anderen hinter dem Vorhang alles hören konnten, zog Josep sich aus. Als sie auf dem zerdrückten Bett lag und ihre kurzen Beine öffnete, konnte er den dunklen Busch nicht anschauen. Sie roch leicht nach Zwiebeln und Knoblauch wie Nivaldos Eintopf, nur dass bei ihr der Geruch von Seifenlauge dazukam. Geschickt führte sie ihn in sich ein, und in wenigen Augenblicken war alles vorüber.

Danach war Nivaldo in dem kleinen Zimmer an der Reihe, und er scherzte mit Renata und lachte dröhnend, während Josep dasaß und lauschte und die Mutter beobachtete. Beim Stricken summte Nurià Kirchenlieder, von denen er einige kannte.

Als sie dann wieder nach Hause gingen, dankte Josep Nivaldo. »Du bist ein guter Kerl, Josep. Wir wissen, dass es schwer ist, der Zweitgeborene zu sein, ohne Arbeit, noch dazu mit einem süßen Mädchen, das einen schier in den Wahnsinn treibt.«

Eine Weile schwiegen sie. Josep fühlte sich körperlich leichter und entspannter, aber sein Kopf war noch immer sorgenschwer und verwirrt.

»In Kürze werden wichtige Dinge passieren«, sagte Nivaldo schließlich. »Es wird wieder einen Bürgerkrieg geben, einen großen. Seit Königin Isabels Flucht nach Frankreich hat Carlos VII. eine Armee zusammengestellt, eine Miliz, die in Regimenter unterteilt wird und deren Soldaten rote Barette tragen. Diese Bewegung hat die Unterstützung von Leuten aus ganz Spanien und der Kirche, wie auch die von vielen Soldaten und Oficials in der spanischen Armee.«

Josep nickte. Er hatte kein großes Interesse an Politik.

Nivaldo wusste das und fasste ihn scharf ins Auge. »Das wird auch dich betreffen«, sagte er. »Das wird ganz Katalonien betreffen. Vor einhundertfünfzig Jahren«, sagte er und spuckte aus, »verbot Felipe V. die katalanische Sprache, widerrief die katalanische Verfassung und schaffte den *fuero* ab, den Freibrief, der die Rechte und Privilegien und die Selbstverwaltung der Katalanen besiegelte. Carlos VII. hat geschworen, Katalonien, València und Aragonien ihre *fueros* zurückzugeben. Die spanische Armee ist beschäftigt mit dem Aufstand in Kuba. Ich glaube, König Carlos hat ausgezeichnete Chancen auf den Sieg. Falls er siegt, könnte die Miliz die nationale Armee der Zukunft sein und würde gute Aufstiegsmöglichkeiten bieten. Dein Vater und ich«, sagte Nivaldo bedächtig, »wir haben gehört, dass ein Mann nach Santa Eulalia kommen wird, ein verwundeter Oficial, der zur Erholung aufs Land geschickt wird. Während er hier ist, wird er Ausschau halten nach jungen Männern, aus denen man gute karlistische Soldaten machen kann.«

Sein Vater hatte Josep gesagt, dass seine Zukunft wohl in der Kirche oder in der Armee liegen würde. Er hatte sich nie gewünscht, Soldat zu werden, aber er hatte auch kein Verlangen nach dem Priesteramt.

»Wann kommt er denn, dieser Mann?«, fragte er vorsichtig.

Nivaldo zuckte die Achseln.

»Wenn ich Soldat werden wollte, müsste ich das Dorf verlassen. Ich würde woanders hingehen, um dort zu dienen, nicht?«

»Nun ja, natürlich ... Ich habe gehört, dass die Milizenregimenter im Baskenland zusammengestellt werden.«

Gut, dachte Josep verdrossen. Er hasste dieses Dorf, das ihm nichts bieten konnte.

»Aber nicht sofort. Man muss erst genommen werden. Dieser Mann ... wird mit einer Gruppe junger Männer arbeiten und nur die Besten der Truppe auswählen, um sie zu Soldaten zu machen. Er sucht junge Männer, denen man beibringen kann, an andere Soldaten weiterzugeben, was sie selbst gelernt haben. Ich bin zuversichtlich, dass du dich dafür eignest. Ich glaube, das ist eine Gelegenheit für dich, denn wenn man bereits kurz nach ihrer Gründung in eine Armee eintritt und es in den Lebenslauf einfließt, dass man auf diese Art ausgewählt wurde – aufgrund von Verdiensten –, dann kann es mit dem Aufstieg sehr schnell gehen. Die Karlisten wollen keine große Aufmerksamkeit auf ihre Rekrutierung ziehen«, sagte Nivaldo. »Wenn die jungen Männer in Santa Eulalia exerzieren, werden sie sich treffen wie zu einer freundschaftlichen Zusammenkunft.«

»Eine freundschaftliche Zusammenkunft?«

Nivaldo nickte. »Sie nennen es eine soziale Organisation. Einen Jagdverein«, sagte er.

ZWEITER TEIL

DER JAGDVEREIN

*Das Dorf Santa Eulalia
in der Provinz Katalonien in Spanien
3. April 1870*

DER MANN

Einige Wochen, die Josep viel länger vorkamen, ereignete sich gar nichts, und schließlich konnte er nicht mehr anders, er musste einfach mit Nivaldo sprechen.

»Dieser Mann, der hierherkommen soll. Ist etwas passiert? Kommt er nicht?«

Nivaldo öffnete gerade ein kleines Fass mit *bacallà*. »Ich glaube, er wird noch kommen. Hab Geduld.« Das gute Auge warf Josep einen Blick zu. »Dann hast du dich also entschlossen? Du willst Soldat werden?«

Josep zuckte die Achseln und nickte dann. Er hatte keine anderen Möglichkeiten.

»Ich war selbst mehrere Jahre Soldat. Es gibt, was diese Art von Leben angeht, ein paar Dinge, die man nicht vergessen darf, Tigre. Manchmal ist es eine langweilige Arbeit, und die Männer wenden sich dem Trunke zu, was ihr Verderben ist. Und unter den Soldaten treiben sich schmutzige Weiber herum, man muss sich also in Acht nehmen vor dem Schanker. ›Schnappe nicht nach dem Köder der Lust, solange du nicht weißt, ob ein Haken daran ist.‹« Er grinste. »Irgendein kluger Mann hat das geschrieben. Irgendein *alemany* oder ein *ang-*

lès.« Er brach ein winziges Stück Fisch ab, um ihn zu probieren. »Noch eine andere Warnung. Du solltest nicht zeigen, dass du lesen und schreiben kannst, denn dann werden sie dich mit Sicherheit zum Schreiber machen, und niedere Dienstgrade hängen an einem Schreiber wie der Gestank an einem Schwein. Lass die Armee dich lehren, ein kämpfender Soldat zu sein, denn nur so steigt man auf, und sag ihnen erst, dass du lesen und schreiben kannst, wenn es von Vorteil für dich ist. Ich glaube, eines Tages könntest du Oficial werden. Warum auch nicht? Und danach wäre dir im Leben alles möglich.«

Manchmal gab Josep sich Tagträumen hin, er sah sich in einem Verband vieler Männer, wie er, ein Schwert schwingend, den Truppen den Angriff befahl. An die weniger angenehmen Seiten versuchte er nicht zu denken – andere Menschen bekämpfen zu müssen, sie zu verletzen, zu töten, vielleicht selbst schmerzhafte Wunden zu erhalten oder sogar das Leben zu verlieren.

Er konnte nicht verstehen, warum Nivaldo ihn Tigre nannte. Da war so vieles, vor dem er Angst hatte.

Es gab Arbeit zu tun auf dem Weingut. Alle großen Bottiche und auch mehrere Fässer mussten geschrubbt und ein kleines Stück im Mauerwerk der *casa* musste repariert werden. Wie immer, wenn die Arbeit schwer oder unangenehm war, ließ Donat sich nicht blicken.

An diesem Abend saß Josep mit seinem Vater bei Nivaldo im Laden.

»Er ist da«, sagte Nivaldo. »Der Mann.«

Josep spürte, wie seine Augen sich weiteten. »Wo ist er?«

»Er wohnt bei den Calderóns. Schläft in ihrem alten Schuppen.«

»Da Nivaldo Erfahrung in der Armee hat«, sagte Joseps Vater, »habe ich ihn gebeten, für uns mit ihm zu sprechen.«

Nivaldo nickte. »Ich habe ihn bereits getroffen. Er ist bereit, dir einen Versuch zu gewähren«, sagte er zu Josep. »Er trifft sich morgen früh mit einigen der Jungen aus dem Dorf, auf einer Lichtung im Wald hinter dem Weinberg der Calderóns. Wenn die Frühmesse in der Kirche abgehalten wird.«

Es war noch dunkel, als Josep am nächsten Morgen den Weinberg der Calderóns erreichte. Langsam ging er zwischen den Reihen hindurch bis zum Ende der Reben. Er hatte nicht die geringste Ahnung, wohin er von dort aus gehen sollte, deshalb blieb er hinter den Reben am Waldrand stehen und wartete.

Aus der Dunkelheit kam eine Stimme. »Wie heißt du?«

»Josep Àlvarez.«

Der Mann tauchte neben ihm auf. »Folge mir.«

Er führte Josep über einen schmalen Waldpfad zu einer Lichtung.

»Du bist der Erste, der gekommen ist. Jetzt geh dorthin zurück, wo ich dich gefunden habe. Du wirst die anderen herführen.«

Und sie trafen bald darauf ein.

Enric Vinyès und Esteve Montroig, beinahe gleichzeitig.

Manel Calderón, der aus seinem Haus gestolpert kam und sich die Augen rieb.

Xavier Miró, dessen morgendliche Furzmelodie Josep hörte, bevor er ihn selbst sah.

Jordi Arnau, der noch zu verschlafen war, um überhaupt zu grüßen.

Der tollpatschige Pere Mas, der über eine Wurzel stolperte, als sie die Lichtung betraten.

Guillem Parera, schlau und leise und wachsam.

Miquel Figueres, der nervös grinste.

Die jungen Männer kannten einander schon ihr ganzes Leben lang. Sie kauerten in der grauen Morgendämmerung auf der Lichtung und schauten den Mann an, der ruhig und ohne zu lächeln mit sehr geradem Rücken auf dem Boden saß. Er war mittelgroß und hatte dunkle Haut, vielleicht ein Mann aus dem Süden, ein schmales Gesicht, hohe Wangenknochen und eine deutlich vorstehende Adlernase. Seine Haare waren kurz geschnitten, und sein schlanker Körper wirkte hart und stark. Die Jungen spürten kalte, abschätzende Augen.

Nachdem Lluís Julivert angekommen war – der neunte Junge, der der Gruppe beitreten wollte –, nickte der Mann. Offensichtlich hatte er gewusst, wie viele er erwarten durfte. Er stand auf und ging zur Mitte der Lichtung, und Josep sah jetzt, was er zuvor in der Dunkelheit noch nicht gesehen hatte: Er ging mit einem leichten Hinken.

»Ich bin Sergent Peña«, sagte er und drehte sich um,

als noch ein junger Kerl auf die Lichtung kam. Er war groß und dürr, mit dichten, drahtig schwarzen Haaren, und er trug eine lange Muskete.

»Was willst du?«, fragte der Mann mit dem Namen Peña leise. Sein Blick ruhte auf der Feuerwaffe.

»Ist das der Jagdverein?«, fragte der Junge, und einige der anderen fingen an zu lachen, denn sie sahen, dass es der beschränkte Jaume Ferrer war.

»Woher wusstest du, wo du uns findest?«

»Ich wollte gerade zum Jagen gehen, als ich Lluís traf und ihn fragte, wohin er will. Er hat gesagt, er geht zu einem Treffen des Jagdvereins, und ich habe beschlossen ihm zu folgen, weil ich der beste Jäger in Santa Eulalia bin.«

Sie lachten wieder über ihn, aber was er sagte, stimmte. Da er von Geburt an behindert war und viele Fähigkeiten einfach nicht erlernen konnte, hatte er sich schon sehr früh mit Begeisterung und Geschick aufs Jagen verlegt, und die Leute waren es gewohnt, diese Vogelscheuche von einem Jungen mit ein paar Vögeln, einem halben Dutzend Tauben oder einem fetten Hasen von einer Jagd zurückkehren zu sehen. Fleisch war teuer, und die Frauen des Dorfes waren immer sehr froh, ihm seine Beute für wenig Geld abkaufen zu können.

Sergent Peña streckte die Hand aus und nahm die Muskete, eine sehr alte Flinte mit glattem Lauf. An einigen Stellen war der Lauf bis zum Blaumetall abgenutzt, aber er sah, dass die Waffe gereinigt und sehr gut gepflegt war. Er sah den stumpfen Blick des Jungen und die unschuldige Verwirrung in seiner Stimme.

»Nein, junger Mann, das ist hier nicht der Jagdverein. Bist du außergewöhnlich gut im Rechnen?«

»Im Rechnen?« Jaume schaute ihn verwirrt an. »Nein, ich kann nicht rechnen, Senyor.«

»Aha. Dann würde es dir hier nicht gefallen, denn das ist der Rechenverein.« Er hielt die Muskete dem Jungen wieder hin. »Du musst jetzt also zum Jagen, nicht?«

»Ja, das muss ich wohl, Senyor«, sagte Jaume ernsthaft, und er nahm die Muskete und verließ unter weiterem Gelächter die Lichtung.

»Seid still. Albernheit wird nicht geduldet.« Der Sergent erhob seine Stimme nicht, aber er wusste, wie er mit Männern sprechen musste. »Nur kluge junge Männer können unsere Arbeit tun, denn man braucht ein funktionierendes Hirn, um Befehle entgegenzunehmen und sie auszuführen. Ich bin hier, weil unsere Armee junge Männer benötigt. Ihr seid hier, weil ihr eine Arbeit braucht, denn mir ist durchaus bewusst, dass in dieser Gruppe kein einziger Erstgeborener ist. Ich verstehe eure Lage sehr gut. Ich bin selbst der dritte Sohn meiner Familie. Ihr werdet die Möglichkeit erhalten, euch auszuzeichnen im Dienst für euer Vaterland, vielleicht sogar große Dinge zu tun. Ihr werdet als Männer behandelt. Die Armee will keine Knaben.«

Für Joseps Ohr war das Katalanische des Sergents vermischt mit einem anderen Akzent, vielleicht Kastilisch, dachte er.

Peña forderte sie nun auf, ihre Namen zu nennen, und während sie das taten, hörte er gut zu und schaute jeden eingehend an.

»Wir werden uns dreimal pro Woche hier treffen, am Montag, am Mittwoch und am Freitag, und zwar frühmorgens, wenn es noch dunkel ist. Die Ausbildung wird viele Stunden dauern, und die Arbeit wird schwierig sein. Ich werde eure Körper für die Härten des Soldatenlebens stählen und euren Verstand so formen, dass ihr denken und handeln könnt wie Soldaten.«

Esteve Montroig meldete sich eifrig. »Werden Sie uns auch beibringen, mit Gewehren und solchen Sachen zu schießen?«

»Immer wenn du mich ansprichst … Du bist Montroig? Esteve Montroig. Du musst mich korrekt mit ›Sergent‹ ansprechen.«

Ein Schweigen entstand. Esteve schaute ihn verwirrt an, und erst dann merkte er, worauf der Mann wartete.

»Ja, Sergent.«

»Überflüssige oder dumme Fragen werde ich nicht zulassen. Jetzt ist die Zeit, da ihr lernen müsst, zu gehorchen. *Zu gehorchen!* Ohne Nachfragen. Ohne Zögern oder die geringste Verspätung. Habt ihr mich verstanden?«

»Ja, Sergent «, antworteten sie zögernd und noch nicht wie mit einer Stimme.

»Hört mir gut zu. Ein Wort, das ihr als Soldaten ein für alle Mal aus eurem Kopf streichen müsst, ist ›warum‹. Jeder Soldat in jedem Rang hat einen über sich, dem er fraglos gehorchen muss. Sollen die Personen, die die Befehle geben, sich über das Warum den Kopf zerbrechen. Habt ihr mich verstanden?«

»Ja, Sergent!«

»Es gibt viel zu lernen. Steht jetzt auf.«

Sie folgten ihm in lässiger Kolonne den Waldpfad entlang zu einem breiteren Weg, der zu offenem Land führte. Dort befahl er ihnen zu laufen, und sie taten es unbeschwert, da sie jung und lebhaft waren. Sie waren alle Bauernjungen, ihre Körper an schwere Arbeit gewöhnt, und die meisten waren bei guter Gesundheit, deshalb lächelten einige von ihnen, während sie mit langen federnden Schritten liefen.

Guillem schnitt Grimassen hinter Peñas Rücken, und Manel unterdrückte sein Lachen und ließ nur ein einziges kurzes Schnauben heraus.

Aber in ihrem Alltag hatten sie selten Grund gehabt, mehr als ein paar Meter zu rennen, und bald ging ihr Atem stoßweise und abgehackt.

Pere Mas, der wie Donat einen sehr fleischigen Körper hatte, fiel fast sofort ans Ende der Reihe zurück und wurde sehr schnell zurückgelassen. Ihre polternden Füße hoben und senkten sich unaufhörlich, aber ungeschickt, sodass sie sich in die Quere kamen. Hin und wieder rempelten sie einander an, und Josep bekam bald Seitenstechen.

Das Lächeln verschwand von den Gesichtern, als das Atmen schwerer wurde.

Schließlich lief der Sergent mit ihnen auf eine Wiese, wo er ihnen erlaubte, sich kurz aufs Gras zu legen, und sie keuchten stumm in ihrer verschwitzten Arbeitskleidung.

Dann ließ er sie Aufstellung nehmen und brachte ihnen bei, wie sie die Reihe auszurichten hatten, dass sie von Anfang bis Ende eine gerade Linie bildete. Wie sie strammzustehen hatten, wenn er es ihnen befahl. Wie sie ihn in kräftigem Gleichklang anzureden hatten, wenn er ihnen als Gruppe eine Frage stellte, die als Antwort »Ja, Sergent« oder »Nein, Sergent« verlangte.

Dann ließ er sie – nun hustend und spuckend und keuchend – zu der Lichtung hinter Calderóns Weinberg zurücklaufen.

Pere Mas kam gehend hinterher, weit abgeschlagen hinter den anderen. Sein Herz hämmerte, und sein Gesicht war gerötet. Er kam nur an diesem allerersten Tag zu dem Jagdverein.

Miquel Figueres nahm noch an einem weiteren Treffen teil, aber dann vertraute er Josep freudig an, dass er nach Girona gehen werde, um dort auf dem Hühnerhof eines Onkels zu arbeiten, der keine Söhne hatte. »Ein Wunder. Ich habe zu Eulalia gebetet, und verdammt, sie hat mir ein Wunder geschenkt, ein wahres Wunder.«

Neidisch beteten die meisten anderen ebenfalls zu der Heiligen – auch Josep tat es, lange und inbrünstig –, aber für ihre Gebete hatte sie taube Ohren, und danach hörte keiner mehr auf. Denn keiner der anderen wusste, wohin er sonst gehen sollte.

MERKWÜRDIGE BEFEHLE

*W*ährend dieses ganzen heißen Augusts des Jahres 1869 und bis in den September hinein schwitzten und mühten sich die Mitglieder des Jagdvereins unter den wachsamen Blicken des schweigsamen Fremden ab. Aber auch er wurde beobachtet, jedoch achteten die jungen Männer darauf, Peña nicht anzustarren. Der Mund des Sergents war ein gerader Schlitz zwischen dünnen Lippen. Sie lernten sehr schnell, dass es besser für sie war, wenn die Mundwinkel sich nicht nach oben bogen. Nie lag der geringste Humor in seinem seltenen, unergründlichen Lächeln, das er nur zeigte, wenn sie ihre Pflichten auf eine Art erfüllten, die er als wahrhaft verachtenswert betrachtete, und danach schliff er sie ohne Gnade, er ließ sie so weit laufen, so lange marschieren, drillte sie so hart und führte ihnen ihre Patzer so oft vor Augen, bis die Fehler, die das Lächeln und den Abscheu verursacht hatten, schließlich ausgemerzt waren.

Er war doppelt so alt wie sie, aber beim Laufen hatte er mehr Ausdauer, und er konnte stundenlang marschieren, ohne Erschöpfung zu zeigen, obwohl er eine Verletzung hatte. Sie hatten sein Bein gesehen, als alle nach einem langen, schweißtreibenden Marsch im Fluss Erfrischung suchten. Über dem Knie hatte er eine Schusswunde wie ein runzliger Bauchnabel, die er schon vor langer Zeit erhalten haben musste, denn sie war völlig verheilt. Aber an der Außenseite des Oberschenkels sahen sie die Wunde, die ihn hinken ließ, einen langen, hässlichen Riss, der so frisch aussah, dass er wohl noch nicht ganz ausgeheilt war.

Peña schickte sie auf Missionen, ließ sie merkwürdige Botengänge machen, manchmal allein, manchmal in Gruppen – mit knappen Befehlen, die immer bizarr waren.

»Sucht neun flache Steine von der Größe eurer Faust. Fünf der Steine müssen grau sein und schwarze Mineraleinschlüsse enthalten. Vier müssen völlig weiß ohne jeden Makel sein.«

»Sucht gesunde Bäume und schneidet zwei Dutzend Stecken aus frischem Holz, sieben aus Eiche, sechs aus Olivenholz, den Rest aus Kiefer. Dann schält die Rinde ab. Jeder Stecken muss völlig gerade und doppelt so lang wie Jordi Arnaus Fuß sein.«

Eines Morgens schickte er Guillem Parera und Enric Vinyès in einen Olivenhain, um einen Schlüssel zu suchen, der, wie er sagte, am Fuße eines Baumes zu finden sei. Es gab neun Reihen mit je zwölf Bäumen pro Reihe. Sie fingen beim ersten an, auf Händen und Knien umkreisten sie langsam und mühevoll den Stamm und vergrößerten bei jeder Umrundung den Kreis, während sie mit den Fingern in Erde und altem Laub wühlten, bis sie sicher waren, dass der Schlüssel dort nicht versteckt war.

Dann gingen sie zum nächsten Baum.

Fünf Stunden waren sie schon auf der Suche, als sie zu dem zweiten Baum in der fünften Reihe kamen. Ihre schmutzigen Hände waren zerkratzt und wund, und Guillem hatte zwei blutende Finger. Später erzählte er Josep, dass in seinem Kopf der beunruhigende Gedanke genagt hatte, der Sergent könne den Schlüssel ein wenig tiefer vergraben haben, als ihre Finger reichten, dass er vielleicht unter fünfzehn oder zwanzig Zentimetern Erde liege, an einem der Bäume, die sie bereits abgesucht hatten.

Aber in dem Augenblick, als die Angst am größten war, hörte Guillem Enric rufen. Enric hatte einen kleinen Stein umgedreht, und darunter lag ein kleiner Messingschlüssel.

Sie fragten sich, zu welchem Schloss dieser Schlüssel gehörte, aber als sie ihn zurückbrachten, waren sie schlau genug, Peña nicht damit zu behelligen. Er nahm ihn entgegen und steckte ihn sich in die Tasche.

»Er ist ein verrückter Hurensohn«, sagte Enric zu Josep am Ende dieses Tages, aber Guillem Parera schüttelte den Kopf.

»Nein, die Aufgaben, die er uns tun lässt, sind schwierig, aber sie sind nicht unmöglich oder verrückt. Wenn du darüber nachdenkst, enthält jeder Befehl eine Lektion. Zum Beispiel der Auftrag, diese besonderen Steine zu finden und der Auftrag mit den verschiedenen Hölzern, damit lehrt er uns: *Achte auch auf die kleinste Einzel-*

heit. Der Auftrag, den Schlüssel zu finden: *Mache weiter, bis du Erfolg hast.*«

»Ich glaube, er bringt uns bei, zu gehorchen, ohne nachzudenken. Jedem Befehl zu folgen«, sagte Josep.

»Egal, wie merkwürdig der Befehl auch ist?«

»Genau«, sagte Josep.

Es war Josep schnell klar geworden, dass er weder die Befähigung noch die Eignung für den Soldatenberuf hatte, und er war sich sicher, dass dies auch der getriebene, stille Mann, der sie ausbildete, bald erkennen würde.

Sergent Peña unternahm mit ihnen Gewaltmärsche in der Dunkelheit der Nacht und unter dem Angriff der mittäglichen Sonne.

Eines Morgens führte er sie in den Fluss, und sie folgten ihm Kilometer um Kilometer durchs Wasser, stolperten über Felsen und zogen die Nichtschwimmer durch tiefe Tümpel. Die Jungen waren am Pedregós aufgewachsen und kannten den Fluss auf der Strecke, die am Dorf vorbeiführte, sehr gut, aber er führte sie weiter, als sie je gewesen waren, und brachte sie schließlich in eine kleine Höhle. Der Eingang war eine überwucherte Öffnung, die nicht leicht zu erkennen war, doch Peña führte sie ohne Zögern hinein, und Josep dachte sich, dass der Sergent schon einmal hier gewesen sein musste. Nass und erschöpft ließen sie sich auf den Felsboden fallen.

»Ihr müsst immer Ausschau halten nach Orten wie diesem«, sagte ihnen Peña. »Spanien ist ein Land der Höhlen. Es gibt viele Orte, wo man sich verstecken kann, wenn andere versuchen, euch zu finden und zu töten – ein dunkles Loch, ein hohler Baum, ein Gebüsch. Man kann sich sogar in einer Senke im Boden verstecken. Ihr müsst lernen, euch hinter einem Felsen klein zu machen und zu atmen, ohne dabei Geräusche zu machen.«

An diesem Nachmittag zeigte er ihnen, wie sie sich an einen Wachtposten anschleichen sollten, um ihn von hinten zu überfallen, wie sie seinen Kopf nach hinten reißen und seinen Hals strecken sollten, um ihm dann mit einem einzigen Schnitt die Kehle durchzuschneiden.

Er ließ sie die Technik einüben, wobei sie abwechselnd den Wachtposten und den Angreifer spielen mussten. Sie benutzten kurze Stecken anstelle von Messern, das spitze Ende immer weggedreht, sodass es der Handrücken war, der über die Kehle des »Opfers« fuhr. Doch als Josep Xavier Mirós Kopf nach hinten gerissen und die Kehle entblößt hatten, konnte er sich nicht dazu überwinden, das Durchschneiden auch nur anzudeuten.

Zusätzlich beunruhigte ihn, dass die kalten berechnenden Augen das kurze Zögern bemerkt hatten und dass dieser Mund *lächelte*.

»Mach schon«, sagte Peña.

Gedemütigt zog Josep seine Hand über Xaviers Kehle.

Der Sergent lächelte. »Das Schwierigste am Töten ist das Darübernachdenken. Aber wenn es nötig ist zu töten – wirklich *nötig* ist –, dann kann es jeder tun, dann wird das Töten sehr einfach. Keine Angst, du wirst den Krieg mögen, Àlvarez«, sagte er und zeigte wieder das bittere, kleine Lächeln, als könne er Joseps Gedanken lesen. »Ein junger Mann mit heißem Blut in seinen Eiern liebt den Krieg, wenn er erst einmal ein wenig Geschmack daran gefunden hat.«

Josep spürte, Peña hatte trotz des eben Gesagten erkannt, dass das Blut in seinen Eiern nicht die nötige Hitze hatte, und beobachtete ihn deswegen.

Als sie später, nach dem letzten Lauf des Tages, in ihrem eigenen Schweiß schmorend im Wald saßen, redete der Mann mit ihnen.

»In einem Krieg kann es zu Situationen kommen, in denen eine Armee weiter vorrückt, als es ihrem Nachschub möglich ist. Wenn das passiert, müssen die Soldaten von dem leben, was sie finden. Sie müssen sich entweder Essen von der Zivilbevölkerung besorgen oder verhungern... Hast du das verstanden, Josep Àlvarez?«

»Ja, Sergent.«

»Ich will, dass du innerhalb einer Woche zwei Hühner zu unserem Treffen mitbringst, Àlvarez.«

»Hühner... Sergent?«

»Ja. Zwei Hühner. Hennen. Fett sollen sie sein.«

»Senyor. Sergent. Ich habe kein Geld, um Hühner zu kaufen.«

Der Mann betrachtete ihn mit erhobenen Augenbrauen. »Natürlich hast du das nicht. Du wirst sie einem Zivilisten abnehmen, sie auf dem Land finden, wie ein Soldat es manchmal tun muss.«

Peña musterte ihn. »Hast du den Befehl verstanden, Àlvarez?«

»Ja, Senyor«, sagte er jämmerlich.

DIE BESUCHER

*A*m nächsten Morgen begannen Marcel Àlvarez und seine Söhne mit der Ernte in ihrem Weinberg, sie schnitten die drallen dunklen Trauben von den Reben und füllten Korb um Korb, die sie dann in zwei stattliche Karren leerten. Josep liebte den schweren, süßen Geruch und das Gewicht der saftstrotzenden Büschel in seiner Hand. Er stürzte sich in die Arbeit, aber alle Anstrengungen brachten ihm keinen Seelenfrieden. Denn immer wieder fragte er sich: *Jesús*, wem muss ich diese Hühner stehlen, diese fetten Hennen?

Eine furchtbare Aufgabe. Er konnte sofort ein halbes Dutzend Dorfbewohner aufzählen, die Hühner hielten, aber sie taten es, weil Eier und Fleisch kostbar waren. Sie brauchten die Vögel, um ihre Familien zu ernähren.

Am späteren Vormittag lenkten ihn plötzlich zwei elegant gekleidete Franzosen, die den Weinberg betraten, von seinen Sorgen ab. In höflichem, merkwürdig französisch klingendem Katalanisch stellten sie sich als André Fontaine und Léon Mendès aus dem Languedoc vor. Fontaine, groß und sehr schlank, mit einem sorgfältig gepflegten Kinnbart und einem dichten Haarschopf wie gesponnenes graues Eisen war der Weineinkäufer für eine große, Essig erzeugende Genossenschaft. Sein Begleiter Mendès war kleiner und beleibter und hatte einen rosigen, schütter behaarten Schädel, ein rundes, glatt rasiertes Gesicht und ernste braune Augen, die sein Lächeln wärmer machten. Da sein Katalanisch trotz des Akzents besser war als das Fontaines, übernahm er meistens das Reden.

Er sei selbst Winzer, gestand er. »Mein Freund Fontaine hat dieses Jahr nicht genügend gute Trauben«, sagte Mendès. »Wie Sie vielleicht schon gehört haben, hatten wir in Südfrankreich im Frühling zwei entsetzliche Hagelstürme. Über Sie ist dieses Unglück nicht gekommen, soweit ich weiß?«

»Bei der Gnade Gottes, nein«, sagte Marcel.

»Die meisten Trauben in meinem Weinberg blieben unbeschädigt, und ich werde wie gewöhnlich einen Jahrgang herstellen. Aber einige der Bauern in der Essiggenossenschaft haben viele Trauben verloren, und Fontaine und ich sind nach Spanien gekommen, um jungen Wein zu kaufen.«

Marcel nickte. Er und seine Söhne arbeiteten weiter, während die Besucher neben ihnen standen und freundlich redeten.

Fontaine zog ein kleines Klappmesser aus seiner Westentasche und schnitt ein Traubenbüschel von einem Ull-de-Llebre-Stock und dann von einem Garnatxa. Er kostete mehrere Trauben von jedem Büschel und kaute jede einzelne prüfend. Dann spitzte er die Lippen, schaute Mendès an und nickte.

Mendès hatte Josep beobachtet, und ihm war die schnelle und sichere Art aufgefallen, mit der er seinen Korb füllte und leerte, immer und immer wieder. »*Mon Dieu,* dieser Junge arbeitet wie ein Perpetuum mobile«, rief er Marcel Àlvarez zu. »Ein paar Arbeiter wie ihn könnte ich sehr gut gebrauchen!«

Josep hörte das und atmete tief durch. Als Miquel Figueres zur Arbeit auf den Hof seines Onkels in Girona gerufen worden war, hatte er Josep dankbar erzählt, es sei ein Wunder, das es ihm erlaube, der Arbeitslosigkeit in Santa Eulalia zu entfliehen. Könnte dieser dickliche kleine Mann in seinem braunen französischen Anzug ein ähnliches Wunder sein, ein möglicher Arbeitgeber für Josep?

Einer der Karren war zum Überquellen voll, und Marcel schaute seine Söhne an. »Den bringt ihr jetzt besser zur Presse«, rief er.

Die Besucher packten mit an und halfen den Àlvarez-Männern, den Karren voller Trauben auf die kleine *plaça* zu schieben.

»Wird die Presse gemeinschaftlich genutzt?«, fragte Mendès.

»Ja, wir wechseln uns dabei ab. Mein Vater und andere bauten diese schöne große Presse vor mehr als fünfzig Jahren«, sagte Marcel stolz. »Und *sein* Vater hatte einen Granittrog fürs Stampfen der Trauben gebaut. Er steht noch immer hinter unserem Schuppen. Ich bewahre jetzt Vorräte darin auf. Habt ihr im Languedoc eure eigenen Pressen?«

»Nein. Wir treten unsere Trauben. Das Treten ergibt

einen weicheren Wein mit einem Höchstmaß an Aroma, weil der Fuß die Kerne nicht zerquetscht und so keine Bitterstoffe freigesetzt werden. Solange wir Füße haben, werden wir das so machen, auch wenn das kostet. Ich brauche zusätzliche Tagelöhner, um die Trauben von unseren achtzehn Hektar zu treten«, sagte Mendès.

»So ist es leichter und billiger. Und man muss sich danach nicht die Füße waschen«, sagte Marcel, und die Besucher fielen in sein Lachen mit ein.

Fontaine nahm ein Traubenbüschel zur Hand. »Die haben ja noch ihre Stiele, Monsieur.«

Marcel schaute ihn an und nickte.

»Wären Sie bereit, die Stiele zu entfernen, wenn ich es verlangen würde?«, fragte Fontaine.

»Die Stiele schaden nicht«, sagte Marcel langsam. »Und schließlich, Senyor, Sie wollen doch nur einen Wein, aus dem Essig wird. So wie wir.«

»Wir machen einen sehr besonderen Essig. Einen sehr teuren, um genau zu sein. Dafür braucht man besondere Trauben … Sollte ich von Ihnen kaufen, wäre ich bereit, für die zusätzliche Arbeit des Entstielens zu bezahlen.«

Marcel zuckte die Achseln und nickte.

Als sie die Presse mit dem Karren erreicht hatten, starrten die beiden Franzosen nur, als Josep und Donat anfingen, die Trauben hineinzuschaufeln.

Fontaine räusperte sich. »Ist es denn nicht nötig, die Presse vorher zu waschen?«

»Oh, sie wurde natürlich heute Morgen gewaschen. Seitdem hat sie nur Trauben aufgenommen«, sagte Marcel.

»Aber da ist ja bereits etwas drin!«, rief Mendès.

Es stimmte. Ein ekliger gelber Satz aus geplatzten Früchten und Stielen lag auf dem Boden der Presswanne.

»Ach, mein Nachbar, Paul Fortuny, war vor mir hier und hat mir ein kleines Geschenk aus weißen Trauben hinterlassen… Das ist kein Problem, aus allem wird Saft«, sagte Marcel.

Fontaine sah, dass Donat Àlvarez einen zurückgelassenen Korb halb voll mit weißen Trauben gefunden und ebenfalls in die Presse gekippt hatte.

Er warf Mendès einen schnellen Blick zu. Der kleinere Mann verstand sofort und nickte bedauernd.

»Nun, mein Freund, wir wünschen Ihnen viel Glück«, sagte Mendès, und Josep sah, dass die Franzosen sich zum Gehen wandten.

»Senyor«, platzte es aus ihm heraus.

Mendès drehte sich um und schaute ihn an.

»Ich würde gern für Sie arbeiten, Senyor, und Ihnen helfen beim Weinmachen in Ihrem Weinberg in… in…«

»Mein Weingut liegt auf dem Land, in der Nähe des Dorfes Roquebrun im Languedoc. Aber… für mich arbeiten? Nun, das tut mir leid. Ich fürchte, das ist nicht möglich.«

»Aber Senyor, Sie haben doch gesagt… ich habe Sie sagen hören… dass Sie jemanden wie mich in Ihrem Weinberg sehr gut gebrauchen könnten.«

»Nun, junger Mann… Das war doch nur eine Redewendung. Ein Kompliment.«

Der Blick des Franzosen ruhte auf Joseps Gesicht, und was er dort sah, machte ihn sichtlich verlegen und traurig. »Du bist ein ausgezeichneter Arbeiter, junger Mann. Aber ich habe im Languedoc bereits eine Mannschaft, verdiente Leute aus Roquebrun, die für mich schon sehr lange arbeiten und genau wissen, was ich brauche. Verstehst du?«

»Ja, Senyor. Natürlich. Leute aus der Gegend«, sagte Josep.

Er spürte, dass sein Vater und Donat ihn anstarrten, und so wandte er sich ab und schaufelte weiter Trauben in die Presse.

Plündern

für den Rest der Ernte beschränkte sich Josep auf
nüchterne, praktische Gedanken, die nicht mehr
gefärbt waren von kindischen Hoffnungen oder Träumen von Wundern.

Wo sollte er zwei Hennen herbekommen?

Er sagte sich, wenn er sie schon stehlen musste, dann
sollte er sie einem Wohlhabenden stehlen, dessen Familie wegen des Verbrechens nicht leiden würde, und er
kannte nur einen reichen Mann, der Hühner hielt: der
alcalde.

»Àngel Casals«, sagte er laut.

Sein Bruder schaute auf. »Was ist mit ihm?«, fragte
Donat.

»Ach ... Er ist ... auf seinem Maultier vorbeigeritten,
um im Dorf nach dem Rechten zu sehen«, sagte Josep.

Donat schnitt weiter Trauben von den Stöcken. »Was
geht das mich an?«, sagte er.

Es würde gefährlich werden. Àngel Casals hatte eine
Flinte, auf die er stolz war, eine lange Waffe mit einem
Mahagonischaft, den er ölte und polierte wie ein
Schmuckstück. Als Josep noch ein kleiner Junge war,

hatte der *alcalde* mit dieser Flinte einen Fuchs getötet, der seine Hühner stehlen wollte. Die Kinder des Dorfs hatten den Kadaver gestreichelt; Josep erinnerte sich noch sehr gut an die Schönheit des Tiers, die vollkommene Weichheit des glänzenden rotbraunen Fells, das seidig-weiße am Bauch und die todesstarren gelben Augen.

Er war sicher, dass Àngel einen Dieb ebenso bereitwillig erschießen würde, wie er den Fuchs erschossen hatte.

Der Hühnerdiebstahl würde mitten in der Nacht stattfinden müssen, wenn alle anderen im Dorf tief im Schlaf der anständigen, arbeitenden Leute versunken waren. Josep dachte, er wäre in Sicherheit, wenn er es erst einmal geschafft hätte, sich im Hühnerstall zu verstecken. Die Vögel waren daran gewöhnt, dass die Söhne des *alcalde* in den Stall kamen, um Eier zu holen; wenn er sich langsam und leise bewegte, würden die Tiere keinen großen Wirbel machen.

Das größte Problem war die Zeit kurz vor dem Betreten des Hühnerstalls. Àngel hatte einen großen schwarzen Mastiff, einen boshaften Köter, der schnell und laut bellte. Am sichersten wäre es, den Hund zu töten, aber Josep wusste, dass er einen Hund genauso wenig töten konnte wie einem Mann die Kehle aufschlitzen.

Und der Hund jagte ihm Angst ein.

Zwei, drei Tage lang aß er beim Abendessen immer nur einen Teil seines *xoriço* und bekam so in seiner Tasche eine bescheidene Sammlung zusammen, aber er erkannte auch sehr schnell, dass das nicht reichen würde.

Nach dem Ende der Ernte, als Donat und er das Fass mit dem Saft der letzten Traubenladung genommen und ihn in einen der altersschwachen Gärbottiche im Schuppen seines Vaters gekippt hatten, ging Josep zum Lebensmittelladen und fragte Nivaldo, ob er vielleicht etwas *salsitxa* hätte, die bereits so verdorben war, dass er sie nicht mehr verkaufen konnte.

»Was willst du denn mit verfaulter Wurst?«, fragte Nivaldo mürrisch, und Josep erzählte ihm, er brauche sie für eine Überlebensübung im Wald, die der Sergent sich ausgedacht hatte und zu der auch die Bestückung von Tierfallen mit Ködern gehöre. Der alte Mann führte Josep in den Lagerraum, wo er seine Würste aufbewahrte, einige noch ganz, andere bereits angeschnitten – *botifarra* mit Zwiebeln und Paprika, *llom* mit rotem und ohne Pfeffer, *llonganissa* und *sobrassada*. Josep deutete auf ein Stück *llom,* das am Anschnitt bereits deutlich grün aussah, aber Nivaldo schüttelte den Kopf. »Meinst du das ernst? Das ist ein erstklassiges, langsam gereiftes Lendenstück. Man muss nur das Ende abschneiden, der Rest ist wunderbar. Nein, diese Sachen hier sind viel zu gut zum Wegwerfen. Aber warte hier«, sagte er und schlängelte sich zwischen Säcken mit Bohnen und einer Kiste verschrumpelter Kartoffeln hindurch. Josep hörte ihn hinter dem Berg aus Säcken stöhnen und Tüten und Kisten bewegen, und als er zurückkehrte, hatte er in der Hand ein langes Stück von ... etwas, das größtenteils mit weißem Schimmel überzogen war.

»Äh, werden ... die Tiere ... das überhaupt wollen?«

Nivaldo schloss die Augen. »Ob sie es wollen? *Botifarra*

mit Reis. Das ist fast zu gut für sie. Ich hab sie nur vergessen. Das ist genau, was du brauchst, Tigre.«

Als Josep ein kleiner Junge war, war er einmal von einem Hund gebissen worden, einem dürren, gelben Köter, der der Familie Figueres gehört hatte. Immer, wenn er an ihrem Weinberg vorbeigegangen war, kam der Hund auf ihn zugesprungen und bellte laut. Verängstigt, wie Josep war, versuchte er, das Tier einzuschüchtern, indem er laut schrie und mit gespielter Bedrohlichkeit in die kleinen dunklen Augen starrte, die für ihn die Verkörperung des Bösen waren, aber das machte den Hund nur noch wilder. Als der Hund eines Tages wieder auf ihn zukam, trat Josep vor Angst aus, und scharfe Zähne schlossen sich um seinen Knöchel, und als er sein Bein wegriss, floss Blut. Zwei Jahre lang, bis der Hund schließlich starb, ging Josep nicht mehr in die Nähe von Figueres' Weinberg.

Nivaldo hatte ihm einen Ratschlag gegeben. »Man sollte dem Hund eines anderen Mannes nie in die Augen schauen. Ein Hund betrachtet den Blick eines Fremden als Herausforderung, und wenn es ein böser Hund ist, antwortet er darauf mit einem Angriff, will dir vielleicht sogar ans Leben. Man sollte einen Hund nur kurz ansehen und dann den Blick abwenden, ohne Angst zu zeigen oder davonzulaufen, und ruhig und besänftigend auf das Tier einreden.«

Josep hatte keine Ahnung, ob Nivaldos Einschätzung wirklich zutraf, aber er dachte darüber nach, während er die Blutwurst so fest er konnte mit mehreren Handvoll

Gras abrieb, um so viel wie möglich von der weißen Wucherung zu entfernen. Er schnitt die Wurst in kleine Stücke, und als an diesem Abend die Dämmerung über Santa Eulalia hereinbrach, ging er zur *plaça* des Dorfes und an Casals' Gemüsefeld vorbei. Der Hühnerstall stand am hinteren Ende des Felds, dessen fette Erde gedüngt, aber nicht gepflügt war. Der Hund, der mit einem sehr langen Seil an die klapprige Hütte gebunden war, döste vor dem Hühnerstall wie ein Drache, der eine Burg bewacht.

Das Wohnhaus des *alcalde* war vom Hühnerstall aus mehr als deutlich zu sehen, es war kaum mehr als die Hälfte des Felds entfernt.

Josep schlenderte ziellos umher, bis es pechschwarze Nacht war, dann kehrte er zu Àngel Casals' Feld zurück.

Diesmal ging er, die Laterne im Fenster des Hauses immer im Blick, langsam über das Feld und direkt auf den Hund zu, der sehr bald zu bellen anfing. Kurz bevor er dicht genug dran war, um das Tier zu sehen, sprang der Hund ihn an, zurückgehalten nur von dem Seil, an dem er hing. Der *alcalde*, der sich von seinen Pflichten als Bauer und Bürgermeister ausruhte, sollte inzwischen tief schlafen, wie auch seine Söhne, aber Josep wusste, sollte das Bellen noch lange anhalten, würde jemand aus dem Haus kommen.

»Na, na, still jetzt, braver Hund. Ich will dir nur einen kleinen Besuch abstatten, du Untier, du Mistvieh, du hässliche Bestie«, sagte er in einem freundlichen Ton, den Nivaldo sicher gutgeheißen hätte, und zog ein Stück *botifarra* aus seiner Tasche. Als er den Brocken warf, wich der Hund zur Seite aus, als hätte er einen Stein geschleudert, aber der reife Geruch der Blutwurst lockte ihn sofort an. Das Stück wurde auf einmal geschluckt. Josep warf ein zweites, das ebenso schnell gefressen wurde. Als er sich umdrehte und wegging, fing das Bellen wieder an, aber es dauerte nicht lange, und als Josep das Feld verließ, war die Nacht still.

Am nächsten Abend kehrte er wieder zurück. Zu der Zeit stand der Mond hoch am Himmel, und man hätte ihn entdeckt, hätte sich irgendjemand die Mühe gemacht nachzusehen, aber im Haus blieb alles dunkel. Diesmal bellte der Hund anfangs, doch er schien bereits auf die zwei Wurstbrocken zu warten, die Josep ihm vorwarf. Josep setzte sich knapp außerhalb der Reichweite der Leine auf die Erde. Er und der Hund schauten einander an. Er sprach geistlos, aber ruhig und sehr lange mit dem Tier, über Weintrauben und Frauenkörper und Feiertage und die Größe des Glieds des Hundes und die juckenden Eier und den Mangel an Regen, dann gab er dem Hund noch ein Stück Wurst – nur ein kleines, denn er musste mit seinem Vorrat haushalten – und ging nach Hause.

Am nächsten Abend kam er zweimal zum Feld des *alcalde*. Beim ersten Mal bellte der Hund, bevor Josep zu reden anfing. Als er zum zweiten Mal erschien, wartete der Hund still auf ihn.

Am folgenden Abend bellte der Hund überhaupt nicht. Als es dann für Josep Zeit war zu gehen, ging er auf den Hund zu, bis er in seiner Reichweite war, und redete langsam und gelassen mit ihm. »Du gutes, altes Ding, du beschränktes, wunderschönes, hässliches Vieh, ich will, dass du mein Freund bist, ich will deiner sein …« Er nahm ein Stück Blutwurst und hielt sie ihm hin, und bei der unvermittelten Bewegung knurrte das Tier schrecklich. Doch gleich darauf bewegte sich der große schwarze Kopf über seine Hand. Zuerst spürte Josep die feuchte Schnauze und dann die dicke Zunge, die nass und kitzelnd und rau wie eine Löwenzunge über seine Handfläche strich und noch den letzten Rest des Wurstaromas aufschleckte.

Seine nächtlichen Ausflüge waren nicht unbemerkt geblieben. Am verschmitzten Grinsen seines Vaters sah er, dass er vermutete, er schleiche sich davon, um mit Teresa Gallego zusammen zu sein, und Josep tat nichts, um diese Vermutung zu widerlegen.

In dieser Nacht wartete er, bis die französische Uhr zwei ihrer sanften, asthmatischen Töne anschlug, bevor er seine Schlafmatte verließ und sich leise aus dem Haus schlich.

Wie ein Gespenst wehte er durch die Dunkelheit. In zwei oder drei Stunden würde das Dorf bereits wieder erwachen, aber im Augenblick schlief die ganze Welt.

Sogar der Hund.

Der Hühnerstall hatte kein Schloss – die Leute von Santa Eulalia bestahlen einander nicht –, nur ein kleiner Holzpflock zwischen zwei Eisenringen hielt die Tür geschlossen. Augenblicke später war er drinnen.

Es war warm, und es roch stark und scharf nach Vogelkot. Die obere Hälfte einer Wand bestand aus Maschendraht, durch den der niedrige Mond einen bleichen Schein warf. Die meisten Hühner schliefen, dunkle Klumpen im Mondlicht, aber ein paar scharrten und pickten auf dem Boden. Ein Vogel schaute Josep an und gluckste einmal, verlor aber sehr bald wieder das Interesse.

Einige der Hühner hockten auf erhöhten Brettern, die an einer Wand befestigt waren. Josep vermutete, dass es brütende auf Nestern waren, also Hennen. Er wollte nicht aus Versehen nach einem Hahn mit scharfen Sporen greifen. Er wusste, dass jede zusätzliche Bewegung, jedes ungewohnte Geräusch zu einer Katastrophe führen konnte – Glucksen, Krähen, das Bellen des Hundes draußen. Seine Hände tasteten sich zu einem der Nester. Während die rechte Hand sich fest um den Hals des Huhns schloss, um es am Gackern zu hindern, drückte er den Vogel mit der linken an seinen Körper, damit er nicht mit den Flügeln schlagen konnte. Er versuchte, nicht daran zu denken, was er da tat, und verdrehte den gefiederten Hals. Er erwartete, etwas wie ein Knacken zu hören, als der Hals brach, aber es war mehr ein Knistern wie das schnelle Brechen vieler kleiner Knochen. Kurz kämpfte die Henne noch, sie trat mit den Beinen aus, um sich aus seiner Umklammerung zu befreien, und versuchte, mit den Flügeln zu flattern, aber er verdrehte weiter den Hals, als wolle er den Kopf abreißen, und schließlich erzitterte das Huhn und war tot.

Er legte die Henne wieder auf ihr Nest und versuchte, seine Atmung zu beruhigen.

Als er sich den zweiten Vogel nahm, lief alles fast wie beim ersten ab, allerdings mit einem wichtigen Unterschied. Er drückte sich das Huhn an die Brust und nicht an den Bauch, was sein Handgelenk so abknickte, dass nur eine eingeschränkte Bewegung möglich war und er den Hals des Tiers nicht weit genug drehen konnte, um ihn zu brechen. Er konnte nichts anderes tun, als das Huhn festzuhalten und den gefiederten Hals zuzudrücken, mit solcher Kraft, dass ihm fast augenblicklich die Finger wehtaten. Die Henne wehrte sich, zuerst stark, dann immer schwächer. Ihre Flügel schlugen kraftlos gegen seine Brust. Und dann noch schwächer, ach, *Déu*, er quetschte die Zukunft aus diesem Wesen! Er spürte, wie das Leben entschwand, wie der letzte Rest kaum noch spürbaren Seins die Kehle hochwanderte zu seiner drückenden Eisenhand, wie ein Bläschen in einer Flasche hochsteigt. Dann war es nicht mehr da.

Er riskierte es, den Hals nun anders in die Hand zu nehmen und ihn einmal fest zu verdrehen, auch wenn das nicht mehr nötig war.

Als er den Hühnerstall verließ, stand der große schwarze Hund vor ihm, und Josep nahm die beiden Hennen wie ein Baby in einen Arm und holte mit der freien Hand den Rest der Wurst aus seiner Hose, sieben oder acht Stücke, die er alle dem Hund zuwarf.

Um ihn herum schlief jeder – sein Vater, sein Bruder, Teresa, das Dorf, die ganze Welt – in Unschuld und Rechtschaffenheit. Nur Josep nicht. Er hatte das Gefühl, irgendwie einen Abgrund überquert und sich dadurch verändert zu haben, und die Bedeutung von Sergent Peñas Auftrag war ihm mit einem Mal klar: *Geh und töte.*

Als der Jagdverein sich am nächsten Morgen versammelte, fanden die jungen Männer Josep bereits auf der Lichtung, wo er zwei kleine Feuer schürte, über denen auf zwei Spießen aus grünem Holz, die auf gegabelten Stöckchen hingen, die Hennen brutzelten.

Peña musterte die Szene prüfend, aber die Jungen freuten sich sehr.

Josep riss die Hühner in kleine Stücke und verteilte sie freigebig, wobei er sich an dem heißen Fett leicht die Finger verbrannte.

Peña ließ sich einen Schenkel geben.

»Schöne knusprige Haut, Àlvarez.«

»Ein wenig mit Öl eingerieben, Sergent.«

Josep nahm sich auch einen Schenkel und fand das Fleisch köstlich. Alle aßen und entspannten sich, sie lachten und kauten und genossen den unerwarteten Festschmaus.

Als sie fertig waren, wischten sie sich die fettigen Hände am Waldboden ab, legten sich nieder oder lehnten sich an Baumstämme. Sie fühlten sich rundum wohl, rülpsten und beschwerten sich über Xaviers Fürze. Es war fast wie ein Feiertag. Es hätte sie nicht gewundert, wenn der Sergent Süßigkeiten verteilt hätte.

Stattdessen befahl er Miquel Figueres und Josep, ihm zu folgen. Er führte sie in die Hütte, die er bewohnte, und zeigte auf zwei Kisten, die die beiden auf die Lichtung zurücktragen sollten. Die Holzkisten waren etwa ein Meter im Quadrat und überraschend schwer.

Auf der Lichtung öffnete der Sergent zuerst Joseps Kiste und holte unförmige Pakete heraus, die in dickes, geöltes Baumwolltuch eingewickelt und mit grober Jutekordel verschnürt waren.

Als jeder junge Mann ein Paket erhalten hatte, befahl Peña ihnen, die Schnur abzunehmen und das Öltuch aufzuwickeln. Josep löste die Schnur sorgfältig und steckte sie sich in die Tasche. Er entdeckte, dass sich unter der äußeren Hülle noch zwei weitere Schichten Öltuch befanden.

Unter der dritten Hülle – wo sie darauf wartete, entdeckt zu werden wie eine Nuss in ihrer Schale – kam eine Waffe zum Vorschein.

WAFFEN

*D*as ist eine Waffe für einen richtigen Soldaten«, sagte der Sergent, »ein Colt 44. Davon gibt es jetzt eine ganze Menge, es sind Überbleibsel aus dem amerikanischen Bürgerkrieg. Sie reißt ein gemeines Loch, und man kann sie recht gut mit sich herumtragen – sie ist nur ein Löckchen schwerer als ein Kilogramm. Wenn es eine einschüssige Waffe wäre, dann wäre es eine Pistole. Diese Waffe gibt euch sechs Schüsse, die in einen drehbaren Zylinder geladen werden, deshalb ist es ein Revolver. Habt ihr verstanden?«

Er zeigte ihnen, wie man den kleinen Hebel am Rahmen bewegte, damit man die Trommel zum Reinigen aus dem Rahmen kippen konnte.

Die Kiste, die Miquel getragen hatte, enthielt unter anderem Lumpen, und bald waren die Jungen damit beschäftigt, den Ölfilm wegzureiben, der die Waffen geschützt hatte.

Josep strich mit dem Lumpen über das Metall, das benutzt und gereinigt, benutzt und gereinigt worden war, viele Male, sodass der Stahl nur noch stumpf glänzte. Er hatte das unbehagliche Gefühl, dass das eine

Waffe war, die im Kampf abgefeuert worden war, ein tödliches Werkzeug, das Männer verwundet und getötet hatte, und er fürchtete sie viel mehr, als er Angst gehabt hatte vor Àngels Hund.

Der Sergent verteilte noch weitere Utensilien aus Miquels Kiste: für jeden Jungen eine Art Strumpf voll schwarzem Pulver, einen schweren Beutel mit Bleikugeln, eine leere, an einem Ende geschlossene kleine Lederröhre, eine kleine Holzschüssel mit Fett, einen Reinigungsstock, ein Säckchen mit winzigen Dingern, die aussahen wie Spitzhüte, aber kleiner waren als der Nagel von Joseps kleinem Finger, sowie zwei merkwürdige Metallwerkzeuge, von denen eins in einer scharfen Spitze endete.

Alle diese Dinge wurden zusammen mit den Waffen in den Stoffbeutel gesteckt. Die Beutel hatten Stricke als Riemen, und diese mussten die Jungen sich nun um den Hals hängen und wurden von der Lichtung hinter Calderóns Weinberg weggeführt. In Arbeitskleidung anstelle von Uniformen wirkten sie noch immer linkisch und unmilitärisch, aber die Waffen gaben ihnen ein Gefühl von Macht und Wichtigkeit. Der Sergent führte sie in einem einstündigen Marsch weg von dem Dorf zu einer anderen Lichtung, wo der Schießlärm weder Gerede noch Beunruhigung auslösen würde.

Dort zeigte er ihnen, wie man den Hahn zurückzog, bis er einrastete und halb gespannt war, sodass der Abzug in Sicherheitsstellung war und nicht betätigt werden konnte.

»Die Explosion von dreißig Körnern Schießpulver ist

nötig, um die Bleikugel aus dem Lauf zu treiben«, sagte der Sergent. »Wenn ihr unter Feuer seid, habt ihr keine Zeit, das Pulver Korn für Korn abzuzählen oder eine langsame *sardana* zu tanzen, und deshalb...« Er hielt das lederne Messröhrchen in die Höhe. »Ihr schüttet schnell das Pulver in dieses Röhrchen, das die genaue Menge fasst, und kippt es dann aus dem Röhrchen in eine Kammer des Zylinders. Dann steckt ihr eine Kugel in die Kammer und zieht die Kugelpresse nach unten, um Kugel und Pulver fest zusammenzudrücken. Ein wenig Fett auf die Kugel, dann werden diese Hütchen – Zündhütchen, die explodieren, wenn der Hahn sie trifft – mit dem Aufsetzwerkzeug auf das sogenannte Piston, den Zündstift, am hinteren Ende der Kammer gesetzt. Man kann die Trommeln mit der Hand drehen und die Kammern eine nach der anderen laden. Im Kampf muss ein Soldat fähig sein, alle sechs Kammern in weniger als einer Minute zu laden. Ihr müsst das immer und immer wieder üben. Jetzt fängt jeder an, seine Waffe zu laden«, sagte er.

Sie waren langsam und ungeschickt und meinten, sie würden das nie lernen. Peña ging zwischen ihnen umher, während sie die einzelnen Handgriffe verrichteten, und er ließ einige eine Kammer wieder leeren und sie neu laden. Als er sich versichert hatte, dass alle Revolver ordnungsgemäß geladen waren, nahm er sein Messer und ritzte ein Zeichen in den Stamm eines Baumes. Dann stellte er sich sechs, sieben Meter von dem Baum entfernt auf, hob seine Waffe und feuerte sechsmal schnell hintereinander. Sechs Löcher tauchten im Baumstamm auf. Einige Löcher berührten sich, und die anderen waren nicht mehr als zwei Fingerbreit voneinander entfernt.

»Xavier Miró«, sagte der Sergent.

Mit blassem Gesicht ging Xavier in Position vor dem Baum. Als er die Waffe hob, zitterte seine Hand.

»Du musst den Revolver fest in der Hand halten, darfst aber auf den Abzug nur ganz geringen Druck ausüben. Denk an einen Schmetterling, der auf einem Blatt landet. Denk an eine Fingerspitze, die eine Frau aufs Behutsamste streichelt.«

Doch Worte richteten bei Xavier nichts aus. Sein Finger riss sechsmal am Abzug, die Waffe zuckte und ruckte in seiner empfindungslosen Hand, und die Kugeln landeten im Unterholz.

Jordi Arnau war der Nächste, und ihm erging es nicht viel besser. Immerhin grub sich eine der Kugeln in den Baumstamm, aber das war vielleicht nur Zufall.

»Àlvarez.«

Nun stellte Josep sich vor dem Baum auf. Als er den Arm ausstreckte, machte der Hass, den er jetzt bereits auf diese Waffe empfand, seinen Arm steif, aber dann kamen ihm die Worte des Sergents wieder in den Sinn, und er dachte an Teresa, als er den Abzug streichelte. Bei jedem Schuss spritzten Rauch und Feuer und Funken aus dem Lauf, als wäre Josep Gott, als würde seine Hand Blitz und Donner schleudern. Vier neue Löcher tauchten in der Gruppe auf, die Peñas Schüsse im Baumstamm hinterlassen hatten. Zwei weitere waren nicht mehr als drei Zentimeter von den übrigen entfernt.

Josep stand bewegungslos da.

Erstaunt und beschämt stellte er plötzlich fest, dass er eine Beule in der Hose hatte, die auch von den anderen gesehen werden konnte, aber keiner lachte.

Und das Verwirrendste: Als Josep zu Sergent Peña schaute, sah er, dass der Mann ihn mit wachsamem Interesse betrachtete.

Die Reichweite vergrössern

*W*as mir vom Soldatenleben noch am deutlichsten in Erinnerung ist, sind die anderen Soldaten«, erzählte Nivaldo Josep eines Abends im Lebensmittelladen. »Als wir mit Leuten kämpften, die versuchten, uns zu töten, fühlte ich mich meinen Kameraden sehr nahe, auch denjenigen, die ich nicht wirklich mochte.«

Josep konnte Manel Calderón und Guillem Parera zu seinen guten Freunden zählen, und die meisten anderen im Jagdverein mochte er einigermaßen gern, aber es gab auch einige Jungs, denen er sich absolut nicht nahe fühlen wollte.

Wie Jordi Arnau zum Beispiel.

Teresa, die in letzter Zeit launisch und nörglerisch geworden war, hatte Jordi benutzt, um Josep wissen zu lassen, was sie wirklich wollte: »Jordi Arnau und Maria del Mar Orriols werden bald heiraten.«

»Ich weiß«, sagte Josep.

»Marimar hat mir erzählt, dass sie heiraten können, weil Jordi sehr bald Soldat wird. Wie du.«

»Es ist noch gar nicht sicher, dass irgendeiner von uns Soldat wird. Wir müssen dazu ausgewählt werden. Jordi und Marimar müssen deshalb schnell heiraten, weil sie schwanger ist.«

Sie nickte. »Sie hat es mir gesagt.«

»Jordi hat vor jedem damit geprahlt. Das war sehr dumm von ihm.«

»Sie ist zu gut für ihn. Aber wenn er nicht für die Armee ausgewählt wird, was werden die beiden dann tun?«

Er machte ein verbissenes Gesicht und zuckte die Achseln. Eine Schwangerschaft war keine Schande; viele der Bräute, die den Mittelgang der Dorfkirche entlangschritten, trugen einen dicken Bauch vor sich her. Pare Felipe Lopez, der Dorfpriester, verschlimmerte solche Situationen nicht zusätzlich noch mit Vorwürfen; lieber sprach er einen schnellen Segen und verbrachte den Großteil seiner Zeit mit seinem ihm ergebenen und engen Freund Quim Torras, Joseps Nachbarn.

Aber auch wenn ein Paar, das in einer »notwendigen« Ehe verbunden war, wenige Vorwürfe zu erleiden hatte, war es doch Wahnsinn, eine Familie ernähren zu wollen, so ganz ohne Arbeit, und Josep wusste, dass für die Mitglieder des Jagdvereins die Zukunft unsicher war.

Die jungen Männer hatten keine Ahnung, wer von ihnen ausgewählt und wer abgewiesen werden würde, oder auch nur, wie die Auswahl vonstattengehen würde.

»Da ist irgendwas... *komisch*... an der Sache«, sagte Guillem zu Josep. »Der Sergent hat inzwischen genügend Zeit gehabt, sein Urteil zu fällen. Er hat sich jeden sehr genau angesehen. Und doch hat er noch keinen ausgeschlossen. Es muss ihm doch ziemlich schnell klar geworden sein, dass zum Beispiel Enric immer ungeschickt und der Langsamste der Gruppe ist. Peña scheint das völlig egal zu sein.«

»Vielleicht wartet er bis zum Ende der Ausbildung und sucht erst dann diejenigen aus, die zur Armee gehen dürfen«, sagte Manel.

»Ich halte ihn für einen merkwürdigen Mann«, sagte Guillem. »Ich würde gern mehr über ihn wissen. Ich frage mich, wie und wo er diese Wunde bekommen hat.«

»Er beantwortet keine Fragen. Er ist kein freundlicher Mensch«, sagte Manel. »Da er in unserer Hütte wohnt, hat mein Vater ihn an unseren Tisch gebeten, aber er isst immer allein, und dann sitzt er vor der Hütte und raucht lange dünne Zigarren, die wie Pisse stinken. Er trinkt viel, und er hat Geld. Jeden Abend muss ihm mein Vater einen ganzen Krug voll Branntwein aus Nivaldos Fass kaufen.«

»Vielleicht braucht er eine Frau?«, meinte Guillem.

»Ich glaube, er geht zu einer Frau in der Nähe«, sagte Manel. »Zumindest verbringt er manchmal die Nacht nicht in der Hütte. Frühmorgens sehe ich ihn dann zurückkommen.«

»Na ja, dann sollte sie ihre Sache besser machen. Sie sollte lernen, seine Laune zu heben«, sagte Guillem, und alle drei lachten.

Fünfmal übten sie mit den Revolvern, und vor jedem Schießen mussten sie die Waffen laden und danach reinigen. Sie wurden schneller und geschickter, aber für Sergent Peña waren sie nie schnell genug.

Bei der sechsten Schießübung befahl er Josep und Guillem, ihm ihre Colts zu geben. Nachdem er sie erhalten hatte, holte er aus einem Sack zwei andere Revolver.

»Die sind nur für euch beide. Ihr seid unsere Scharfschützen«, sagte er.

Die neue Waffe war schwerer als die andere und fühlte sich in Joseps Hand gefährlich an. Er hatte zwar keine Ahnung von Schusswaffen, aber sogar ihm fiel auf, dass diese Waffe anders war als der Colt. Sie hatte zwei Läufe. Der obere war lang und ähnlich wie der Lauf des Colts, aber direkt darunter befand sich ein zweiter Lauf, der kürzer und dicker war.

Der Sergent sagte ihnen, die Waffe sei ein in Paris hergestellter LeMat-Revolver. »Er hat neun Kammern statt sechs, und die Kugeln werden durch den oberen Lauf abgeschossen.« Er zeigte ihnen, dass die Waffe einen drehbaren Hahnkopf hatte, der so verstellt werden konnte, dass er das Zündhütchen am unteren, dickeren Lauf traf. Dieser Lauf konnte mit Postenschrot geladen werden, der einen größeren Zielbereich abdeckte. »Im Grunde genommen ist der untere Lauf wie eine abgesägte Schrotflinte«, sagte Peña. Er erwarte von ihnen, sagte er, dass sie lernten, die neun Kammern in derselben Zeit zu laden wie die sechs.

Der LeMat fühlte sich ähnlich an wie der Colt, wenn aus dem oberen Lauf gefeuert wurde. Doch als Josep zum ersten Mal aus dem unteren Lauf schoss, glaubte er, ein Riese hätte die Hand auf die Mündung gelegt und sie zurückgestoßen, sodass sein Schuss danebenging und die oberen Äste einer Platane mit Schrot besprühte.

Guillem hatte den Vorteil, dass er Josep zugeschaut hatte, und deshalb nahm er beide Hände zu Hilfe, als er den unteren Lauf abfeuerte. Er streckte die Arme aus und spannte alle Muskeln an, bevor er den Abzug betätigte.

Sie waren erstaunt über die breite Streuung der Ladung aus dem unteren Lauf. Sie hinterließ Löcher in den Stämmen von vier Bäumen anstatt nur in einem.

»Denkt daran, wenn ihr mit dem LeMat schießt«, sagte der Sergent. »Es gibt absolut keine Entschuldigung dafür, mit dieser Waffe nicht ins Schwarze zu treffen.«

DER SERGENT

Niemand sah den Fremden auf seinem schwarzen Pferd ankommen. Als der Jagdverein an einem Mittwochmorgen unterwegs war zu der Lichtung im Wald, sahen die jungen Männer, dass das Pferd an der Hütte angebunden war, und als der Sergent aus der Hütte trat und zu ihnen kam, war ein Mann mittleren Alters bei ihm. Die beiden waren grundverschieden. Peña war groß und durchtrainiert, trug aber schmutzige, an manchen Stellen zerrissene Arbeitskleidung. Ein Dolch steckte in einer Scheide, die er sich direkt über dem Stiefel an die rechte Wade geschnallt hatte, und an der Hüfte hing ein großer Revolver in einem Lederhalfter. Der Neuankömmling war um einen Kopf kleiner als der Sergent und untersetzt. Sein schwarzer Anzug war vom Reiten zerknittert, aber sehr gut geschnitten und aus einem wunderbaren Stoff, und er trug eine Melone, die in Joseps Augen der schönste Hut war, den er je gesehen hatte.

Der Sergent stellte ihn nicht vor.

Der Mann ging neben Peña her, als er die Gruppe zu der entfernten Lichtung führte, wo sie ihre Schießübungen abhielten, und dann sah er zu, wie jeder der Jungen auf Ziele an einem Baum schoss.

Peña befahl Josep und Guillem öfter als den anderen zu schießen, und als jeder von ihnen alle Kammern und beide Läufe von dem LeMat zweimal geleert hatte, sprach der Fremde leise mit dem Sergent, der den beiden Männern daraufhin befahl, neu zu laden und noch einmal abzudrücken. Sie taten, wie ihnen befohlen, und Peña und der untersetzte Mann schauten ihnen dabei schweigend zu.

Danach sagte der Sergent den Männern, sie dürften sich entspannen. Er und der Besucher entfernten sich, und während der untersetzte Mann leise, aber eindringlich auf den Sergent einredete, waren die Jungen froh, auf dem Waldboden herumlümmeln zu dürfen.

Als die beiden Männer zurückkehrten, führte Peña die Gruppe wieder in den Wald hinter Calderóns Weinberg. Während die jungen Männer sich daranmachten, ihre Waffen zu reinigen, sahen sie, dass der Sergent vor dem Zivilisten salutierte, nicht gehemmt, wie sie es taten, sondern in einer einzigen flüssigen Bewegung, die so geübt war, dass sie fast nachlässig wirkte. Der andere Mann schien überrumpelt von der Geste, es schien ihm beinahe peinlich zu sein. Er nickte knapp und tippte sich an seinen schönen schwarzen Hut, und dann stieg er auf sein Pferd und ritt davon, und keiner der jungen Männer sah ihn je wieder.

Befehle

In den folgenden Wochen wurde das Dezemberwetter kalt und feucht, doch der Regen fiel als so feiner Nebel, dass er die Erde kaum befeuchtete. Jeder zog sich eine zusätzliche Schicht Kleidung gegen die Kälte an und suchte sich Arbeit, die auch im Haus erledigt werden konnte. Josep wischte und fegte und setzte sich dann an den Tisch, um Macheten, Hacken und Spaten mit einer feinen Feile zu schärfen.

Zwei Wochen nach dem Besuch des Fremden hörte der Regen auf, aber als der Jagdverein sich wieder im Wald traf, setzte sich keiner auf den nassen Boden.

Es war der Tag nach Weihnachten, die meisten waren noch in Feiertagsstimmung und bereits in der Frühmesse gewesen.

Sergent Peña verblüffte sie mit einer Ankündigung: »Eure Ausbildung hier in Santa Eulalia ist nun zu Ende. Wir werden morgen von hier aufbrechen, um an einer Übung teilzunehmen. Danach werdet ihr Soldaten. Eure Waffen könnt ihr hierlassen. Ölt sie ein, überzieht sie mit einer dünnen Fettschicht und wickelt sie dann in drei Schichten Öltuch ein, so wie sie verpackt waren, als ihr sie bekamt. Macht ein zweites kleines Paket, ebenfalls aus drei Schichten von dem Öltuch, das ich euch geben werde, und wickelt darin die Munition und die Waffenwerkzeuge ein. Ich rate euch, die Pakete irgendwo an einer Stelle zu vergaben, wo sich kein Wasser staut, denn wenn die Übung abgesagt wird, dann kehren wir hierher zurück, und ihr braucht die Waffen wieder.«

Jordi räusperte sich und wagte, eine Frage zu stellen. »Werden wir alle zur Miliz kommen?«

Sergent Peña lächelte sein gewohntes Lächeln. »Ihr alle. Jeder von euch hat sich sehr gut entwickelt«, sagte er mit einer gewissen Häme.

An diesem Abend fettete Josep seine Waffe ein und vergrub sie, ohne sie zuvor wieder zusammenzubauen. Der trockenste Fleck, den er kannte, war ein sandiges Stück am hinteren Rand von Torras' benachbartem Weinberg, etwa einen Meter von der Grundstücksgrenze seines Vaters entfernt.

Ihr Nachbar, Quim Torras, war ein schlechter und fauler Bauer, der so viel Zeit mit Pare Felipe Lopez verbrachte, dass ihre Freundschaft im Dorf für Gerede sorgte. Quim bearbeitete die Krume seines Weinbergs so wenig wie möglich, und Josep wusste, dass er die Erde in dieser vernachlässigten trockenen Ecke mit Sicherheit nicht umgraben würde.

Seine Familie nahm die Nachricht seiner bevorstehenden Abreise mit sichtbarem Erstaunen auf, so als hätte sie nie wirklich geglaubt, dass der Jagdverein zu irgendetwas führen könnte. Josep sah Erleichterung in Donats

Gesicht; er hatte immer gespürt, dass es für Donat nicht leicht gewesen war, einen jüngeren Bruder zu haben, der so offensichtlich ein besserer Arbeiter war.

Sein Vater gab ihm einen dicken braunen Pullover, den er selbst weniger als ein Jahr getragen hatte. »Gegen die Kälte«, sagte er schroff, und Josep nahm ihn dankbar an, denn er konnte ihn sehr gut unter seine Winterjacke ziehen. Er war nur wenig zu groß, und er trug noch den schwachen Geruch von Marcel Àlvarez an sich, was für Josep ein Trost war. Marcel ging auch zu dem Krug hinter seiner Uhr und zog ein kleines Bündel Banknoten heraus, acht *pessetes*, die er Josep in die Hand drückte. »Für den Notfall«, sagte er.

Als Josep in den Lebensmittelladen kam, um sich zu verabschieden, gab auch Nivaldo ihm Geld, sechs *pessetes.* »Hier hast du ein kleines Weihnachtsgeschenk – *Bon Nadal.* Kauf dir an einem Abend mal ein Erlebnis, und denk an diesen alten Soldaten«, sagte er und umarmte Josep lange.

Josep fielen all diese Abschiede ziemlich schwer, am schwierigsten war es jedoch bei Teresa, die bei seinen Worten blass wurde.

»Du wirst nie mehr zu mir zurückkehren.«

»Warum sagst du das?« Ihr Kummer vergrößerte noch seine Angst vor der unbekannten Zukunft und verwandelte sein Bedauern in Wut. »Das ist die Gelegenheit für uns«, sagte er grob. »Bei der Miliz erhalte ich Geld, und ich komme zu dir zurück, wenn ich kann, oder schicke nach dir.« Er konnte sich einfach nicht eingestehen, dass er diese Frau verlassen musste, die er so liebte: ihre Güte,

ihre Nähe und ihre Tatkraft, ihren geheimen Moschus-
duft und die zarte Üppigkeit, die ihre Schultern und
Brüste und ihren Hintern zierte. Als er sie küsste, erwiderte sie den Kuss mit Leidenschaft, als wolle sie ihn ver-
schlingen, aber seine Wange wurde feucht von ihren Tränen, und als seine Hand nach ihrer Brust tastete, stieß sie
ihn weg und lief in den Weinberg ihres Vaters.

Früh am nächsten Morgen kam Peña zu Calderóns Weinberg mit einem Paar zweirädriger Karren mit Dächern
aus Korbgeflecht, über die farbige Leinwandplanen gespannt waren, die eine neu und blau, die andere alt und
von einem ausgebleichten und fleckigen Rot. Die überdachten Karren wurden von je zwei Maultieren gezogen, die hintereinander angeschirrt waren, und hinter
dem Fuhrmannsbock befanden sich zwei kurze Holz-
bänke, die vier Männern Platz boten. Peña setzte sich zu
Manel, Xavier und Guillem in den ersten Karren, nachdem er Enric, Jordi, Josep und Esteve im anderen untergebracht hatte. So verließen sie Santa Eulalia.

Das Letzte, was Josep durch die Laschen der Leinwandplanen von seinem Dorf sah, war Quim Torras. Anstatt seine dürren Rebstöcke zu bearbeiten, die eigentlich alle Hilfe nötig hatten, die sie bekommen konnten,
mühte Quim sich ab, den fetten Priester, Pare Felipe
Lopez, in seinem Schubkarren über die Brücke zu fahren, und beide krümmten sich dabei vor Lachen.

Das Letzte, was Josep von Santa Eulalia hörte, war das
heisere und kehlige Bellen seines guten Freundes, des
Hundes des *alcalde*.

Neun in einem Zug

Als die Karren endlich vor dem Bahnhof in Barcelona hielten, waren die jungen Männer fast am Verhungern. Peña führte sie in ein Arbeiterwirtshaus und kaufte ihnen Brot und Kohlsuppe, die sie gierig verschlangen. Dabei kamen sie sich, in der Aufregung über die plötzliche Veränderung ihres Alltags, fast wie an einem Feiertag vor. Auf dem Bahnsteig schaute Josep dann nervös der hereinkommenden Lokomotive entgegen, die auf sie zustürzte wie ein unglaublich lauter, Rauch speiender Drache. Von allen Männern war nur Enric schon einmal mit einem Zug gefahren, und so marschierten sie mit staunend aufgerissenen Augen hintereinander in ein Dritte-Klasse-Abteil. Diesmal teilte sich Josep einen der mit Holzlatten belegten Sitze mit Guillem, und Manel saß auf einem Sitz vor ihnen.

Während der Zug sich zitternd und zuckelnd in Bewegung setzte, ermahnte sie der Schaffner, kein Fenster zu öffnen, weil sonst Funken und rußiger Rauch von der Lokomotive in das Abteil wehen könnten; doch da es draußen kalt war, hielten sie die Fenster sehr gern geschlossen. Das Rattern der Räder und das Schwanken des Waggons bemerkten sie bald nicht mehr, und sie alle schauten verzückt zum Fenster hinaus, wo sie die katalanische Landschaft vorbeiziehen sahen.

Schon lange, bevor die Dunkelheit die Welt vor ihren Blicken verschloss, hatte Josep genug davon, am Gesicht seines Freundes Guillem vorbeizublicken, denn der hatte den Fensterplatz. Peña hatte Brot und Würste mit in den Zug gebracht und verteilte sie nun. Bald kam der Schaffner erneut herein und zündete die Gaslampen an, und ihr flackernder Schein warf schwankende Schatten, die Josep betrachtete, bis ihn gnädigerweise der Schlaf übermannte.

Die Anspannung hatte ihn mehr erschöpft, als ein harter Arbeitstag es hätte tun können. Immer wieder wachte er im Verlauf dieser unbequemen Nacht auf, und beim letzten Mal, als der Zug nach einem Halt in Guadalajara sich aufs Neue in Bewegung setzte, sah er einen unfreundlich dunklen Tag anbrechen.

Peña verteilte noch einmal Wurst und Brot, bis sein Vorrat erschöpft war, und sie spülten das Essen mit Zugwasser hinunter, das nach Kohle schmeckte und zwischen den Zähnen knirschte. Der Rest war Langeweile, bis Enric Vinyès rief: »Schnee!«

Alle drängten sich an die Abteilfenster, um die weißen Flocken anzustarren, die aus einem grauen Himmel rieselten. Schnee hatten sie in ihrem ganzen Leben nur einige wenige Male gesehen, und auch dann immer nur kurz, da er gleich wieder geschmolzen war. Jetzt hörte es auf zu schneien, bevor ihnen der Anblick langweilig wurde, doch als der Zug in Madrid hielt und sie ausstiegen, lag auf dem Boden eine dünne weiße Schicht.

Peña kannte die Stadt offensichtlich sehr gut. Er führte sie weg vom Bahnhof und weg auch von dem breiten Boulevard und den stattlichen Gebäuden in ein Gewirr aus schmalen Straßen, die sich dunkel zwischen steinernen Mietshäusern dahinschlängelten. Auf einem kleinen Platz gab es einen Markt, und Peña konnte zwei Essensverkäufer gerade lange genug von einem offenen Feuer loseisen, um bei ihnen Brot, Käse und zwei Flaschen Wein zu kaufen, und dann führte er seine Schützlinge eine nahe Gasse entlang zu einer Tür, die in eine unbeleuchtete, schäbige Diele mit einer Treppe führte, die gerade breit genug war für eine Person. Sie stiegen in den dritten Stock hinauf, wo Peña dreimal an eine Tür klopfte, auf der ein kleines Schild verkündete: »Pensión Excelsior.«

Die Tür wurde von einem alten Mann geöffnet, der nickte, als er Peña sah.

Das Zimmer, in das der Jagdverein nun gebracht wurde, war zu klein für so viele Leute, aber die jungen Männer setzten sich einfach auf die Betten und den Boden. Peña verteilte Brot und Käse und verschwand dann, um kurze Zeit später mit einem dampfenden Kessel und einem Tablett mit Bechern wieder aufzutauchen. Er goss einige Fingerbreit Wein in jeden Becher und füllte ihn dann mit heißem Wasser auf, und die durchgefrorenen Jungen tranken begierig die wärmende Mischung.

Peña ließ sie nun allein, und sie saßen in der schmuddeligen Pension und warteten, während die Stunden dieses langen merkwürdigen Nachmittags langsam verstrichen.

Das Licht vor dem Fenster wurde bereits schwächer, als Peña zurückkehrte. Er stellte sich mitten ins Zimmer. »Hört mir gut zu«, sagte er. »Jetzt könnt ihr beweisen, dass ihr zu etwas zu gebrauchen seid. Heute Abend soll ein Mann, der ein Verräter an unserer Sache ist, verhaftet werden. Ihr werdet helfen, ihn zu fangen.«

Sie betrachteten Peña in nervösem Schweigen.

Er griff unter eines der Betten und zog eine Schachtel hervor, die, wie sich zeigte, lange Schwefelhölzer mit dicken Köpfen enthielt. Einige davon gab er Josep, zusammen mit einem Stück Sandpapier, auf dem er sie anreißen sollte. »Du musst sie in deinen Taschen aufbewahren, damit sie nicht nass werden, Àlvarez. Wir gehen zu einer Stelle, wo der Mann eine Kutsche besteigen wird, und wenn die Kutsche losfährt, folgen wir ihr, und bei jeder Kreuzung zündest du ein Streichholz an.« Er riss eines an, das einen beißenden Gestank verbreitete. »Wenn ich das Signal gebe, wird die Gruppe ausschwärmen und die Kutsche umringen, damit er gefasst werden kann. Guillem Parera und Esteve Montroig, ihr beide müsst die Pferde am Zaumzeug fassen und sie anhalten. Sollten wir getrennt werden, schlagt ihr euch bis zum Bahnhof durch, und ich werde euch dort abholen. Wenn diese Sache vorüber ist, werdet ihr eine Empfehlung erhalten, ihr werdet in ein Regiment aufgenommen, und eure militärische Laufbahn kann beginnen.«

Bald darauf führte er sie aus der Pension, die Treppe hinunter und hinaus auf die schmale Straße. Den ganzen Tag über hatte es immer wieder leicht geschneit, doch jetzt fielen die fedrigen Teilchen dichter. Auf dem Marktplatz hatte die Menschenmenge das Feuer gelöscht, und die Verkäufer hatten Feierabend gemacht. Josep starrte die Flocken an, die weiß auf Peñas rabenschwarzen Haaren loderten. Hinter dem Sergent her marschierte der Jagdverein durch diese fremdartig geperlte Welt.

Bald hatten sie die Altstadt hinter sich gelassen und überquerten nun Avenuen, die von prächtigen Gebäuden gesäumt waren. Auf einem Boulevard, der Carrera de San Jerónimo, machte Peña vor einem großen und beeindruckenden Gebäude halt. Neben dem Eingang standen Männer paarweise und in kleinen Gruppen unter dem flackernden Licht einer Gaslaterne zusammen und unterhielten sich leise. Der Türsteher warf den Jungen nur einen flüchtigen Blick zu, als sie sich um Peña versammelten.

Die schwere Tür im Portal wurde einen Spaltbreit geöffnet, und Josep konnte von drinnen Männerstimmen hören. Jemand hielt eine Ansprache, seine Stimme hob und senkte sich. Wenn er zwischendurch eine Pause machte, wurden Rufe laut; Josep konnte allerdings nicht feststellen, ob es Äußerungen der Zustimmung oder des Zorns waren. Einmal erhob sich ein allgemeines Stöhnen, zweimal gab es Gelächter.

Der Jagdverein wartete fast eine Stunde lang, und im stetig fallenden Schnee wurde es den Jungen immer kälter.

DER SPION

Drinnen im Gebäude lachten die Männer dröhnend und klatschten Beifall.

Eine ältere Frau humpelte herbei, grauhaarig, in zwei zerlumpte Tücher gewickelt, mit kleinen, dunklen Augen in einem Gesicht wie ein verschrumpelter brauner Apfel. Mit Trippelschritten näherte sie sich dem Mann, der ihr am nächsten stand und hielt ihm ein Körbchen hin.

»Almosen… Almosen… Etwas zu essen für mich, in Gottes Gnaden, Señor… Erbarmen im Namen Jesu!«

Ihr Opfer schüttelte den Kopf, als würde er eine Fliege abwehren, drehte ihr den Rücken zu und redete weiter.

Doch die Frau ging unverzagt zur nächsten Gruppe, streckte ihr Körbchen aus und wiederholte ihre Bitte. Diesmal wurde sie mit einer Münze belohnt und bezahlte für die milde Gabe mit einem Segenswunsch. Josep beobachtete sie, sie kam langsam auf ihn zugehumpelt wie ein altes, verwundetes Tier. Zwei Männer verließen das Gebäude.

»Ja«, sagte Peña leise.

Einer der beiden war offensichtlich ein vornehmer

Herr, ein Mann mittleren Alters, mit ordentlich ge-
stutztem Bart, in einem eleganten, schweren Umhang
gegen das Wetter und mit einem formellen hohen Hut
auf dem Kopf. Er war klein und untersetzt, ging aber
sehr aufrecht und mit stolzer Haltung.

Der andere Mann, der ihm auf den Fersen folgte, war
viel jünger und schlicht gekleidet.

Welcher der beiden war der Verräter? Josep war verwirrt.

»Eine Kutsche, Exzellenz?« Als der vornehme Herr
nickte, trat der Türsteher in den Lichtkreis unter der
Gaslaterne und hob den Arm. Eine Kutsche löste sich
aus der Reihe, die ein Stückchen weiter unten an der
Straße wartete, und ihre zwei Pferde zogen sie bis vor
das Gebäude. Der Türsteher trat vor, um den Verschlag
zu öffnen, doch der schlicht gekleidete Mann kam ihm
zuvor. Er war offensichtlich ein Bediensteter, denn er
senkte den Kopf, als der andere Mann einstieg, schloss
dann den Verschlag und lief auf die Straße, um von der
anderen Seite in die Kutsche einzusteigen.

Josep beobachtete das Ganze ehrfürchtig. Die Kutsche war prächtig ausgestattet und wirkte riesig. Durch
die zwei hohen, schmalen Fenster waren die beiden In-
sassen kaum noch zu erkennen. In der Nähe hustete ein
Mann und riss ein Streichholz an, das er kurz in die
Höhe hielt, bevor er seine Pfeife anzündete.

Der Türsteher warf ihm überrascht einen schnellen
Blick zu, ging zum Kutschbock und flüsterte dem Kutscher, der sich zu ihm hinunterbeugte, etwas zu. Dann
klopfte er leise an den Verschlag und öffnete ihn.

»Ich bitte vielmals um Entschuldigung, Exzellenz. Irgendetwas scheint mit der Achse nicht in Ordnung zu sein. Wenn Sie mir die Unannehmlichkeiten verzeihen, werde ich Ihnen unverzüglich eine neue Kutsche besorgen.« Falls der Mann drinnen etwas erwiderte, konnte Josep es nicht hören. Während die beiden Männer ausstiegen, eilte der Türsteher zu der Kutschenreihe, und kurz darauf war ein zweites Fahrzeug da, noch prächtiger geschmückt als das erste, aber schmaler und mit tieferen Fenstern. Bevor der vornehme Herr einstieg, sah Josep seine müden Augen und die erschöpften Gesichtszüge; seine Wangen waren dunkel und stark gepudert, wodurch sein Gesicht so künstlich aussah wie das der Statue der Santa Eulalia.

Wegen des Wetters waren nur wenige auf der Straße, aber die Pferde bewegten sich langsam, da sie an den Schnee auf den Pflastersteinen nicht gewöhnt waren.

Peña und der Jagdverein hatten wenig Mühe, der Kutsche zu folgen, die nun die Carrera de San Jerónimo hinunterfuhr. Sie liefen an der davonhumpelnden Bettlerin vorbei und ließen sie zurück. Als die Pferde die Kutsche um die erste Kurve zogen, gehorchte Josep seinen Anweisungen. Seine Hand zitterte, als er das Streichholz anriss, doch dann hielt er den flackernd gelben Lichtkreis in die Höhe. Dies war eine schmalere Straße und dunkel, bis auf eine einzelne Laterne.

»Jetzt«, sagte Peña, kurz bevor die Kutsche ins Helle fuhr.

Guillem und Esteve sprangen auf die Straße und packten das Zaumzeug der Pferde, während der Jagdverein die Kutsche umringte. Aus der Dunkelheit auf der anderen Seite der Straße tauchten Gestalten auf, und einige von ihnen liefen auf Josep zu, der vor dem Verschlag stand und das überraschte Gesicht des Mannes in der Kutsche anstarrte.

Die sind von der Miliz, dachte Josep, als er die Neuankömmlinge sah, drei von ihnen mit gezogenen Revolvern, und er trat einen Schritt zurück, um ihnen den Weg zum Kutschenverschlag frei zu machen.

Aber die Männer richteten nur ihre Waffen auf die Kutsche.

Eine Reihe flacher, bellender Schüsse.

Der Mann in der Kutsche hatte sich umgedreht, um zum Fenster hinauszuschauen, und bot so ein breites Ziel; er zuckte zusammen, als er in der linken Schulter getroffen wurde, und seine rechte Hand schnellte zu der Wunde. Dann hob er abwehrend die linke Hand, und Josep sah die Spitze seines Mittelfingers davonfliegen. Die nächste Kugel traf ihn in die Brust und hinterließ ein kleines dunkles Loch in seinem Umhang, wie die unzähligen Löcher, die der Jagdverein in Bäume geschossen hatte.

Josep war schockiert, als er die bittere Erkenntnis im Gesicht des Mannes sah.

Jemand rief »*Jesucrist!*« und schrie dann, ein langer, weiblicher Schrei. Zuerst dachte Josep, er komme wirklich von einer Frau, doch dann merkte er, dass es Enrics Stimme war. Und plötzlich rannten alle in die Dunkelheit davon, auch Josep, über das schneebedeckte Pflaster und weg von den scheuenden Pferden und der schwankenden Kutsche.

DRITTER TEIL

HINAUS IN DIE WELT

In Madrid
27. Dezember 1870

GEHEN IM SCHNEE

Einmal fiel Josep in die kalte Nässe und rappelte sich hoch und rannte weiter, bis er außer Atem war, und dann blieb er stehen und lehnte sich an eine Mauer.

Nach einer Weile nahm er seine Flucht wieder auf, doch nun ging er und rannte nicht mehr, das Herz aber noch immer voller Entsetzen.

Er hatte keine Ahnung, wohin seine Füße ihn trugen, und er erschrak, als er unter einer Laterne hindurchging und plötzlich eine Stimme aus der Dunkelheit kam.

»Josep. Warte.«

Guillem.

»Was ist passiert, Guillem? Warum haben sie den armen Mistkerl erschossen? Warum haben sie ihn nicht einfach verhaftet, wie man es uns gesagt hat?«

»Ich weiß es nicht. Na ja ... es ist nicht so abgelaufen, wie Peña es angekündigt hat, nicht? Vielleicht kann Peña es erklären. Er hat gesagt, wir sollen zum Bahnhof gehen, wenn irgendwas passiert ...«

»Ja, der Bahnhof ... Weißt du, wo der liegt? Ich habe nicht die geringste Ahnung, wo wir sind.«

»Ich glaube, er ist irgendwo in dieser Richtung«, sagte Guillem hilflos.

Sie marschierten lange, bis Guillem eingestand, dass er so wenig wusste, wo sie waren, wie Josep. Bald darauf kamen sie zu einem Droschkenstand, und als Josep einen der Kutscher fragte, wie sie zum Bahnhof kämen, erfuhren sie, dass sie nach Norden gegangen waren anstatt nach Süden.

Der Mann beschrieb ihnen ausführlich den komplizierten Weg, und dann kehrten sie um und gingen zurück, woher sie gekommen waren.

Allerdings wollten sie die Stelle, wo der Überfall stattgefunden hatte, nicht noch einmal sehen, und das erforderte einen Umweg, währenddessen Josep und Guillem einige der Richtungsanweisungen vergaßen, die der Kutscher ihnen gegeben hatte. Frierend und müde deutete Josep schließlich auf ein Schild, das auf ein Gasthaus mit dem Namen Metropolitano hinwies. »Lass uns hier fragen.«

Drinnen schüchterten sie sogar die niedrigen Preise auf der Schiefertafel ein, denn sie hatten kaum Geld. Dennoch bestellten beide einen Kaffee.

Ihr Eintreffen unterbrach einen Streit zwischen dem großen, stämmigen Besitzer und seinem schon etwas älteren Kellner.

»Gerardo, Gerardo. Die verdammten Teller vom Mittagessen. Sie sind nicht gewaschen, willst du das Abendessen auf schmutzigen Tellern servieren?«

Der Kellner zuckte die Achseln. »Da kann doch ich nichts dafür. Gabino ist nicht aufgetaucht.«

»Warum hast du dann keinen anderen eingestellt, du Blödmann? Die Weihnachtszeit ohne einen Tellerwäscher! Was meinst du, was ich jetzt machen soll?«

»Vielleicht die Teller spülen, Señor.« Der Kellner zuckte noch einmal gelangweilt die Achseln.

Als er ihnen den Kaffee servierte, fragte Guillem ihn, wo der Bahnhof sei.

»Ihr seid westlich des Bahnhofs. Ihr müsst diese Straße hinuntergehen und dann die zweite rechts nehmen. Sechs oder sieben Blocks weiter seht ihr das Eisenbahngelände. Der kürzeste Weg von dort aus führt direkt über das Gelände zur Rückseite des Bahnhofs.« Während sie gierig und froh um die Wärme den Kaffee tranken, fügte er warnend hinzu: »Es ist ungefährlich, über die Gleise zu gehen, solange ihr keine Idioten seid und *auf* ihnen geht.«

Es hatte aufgehört zu schneien, als sie das Eisenbahngelände erreichten, aber Sterne waren keine zu sehen. Sie schlichen zwischen Kohlebehältern und Holzstapeln hindurch. Die weiß bestäubten Güterwaggons sahen aus wie schlafende Ungeheuer. Bald erblickten sie die Gaslaternen des Depots, und sie drückten sich an einem abgestellten Zug entlang langsam darauf zu. Als sie um die Lokomotive herumspähten, sagte Josep: »Dort ist Peña. Und schau, dort ist auch Jordi.«

Peña stand zusammen mit zwei Männern und Jordi Arnau vor einem wartenden Waggon. Peña sagte kurz etwas zu Jordi und öffnete dann die Waggontür. Zuerst schien Jordi bereitwillig einsteigen zu wollen, doch dann sah er drinnen offensichtlich etwas, das ihn zurückschrecken ließ, und einer der Männer fing an, ihn hineinzustoßen.

»Was ist denn da los?«, fragte Josep.

Drei weitere Männer kamen zu dem Waggon und sahen zu, wie Jordi sich umdrehte und die Faust erhob.

Der Mann, der Jordi am nächsten stand, zog ein Messer und schlitzte mit einer einzigen Bewegung Jordis Kehle auf.

Josep erstarrte vor Entsetzen. Das kann nicht passieren, dachte er, aber Jordi lag bereits auf der Erde, und im gelben Laternenlicht war sein Blut tiefdunkel auf dem weißen Schnee.

Josep wurde fast schwarz vor Augen.

»Guillem, wir müssen etwas tun.«

Guillem packte seine Arme. »Es sind zu viele, und es kommen noch mehr. Sei still, Josep«, flüsterte er. »Sei still.«

Zwei Männer hoben Jordi auf und warfen ihn in den Waggon. Weit auf der linken Seite sah Josep, dass eine andere Gruppe Männer Manel Calderón umringt hatte.

»Sie haben Manel.«

Guillem zog Josep zurück. »Wir müssen weg von hier. Sofort. Aber nicht rennen.«

Sie drehten sich um und gingen wortlos über das Eisenbahngelände zurück. Eine hohe, kalte Mondsichel stand am Himmel, aber die Nacht war noch immer schwarz. Josep zitterte. Er strengte die Ohren an und befürchtete schon, Schreie und das Getrappel von schnellen Schritten zu hören, aber alles blieb still. Erst als sie das Gelände schon so gut wie hinter sich hatten, wagte er, den Mund wieder aufzumachen.

»Guillem, ich verstehe nicht, was da los ist ... Was ist denn da passiert?«

»Ich verstehe das alles auch nicht, Josep.«

»Wo sollen wir hin?«

Doch Guillem schüttelte nur den Kopf.

Sie gingen am Gasthaus Metropolitano vorbei, aber dann legte Guillem Josep die Hand auf den Arm und machte kehrt. Josep folgte ihm nach drinnen, wo gerade der alte Kellner einen Tisch mit einem feuchten Lumpen wischte.

»Senyor ...«, sagte Guillem. »Können wir mit dem Besitzer sprechen?«

»Señor Ruiz.« Der Kellner deutete mit dem Kinn nach hinten. Im Hinterzimmer sahen sie den Besitzer vor einem zerbeulten Kupferzuber stehen, die Arme bis zu den Ellbogen im Wasser.

»Senyor Ruiz«, sagte Guillem. »Würden Sie uns als Tellerwäscher anstellen?«

Das rote Gesicht des Mannes war ölig vor Schweiß, aber er versuchte, die plötzliche Freude in seinen Augen zu verbergen. »Wie viel?«

Man wurde sich schnell einig. Mahlzeiten, ein paar Münzen und die Erlaubnis, auf dem Boden zu schlafen, nachdem der letzte Gast gegangen war. Der Besitzer wischte sich die Arme, rollte die Ärmel herunter und floh in die Küche. Einen Augenblick später hatten Guillem und Josep seinen Platz am Waschzuber eingenommen.

Sie machten sich eifrig an die Arbeit. Guillem wusch das Geschirr in heißem Wasser und spülte es mit kaltem ab, und Josep trocknete die sauberen Teller und stapelte sie.

Das Wasser blieb nicht sehr lange heiß, und so mussten sie immer kochendes Wasser aus drei großen Töpfen auf dem Rost über der Feuerstelle nachgießen und sie dann mit Wasser aus der kleinen Pumpe über dem Spülstein auffüllen.

Das Gasthaus machte gute Geschäfte. Immer wieder wurden die sauberen Teller durch schmutzige ersetzt. Von Zeit zu Zeit, wenn der Zuber kein Wasser mehr aufnehmen konnte und die Brühe kalt und fettig war, kippten sie das Spülwasser in die Gasse hinter dem Gasthaus und fingen neu an. Es war heiß in dem kleinen Hinterzimmer, und sie legten beide mehrere Schichten Kleidung ab.

Josep sah immer wieder Jordi vor sich und durchlebte die schrecklichen Augenblicke noch einmal. Nach einer Weile sagte er zu Guillem: »Sie haben sich Zeugen vom Hals geschafft.« Die Angst in seiner Stimme konnte er nicht verbergen.

Guillem hörte auf zu arbeiten. »Glaubst du wirklich?« Auch er klang verängstigt.

»Ja.«

Guillem schaute ihn mit blassem Gesicht an. »Ich auch«, sagte er und griff nach dem nächsten Teller.

Einige Stunden nach Mitternacht brachte Gerardo, der alte Kellner, ihnen Schüsseln mit Ziegeneintopf und einen Laib Brot, der ein wenig altbacken war, und sah dann zu, wie sie gierig alles verschlangen.

»Ich weiß, warum ihr zur Eisenbahn wolltet«, sagte er.

Sie betrachteten ihn schweigend.

»Ihr wolltet auf einen Zug aufspringen und umsonst mitfahren. Habe ich nicht recht? Aber glaubt mir, in Madrid kann man nicht auf einen Zug aufspringen. Mein Vetter Eugenio arbeitet für die Eisenbahn, und er hat mir erzählt, dass sie Wachtposten mit Knüppeln haben, und sie kontrollieren jeden Waggon, bevor er das Gelände verlässt. Sie würden euch verprügeln und ins Gefängnis werfen. Was ihr tun müsst, ist auf einen Güterwaggon aufspringen, wenn der Zug irgendwo außerhalb der Stadt hält. So macht man das.«

»Vielen Dank, Senyor«, murmelte Josep.

Gerardo nickte hochmütig. »Ein guter Rat zur rechten Zeit«, sagte er.

Sie schliefen vor dem langsam verglimmenden Feuer. Es wurde kalt im Gasthaus, als es dann ganz ausgegangen war, aber sie hatten volle Bäuche, und es war viel besser, auf dem dreckigen Boden zu liegen als draußen in der Unwirtlichkeit des Winters.

Am nächsten Morgen wischten sie den Boden und fegten die Asche aus den Feuerstellen, bevor Gerardo am Vormittag ins Gasthaus kam und sie mit einem guten Frühstück belohnte. »Der Chef will, dass ihr noch ein paar Tage bleibt und uns aushelft«, sagte er. »Ruiz sagt, wenn ihr bis nach Neujahr bleibt, wird er sich erkenntlich zeigen.«

Josep und Guillem schauten einander an. »Warum nicht?«, sagte Josep, und Guillem nickte.

Dankbar verbrachten sie die nächsten beiden Tage als Tellerwäscher im Metropolitano, denn sie hatten natürlich erkannt, dass das Hinterzimmer ein perfektes Versteck war. Auch wenn der Lärm der Gäste in den Spitzenzeiten zu ihnen drang, betrat nur Gerardo ihr Reich, und sie verließen es lediglich, um aufs Außenklo zu gehen oder das Spülwasser auszukippen.

Am Silvesterabend brachte Gerardo ihnen kurz vor Mitternacht ein Stück *torró*. Als die Glocken der Kathedrale zwölfmal schlugen, unterbrachen sie die Arbeit und bissen genüsslich von dem Mandelkonfekt ab. Und während die Leute das Metropolitano verließen und sich dem Treiben auf der Straße anschlossen, wuschen sie weiter Teller, den Geschmack von Mandeln und Honig noch im Mund.

Gerardo und Ruiz folgten ihren Gästen auf die Straße, und Guillem schaute einige Zeit später kurz in den Gastraum und fand unter einem der Tische eine liegen gelassene Zeitung. Er konnte weder lesen noch schreiben, und so brachte er die Zeitung sofort zu Josep. Im Licht von zwei Kerzen schaute Josep sie sich an.

»Und? … *Und?*«, fragte Guillem.

Josep zitterte; er wusste nicht, ob vor Angst oder vor Freude.

»Der Mann lebt. Er ist verwundet, aber sie haben es nicht geschafft, ihn zu töten.«

»Ach, Gott sei Dank. Was für ein Glück für uns, Josep!«

»Sein Name ist Juan Prim y Prats. Er ist ein hohes Tier. Ein *richtig* hohes Tier! Ein General. Der Präsident der *cortes*.«

Guillem riss erstaunt die Augen auf. »*Jesús!* Werden die Karlisten erwähnt?«

»Nein. Hier steht, er ist der frühere Capità General von Puerto Rico und ein Held des Marokkokriegs. Hier steht... er ist ein Marquès und der Comte de Reus. Und Katalane, Guillem, geboren in Reus!«

»Steht da auch, dass die Miliz auf ihn geschossen hat?«

»Nein, Guillem. Hier steht, er wurde von unbekannten Attentätern überfallen, die von einer Gruppe von Komplizen unterstützt wurden.«

Guillem starrte ihn verständnislos an.

Es gab noch andere Artikel, die sich mit dem Vorfall beschäftigten.

»Hier steht, Prim sei eine führende Persönlichkeit in der Bewegung gewesen, die Königin Isabel dazu gebracht hatte, abzudanken und nach Frankreich zu fliehen.«

Guillem zuckte die Achseln, und Josep verstand. In Santa Eulalia hörte man hin und wieder von den politischen Machenschaften der Monarchie, aber... würden die den Preis der Trauben beeinflussen?

»Glaubst du, dass die... Angreifer... Mitglieder der Miliz waren, Guillem?«

»Ich weiß es nicht. Ein Mann wie dieser, ein großer Mann... ein *mächtiger* Mann! Der hat doch sicherlich große Feinde, meinst du nicht auch? Aber... wer weiß, ob sie überhaupt von der Miliz waren oder... woher sonst. Wahrscheinlich ist Peña in Wirklichkeit gar kein Sergent. Wahrscheinlich ist er nicht einmal Karlist.«

»Wahrscheinlich heißt er auch nicht wirklich Peña«, sagte Josep leise.

Nachrichten

*A*m folgenden Tag, dem zweiten Tag des Jahres 1871, sagte Guillem: »Vielleicht sollten wir noch eine Weile hierbleiben.«

Josep war durchaus geneigt, denn er mochte die Sicherheit des Ortes und die Gewissheit von Essen und Wärme, aber es sollte anders kommen.

»Ruiz wird euch ausbezahlen«, sagte Gerardo. »Er hat die Tochter seines Bruders eingestellt, damit sie uns hilft.« Er zuckte die Achseln. »Sie ist eine Schlampe, aber kann richtig zupacken, und Ruiz hat eine sehr große Familie. Er war fest entschlossen, eine Verwandte zu beschäftigen.« Doch Gerardo wollte den beiden Männern helfen. »Ihr seid ja offensichtlich Katalanen. Und vielleicht seid ihr auch daran interessiert, in den Osten zurückzukehren?« Als sie nickten, strahlte er. »Ein Mann namens Dario Rodríguez ist ein alter Stammkunde von uns. Er macht Schinken. Und was für einen Schinken!« Er küsste sich die Fingerspitzen. »Seit Jahren kaufen wir ihn schon von ihm und bieten ihn unseren Gästen an. Morgen fährt er nach Guadalajara und liefert unterwegs seine Schinken an Wirtshäuser und Lebensmittelgeschäfte. Ich habe mit ihm gesprochen. Wenn ihr ihm zur Hand geht, ist er bereit, euch mitzunehmen und in La Fuente abzusetzen. La Fuente ist eine Zwischenstation der Eisenbahn, wo die Züge kurz anhalten, um Wasser und Kohle aufzunehmen. Morgen Abend um zehn nach neun wird ein Güterzug dort anhalten. Mein Vetter Eugenio sagt, das ist eine hervorragende Stelle, um auf einen Güterzug aufzuspringen, weil es in La Fuente keine unfreundlichen Wachen mit Knüppel gibt.«

Für Josep und Guillem schien das eine sehr willkommene Gelegenheit zu sein.

Früh am nächsten Morgen stiegen sie, bescheiden bereichert von Ruiz und mit einem Geschenk von Gerardo − einem Beutel mit Schweinswürsten, Brot und zwei großen Stücken einer schon etwas alten Kartoffel- und Ei-*truita* − auf Dario Rodríguez' Fleischkarren.

Rodríguez, der ebenso stämmig war wie Ruiz, aber leutseliger, erklärte ihnen die Regeln: »Ihr fahrt hinten bei den Schinken mit. Bei jedem Halt rufe ich euch die Zahl der Schinken zu, die geliefert werden müssen. Wenn nur ein einzelner Schinken bestellt ist, wechselt ihr euch ab. Wenn es mehr als einer ist, tragt ihr beide.«

So verließen sie Madrid auf einer freigeräumten Stelle der Ladefläche, zwischen schweren Schweinsschlegeln, deren üppiges Aroma die Geheimnisse von Rauch und Gewürzen verkündete.

Es dämmerte schon, als Rodríguez sie am Eisenbahndepot von La Fuente absetzte, einer kleineren Version des Madrider Geländes.

Beunruhigt bemerkte Josep einige Männer, die in den Schatten der abgehängten Waggons standen, aber keiner kam herbei, um sie zu vertreiben, als sie hinter einen der Waggons schlichen.

Das Warten war schwierig. Doch kurz bevor die Nacht sich über das Depot legte, kam plötzlich das Ungeheuerbrüllen des einfahrenden Zugs. Sie wussten nicht so recht, was sie tun sollten, und zögerten deshalb, als der Zug knirschend zum Stehen kam, bis sie andere Männer zum Zug laufen und die Verschläge aufziehen sahen…

»Komm!«, sagte Guillem und rannte ächzend los, und Josep folgte ihm. Jedes Waggontor, an dem sie vorbeirannten, schien ein Vorhängeschloss zu haben.

»Hier ist einer«, sagte Josep schließlich. Das Tor quietschte, als sie es aufzogen. Gleich darauf waren sie drinnen, und beim Zuschieben quietschte das Tor noch einmal.

»Das hat doch bestimmt jeder gehört«, murmelte Guillem. In stummer Verzweiflung standen sie in völliger Dunkelheit und warteten auf Wachen mit Knüppeln.

Kein Mensch kam.

Kurz darauf gab es einen kräftigen Ruck, als der Waggon anfuhr und gleich wieder anhielt. Dann setzte er sich erneut in Bewegung, und diesmal fuhr er weiter.

Der Waggon verriet sehr deutlich, was er als Letztes geladen hatte.

»Zwiebeln«, sagte Josep, und Guillem lachte.

Sich an den schwankenden Seitenwänden abstützend, ging Josep vorsichtig am äußeren Rand des Waggons entlang, um sich zu versichern, dass sie die Dunkelheit mit keinem anderen teilten. Aber der Waggon enthielt weder andere Passagiere noch Zwiebeln, und als er dann wieder neben Guillem stand, war er sehr erleichtert.

Zu Mittag hatten sie in einer Restaurantküche, die sie mit Schinken beliefert hatten, umsonst Schüsseln mit Linsensuppe bekommen, und so hatte Josep den Beutel mit Essen, den Gerardo ihnen geschenkt hatte, noch immer in der Hand. Nach einer Weile setzten sie sich und fingen mit den Würsten und dem hart gewordenen Brot an. Die *truites* waren inzwischen zerbrochen, aber sie genossen jedes Bröckchen davon und legten sich dann auf den vibrierenden Boden.

Josep furzte.

»Na ja … Nicht so schlimm wie die von Xavier Miró«, bemerkte Guillem sachlich.

»Nichts ist so schlimm wie Xaviers Fürze.«

Guillems Lachen klang etwas angestrengt. »Ich frage mich, wo er ist.«

»Und wo all die anderen sind«, sagte Josep.

Sie befürchteten, dass in Guadalajara vielleicht Wachen den Zug durchsuchten, aber als sie kurz vor Mitternacht dort ankamen, machte sich in den wenigen langen Minuten des Aufenthalts niemand an den Toren zu schaffen. Schließlich fuhr der Zug wieder an und ratterte schwankend weiter, und die Geräusche und die Bewegung ergaben eine merkwürdige rhythmische Musik, die Josep zuerst wach hielt und ihn schließlich einlullte.

Er wurde geweckt vom Quietschen des Tors, das Guillem gerade aufschob, sodass Tageslicht in die Dunkelheit sickerte. Der Zug zuckelte mit guter Geschwindigkeit durch offenes Ackerland. Guillem pinkelte durch die Tür, und bis auf einen großen Vogel, der am Himmel hing, waren weder Tiere noch Menschen zu sehen.

Josep war ausgeruht, aber sehr durstig und auch schon wieder hungrig; er bedauerte, dass er nicht ein wenig von Gerardos Essen aufgehoben hatte. Er und Guillem saßen da und sahen Bauernhöfe, Äcker, Wälder und Städte vorbeiziehen. Ein langer Aufenthalt voller Angst in Zaragoza, dann Caspe... kleine Dörfer, Wiesen, Getreidefelder, sandiges Ödland...

Er pfiff. »Großes Land, mmh?«, sagte er, und Guillem nickte.

Gelangweilt schlief Josep noch einmal drei oder vier Stunden.

Es war Nachmittag, als Guillem ihn an der Schulter rüttelte, um ihn zu wecken.

»Ich habe eben ein Schild gesehen, fünf Fußstunden bis Barcelona.«

Gerardo hatte sie gewarnt, dass es in Barcelona höchstwahrscheinlich Wachen geben würde, die den Zug durchsuchten.

Sie warteten, bis der Zug langsam und mühsam eine lange Steigung hochgezuckelt war, und sprangen dann behände aus dem offenen Tor. Eine Weile standen sie da und sahen dem davonfahrenden Zug nach, und dann marschierten sie die Gleise in die Richtung entlang, die auch der Zug genommen hatte. Eine halbe Stunde später kamen sie zu einer Sandstraße, die an den Gleisen entlanglief und ihnen das Gehen erleichterte.

Das Schild an einem vernachlässigten Olivenbaum verkündete: »Cruïlles, 1 Fußstunde.«

Die Sonne schien warm, es war mild, und bald knöpften sie ihre schweren Jacken auf, zogen sie aus und trugen sie über dem Arm. Cruïlles erwies sich als ein Dorf, eine Ansammlung weiß getünchter Häuser und einiger Läden, die dort entstanden waren, wo ein zweiter Feldweg die Gleise und die Straße kreuzte, auf der sie gekommen waren. Es gab auch einen Gasthof, und sie waren hungrig. Sie setzten sich an einen Tisch, und Josep bestellte drei Eier, Tomatenbrot und Kaffee.

Die Frau, die die Männer bediente, fragte sie, ob sie auch Schinken wollten, und sie grinsten, bestellten aber keinen.

Auf einem Tisch in der Nähe entdeckte Josep eine Zeitung und holte sie sofort. Auf dem Weg zurück zum Tisch fing er an, darin zu lesen, er ging sehr langsam dabei und blieb zweimal stehen. »Ah … Ah …«

»Was ist los?«, fragte Guillem.

Die Geschichte stand auf der ersten Seite der Zeitung. Sie war schwarz umrandet.

»Er ist gestorben«, sagte Josep.

TEILEN

*J*osep las Guillem jedes Wort des Artikels mit leiser und vor Anspannung heiserer Stimme vor.

Die Zeitung berichtete, Premierminister Juan Prim y Prats habe zu den Männern gehört, die verantwortlich waren für den Sturz Königin Isabels, für die Wiedereinsetzung einer Monarchie und die Wahl eines Mitglieds der italienischen Aristokratie durch die *cortes* – Amadeo Fernando María de Saboya – zum neuen König von Spanien.

Amadeo war nur Stunden nach dem Tod von General Prim, seinem wichtigsten Unterstützer, in Madrid eingetroffen, um den Thron zu besteigen. Der neue Monarch hatte sofort eine viertägige Staatstrauer für Prim angeordnet, und er hatte vor dem Leichnam stehend den Eid abgelegt, der Verfassung Spaniens zu gehorchen.

»Es heißt, die Guardia Civil ist kurz davor, mehrere Leute zu verhaften, die der Beteiligung an dem Mordanschlag verdächtigt werden«, las Josep.

Guillem stöhnte.

Sie aßen, ohne etwas zu schmecken, und wanderten

dann ziellos davon, zwei junge Männer in einem gemeinsamen Albtraum.

»Ich denke, wir sollten zur Guardia Civil gehen, Guillem.«

Guillem schüttelte verbissen den Kopf. »Sie werden uns nicht glauben, dass wir nur leichtgläubige Tölpel sind. Wenn sie Peña oder die anderen noch nicht gefasst haben, werden sie sehr froh sein, uns den Mord in die Schuhe schieben zu können.«

Sie gingen schweigend weiter.

»Vielleicht waren sie ja Karlisten. Wer weiß? Wir wurden ausgesucht, weil sie dumme Jungs vom Land brauchten, um Mörder aus ihnen zu machen«, sagte Josep. »Verzweifelte, arbeitslose Bauern, die sie darauf abrichten konnten zu gehorchen.«

Guillem nickte. »Peña hat uns beide als Scharfschützen ausgesucht, dich und mich. Aber dann kamen sie zu dem Schluss, dass man uns nicht trauen kann. Also fand man andere, die auf diesen armen Kerl schossen und ihn töteten, und wir schienen ihnen gerade einmal schlau genug, ein Pferd zu halten und ein Streichholz anzuzünden«, sagte er verbittert. »Wir können nicht ins Dorf zurückkehren«, fuhr er fort. »Peñas Männer – die Karlisten oder was sie sonst sind – könnten nach uns suchen. Vielleicht sucht sogar die Polizei nach uns! Die Armee, die Miliz!«

»Was sollen wir dann tun? Was können wir tun?«

»Ich weiß es nicht. Wir sollten gut darüber nachdenken«, erwiderte Guillem.

Als die Dämmerung hereinbrach, trotteten sie noch immer ziellos die Straße neben den Gleisen entlang, in die Richtung von Barcelona.

»Wir müssen uns einen Platz für die Nacht suchen«, sagte Josep.

Guillem nickte. Zum Glück war das Wetter mild, aber es war Winter in Nordspanien, was bedeutete, dass die Luft ohne Vorwarnung kalt werden konnte. »Das Wichtigste ist, dass wir Schutz finden, falls ein Wind aufkommen sollte«, sagte er. Kurz darauf kamen sie zu einem großen gemauerten Durchlass, der unter der Straße hindurchführte, und sie waren beide der Meinung, dass dies ein geeigneter Platz sei.

»Da unten sind wir sicher, außer es gibt einen Platzregen, dann ertrinken wir«, sagte Josep, denn der Durchlass hatte den Zweck, das Wasser eines Bachs unter der Straße und den Gleisen hindurchzuleiten, doch Jahre der Dürre hatten den Wasserlauf austrocknen lassen. Im Inneren der großen Röhre war die Luft still und warm, und es gab eine Ablagerung aus weichem, sauberem Sand.

Sie brauchten nur ein paar Minuten, um in dem Bachbett einen Stapel Treibholz zu sammeln. In seiner Tasche hatte Josep noch immer einige der Streichhölzer von der Handvoll, die Peña ihm gegeben hatte, und schon bald brannte ein kleines, lebhaftes Feuer, das befriedigend knisterte und Wärme und Licht verbreitete.

»Ich glaube, ich gehe in den Süden. Vielleicht València oder Gibraltar. Vielleicht sogar nach Afrika«, sagte Guillem.

»Na gut. *Wir* gehen in den Süden.«

»Nein, ich gehe besser alleine in den Süden, Josep. Peña weiß, dass wir sehr enge Freunde sind. Er, und auch die Polizei, wird nach zwei jungen Männern suchen, die zusammen reisen. Ein Einzelner ist in jeder Umgebung viel unauffälliger, deshalb dürfte es sicherer sein, wenn jeder von uns allein reist. Und sie werden uns bestimmt in der Nähe der Heimat suchen, deshalb müssen wir weit weg von Katalonien. Wenn ich nach Süden gehe, solltest du nach Norden gehen.«

Das klang vernünftig. »Aber ich glaube nicht, dass wir uns trennen sollten«, sagte Josep hartnäckig. »Wenn zwei Freunde miteinander reisen und einer von beiden in Schwierigkeiten kommt, ist der andere da, um ihm zu helfen.«

Sie schauten einander an.

Guillem gähnte. »Na ja, lass uns mal darüber schlafen. Wir können morgen früh weiterreden.«

Sie legten sich beiderseits des Feuers. Guillem war bald eingeschlafen und schnarchte laut, aber Josep lag lange wach und legte hin und wieder ein neues Stück Holz ins Feuer.

Als auch er endlich einschlief, war der Aststapel beinahe aufgebraucht, und bald war aus dem lodernden Feuer ein kleiner Kreis aus Asche mit einem glühenden Herzen geworden.

Das Feuer war kalt und grau, als er aufwachte, und die Luft ebenso.

»Guillem?«, sagte er.

Er war allein.

Guillem ist sicher beim Pissen, dachte er und schlief wieder ein.

Als er erneut aufwachte, war die Luft wärmer. Sonnenlicht strömte in den Durchlass.

Er war noch immer allein.

»Heh«, rief er und rappelte sich hoch. »Guillem?«, rief er. »GUILLEM?«

Er trat vor den Durchlass und kletterte zur Straße hoch, aber in beiden Richtungen war kein lebendes Wesen zu entdecken.

Plötzlich durchschoss ihn ein Gedanke, er griff in seine Jacke und stellte mit Erleichterung fest, dass die Rolle Banknoten, die sein Vater und Nivaldo ihm gegeben hatten, noch da war.

Aber... sie fühlte sich anders an.

Als er die Rolle aus der Tasche zog und die Scheine zählte, sah er, dass sieben *pessetes* – die Hälfte seines Geldes – verschwunden waren. Aus seiner Tasche gestohlen!

Von seinem *Freund*!

Beinahe ohnmächtig vor Wut schüttelte er die Faust gen Himmel.

»SCHANDE! MISTKERL! DU VERDAMMTER MISTKERL!... DU ARSCHLOCH, GUILLEM!«, schrie er.

ALLEIN

Ohne besonderen Grund kehrte er in den Durchlass zurück wie ein Tier, das in seinen Bau zurückkroch, und setzte sich neben der Asche des toten Feuers in den Sand.

Er hatte sich sehr auf Guillem verlassen. Guillem konnte zwar weder lesen noch schreiben, aber nach Nivaldo war Guillem Parera der klügste Mensch, den Josep kannte. Josep wusste noch sehr gut, wie Guillem ihn von der Dummheit abgehalten hatte, auf dem Madrider Eisenbahngelände zu Peña zu gehen, und wie Guillem sofort erkannt hatte, dass die Küche des Gasthauses Metropolitano ein sicherer Zufluchtsort für sie sein würde. Josep kam sich nicht schlau vor, und er wusste nicht, ob er allein würde überleben können.

Während er die dünne Rolle Banknoten in seine Socke steckte, kam ihm der Gedanke, dass Guillem ihm auch das ganze Geld hätte stehlen können, und ihm dämmerte, dass Guillem aus ihren jeweiligen Schwierigkeiten quasi einen Wettstreit gemacht hatte.

Wir fangen jetzt jeder mit dem gleichen Geldbetrag an. Mal sehen, wer von uns es weiter bringt.

Das machte ihn wieder wütend, und die Wut war stärker als seine Angst, sodass er nun die vorübergehende Sicherheit des Durchlasses verlassen konnte. Gegen die warme Sonne blinzelnd, kletterte er hoch und fing an zu marschieren.

Er war noch keine Stunde unterwegs, da kam er an eine Stelle, wo die Gleise, die in östlicher Richtung nach Barcelona führten, von Gleisen gekreuzt wurden, die nach Norden und nach Süden führten. Auch wenn er es sich nicht gern eingestand, musste er nun doch erkennen, dass Guillem bei ihrer Meinungsverschiedenheit am Abend zuvor in einigen Dingen recht gehabt hatte. Er konnte nicht nach Santa Eulalia zurückkehren. Es wäre für ihn auch gefährlich, nach Barcelona zu gehen, sogar gefährlich, überhaupt in Katalonien zu bleiben.

Er bog nach links ab und folgte den neuen Gleisen nach Norden.

Er fühlte sich jetzt berechtigt, Guillems Rat anzunehmen; immerhin, dachte er sich, hatte er dafür bezahlt.

Er wusste nicht, wo die Züge hielten oder wo er gefahrlos würde aufspringen können, aber als er an einen langen steilen Hügel kam, stieg er ihn hoch bis kurz unter den Gipfel, legte sich dann unter einen Baum und wartete.

Weniger als eine Stunde später hörte er ein schwaches Dröhnen und Rattern und das entfernte Tierheulen der Pfeife, und seine Hoffnungen und Erwartungen stiegen. Beim Anstieg auf den Hügel wurde der Zug immer langsamer, wie er gehofft hatte. Als er ihn erreichte, hätte er ganz leicht aufspringen können, aber der Zug bestand ausschließlich aus Personenwagen und nutzte ihm deshalb rein gar nichts.

Aus den Fenstern der überfüllten Dritte-Klasse-Abteile starrten Leute ihn an. Sie fuhren zu Lebensumständen, die viel sicherer waren als die seinen, sagte sich Josep.

Weniger als eine Stunde später hörte er wieder Zuggeräusche, und diesmal war es genau das, worauf er gewartet hatte, ein langer Güterzug. Während er an ihm vorbeizog, sah er einen Waggon mit halb geöffnetem Tor, und er lief am Zug entlang und schwang sich behände auf die Ladefläche.

Als er sich in das dunkle Innere rollte und aufstand, hätte er sich sehr gern mit dem Geruch von Zwiebeln abgefunden, denn dieser Waggon stank nach altem Urin. Das war vermutlich einer der Gründe, warum die Wachen ihre Knüppel schwangen, wenn sie Schwarzfahrer entdeckten, dachte er. Dann sagte jemand leise: »*Hola.*«

»*Hola.*«

Als Joseps Augen sich an die Dunkelheit gewöhnt hatten, sah er den Sprecher in einer Ecke liegen, ein schmächtiger Mann mit einem schmalen dunklen Bart.

»Ich bin Ponc.«

»Josep.«

»Ich fahre nur bis Figueres.«

»Ich bleibe auf dem Zug. Ich will nach Frankreich, um mir dort Arbeit zu suchen. Kennst du eine Stadt, wo ich etwas finden könnte?«

»Was für Arbeit hast du bis jetzt gemacht?«

»Ich komme von einem Weingut.«

»Na ja, es gibt so viele Weingüter.« Der Mann schüttelte den Kopf. »Aber die Zeiten sind überall schlecht.« Er hielt nachdenklich inne. »Kennst du das Orb-Tal?«

»Nein, Senyor.«

»Ich habe gehört, dass es dort besser ist, ein Tal mit eigenem Klima, im Winter wärmer als Katalonien, beste Voraussetzungen für Trauben. Dort gibt es viele Weinberge. Vielleicht sogar Arbeit.«

»Wie weit weg ist dieses Tal?«

Der andere zuckte die Achseln. »Vielleicht fünf Stunden Fahrt ab der Grenze. Der Zug geht direkt dorthin.«

»Dieser Zug?«

Der Mann schnaubte. »Nein, mit diesem Zug kommt man nur bis kurz vor die Grenze. Diejenigen, die sich solche Sachen in Madrid ausdenken, haben die spanischen Schienen breiter gemacht als die Schienen in Frankreich, damit die Franzosen, falls sie beschließen sollten, bei uns einzufallen, nicht einfach Truppen und Waffen mit Zügen hereinbringen können. Deshalb endet dieser Zug vor der Grenze. Du musst zu Fuß weitergehen und in Frankreich auf einen anderen Zug aufspringen.«

Josep nickte und prägte sich die Details ein.

»Du solltest auch wissen, dass sie an der Grenze jeden Waggon durchsuchen. Du musst unbedingt darauf achten, dass du diesen Zug, eine Viertelstunde nachdem er die Stadt Roses durchfahren hat, verlässt – auf keinen Fall später. Erst siehst du einen großen weißen Wasserturm, danach wird der Zug an einer Steigung langsamer. Dort musst du abspringen.«

»Vielen Dank.«

»Nichts zu danken. Aber jetzt will ich schlafen, also kein Gerede mehr.«

Josep setzte sich dicht neben dem offenen Tor an die Wand des Waggons. Unter anderen Umständen hätte auch er jetzt schlafen können, aber er war zu nervös. Mit der Spitze seines rechten Schuhs stupste er die sieben *pessetes* in seiner linken Socke an, um sicherzugehen, dass sie noch da waren. Er nahm den Blick nicht von der liegenden Masse, die sein Mitreisender war, während der Zug über die Hügelkuppe fuhr und schwankend und ratternd auf der anderen Seite des Hügels beschleunigte.

Wandern

Drei Stunden später verließ er ohne Schwierigkeiten den Zug und ging eine gewundene Straße
entlang, die ihn direkt zum in der warmen Sonne fun-
kelnden und glänzenden Mittelmeer führte. Er kam an
einem Dutzend am Strand vertäuter Fischerboote vorbei und stand bald darauf mitten auf der *plaça*, wo er
feststellte, dass freitags der Markt abgehalten wurde. Sein
leerer Magen knurrte, als er an Kohlebecken vorbeiging,
auf denen Hühner, Fisch und Schweinefleisch brutzelten und die Luft mit den köstlichsten Düften erfüllten.

Schließlich kaufte er sich eine große Schüssel mit wür-
zigem Kichererbseneintopf, den er langsam und mit
großem Behagen an eine Steinmauer gelehnt aß.

Neben ihm war eine alte Frau, die einen Stapel Decken
feilbot, und als Josep gegessen hatte, brachte er die Schüssel zurück und ging zu ihrem Stand. Er berührte eine
Decke und hob sie dann hoch, und dabei erfühlte er
beinahe ehrfürchtig ihre weiche Dicke. Als er sie auf-
schüttelte, sah er, dass sie ziemlich groß war, breit genug
für zwei Leute. Er wusste nur zu gut, dass eine solche

warme Decke für jemanden, der gezwungen war, im Freien zu schlafen, eine sehr große Hilfe sein würde.

Die alte Frau betrachtete ihn mit den erfahrenen Augen einer Händlerin. »Die feinste Wolle und vom Webstuhl der besten Weberin, meiner Tochter. Ein echtes Schnäppchen für dich ... eine *pesseta*.«

Josep seufzte und schüttelte den Kopf. »Fünfzig *cèntims*?«, fragte er, aber die Frau schüttelte verächtlich den Kopf und hob die Hand, um jedes Handeln abzuwehren.

Er wandte sich ab, hielt dann aber wieder inne. »Sechzig vielleicht?«

Die schlauen Augen schauten ihn vorwurfsvoll an, während sie noch einmal den Kopf schüttelte.

»Kennst du denn jemanden, der einen guten Arbeiter braucht?«

Sie schüttelte den Kopf. »Es gibt hier keine Arbeit.«

Und so ging er davon. Als er außer Sichtweite war, holte er die Münzen aus seiner Jackentasche und zählte fünfundsiebzig *cèntims* ab. Dann kehrte er zu der alten Frau zurück und hielt ihr das Geld hin.

»Das ist alles, was ich ausgeben kann. Keinen *cèntim* mehr.«

Sie spürte ein letztes Angebot, und ihre klauengleichen Hände packten die Münzen. Sie zählte sie und seufzte, und als er um das Stück Seil bat, das er hinter den Decken entdeckt hatte, ließ sie sich erweichen. Er rollte die Decke zusammen, band das Seil um die beiden Enden und hängte sich die Rolle an dieser Schlaufe über die Schultern.

»Großmutter, wo ist der Grenzposten?«

»Folge der Straße durch die Stadt, sie bringt dich direkt zum Posten. Nur eine halbe Stunde entfernt.«

Er schaute sie an und beschloss dann, das Risiko einzugehen. »Ich will aber nicht am Posten über die Grenze gehen.«

Sie lächelte. »Natürlich willst du das nicht, mein Lieber, nur wenige Leute mit Verstand wollen das. Mein Enkel wird dir den Weg zeigen. Zwanzig *cèntims.*«

Josep ging in einiger Entfernung hinter dem dürren Jungen her, der Feliu hieß. Es gehörte zur Abmachung, dass er die Münzen im Voraus bezahlte und dass sie nicht zusammen gehen würden. Sie durchquerten die Stadt und marschierten dann über offenes Land, immer in Sichtweite des Meeres. Sehr bald entdeckte Josep den Grenzposten, eine hölzerne Schranke quer über die Straße, bemannt von Uniformierten, die die Reisenden befragten. Er hätte gern gewusst, ob man seinen Namen und seine Beschreibung an die Grenzer ausgegeben hatte. Auch wenn nicht, könnte er nicht durch den Posten gehen, denn sie würden Papiere und seinen Ausweis sehen wollen.

Feliu ging weiter auf den Posten zu, und Josep folgte ihm mit wachsender Beunruhigung. Vielleicht führten ihn die alte Frau und das Kind direkt zu seiner Verhaftung, als Gegenleistung für das Geld von ihm und für noch mehr Geld von den Grenzern als Gegenleistung für die Auslieferung eines Schmugglers.

Doch im letzten Augenblick bog Feliu nach links in

einen schmalen, staubigen Pfad ein, der von der Straße ins Landesinnere führte, und als Josep zu dem Pfad kam, bog er ebenfalls dort ab.

Sie gingen nur noch wenige Minuten, dann blieb Feliu stehen, hob einen Stein auf und warf ihn rechts von sich. Es war das vereinbarte Zeichen, und der Junge schritt forsch davon, ohne sich auch nur einmal umzusehen.

Als Josep die Stelle erreichte, wo der Junge den Stein geworfen hatte, sah er einen noch schmaleren Pfad, der am Rand eines jetzt im Winter brachliegenden Zwiebelfeldes entlangführte, und bog in ihn ein. Ungeerntete Zwiebeln stachen mit grünen Fingern durch die Erde, und er sammelte einige der Knollen. Sie waren stark und bitter, als er sie im Gehen aß.

Das Zwiebelfeld war das letzte Ackerland, das er sah, denn hinter dem kleinen Tal kamen dicht bewaldete Hügel. Er marschierte fast eine Stunde lang, bevor er eine Gabelung erreichte.

Es gab kein Richtungsschild und keinen Feliu oder irgendeinen anderen, den er hätte um Rat fragen können. Er nahm die rechte Abzweigung, und zuerst sah er keinen Unterschied zu dem vorherigen Pfad. Doch langsam merkte er, dass der Pfad immer schmaler wurde. Manchmal schien er zu verschwinden, doch jedes Mal erkannte er vor sich Spuren, die andere Wanderer zwischen den Bäumen hinterlassen hatten.

Doch dann war der Pfad endgültig nicht mehr zu sehen.

Josep ging weiter durch den Wald, in dem festen Glau-

ben, dass er den Weg gleich wiederfinden würde, so wie
er es zuvor getan hatte. Als er sich schließlich eingestehen musste, dass nirgendwo der kleinste Hinweis auf
irgendeinen Pfad durch den Wald zu sehen war, versuchte er zurückzugehen, um auf den Pfad zu gelangen,
den er von der Gabelung aus genommen hatte, aber so
sehr er sich auch bemühte, er konnte den Weg nicht
mehr finden, den er gekommen war.

»*Merda!*«, sagte er laut.

Eine Weile bewegte er sich ziellos durch den Wald, sah
aber nirgendwo einen Fußpfad. Und schlimmer noch,
er hatte jede Orientierung verloren. Als er schließlich zu
einem plätschernden Rinnsal kam, beschloss er, ihm zu
folgen. Oft wurden Häuser an einem Gewässer gebaut,
überlegte er sich, vielleicht würde er ja auf ein Haus
stoßen.

Er kam nur schwer voran, kleine Bäume und dichtes
Unterholz behinderten ihn. Er musste über gefallene
Bäume hinwegklettern oder unter ihnen hindurchkriechen und einige Abhänge umgehen. Mehrmals kam er
an tiefen, felsigen Schluchten vorbei, nichts als aufgewühlte Erde und zerklüfteter Stein. Dornen zerkratzten
seine Arme, der Atem wurde ihm knapp, und er wurde
abwechselnd gereizt und ängstlich.

Doch schließlich verschwand der Bach in einer hölzernen Röhre, einem langen ausgehöhlten Baumstamm.

Und die Röhre führte unter einer Straße hindurch.

Es war eine gute Straße, im Augenblick zwar verlassen, aber – sie führte irgendwohin! Ungeheuer erleichtert
stellte er sich mitten auf die Straße und betrachtete die

Lebenszeichen: die Furchen von Karrenrädern, die Huf-
spuren im Staub. Unbehindert auf dieser Straße zu marschieren war nach seinem Kampf mit Bäumen und Gestrüpp das reinste Vergnügen. Schon nach kurzer Zeit,
nach zehn Minuten vielleicht, fand er einen Beweis, dass
er tatsächlich in Frankreich war, ein an einen Baum ge-
nageltes Schild: »Ville d'Elne, 11 km.« In kleiner Schrift
stand am unteren Rand des Schilds: »Province du Roussillon.«

MITREISENDE

*I*n Perpignan fand er die Eisenbahngleise. Es war eine
Stadt mit imposanten Gebäuden, viele von ihnen
mittelalterlich und wegen der schmalen Ziegel, die man
für ihren Bau verwendet hatte, von einem düsteren Rot.
Es gab ein Viertel mit stattlichen Häusern neben ver-
wahrlosten Bezirken mit schmalen, von Unrat besudel-
ten Straßen, über denen Leinen voller Wäsche hingen,
die Wohnstätten von Zigeunern und anderen armen
Leuten. Es gab auch eine imposante Kathedrale, in der
Josep die erste Nacht auf einer Bank schlief. Tags darauf
brachte er den ganzen Vormittag damit zu, in Läden und
Gasthäusern nach Arbeit zu fragen, doch immer ohne
Erfolg.

Am frühen Nachmittag folgte er den Gleisen aus der
Stadt hinaus bis zu einer günstigen Stelle und wartete
dort. Als ein Güterzug auftauchte, fühlte sich das Ritual
bereits ganz natürlich an. Er suchte sich einen Waggon
mit teilweise geöffnetem Tor, lief am Zug entlang und
schwang sich hinein.

Als er sich aufgerappelt hatte, sah er, dass sich bereits
vier Männer in dem Waggon befanden.

Drei von ihnen umringten den vierten auf dem Boden.

Zwei der stehenden Männer waren groß und kräftig und hatten mächtige runde Köpfe, der dritte war mittelgroß und dünn und hatte ein Rattengesicht. Der vierte Mann kauerte auf Händen und Knien. Einer der kräftigen Männer, dessen Hose heruntergelassen war, packte den Knienden mit einer Hand am Nacken, schob die andere unter seinen Bauch und hob seinen nackten Hintern an.

In dieser ersten Sekunde blickte Josep auf die Szene wie auf ein Gemälde. Die Stehenden starrten ihn erstaunt an. Der Mann auf dem Boden war jünger als die anderen, vielleicht so alt wie Josep. Josep sah, dass sein Mund aufgerissen und sein Gesicht verzerrt war, als würde er stumm schreien.

Der Mann, der den jüngeren hielt, ließ ihn nicht los, aber die beiden anderen drehten sich zu Josep um, der sich ebenfalls umdrehte.

Und aus dem Waggon sprang.

Es war kein Sprung, auf den er sich vorbereitet hatte. Er fand sein Gleichgewicht nicht, als seine Füße auf dem Boden aufkamen, und es war, als würde die Erde ihn mit Macht anspringen. Er fiel auf die Knie, knallte mit dem Bauch auf und rutschte über Schlacke, und der Aufprall presste ihm die Luft aus der Brust, sodass er einen kurzen schrecklichen Augenblick um Atem ringen musste.

Er blieb im Dreck liegen, während die Waggons an ihm vorbeiratterten. Der ganze Zug fuhr an ihm vorbei und davon, und im Geiste verfluchte er Guillem, weil er ihn im Stich und in seiner Hilflosigkeit alleingelassen hatte. Zuerst verklang der Lärm der Lokomotive, und dann verlor sich auch das Rattern der Waggons in der Ferne.

Ein Fremder
in einem fernen Land

Danach verschwendete er keinen Gedanken mehr an eine Fahrt in einem Zug, sondern machte sich zu Fuß auf den Weg, ohne genau zu wissen, wohin, immer frierend und nach Arbeit fragend, wo er auch war. Er gewöhnte sich an Zurückweisungen, bald machten sie ihm nichts mehr aus, und die erwarteten Sprüche hörte er schon gar nicht mehr. Seine Hoffnungen drehten sich nun nicht mehr um Selbstversorgung und eine gesicherte Zukunft, bald ging es nur noch darum, jeden Tag etwas zu essen und einen sicheren Schlafplatz zu finden. Mit jedem Tag fühlte er sich mehr als Fremder. In der Provinz Roussillon hatten die Leute noch Katalanisch gesprochen, fast so wie sie es in Santa Eulalia taten, aber je weiter nach Norden er kam, umso mehr französische Wörter und Ausdrücke fanden sich in der Sprache. Nachdem er die Grenze zur Provinz Languedoc überquert hatte, konnte er zwar noch immer verstehen und sich verständlich machen, aber sein Akzent und seine stockende Sprechweise brandmarkten ihn als Fremden.

Die Leute nahmen sein spanisches Geld bereitwillig

an, doch ihn quälte die kalte Erkenntnis, dass er mit seinen wenigen *pessetes* haushalten musste. Für eine Unterkunft zu bezahlen kam ihm nie in den Sinn. Er suchte sich Kathedralen, die meistens die ganze Nacht für Gläubige geöffnet waren und ihm ein wenig Licht und eine Bank zum Ausstrecken boten. Er schlief auch hin und wieder in Kirchen, doch viele Kirchen wurden über Nacht abgeschlossen. In einer Gemeinde nahm ihn der Pfarrer am Morgen danach mit ins Pfarrhaus und gab ihm Grütze zu essen, während in einer anderen ein wütender junger Priester ihn mit heftigem Schulterrütteln weckte und aus der Kirche in die Nacht hinausjagte. Wenn es sein musste, wickelte er sich in seine Decke und schlief im Freien auf der Erde, aber er versuchte, es zu vermeiden, da er von klein auf Angst vor Schlangen hatte.

Sehr bald beschloss er, nur Brot zu kaufen, und er suchte sich Bäckereien, die alte Baguettes billig hergaben. Die Stangen wurden schnell hart und zäh wie Holz, und er sägte sich mit seinem Messer kleine Stücke ab und nagte im Gehen an dem Brot wie an einem Knochen.

Auf einer Straße in der Stadt Béziers erschrak er über den Anblick einer Gruppe stumpfäugiger Männer in breit gestreiften Sträflingsuniformen. Sie waren mit Ketten an den Knöcheln gefesselt, die beim Gehen klirrten und sie nur schlurfen ließen, und sie arbeiteten mit Schaufeln, Schlegeln und schweren Hämmern; einige von ihnen zertrümmerten Felsbrocken zu kleinen Steinchen, die andere auf einer Straße verteilten und zu einem Belag verdichteten.

Uniformierte Wachen trugen große Flinten mit einer größeren Reichweite als alle bisherigen Waffen, die Josep im Jagdverein abgefeuert hatte; er glaubte, dass eine Ladung aus einer solchen Waffe einen Mann in zwei Teile reißen konnte. Die Wachen wirkten gelangweilt, während ihre Gefangenen, beständig unter ihren harten, wachsamen Blicken gelassen, aber zielstrebig arbeiteten, die Gesichter leer, die Oberkörper in Bewegung, die Füße jedoch wegen der schweren Ketten so still wie möglich.

Josep blieb stehen und sah ihnen gebannt zu. Er wusste, wenn er gefasst würde, wäre das auch sein Schicksal.

Als er in dieser Nacht in der Cathédrale de St. Nazaire in Béziers schlief, hatte er zum ersten Mal diesen Traum. Da war der mächtige Mann, der gerade die Kutsche bestieg; Josep sah sein Gesicht sehr deutlich. Da war auch der Jagdverein, der die Kutsche über dunkle, verschneite Boulevards verfolgte, und sooft sie in eine neue Straße einbogen, zündete Josep ein Streichholz an. Dann stand einer der Schützen neben ihm und feuerte und feuerte, und Josep sah die Kugeln einschlagen und im Fleisch des entsetzten Mannes in der Kutsche verschwinden.

Josep wurde wach gerüttelt von einem alten Mann, dessen Gebete von seinem Stöhnen gestört worden waren.

An diesem Tag wanderte er über Béziers hinaus in die bergige Landschaft. In ländlichen Gegenden konnte er sein Essen nur in kleinen Lebensmittelgeschäften kaufen, die oft überhaupt kein Brot hatten, sodass er für Käse oder Würste bezahlen musste, und sein Geld schien dahinzuschmelzen. Einmal ließ man ihn in einem kleinen, schmutzigen Gasthaus das Geschirr waschen, und er erhielt dafür drei magere Würste und einen Teller gekochte Linsen.

Er war immer müde und hungrig. Und jeder Tag verschmolz mit dem nächsten, er wurde verwirrter und ging, wohin seine Füße ihn trugen. Elf Tage nach seinem Grenzübertritt hatte er nur noch eine *pesseta*, einen zerknitterten Schein, dem eine Ecke fehlte. Arbeit zu finden, bevor er sein letztes Geld ausgeben musste, wurde jetzt zum Wichtigsten in seinem Leben.

Manchmal wurde ihm schwindelig wegen des unzureichenden Essens, und er befürchtete, dass der Hunger ihn dazu treiben würde, sich etwas zu nehmen, wofür er nicht bezahlen konnte, ein Baguette oder ein Stück Käse, der unvermeidliche Diebstahl aus Verzweiflung, der ihm die Ketten um die Knöchel und die Streifen auf den Rücken legen würde.

Das Schild zeigte in zwei Richtungen, auf dem Pfeil nach Osten stand: »Béziers, 16 km«, und auf dem nach Westen: »Roquebrun, 5 km.«

Er hatte den Namen dieses Dorfes schon einmal gehört – und erinnerte sich an die beiden Franzosen, die nach Santa Eulalia gekommen waren, um Wein einzukaufen. Einer von ihnen hatte gesagt, er stamme aus dem Dorf Roquebrun. Es war der Mann, der gesagt hatte, ihm gefalle die Art, wie Josep arbeite. Fontaine? Nein, das war der Name des größeren Mannes. Der andere war kleiner und stämmiger. Wie hieß er gleich?

Josep konnte sich nicht erinnern.

Aber eine halbe Stunde später fiel ihm der Name ein, und er sprach ihn laut aus: »Mendès. Léon Mendès.«

Er sah Roquebrun, bevor er es erreichte, ein Dorf, das sich behaglich an den Hang eines kleinen Berges schmiegte. Es war auf drei Seiten von der Schleife eines Flusses umschlungen, den Josep schließlich auf einer gewölbten Steinbrücke überquerte. Die Luft war mild, und das Laub war üppig grün. Orangenbäume säumten seine Ufer. Das Dorf war sauber und gepflegt; überall standen winterblühende Mimosen, einige der federigen Blüten sahen aus wie rosafarbene Vögel, doch die meisten waren bereits verblüht zu kleinen Kaskaden aus Weiß.

Ein Mann in einer Lederschürze fegte die Pflastersteine vor einem kleinen Schusterladen, und Josep fragte ihn, ob er Léon Mendès kenne.

»Natürlich kenne ich ihn.«

Der Schuster sagte, Mendès' Weingut befinde sich in der Talsenke, etwas mehr als eine Stunde außerhalb von Roquebrun. Er zeigte Josep das Sträßchen, das ihn dorthin bringen würde.

Das Weingut war so gepflegt wie das Dorf, drei ansehnliche Nebengebäude und ein Wohnhaus, alle aus Stein und mit einem Ziegeldach. Alle Mauern waren von Efeu umrankt, und das Land, das sich um die Gebäude herum erstreckte – zwei steile Hügelflanken und ein flaches Tal –, stand voller Weinstöcke.

Er klopfte, vielleicht zu furchtsam, denn niemand antwortete. Er überlegte sich gerade, ob er noch einmal klopfen sollte, als die Tür von einer Frau mittleren Alters mit weißen Haaren und einem runden roten Gesicht geöffnet wurde.

»*Oui?*«

»Ich würde gern Léon Mendès sprechen, wenn Sie so freundlich wären, Madame.«

»Wer bist du?«

»Josep Àlvarez.«

Sie betrachtete ihn kalt. »Warte hier.«

Wenige Augenblicke später kam er genau so an die Tür, wie Josep ihn in Erinnerung hatte, ein kleiner draller Mann, ordentlich – vielleicht sogar pingelig – gekleidet, die Haare perfekt gekämmt. Er stand in der Tür und schaute Josep fragend an.

»Monsieur Mendès, ich bin Josep Àlvarez.«

Ein Augenblick des Schweigens.

»Sie erinnern sich vielleicht an mich. Josep Àlvarez? Sohn von Marcel Àlvarez aus Santa Eulalia?«

»In *Katalonien*?«

»Ja. Sie haben im Herbst unser Weingut besucht. Sie haben mir gesagt, ich sei ein sehr guter Arbeiter, ein ausgezeichneter Arbeiter. Ich habe Sie um eine Anstellung gebeten.«

Der Mann nickte langsam. Er lud Josep nicht ins Haus ein, kam stattdessen nach draußen und zog die Tür hinter sich zu. Dann stand er auf dem breiten, flachen Stein, der als Türschwelle diente, und schaute ihn mit leichtem Argwohn an.

»Ich erinnere mich daran. Und jetzt erinnere ich mich auch an dich. Ich sagte dir, ich hätte keine Arbeit für dich. Bist du den ganzen langen Weg hierhergekommen in der Hoffnung, dass dein persönliches Erscheinen meine Meinung ändern würde?«

»Oh nein, Monsieur! Ich – ich musste weggehen, wissen Sie. Ich versichere Ihnen, ich bin... wirklich rein zufällig hier...«

»Du musstest weggehen? Dann... hast du... einen *Fehltritt* begangen, hast etwas Falsches getan, weswegen du fliehen musstest?«

»Nein, Monsieur, ich habe nichts Falsches getan...«

Wieder ein Augenblick des Schweigens.

»Ich habe nichts Falsches getan!« Seine Hand schloss sich um den Arm des kleinen Mannes, aber Léon Mendès zuckte nicht und wich auch nicht zurück. »Ich musste zusehen, wie andere etwas Falsches taten. Ich habe etwas sehr Schlimmes gesehen, ein Verbrechen, und diejenigen, die es begangen hatten, *wussten,* dass ich es gesehen hatte. Ich musste um mein Leben fliehen.«

»Ehrlich?«, fragte Mendès sanft. Er nahm Joseps Hand von seinem Arm und trat einen winzigen Schritt auf ihn zu. Die strengen dunklen Augen schienen sich in die von Josep zu bohren. »Dann bist du ein guter Mensch, Josep Àlvarez?«

»Das bin ich!«, rief Josep. »Das bin ich. Das bin ich...«

Und plötzlich, zu seinem Entsetzen, zu seiner großen und überwältigenden Schande, weinte er heiser und heftig wie ein kleines Kind.

Es schien Jahre zu dauern, eine Ewigkeit... Nur undeutlich spürte er, dass Mendès ihm auf die Schulter klopfte.

»Ich glaube dir, dass du das bist.« Er wartete, bis Josep sich wieder in der Gewalt hatte. »Zunächst einmal, so vermute ich, brauchst du etwas zu essen. Dann werde ich dir deinen Schlafplatz zeigen. Und schließlich …« Er rümpfte die Nase und lächelte. »Ich werde dir ein Stück der stärksten braunen Seife geben, die wir finden können, und der Fluss führt genügend Wasser zum Abspülen.«

Zwei Tage später stand Josep frühmorgens auf dem steilen Abhang von einem der Hügel. Er hatte eine neue Vermieterin, eine gut aussehende Witwe, deren verstorbenem Ehemann die abgenutzten, aber sauberen Kleider gehört hatten, die er jetzt trug, auch wenn sie am Bauch für ihn zu weit waren, an den Armen und Beinen aber zu kurz.

Er hatte ein Baummesser im Gürtel und eine Hacke in der Hand, und er betrachtete die langen Rebenreihen. Die Erde war röter als die seines Vaters, aber ebenso steinig. Léon Mendès hatte ihm gesagt, dass wegen des milderen Klimas im Orb-Tal die gestutzten Reben früher Blätter und Ranken austreiben würden als die Pflanzen seines Vaters. Josep wusste, das waren Rebsorten, die er nicht kannte, und er wartete schon ungeduldig darauf, die Unterschiede in den Blättern und Beeren zu sehen.

Er kam sich vor wie neugeboren.

Das lag nicht nur daran, dass er satt war und gut geschlafen hatte, dachte er. Die Kraft strömte direkt aus der Erde in ihn, wie sie es in Santa Eulalia getan hatte. Er stand unter der wohlwollenden Sonne in einem Weinberg und tat vertraute Dinge, die er gut konnte, und manchmal – wenn er niemanden diese komische französische Sprache sprechen hörte oder nicht daran dachte, dass es hier keine pelzigen Kleinen gab, die diese Reben unter dem rosenfarbenen Lehm nährten – konnte er sich so entspannen, dass er sich fast vorstellen konnte, zu Hause zu sein.

VIERTER TEIL

DAS LAND DER ÀLVAREZ'

Das Dorf Santa Eulalia
2. Oktober 1874

GEMALTE REBSTÖCKE

*I*m ersten Herbst nach seiner Rückkehr empfand Josep eine neue Freude, als die Blätter seiner Rebstöcke sich veränderten. Es passierte nicht jedes Jahr, und er wusste nicht, was diese Veränderung auslöste – die warmen Nachmittage des Spätherbsts in Verbindung mit den kühleren Nächten? Gewisse Verbindungen von Sonne, Wind und Regen? Was es auch war, in diesem Oktober passierte es wieder, und etwas in ihm sprach darauf an. Die Ull-de-Llebre-Blätter zeigten plötzlich eine Vielfalt von Farbtönen, die von Orange bis Leuchtendrot reichten, die glänzenden grünen Blätter der Garnatxa wurden gelb mit gelb-braunen Stängeln, und die Samsó-Blätter erhielten ein dunkleres Grün mit roten Stängeln. Es war, als würden die Reben ihrem bevorstehenden Tod die Stirn bieten, aber für ihn war das alles Teil eines Neuanfangs, und von einer stillen Erregung gepackt, ging er zwischen seinen Reihen entlang.

Die erste Ernte auf seinem eigenen Land brachte einen größeren Ertrag, als es normal gewesen wäre für die überwucherten Reben seines Vaters, viele der Trauben waren halb so groß wie ein abgestreckter Männerdaumen und von einem dunklen Purpur, und alle Sorten platzten fast vor Saft, weil es zum falschen Zeitpunkt zu viel geregnet hatte. Dass der vergorene Saft nicht gerade wundervoll sein würde, war den Bauern, die ihren neuen Wein billig und in großen Mengen verkauften, ziemlich egal. Die Geschäfte in Nivaldos Laden liefen gut, und die Leute, die Josep im Dorf traf, schienen mehr als gewöhnlich zu lächeln und mit federnden Schritten zu gehen.

Josep sprach mit Quim Torras darüber, ihre Arbeitskraft für die Ernte zu vereinen, und sein Nachbar zuckte die Achseln und meinte: »Warum nicht?«

Nach viel Grübeln und Unsicherheit wagte er sich zu Valls' Weingut und machte Maria del Mar denselben Vorschlag. Sie brauchte nur einen Augenblick, um Ja zu sagen, und an ihrer Bereitwilligkeit und an der Art, wie ihr Gesicht sich aufhellte, merkte er, dass die Aussicht, die Trauben ohne Hilfe ernten und pressen zu müssen, sie bedrückt hatte.

Also pflückten die drei ihre Trauben gemeinsam, und sie zogen Karten, um festzulegen, welche Ernte zuerst eingebracht würde. Quim gewann mit dem Herzbuben, Maria del Mar zog die Pikneun und Josep die Karosieben, sodass ihm am ehesten drohte, dass ein später Sturm, Hagel oder ein heftiger Regen seine Trauben ruinierte, bevor sie gepresst werden konnten.

Aber das Wetter hielt, und sie fingen mit Quims Trauben an. Obwohl alle drei gleich große Grundstücke hatten, war Torras' Ernte die kleinste. Er war ein schlechter und fauler Bauer. Unkraut erstickte seine Reben, und er hatte immer etwas zu tun, das ihn davon abhielt, seine Hacke zur Hand zu nehmen – mit seinem guten Freund Pare Felipe spazieren zu gehen zum Beispiel oder Spiele mit ihm zu spielen oder im Fluss zu waten, um zu sehen, wie niedrig das Wasser schon war, oder auf der *plaça* zu sitzen und darüber zu diskutieren, was man tun könne, um die unansehnliche Kirchentür zu reparieren. Die Hälfte seiner Reben waren Garnatxa, sehr alte Stöcke, die schwarze und ziemlich kleine Beeren trugen. Als Josep einige aß, um seinen Durst zu löschen, fand er ihr Aroma reich und köstlich, aber er sah auch, dass Maria del Mar bei ihrem Anblick ihren Zorn verbergen musste. Die drei Nachbarn beachteten das wild wuchernde Unkraut nicht, sie schnitten einfach die Trauben ab und schafften dann die erbärmlich wenigen Schubkarren voller Früchte zur Gemeinschaftspresse, aber Quim war zufrieden.

Maria del Mars Weinberg sah sogar noch besser aus als zu der Zeit, da Ferran Valls ihn bearbeitet hatte, obwohl auch ihr verstorbener Ehemann ein guter Weinbauer gewesen war. Josep hatte die Zwischenräume mit dem Maultier gepflügt, und Maria del Mars Jäten hatte die Reihen größtenteils unkrautfrei gehalten. Sie hatte eine große Ernte, und die drei mussten hart arbeiten, um sie einzubringen. Francesc war noch zu jung, um sich an die letztjährige Ernte zu erinnern, und so blieb er immer in ihrer Nähe und schaute sich alles genau an. Einige Male sprach Maria ziemlich scharf mit ihm.

»Er ist ein guter Junge, Marimar. Ich habe ihn gern um mich«, sagte Quim zu ihr und lächelte ungezwungen, als er seinen Korb in den Schubkarren leerte.

Aber sie erwiderte das Lächeln nicht. »Er muss lernen, dass er einem nicht zwischen die Beine laufen darf.«

Sie bemutterte Francesc nicht, aber Josep hatte gesehen, wie sie ihr Kind in den Arm nahm und zärtlich mit ihm sprach. In seinen Augen hielt sie sich sehr gut, sie zog den kleinen Jungen ohne Vater auf und arbeitete zugleich schwer und ununterbrochen.

Als Quim kurze Zeit später zu seinem Außenklo ging, wandte Josep sich ihr zu. »Ich habe gehört, dass der Weinaufkäufer dich betrügt.«

Sie richtete sich von einem schwer mit Trauben behangenen Rebstock auf und schaute ihn ausdruckslos an.

Josep redete etwas verlegen weiter. »Also. Wenn Clemente Ramírez mit seinen leeren Essigfässern nach Santa Eulalia kommt, würde ich ihm gern sagen, dass ich zusätzlich zum Weinberg meines Vaters auch den von Valls gekauft habe. So muss er den normalen Preis für deinen Wein bezahlen.«

»Warum willst du das tun?«

Er schüttelte den Kopf und zuckte die Achseln. »Warum sollte ich es nicht tun?«

Sie blickte ihm direkt in die Augen, was ihn verlegen machte.

»Ich will nichts als Gegenleistung«, sagte er barsch. »Kein Geld oder... sonst was. Clemente ist knauserig. Es würde mir Befriedigung verschaffen, ihn bluten zu lassen.«

»Ich bin ein so guter Winzer wie jeder Mann«, sagte sie bitter.

»Besser als die meisten. Jeder, der Augen im Kopf hat,

kann sehen, wie schwer du arbeitest, wie geschickt du bist.«

»Na gut«, sagte sie schließlich und wandte sich ab.

Er fühlte sich merkwürdig erleichtert, als sie ihre Arbeit wieder aufnahm, aber ein schlichtes Wort des Dankes wäre auch nicht fehl am Platz gewesen, dachte er mürrisch und machte sich an seine Arbeit.

Als sie zwei Tage später mit der Ernte in Joseps Weinberg begannen, fiel vormittags für ein paar Stunden Regen, aber es war nur ein sanftes Nieseln, das von den Trauben perlte und sie noch schöner machte. Die drei Nachbarn arbeiteten sehr gut zusammen, denn inzwischen kannte jeder den Arbeitsrhythmus des anderen. Josep, der gewohnt war, allein zu arbeiten, bedauerte es beinahe, als alle seine Trauben gepresst waren und der Saft sicher in den großen Gärbottichen im Schuppen hinter seiner *casa* schwappte. Er dankte seinen Nachbarn und sagte sich, dass er mithilfe des kleinen Volks die erste Ernte gut hinter sich gebracht hatte.

Als dann einige Zeit später Ramírez und seine zwei Gehilfen mit ihrem großen Fuhrwerk voller Fässer auftauchten, war der Weinaufkäufer ungeschickt mit Worten des Mitgefühls, dafür aber überschwänglich mit Worten des Lobs für den neuen Besitzer des Weinguts.

Josep dankte ihm. »Um ehrlich zu sein, ich habe auch Valls' Weinberg übernommen.«

Clemente legte den Kopf schief und schaute ihn mit gekräuselten Lippen an.

Josep nickte.

»Aha ... du und *sie* ...?«

»Nein, ich habe den Hof *gekauft*.«

»Und ... wohin geht sie jetzt?«

»Nirgendwohin. Sie wird weiterhin hier arbeiten.«

»Aha. Dann arbeitet sie also für dich?«

»Genau.«

Clemente schaute zur Seite, und Josep lächelte. Er öffnete schon den Mund, um noch etwas zu bemerken, doch dann sah er etwas in Joseps Gesicht.

»Nun gut«, sagte er. »Ich werde diese Bottiche zuerst leeren. Das sind mehrere Fahrten, und dann gehen wir hinüber zu Valls. Aber jetzt sollten wir anfangen zu pumpen, was?«

Mittags saß Clemente im Schatten seines Fuhrwerks und aß Brot, als Josep vorbeiging. »Weißt du eigentlich, dass du in einem deiner Bottiche eine morsche Stelle hast?«, fragte er fröhlich.

»Nein«, sagte Josep.

Clemente zeigte sie ihm, sie erstreckte sich über mehrere Dauben in dem alten Eichenbottich. Die Fäulnis war leicht zu übersehen gewesen, da das Holz vom Alter größtenteils geschwärzt war.

»Vielleicht übersteht er noch ein oder zwei Jahre ohne Leckage.«

»Ich hoffe es«, sagte Josep betrübt.

Maria del Mar war mit ihren Weinstöcken beschäftigt, als sie auf ihrem Hof eintrafen, und sie nickte nur und arbeitete weiter.

Als Ramírez den gesamten Wein aus ihren Bottichen

gepumpt hatte, führte er seine Pferde an den Wegesrand, und dann lehnten er und Josep sich an das Fuhrwerk und rechneten ab, wobei Josep die Mengen und Beträge mehrmals nachrechnete, bevor er das Bündel Banknoten entgegennahm.

Als er einige Stunden später zu Maria del Mar zurückkehrte, war sie noch immer auf den Knien etwa in halber Höhe einer Reihe.

Josep achtete sehr darauf, ihren Anteil des Geldes wirklich ordnungsgemäß abzuzählen. Sie nickte, ohne ihn anzusehen, und nahm die Scheine schweigend entgegen, und er sah darin einen weiteren Beweis für ihre Wut und ihre Kälte und ging mit einem gemurmelten Abschied davon.

Als er am nächsten Morgen seine *casa* verließ, um sein Tagwerk zu beginnen, stolperte er beinahe über etwas, das jemand vor seiner Tür abgestellt hatte. Es war ein großer flacher Teller mit einer noch warmen Kartoffel-*truita*, so frisch vom Feuer, dass er die Zwiebeln und die Eier noch riechen konnte. Ein Stück Papier lag, beschwert von einem kleinen Stein, auf dem sauberen Tuch, das die *truita* bedeckte.

Die eine Seite des Papiers war eine Quittung, die zeigte, dass in einem Laden in Vilafranca del Penedès für zweiundneunzig *cèntims* eine Harke mit schmalen Zinken gekauft worden war. Auf der Rückseite standen in der verkrampften schiefen Handschrift einer Frau, die nur sehr selten schreiben musste, drei Wörter: »Wir danken dir.«

WINTER

Eines Januarmorgens trug er Eimer, drei in jeder Hand, zum Fluss, um sie dort zu schrubben, als er Francesc vor dem Anwesen seiner Mutter sitzen sah.

Das Gesicht des kleinen Jungen leuchtete auf. »*Hola*, Josep!«

»*Hola*, Francesc. Wie geht es dir heute Morgen?«

»Gut, Josep. Ich warte, dass die Oliven reif werden, damit ich wieder klettern kann.«

»Verstehe«, sagte Josep ernst. Die Züchter frühtragender Sorten ernteten bereits seit November oder Dezember, aber diese Bäume waren spättragende. Sie hatten nur alle sechs oder sieben Jahre eine reiche Frucht, und dieses Jahr gab es nur eine magere Ernte aus hellgrünen bis vollreif lila-schwarzen Oliven, die sich zum Essen eigneten, nicht aber für die Ölherstellung. Maria del Mar hatte Tücher unter den Bäumen ausgebreitet, um die Oliven aufzufangen, die ausgereift von den Bäumen fielen, und diejenigen, die auf dem Baum blieben, würde sie mit einem Stock herunterschlagen. Es war eine zügige Art der Ernte, wenn die Oliven so weit waren, dass man sie in Salz oder Lake einlegen konnte, aber jetzt fiel

Josep auf, dass der Reifevorgang für einen kleinen Jungen, der sich danach sehnte, wieder zu klettern, wohl quälend langsam vonstattenging.

»Darf ich mich ein wenig zu dir setzen?«, sagte Josep aus einer plötzlichen Eingebung heraus, und als Francesc nickte, stellte er seine Eimer ab und setzte sich auf die Erde.

»Muss doch klettern üben, ich will ja zu den Turmbauern«, sagte Francesc ernsthaft.

»Und bis in die Spitze klettern«, sagte Josep und fragte sich, ob dieser Traum bei der missgestalteten Hüfte des Jungen je würde Wirklichkeit werden können. »Ich hoffe, dein Wunsch geht in Erfüllung.« Er schaute sich nach Maria del Mar um, die aber nirgendwo zu sehen war. »Und was hält deine Mare davon?«

»Sie sagt, ich soll sehr viel üben. Aber jetzt muss ich die Oliven bewachen.«

»Diese Bäume lassen sie nur sehr langsam los, mmh?«

»Ja. Aber sie sind sehr gut zum Klettern.«

Das stimmte. Die Bäume waren alt und sehr groß, mit dicken Stämmen und knorrigen Ästen. »Das sind ganz besondere Bäume. Einige Leute glauben, dass so alte Olivenbäume von den Römern gepflanzt wurden.«

»Den Römern?«

»Die Römer waren Menschen, die vor langer Zeit nach Spanien kamen. Es waren Krieger, aber sie pflanzten auch Olivenbäume und Rebstöcke und bauten Straßen und Brücken.«

»Vor langer Zeit?«

»Vor sehr langer Zeit, fast zu der Zeit, als Jesús noch am Leben war.«

»Jesucrist?«

»Ja.«

»Mare hat mir von ihm erzählt.«

»Wirklich?«

»Josep, war Jesús ein Pare?«

Josep lächelte und öffnete den Mund, um Nein zu sagen, doch als er hinunterschaute in das kleine Gesicht, war er verblüfft über das Ausmaß seiner eigenen Unwissenheit. »Ich weiß es nicht«, sagte Josep, und dann streckte er verwundert die Hand aus und strich dem Jungen übers Gesicht. Er war ein spindeldürrer kleiner Kerl, aber die Wangen waren rund und dick wie die eines Babys.

»Möchtest du gern mitkommen zum Fluss? Frag doch deine Mutter, ob du zum Fluss gehen darfst, um mir beim Auswaschen meiner Eimer zu helfen«, schlug er vor und freute sich schon darauf zu sehen, wie schnell der hinkende Junge rennen konnte.

Francesc war sehr schnell wieder zurück. »Sie sagt Nein. Nein, nein«, sagte er ernst. »Sie sagt, ich muss die Oliven bewachen. Das ist meine Arbeit.«

Josep lächelte ihn an. »Es ist gut, eine Arbeit zu haben, Francesc«, sagte er, und dann nahm er seine Eimer und ging zum Fluss, um sie zu waschen.

Auf dem Weg traf er Jaume Ferrer, der mit zwei gerade geschossenen Rebhühnern von der Jagd zurückkehrte, und die beiden blieben stehen, um sich zu unterhalten. Jaume war noch genau so, wie Josep ihn in

Erinnerung hatte, ein gutmütiger, einfältiger Junge, aus dem ein gutmütiger, einfältiger Mann geworden war.

Jaume stellte ihm keine Fragen. Er schien sich überhaupt nicht bewusst zu sein, dass Josep für lange Zeit weg gewesen war. Sie unterhielten sich über die Rebhühner, die für den Sonntagstisch von Senyora Figueres bestimmt waren, und über das Wetter, und Jaume lächelte und ging seines Wegs.

Sowohl Jaume als auch der übergewichtige Pere Mas wären gern dem Jagdverein beigetreten, hatten aber die Voraussetzungen nicht erfüllt.

Was für ein Glück sie gehabt hatten!

An diesem Abend ging Josep mit einem Krug des neuen Weins, den er zurückbehalten hatte, als Clemente Ramírez seine Bottiche geleert hatte, in den Lebensmittelladen. Während Nivaldo Eier mit Paprika und Zwiebeln briet, nippten sie ohne großes Vergnügen an dem Wein, denn er war von Anfang an schon ziemlich geschmacklos gewesen, und inzwischen war er in der Wärme sauer geworden.

»Bäh«, sagte Josep.

Nivaldo nickte bedächtig. »Na ja, kein wundervoller Wein, aber … immerhin hat er dir Geld eingebracht. Geld, mit dem du deinen Bruder und Rosa bezahlen kannst, Geld, das es dir erlaubt, für die Ernte des nächsten Jahres zu arbeiten, Geld, um Essen zu kaufen. Weil wir gerade davon reden, Tigre, ich muss dir sagen, ich mache mir Sorgen: Du isst wie ein Vögelchen. Nur wenn du bei mir bist, langst du ordentlich zu. Ansonsten hältst du dich mit *xoriço* und altem Brot und dem einen oder anderen Bissen Käse am Leben. Allerdings – bei *xoriço* bist du mein bester Kunde.«

Josep dachte an die Kartoffel-*truita*, die ihm zwei gute Mahlzeiten geschenkt hatte. »Ich habe keine Frau im Haus und arbeite viel. Ich habe keine Zeit, um mir ein umständliches Mahl zu kochen.«

Nivaldo schnaubte. »Du solltest dir eine Frau suchen. Aber auch ich bin ein Mann, der ohne Frau lebt, und doch koche ich. Ein Mann braucht keine Frau, um sich ein anständiges Essen zu kochen. Ein vernünftiger Mann fängt sich einen Fisch, schießt sich einen Vogel, lernt zu kochen.«

»Was ist mit Pere Mas? Ich sehe ihn im Dorf überhaupt nicht mehr«, fragte Josep, um das Thema zu wechseln.

»Nein«, sagte Nivaldo. »Pere hat Arbeit in einer Tuchfabrik gefunden wie Donat. In Sabadell.«

»Ach so.« Josep merkte, dass er in Santa Eulalia fast so einsam war wie im Languedoc. Die erstgeborenen Söhne waren in ihrem Leben im Dorf inzwischen fest verwurzelt. Aus seiner eigenen Generation der jüngeren Söhne waren alle seine engen Freunde nicht mehr da.

»Ich sehe nie einen Mann zu Maria del Mars Haus kommen.«

»Ich glaube nicht, dass es seit Tonio irgendeinen gegeben hat. Wer weiß? Vielleicht hofft sie ja, dass Jordi Arnau zu ihr zurückkommt.«

»Jordi Arnau ist tot«, sagte Josep.

»Bist du sicher?«

»Ich bin sicher, aber ich habe es ihr noch nicht gesagt. Ich habe es nicht über mich gebracht.«

Nivaldo nickte, doch ohne jeden Vorwurf. »Aber sie weiß, dass einige zurückkehren«, sagte er nachdenklich. »Du bist ja auch zurückgekehrt, nicht?«, sagte er und trank noch einen Schluck von dem sauren Wein.

KOCHEN

Joseps erster Winter als Landbesitzer begann mit trübem Wetter, und die Glut der Zufriedenheit darüber, dass er seine eigene Ernte eingebracht hatte, wurde schwächer und verlosch dann ganz. Die Weinstöcke hatten fast alle ihre hübschen Blätter verloren und waren zu trockenen, spröden Skeletten geworden, und so war es nun Zeit für ein ernsthaftes Zuschneiden. Er wanderte durch den Weinberg und schaute ihn sich mit kritischem Blick an. Er sah, dass er bereits Fehler gemacht hatte, und nun bemühte er sich, aus ihnen zu lernen.

Da waren zum Beispiel die Stöcke, die er auf der kahlen Stelle am Steilstück des Hügels gepflanzt hatte, weil er glaubte, schlauer und einfallsreicher als sein Vater und seine Vorfahren zu sein: Sie waren in der sengenden Sommerhitze verdorrt, weil – wie Pare bestimmt erkannt hatte – an dieser Stelle die dünne Schicht Mutterboden auf undurchdringlichem Fels lag. Um hier zu gedeihen, müssten die Stöcke bewässert werden, und sowohl der Fluss als auch der Dorfbrunnen waren zu weit entfernt, um das zu bewerkstelligen.

Josep fragte sich, was sein Vater sonst noch über das

Land gewusst hatte, das er nicht gelernt hatte, als er heranwuchs.

Er hatte zwar keine Lust, selbst Jäger zu werden, doch als er Jaume das nächste Mal traf, erinnerte er sich an Nivaldos Mahnung, er müsse besser essen.

»Kannst du mir einen Hasen besorgen?«, fragte er, und Jaume lächelte sein langsames Lächeln und nickte.

Am nächsten Nachmittag kam er zur *casa* mit einem jungen Hasen, den er in den Hals geschossen hatte, und über die Münzen, die Josep ihm dafür gab, schien er sich zu freuen. Er zeigte Josep, wie man das Tier häutete und kochfertig vorbereitete.

»Wie kochst du sie gern?«, fragte Josep.

»Ich brate sie in Schmalz«, sagte Jaume und ging dann mit dem Kopf und dem Fell als Dreingabe davon. Aber Josep erinnerte sich daran, wie sein Vater Hasen zubereitet hatte. Er machte sich auf zu Nivaldo und verlangte Knoblauch, eine Karotte, eine Zwiebel und eine lange, rote, scharfe Paprika.

Nivaldo hob eine Augenbraue, als Josep ihm das Geld gab. »Wir werden doch nicht kochen, oder?«

Wieder zu Hause tauchte Josep ein Tuch in seinen sauren Wein, schrubbte damit den kleinen Kadaver innen und außen und vierteilte ihn dann. Er legte die Stücke in einen Topf mit Wein und Olivenöl, gab ein halbes Dutzend zerdrückter Knoblauchzehen hinzu und schnitt das Gemüse in den Topf, bevor er ihn auf ein kleines Feuer setzte und alles schmoren ließ.

Als er Stunden später zwei Stücke aß, war das Fleisch

so zart und gut, dass er sich vorkam wie im siebten Himmel. Er tunkte die würzige Soße auf, weichte harte Brotstücke darin ein, bis sie durchweicht und köstlich waren.

Als er fertig gegessen hatte, ging er mit dem Topf in den Laden, wo Nivaldo gerade Kohl für seinen Eintopf schnitt.

»Etwas zum Probieren für dich«, sagte er.

Während Nivaldo aß, vertiefte Josep sich in *El Cascabel*.

Auch wenn er es sich nicht gern eingestand, so hatten doch die Ereignisse, in die er sich hatte verstricken lassen, dazu geführt, dass er sich mehr für Politik und die Monarchie interessierte. Er las die Zeitung immer sehr aufmerksam, fand aber nie die Nachrichten, die er suchte. Bald nach seiner Rückkehr hatte *El Cascabel* zum vierten Jahrestag von Prims Ermordung einen Artikel über den General veröffentlicht. Darin hatte Josep erfahren, dass nach dem Mord mehrere Personen in Haft genommen worden waren, die Polizei sie aber nach ausführlichem Verhör wieder auf freien Fuß gesetzt hatte.

Nivaldo kaute und schluckte eifrig. »Ich habe die Zeitung noch nicht gelesen. Steht irgendwas von Interesse drin?«

»Es wird noch immer erbittert gekämpft. Wir können dankbar sein, dass die Kämpfe noch nicht näher gerückt sind. In Navarra haben die Karlisten eine Einheit angegriffen und Gewehre und Artillerie erbeutet und dreihundert Gefangene gemacht. *Déu!*« Er raschelte mit der

Zeitung. »Beinahe hätten sie unseren neuen König gefangen genommen.«

Nivaldo schaute Josep an. »Ach so? Was hat König Alfonso mit den Truppen zu schaffen?«

»Hier steht, dass er Sandhurst besucht hat, die britische Militärakademie, und dass er aktiv an der Niederschlagung des Bürgerkriegs teilnehmen will.«

»Aha? Das ist interessant«, entgegnete Nivaldo. Er aß das letzte Stückchen Fleisch, und zu Joseps Befriedigung fing er an, die Knochen abzunagen.

Francesc musste sich häufig selbst beschäftigen, während Maria del Mar in der Nähe arbeitete, und sehr oft tauchte er auf dem Àlvarez-Gut auf, um Josep zu folgen wie ein Schatten. Anfangs unterhielten sie sich kaum; und wenn sie es taten, dann ging es um einfache Dinge, die Form einer Wolke, die Farbe einer Blume, oder warum man Unkraut nicht wachsen und gedeihen lassen durfte. Meistens arbeitete Josep schweigend, und der Junge schaute ihm gebannt zu, obwohl er seine Mutter immer und immer wieder ähnliche Dinge in ihrem Weinberg hatte tun sehen.

Wenn deutlich wurde, dass Josep im Begriff war, eine Arbeit abzuschließen, stellte der Junge immer dieselbe Frage.

»Was machen wir jetzt, Josep?«

»Jetzt hacken wir Unkraut heraus«, sagte Josep dann zum Beispiel. Oder: »Jetzt ölen wir die Werkzeuge.« Oder: »Jetzt graben wir einen Felsbrocken aus.«

Wie die Antwort auch lautete, der Junge nickte, als

würde er seine Erlaubnis dazu geben, und dann machten sie sich an die nächste Aufgabe.

Josep vermutete, dass Francesc nicht nur Gesellschaft suchte, sondern sich auch hingezogen fühlte zum Klang einer Männerstimme, denn manchmal sprach Josep ungezwungen und leise über Dinge, für die der Junge noch zu klein war, so wie jemand bei der Arbeit manchmal mit sich selbst spricht.

Eines Morgens erklärte er, warum er vor und hinter jede Rebenreihe wilde Rosenbüsche pflanzte. »Das ist etwas, das ich in Frankreich gesehen habe. Die Blumen sind schön anzuschauen, aber sie haben auch eine Aufgabe, sie sollen vorwarnen. Rosen sind nicht so stark wie Rebstöcke, wenn also irgendetwas schiefgeht – wenn sich ein Problem mit dem Boden entwickelt zum Beispiel –, dann zeigen die Rosen diese Schwierigkeiten als Erste an, und ich habe Zeit, mir zu überlegen, was ich dagegen tun kann, bevor die Rebstöcke Schaden nehmen«, sagte er. Der Junge blickte ihn ernst an, bis der letzte Busch gepflanzt war.

»Was machen wir jetzt, Josep?«

Maria del Mar gewöhnte sich daran, dass ihr Sohn, wenn sie ihn zu Hause nicht sah, in Joseps Weinberg zu finden war. »Du musst ihn heimschicken, wenn er dir lästig wird«, sagte sie zu Josep, aber er meinte es ernst, als er erwiderte, dass er Francescs Gesellschaft genieße. Er spürte, dass Maria del Mar in ihrem Herzen einen Groll gegen ihn hegte. Er kannte den Grund nicht, aber er wusste, dass sie wegen dieses Misstrauens zögerte, irgendeinen Gefallen von ihm anzunehmen. Er war nichts anderes als ein Nachbar, und mit dieser Beziehung schienen sich beide zufriedenzugeben.

Nivaldo hatte recht, sagte er sich, er brauchte eine Frau. Im Dorf gab es Witwen und unverheiratete Frauen. Er sollte anfangen, mehr auf sie zu achten, bis er eine gefunden hätte, die die Arbeit auf dem Hof mit ihm teilen, das Haus in Ordnung halten, ihm gute Mahlzeiten zubereiten würde. Und ihm Kinder schenken würde, das Bett mit ihm teilen …

Ah, das Bett mit ihm teilen!

Einsam und voller Verlangen marschierte er eines Tages über das offene Land zu Nuriàs windschiefem Haus, aber das Haus war verlassen, und die Tür stand offen für den Wind und allerlei Getier. Ein Mann, der auf einem nahen Acker Dünger ausbrachte, erzählte ihm, dass Nurià zwei Jahre zuvor gestorben war.

»Und die Tochter, Renata?«

»Konnte nach dem Tod ihrer Mutter tun, was sie wollte. Ist weggegangen.« Er zuckte mit den Achseln und erzählte dann, dass er auf diesem Acker Bohnen ziehe. »Der Boden ist dürftig, aber ich habe Unmengen von Ziegendung von den Llobets. Kennst du ihren Hof?«

»Nein«, sagte Josep, plötzlich interessiert.

»Llobets Ziegenhof. Ein sehr alter Hof.« Er lächelte. »Sehr groß, mit vielen Ziegen, sie ertrinken in Ziegendung, überall alter Ziegendung, frischer Ziegendung, in Haufen auf ihren Weiden. Sie haben keinen Platz mehr, um ihn zu lagern. Sie wissen, dass sie in Zukunft noch viel mehr Ziegendung haben werden. Sehr viel mehr. Sie küssen dir die Hände, wenn du ihnen eine Ladung abnimmst.«

»Wo ist dieser Hof?«

»Ein bequemer Spaziergang nach Süden, über den Hügel.«

Josep dankte dem Bohnenbauern, dessen Information, das wusste er, ein Glücksfall war, viel wichtiger für ihn, als wenn er Nurià oder Renata noch im Haus angetroffen hätte.

MAULESEL

*W*enn sein Vater, was selten genug vorkam, eine Quelle für Dünger gefunden hatte, dann hatte er sich immer Pferd und Karren ausgeliehen, um ihn nach Hause zu bringen, aber Josep hatte nicht die Art von Beziehung zu den Freunden seines Vaters, um sich eine solche Anmaßung erlauben zu können. Auch des Maultiers von Maria del Mar konnte er sich nicht allzu häufig bedienen. Deshalb hatte er nun nach seiner ersten erfolgreichen Ernte den Mut gefasst, etwas Geld auszugeben, und so brach er eines Morgens auf nach Sitges zur Böttcherei von Emilio Rivera. Die Fassfabrik war ein lang gestrecktes Gebäude mit im Hof aufgestapelten Stämmen. Bei den Stapeln fand er den rotgesichtigen Fassmacher Rivera und einen älteren Arbeiter, die mit Stahlkeilen und Schlegeln die Stämme viertelten. Rivera erinnerte sich nicht an Josep, bis der ihm von dem Vormittag erzählte, als er so freundlich gewesen war, einen Fremden nach Barcelona mitzunehmen.

»Ich habe dir gesagt, dass ich ein Maultier brauche, und du hast mir von deinem Vetter erzählt, einem Mann, der Pferde aufkauft.«

»Ach ja, mein Vetter Eusebio Serrat. Lebt in Castelldefels.«

»Ja, in Castelldefels. Du hast erzählt, dass es dort einen Pferdemarkt gibt. Ich konnte beim letzten Mal nicht hingehen, aber jetzt …«

»Der Pferdemarkt wird viermal im Jahr abgehalten, und der nächste ist in drei Wochen. Er findet immer am Freitag, dem Markttag, statt.« Er lächelte. »Sag Eusebio, dass ich dich geschickt habe. Für eine kleine Gebühr wird er dir helfen, ein gutes Maultier zu finden.«

»Vielen Dank, Senyor«, sagte Josep, blieb aber stehen.

»Sonst noch was?«, fragte Rivera.

»Ich bin Weinmacher. Ich habe einen alten Gärbottich, in dem zwei Dauben verfault sind und ersetzt werden müssen. Kannst du diese Art von Reparatur ausführen?«

Rivera machte ein gequältes Gesicht. »Schon … aber kannst du den Bottich nicht zu mir bringen?«

»Nein, er ist zu groß.«

»Und ich bin ein viel beschäftigter Böttcher, der Aufträge zu erfüllen hat. Sollte ich zu dir kommen müssen, wäre das zu teuer.« Er wandte sich an den Arbeiter. »Juan, du kannst die Viertelstämme jetzt aufschichten … Außerdem«, sagte er nun wieder an Josep gewandt, »habe ich die Zeit nicht.«

Josep nickte. »Senyor … Meinst du, du könntest mir sagen, wie ich den Bottich selbst ausbessern kann?«

Rivera schüttelte den Kopf. »Unmöglich. Für so etwas braucht man langjährige Erfahrung. Du würdest den Bottich nie dicht genug kriegen, und er würde lecken.

Und man darf auch keine gesägten Bretter nehmen. Die Bretter müssen von Stämmen wie diesen kommen, entlang der Faser gespalten, damit das Holz undurchlässig ist.« Er sah Joseps Gesicht und legte den Schlegel weg. »Folgendes können wir machen. Du beschreibst mir genau, wie ich zu deinem Hof komme. Wenn ich in der nächsten Zeit zufällig in deiner Gegend bin, schaue ich vorbei und bessere deinen Bottich aus.«

»Er muss bis zum Herbst fertig sein, zur Traubenernte.« Ansonsten bin ich verloren. Er sagte es stumm, aber der Böttcher schien es zu verstehen.

»Dann haben wir noch Monate. Wahrscheinlich komme ich rechtzeitig zu dir.«

Das Wort »wahrscheinlich« bereitete Josep Unbehagen, aber er wusste auch, dass ihm keine andere Möglichkeit blieb.

»Kannst du vielleicht einige gute Fässer aus zweiter Hand gebrauchen, zweihundertfünfundzwanzig Liter? Wurden früher zum Einlegen von Heringen benutzt?«, fragte Rivera, und Josep lachte.

»Nein, mein Wein ist auch ohne Heringsgestank schon schlecht genug!«, sagte er, und der Böttcher grinste.

Castelldefels war eine mittelgroße Stadt, die sich in einen riesigen Pferdemarkt verwandelt hatte. Wohin Josep auch schaute, überall standen Vierbeiner, umringt von debattierenden Männern. Er schaffte es, nicht in die Dunghaufen zu treten, die überall herumlagen und die Luft mit ihrem scharfen, schweren Gestank verpesteten.

Der Pferdemarkt fing schlecht für ihn an. Er entdeckte

einen Mann, der von ihm weghumpelte. Sein Gang kam ihm bekannt vor wie auch sein Körperbau, die Kopfform und die Haarfarbe.

Joseps Angst war so groß, dass es ihn überraschte. Am liebsten wäre er davongelaufen, stattdessen zwang er sich aber dazu, um die Gruppe der Pferdehändler herumzugehen, zu denen der hinkende Mann sich gestellt hatte.

Der Kerl war fünfzehn Jahre zu alt. Er hatte ein geselliges rotes Gesicht und eine große grobporige Nase.

Sein Gesicht sah in keiner Weise aus wie Peñas.

Es dauerte eine Weile, bis Josep seine Gemütsruhe wiederfand. Verloren und fremd in der Menge wanderte er über den Marktplatz, und schließlich bekam er sich in die Gewalt. Als er Eusebio Serrat aufspürte, was ihn viel Zeit und einiges Nachfragen kostete, war er schon wieder ganz der Alte.

Josep wunderte sich, dass Serrat und Emilio Rivera verwandt waren, denn im Gegensatz zu dem gutmütig derben Handwerker Rivera war sein Vetter ein selbstbewusster und würdevoller *aristòcrata* in einem feinen grauen Anzug und einem eleganten Hut, und das schneeweiße Hemd war geschmückt mit einer schmalen schwarzen Krawatte.

Dennoch hörte Serrat Josep höflich und sehr aufmerksam zu und war schnell bereit, ihn gegen eine kleine Gebühr beim Kauf zu beraten. In den nächsten Stunden besuchten sie acht Maultierverkäufer. Obwohl sie dreizehn Tiere sehr genau untersuchten, sagte Serrat, er könne Josep nur drei davon empfehlen.

»Aber bevor Sie entscheiden, möchte ich, dass Sie sich

noch ein Tier anschauen«, sagte er. Er führte Josep durch die Masse von Menschen, Pferden und Maultieren zu einem braunen Tier mit drei weißen Füßen und einer weißen Schnauze.

»Ein bisschen größer als die anderen, nicht?«, sagte Josep.

»Die anderen waren richtige Maultiere, von Pferdestuten und Eselshengsten. Der da ist ein Maulesel, von einer Eselsstute und einem arabischen Hengst. Ich beobachte ihn schon seit seiner Geburt, und ich weiß, dass er sanft ist und arbeiten kann wie zwei Pferde. Er kostet ein bisschen mehr als die anderen, die wir gesehen haben, aber ich empfehle Ihnen, ihn zu kaufen, Senyor Àlvarez.«

»Ich muss mir auch einen Karren kaufen, und ich habe nur beschränkte Mittel«, sagte Josep langsam.

»Wie viel Geld haben Sie denn?«

Serrat runzelte die Stirn, als Josep es ihm sagte. »Ich denke, es wäre vernünftig, den Großteil für den Maulesel auszugeben. Er ist es wirklich wert. Mal sehen, was wir tun können.«

Josep sah zu, wie Serrat den Besitzer des Maulesels in eine freundschaftliche Unterhaltung verwickelte. Senyor Riveras Vetter war leise und freundlich. Als der Händler eine Summe nannte, machte Serrat ein höflich bedauerndes Gesicht, und dann setzten sie ihre ruhige Unterhaltung fort.

Schließlich kam Serrat zu Josep und nannte ihm den niedrigsten Preis des Mannes – mehr, als Josep geplant hatte, aber nicht sehr viel mehr. »Er gibt das Geschirr noch mit dazu«, sagte Serrat und lächelte, als Josep nickte.

Josep gab dem Mann die *pessetes*, und eine Quittung wurde ausgestellt und unterschrieben.

»Da ist noch etwas anderes, das ich Ihnen zeigen will«, sagte Serrat und führte Josep zu dem Bereich, wo Gerätschaftenhändler Fuhrwerke, Karren und Pflüge feilboten. Als er vor einem komischen Ding im hinteren Teil eines Standes stehen blieb, meinte Josep zuerst, er erlaube sich einen Witz. Der hölzerne Aufbau stand auf der Erde. Früher war er vielleicht einmal ein Gefährt gewesen, wie Josep eins brauchte, ein grober Karren mit niedrigen Seitenwänden. Aber die Ladefläche zeigte ein großes Loch, ein ganzes Brett fehlte, und das Brett daneben hatte zwei breite Risse.

»Müssen nur ein paar Bretter ersetzt werden«, sagte Serrat.

»Es hat weder Achse noch Räder!«

Er sah zu, wie Serrat zu dem Händler ging und mit ihm sprach. Der Händler hörte zu, nickte und schickte dann zwei seiner Gehilfen los.

Wenige Minuten später hörte Josep ein lautes Kreischen wie von einem Tier in Schmerzen, und die beiden Gehilfen tauchten wieder auf und schoben, jeder mit gekrümmtem Rücken, eine Achse mit zwei Karrenrädern vor sich her, die sich nur unter lautem Protest drehten.

Die Männer stellten das Fahrgestell vor Serrat ab, und der griff in die Tasche und zog ein Taschenmesser heraus. Er klappte es auf, schabte an der Achse und nickte. »Nur

Oberflächenrost. Darunter ist gutes tadelloses Metall. Die hält noch Jahre.«

Der Gesamtpreis war innerhalb von Joseps Budget. Er half den Männern, die kaputte Ladefläche auf die Achse zu heben und die Achse festzuschrauben, und sah dann zu, wie sie die Radnaben schmierten.

Bald darauf stand der Maulesel zwischen der Deichsel, und Josep saß, die Zügel in der Hand, auf dem Bock. Serrat reichte ihm die Hand.»Bringen Sie ihn zu meinem Vetter Emilio. Er wird ihn für Sie herrichten«, sagte er.

Senyor Rivera und Juan arbeiteten im Hof, als Josep die Böttcherei erreichte. Sie kamen zum Karren und musterten die kaputte Ladefläche.

»Besitzt du eigentlich irgendwas, das nicht kaputt ist?«, fragte Rivera.

Josep grinste ihn an.»Mein Glaube an die Menschheit, Senyor. Und in dich, denn Senyor Serrat meinte, du würdest mir meinen Karren herrichten.«

Rivera machte ein mürrisches Gesicht.»So, hat er das gesagt?« Dann winkte er Juan, und die beiden gingen davon.

Josep meinte schon, sie hätten ihn einfach stehen gelassen, aber bald darauf kamen sie mit zwei dicken Brettern zurück.»Wir haben Bretter, die schlecht für Fässer sind, aber gut für Karren. Und für alte und geschätzte Kunden mache ich einen Sonderpreis.« Juan nahm an der Ladefläche Maß und nannte die Zahlen, und Rivera sägte die Bretter zurecht. Juan bohrte die Schraublöcher, und dann schraubten sie die Bretter fest.

Bald darauf verließ Josep die Böttcherei mit einem soliden Karren, von dem er meinte, er könne jede Last tragen, die Räder knirschten nur leise, und der Maulesel sprach gut und schnell auf die Zügel an. Er war bester Laune. Es war ein Unterschied, ob man ein Junge war, der einen Karren fuhr, den irgendjemand seinem Vater aus Gutmütigkeit geliehen hatte, oder ob man ein Mann war, der seinen eigenen Karren fuhr. Ganz ähnlich, dachte er, wie es ein Unterschied ist, ob man ein junger Mann ohne Arbeit und damit ohne Zukunftsaussichten ist oder ein Weingutbesitzer, der auf seinem eigenen Land arbeitet.

Er spannte gerade den Wagen aus und führte den Maulesel unter das Schatten spendende Schutzdach an der Rückseite des Hauses, als Francesc auftauchte.

Der Junge schaute ihm eine Weile zu. »Gehört er dir?«

»Ja. Gefällt er dir?«

Francesc nickte. »Er sieht aus wie unser Maulesel. Hat eine andere Farbe, und die Ohren sind ein bisschen länger, aber ansonsten sind sie gleich. Kann er Pare werden?«

Josep kratzte sich das Kinn. »Nein, er kann kein Pare werden.«

»Nein? Mama sagt, unserer kann auch nicht Pare werden. Wie heißt er?«

»Hmm ... ich weiß noch nicht. Hat eurer einen Namen?«, fragte er, obwohl er monatelang mit Maria del Mars Maultier gepflügt hatte.

»Ja. Unserer heißt Maultier.«

»Verstehe. Na ja, warum nennen wir diesen da dann nicht Maulesel?«

»Das ist ein guter Name. Kannst du Pare werden, Josep?«

»Hah... Ich glaube schon.«

»Das ist gut«, sagte Francesc. »Was machen wir jetzt, Josep?«

Ein Klopfen

*F*rüh am nächsten Morgen fuhr er mit dem Karren über Land und suchte den Ziegenhof der Llobets. Er hörte und roch den Hof, bevor er ihn sah, und er ließ sich leiten von dem Blöken und dem schwachen beißenden Geruch, was beides immer aufdringlicher wurde, je näher er kam. Wie man ihm gesagt hatte, war mehr als genug Dung da, und die Besitzer halfen ihm sogar beim Aufladen.

Im Weinberg lud Josep den Dung dann in die Schubkarre um und verteilte ihn mit einer Schaufel entlang der Reihen. Der Dung war alt und bröckelig, guter Stoff, der seine Reben nicht verbrennen würde, aber trotz der Menge seines Vorrats brachte er nur eine sehr dünne Schicht auf. Sein Vater hatte ihm beigebracht, dass es gut war, Pflanzen zu düngen, dass aber schon ein klein wenig zu viel sie zerstören konnte, und er hatte Léon Mendès sagen gehört, die Trauben benötigten »einen gewissen Mangel, damit sie ihren Charakter entwickeln können«.

Am Ende eines einzigen Arbeitstags hatte er seinen gesamten Weinberg gedüngt, und am nächsten Tag spannte er seinen Maulesel vor den Pflug und mischte den

Dung unter die Erde. Dann stellte er die Pflugschar so ein, dass sie beim Pflügen Erde gegen den unteren Teil der Stöcke aufhäufte; denn manchmal gab es im Winter auch in Santa Eulalia Frost, und so wären die Pflanzen geschützt, bis das Wetter wieder wärmer wurde.

Erst danach konnte Josep sich dem Zuschneiden widmen, das er so liebte, und als dann der Winter mit Macht einsetzte, war er warm und sicher in dem Gefühl, dass er Fortschritte machte.

Mitten in einer Februarnacht weckte Klopfen ihn aus einem traumlosen Schlaf, und als er in seiner Unterwäsche die Treppe hinunterstolperte, stand Maria del Mar mit aufgelösten Haaren vor der Tür.

»Francesc.«

Ein Dreiviertelmond tauchte die Welt in eine zerklüftete Mischung aus Schatten und silbrigem Licht. Josep lief auf dem kürzesten Weg zu ihrem Haus, durch seinen und durch Quims Weingarten. Drinnen ging er eine ganz ähnliche Steintreppe hoch wie die Seine und fand den Jungen in einem kleinen Schlafzimmer. Maria del Mar kam erst hinterher, als er bereits vor Francescs Pritsche kniete. Kopf und Gesicht des Jungen waren sehr heiß, und Francesc begann zu zittern und sich hin und her zu werfen.

Maria del Mar machte ein ersticktes Geräusch.

»Er hat Schüttelfrost, vom Fieber«, sagte Josep.

»Woher hat er das nur? Beim Abendessen ging es ihm noch sehr gut. Dann erbrach er sich und wurde von einer Minute auf die andere krank.«

Josep betrachtete das zitternde Kind. Er hatte nicht die geringste Ahnung, was er tun konnte, um ihm zu helfen. Einen Arzt, den man hätte rufen können, gab es nicht. Ein Tierarzt lebte eine halbe Stunde entfernt und behandelte manchmal auch Menschen, aber er war eigentlich nur eine traurige Witzfigur; die Leute sagten, immer wenn er kam, starb das Pferd.

»Bring mir Wein und ein Tuch.«

Während sie die Sachen holte, zog Josep Francesc das Nachthemd aus. Er tauchte das Tuch in den Wein und wusch damit den Jungen, der dalag wie ein gehäuteter Hase. Er goss sich ein wenig Wein in die gewölbte Hand und massierte damit Francesc an Armen und Beinen. Der kleine schmächtige Junge mit seiner missgebildeten Hüfte erfüllte Josep mit Traurigkeit und Angst.

»Warum tust du das?«

»Ich erinnere mich, dass meine Mutter es immer tat, wenn ich krank war.« Mit sanften, aber forschen Bewegungen massierte er Francescs Brust und Rücken mit dem Wein, trocknete ihn dann ab und zog ihm das Hemd wieder an. Francesc schien jetzt normal zu schlafen, und Josep deckte ihn zu.

»Wird das noch einmal passieren, dieses Zittern?«

»Ich weiß es nicht. Aber möglich ist es schon. Ich erinnere mich, dass auch Donat und ich als kleine Jungs Schüttelfrost hatten. Wir hatten beide häufiger Fieber.«

Sie seufzte. »Ich habe Kaffee. Ich koche uns welchen.«

Er nickte und setzte sich neben die Pritsche. Francesc gab zweimal kleine Laute von sich, kein Stöhnen, eher ein unwirsches Geräusch.

Als seine Mutter zurückkam, schüttelte ihn bereits der zweite Krampf, ein wenig heftiger und länger als der erste, und sie stellte die Kaffeetassen ab, nahm den kleinen Jungen in den Arm, küsste ihm Gesicht und Kopf, drückte ihn fest an sich und wiegte ihn, bis das Zittern nachließ.

Dann wusch und massierte ihn Josep noch einmal mit Wein, und diesmal fiel Francesc in einen tiefen Schlaf, völlig bewegungslos und still lag er da wie eine Katze, die vor dem Feuer döst.

Der Kaffee war kalt, aber sie tranken ihn trotzdem und saßen dann da und schauten den Jungen sehr lange an. »Er ist bestimmt ganz verschwitzt und verklebt«, sagte sie schließlich, stand auf und kehrte mit einer Schüssel Wasser und frischen Tüchern zurück. Josep sah zu, wie sie ihn wusch und trocken rieb und ihm dann ein frisches Nachthemd anzog. Sie hatte lange, feingliedrige Finger mit dunklen Nägeln, die sauber und kurz geschnitten waren. »Auf diesem Laken kann er nicht schlafen«, sagte sie und ging noch einmal davon, und dann hörte Josep, wie sie in ihrem Zimmer das Laken von ihrem Bett zog. Als sie zurückkam, hob er Francesc, der dabei nicht aufwachte, hoch und hielt ihn, während sie das neue Laken auf die Pritsche legte. Er legte den Jungen wieder hin, und sie kniete sich vor die Pritsche und deckte ihn gut zu und legte sich dann neben ihren Sohn. Sie schaute zu Josep hoch.

Danke, formten stumm ihre Lippen.

»Nichts zu danken«, flüsterte Josep. Er schaute die beiden noch einen Augenblick an, doch dann begriff er, dass er von jetzt an ein Störenfried war, und so murmelte er »Gute Nacht« und ging nach Hause.

Am Tag darauf wartete er, dass Francesc durch den Weinberg zu ihm herunterkam, aber der Junge kam nicht.

Josep sorgte sich, dass Francescs Zustand sich vielleicht verschlimmert hatte, und am Abend ging er zu Maria del Mars Haus und klopfte.

Es dauerte eine Weile, bis sie an die Tür kam.

»Guten Abend. Ich habe mich nur gefragt, wie es ihm geht.«

»Es geht ihm besser. Komm doch rein, komm rein.«

Er folgte ihr in die Küche.

»Das Fieber und das Zittern sind verschwunden. Ich habe ihn den ganzen Tag dicht bei mir gehalten, und er ist ein paar Mal eingeschlafen. Auch jetzt schläft er ganz normal.«

»Das ist gut.«

»Ja.« Sie zögerte. »Ich wollte mir eine frische Kanne Kaffee kochen. Willst du eine Tasse?«

»Ja, gern.«

Der Kaffee befand sich in einem Tongefäß auf einem hohen Regal. Sie stellte sich auf die Zehenspitzen, um es herunterzuholen, aber Josep war nur einen Schritt hinter ihr und kam ihr zuvor. Als er ihr den Kaffee gab, drehte sie sich um, und Josep küsste sie, ohne nachzudenken oder es geplant zu haben.

Es war kein langer Kuss, überraschte er sie beide doch zu sehr. Josep erwartete, dass sie ihn wegstoßen und aus dem Haus jagen würde, aber sie schauten einander nur lange an. Als er sie erneut küsste, wusste er genau, was er tat.

Diesmal erwiderte sie den Kuss.

Sekunden später küssten sie sich leidenschaftlich, ihre Hände erforschten einander, und ihr Atem war laut.

Bald darauf sanken sie zu Boden. Anscheinend hatte er irgendein Geräusch von sich gegeben. »Weck ihn nicht auf«, flüsterte sie streng, und er nickte und machte weiter mit dem, was er tat.

Sie saßen am Tisch und tranken den nach Zichorie schmeckenden Kaffee.

»Warum bist du nicht zu Teresa Gallego zurückgekehrt?«

Er zögerte einen Augenblick. »Ich konnte nicht.«

»Ach so. Es war die reinste Hölle für sie, das Warten auf dich. Das kannst du mir glauben.«

»Es tut mir leid, dass ich ihr Kummer bereitet habe.«

»Und du? Was hat dich von ihr ferngehalten?« Ihre Stimme klang dünn, aber beherrscht.

»Das kann ich dir nicht sagen, Maria del Mar.«

»Dann will ich es dir sagen.« Die Wörter schienen aus ihr herauszuplatzen. »Du warst einsam. Du hast eine Frau kennengelernt – vielleicht viele Frauen, und sie waren schöner als Teresa, vielleicht hatten sie hübschere Gesichter oder hübschere ...« Sie hob die Schultern. »Oder vielleicht lag es nur daran, dass sie gerade bei der Hand waren. Und du hast dir gesagt: ›Teresa Gallego ist weit weg in Santa Eulalia, und eigentlich macht sie ja gar nicht so viel her. Warum sollte ich zu ihr zurückkehren?‹«

Jetzt wusste er wenigstens, warum sie so einen Groll auf ihn hegte. »Nein. So war es überhaupt nicht.«

»Nicht? Dann erzähl mir, wie es war.«

Er trank einen Schluck Kaffee und schaute sie an. »Nein, das werde ich nicht«, sagte er leise.

»Hör zu, Josep. Ich bin gestern Nacht zu dir gekommen, weil du mein nächster Nachbar bist, und du hast meinem Sohn geholfen. Dafür danke ich dir. Ich danke dir sehr. Aber was eben passiert ist … Ich möchte dich bitten, es für immer zu vergessen.«

Er empfand sofort Erleichterung, denn genau das wollte er auch, wie er jetzt erkannte. Sie war wie der Kaffee, zu bitter, um ihn genießen zu können.

»Gut«, sagte er.

»Ich will einen Mann in meinem Leben. Ich hatte schlechte Männer, und ich glaube, beim nächsten Mal habe ich einen guten verdient, einen, der mich gut behandelt. Dich halte ich für gefährlich, für einen Mann, der einfach so verschwinden kann wie Rauch.«

Er sah keinen Grund dafür, sich zu verteidigen.

»Weißt du, ob Jordi noch am Leben ist?«

Eigentlich wollte er ihr sagen, dass Jordi tot war. Sie hatte verdient, es zu erfahren, aber er erkannte auch, dass sich daraus zu viele Fragen ergeben würden, zu viele Gefahren.

Er zuckte die Achseln. »Ich habe das Gefühl, dass er es nicht mehr ist.« Das war das Beste, was er sagen konnte.

»Ich glaube, wenn er noch am Leben wäre, dann wäre er zurückgekommen, um das Kind zu sehen. Jordi hatte ein gutes Herz.«

»Ja«, sagte er etwas zu trocken.

»Er hat dich nicht gemocht«, sagte Maria del Mar.

Ich habe ihn auch nicht gemocht, hätte Josep am liebsten erwidert, aber als er sie anschaute, wusste er, dass die Wunden noch nicht verheilt waren, und so stand er auf und sagte ihr sanft, dass nichts sie davon abhalten dürfe, zu ihm zu kommen, wenn Francesc ihn brauche.

ALTE SCHULDEN

*N*ach ein paar Tagen kam Francesc wieder regelmäßig zu ihm und sah so kraftvoll und munter aus wie eh und je. Josep mochte das Kind, aber die ganze Situation war auch ein wenig peinlich. Er und Maria behandelten einander in Gegenwart anderer mit vorsichtiger Freundlichkeit, aber er glaubte, Clemente Ramírez habe das Gerücht verbreitet, dass sie beide ein Paar seien, und das Dorf bemerkte durchaus, dass er sehr viel Zeit mit ihrem Sohn verbrachte. Das Dorf zog sehr schnell Schlüsse, ob sie nun richtig waren oder falsch.

Als Josep eines Abends zu Nivaldo ging, kam er an Tonio Casals vorbei, der zusammen mit Eduard Montroig, Esteves älterem Bruder, vor der Kirche herumlungerte. Josep fand Eduard recht nett, allerdings auch viel zu ernst für jemanden, der noch kein alter Mann war. Eduard lächelte kaum, und in diesem Augenblick, so dachte Josep, wirkte er besonders verlegen, denn Tonio belehrte ihn mit lauter und streitsüchtiger Stimme über irgendetwas. Tonio Casals war ein großer und gut aussehender Mann wie sein Vater, aber hier endete die Ähnlichkeit schon, denn er trank oft zu viel und wurde dann ausfällig. Josep hatte keine Lust, sich an ihrer Unterhaltung zu beteiligen, deshalb nickte er nur und wünschte beiden einen guten Abend und wollte eigentlich gleich weitergehen.

Tonio lächelte. »Ah, der verlorene Sohn. Wie ist es denn, das eigene Land wieder zu pflügen, Àlvarez?«

»Ein gutes Gefühl, Tonio.«

»Und wie ist es, eine Frau zu pflügen, die schon bessere beackert haben?«

Josep bemühte sich, nicht aus der Fassung zu geraten. »Wenn man erst einmal an dem winzigen benutzten Stück vorbei ist, ist es wunderbar, Tonio«, sagte er mit freundlichem Lächeln.

Tonio stürzte auf ihn zu, und eine große Faust traf ihn seitlich am Mund. Josep antwortete voller Wut mit zwei schnellen, harten Schlägen, die linke Faust traf Tonio seitlich am Kinn, die rechte landete mit Schwung unter seinem linken Auge. Tonio ging sofort zu Boden, und Josep, der sich später dafür schämen sollte, holte mit dem Fuß aus und trat den Gestürzten. Und spuckte ihn an wie ein wütender kleiner Junge.

Eduard Montroig legte Josep beschwichtigend die Hand auf den Arm.

Sie schauten auf Tonio hinab. Joseps Mund blutete, und er leckte sich die Lippen. Er erzählte Montroig den Grund, warum er den Weinaufkäufer hinters Licht geführt hatte. »Eduard! Maria del Mar und ich. Wir sind nur Nachbarn. Bitte sag das den Leuten.«

Eduard nickt ernsthaft. »Maria del Mar ist eine gute

Frau. *O Déu.* Das ist abscheulich, nicht? Als wir noch jünger waren, war er so ein netter Kerl.«

»Sollen wir ihn nach Hause bringen?«

Montroig schüttelte den Kopf. »Du geh nur. Ich hole seinen Vater und seine Brüder.« Er seufzte. »Leider sind sie es gewohnt, sich um Tonio kümmern zu müssen, wenn er so ist«, sagte er.

Am nächsten Morgen stutzte Josep seine Reben, als Àngel Casals auf seinen Weinberg kam.

»Guten Morgen, *alcalde.*«

»Guten Morgen, Josep.« Schwer atmend zog der *alcalde* ein großes rotes Taschentuch aus seiner Hose und wischte sich das Gesicht.

»Ich werde dir ein wenig Wein holen«, sagte Josep, aber der ältere Mann schüttelte den Kopf. »Zu früh.«

»Dann ... etwas Wasser?«

»Ja bitte, wenn du so freundlich wärst.«

Josep ging ins Haus und kam mit zwei Bechern und einem *càntir* wieder heraus. Er nickte respektvoll zu der Bank neben der Tür, und die beiden Männer setzten sich und tranken.

»Ich wollte nur nachsehen, ob alles in Ordnung ist.«

»Oh, mir geht es gut, *alcalde.*«

»Dein Mund?«

»Ach, das ist nichts, nur das Zeichen meiner Schande. Ich hätte ihn überhaupt nicht schlagen dürfen, denn er war betrunken. Ich hätte davongehen sollen.«

»Ich bezweifle, ob das möglich gewesen wäre. Ich habe mit Eduard gesprochen, und ich kenne meinen Sohn

Antonio. Ich entschuldige mich in seinem Namen. Mein Sohn … Für ihn ist jeder Schluck Weinbrand eine Plage. Er braucht nur den Geschmack auf der Zunge zu haben, und schon schreien seine Seele und sein Körper nach mehr, aber nur ein wenig mehr als ein kleiner Schluck, und er wird, leider, verrückt und führt sich auf wie ein Tier. Das ist das Kreuz, das er tragen muss, er und seine Familie.«

»Mir geht's gut, *alcalde*. Ich hoffe, ich habe ihn nicht ernsthaft verletzt.«

»Er kommt schon wieder auf die Beine. Er hat ein geschwollenes Auge. Er sieht viel schlimmer aus als du.«

Joseps Lippe schmerzte, als er reumütig lächelte. »Ich vermute, sollten wir je kämpfen, wenn er nüchtern ist, dann geht das traurig für mich aus.«

»Du wirst nie wieder mit ihm kämpfen. Er verlässt Santa Eulalia.«

»Ach so?«

»Ja. Da er nicht in der Lage ist, die Pflicht eines ersten Sohnes unserem Hof gegenüber zu erfüllen, erinnert ihn jeder Tag, den er noch hier verbringt, an seine Schwäche. Ich habe einen lebenslangen Freund, Ignasi de Balcells, der im Dorf Las Granjas eine Olivenplantage besitzt. Viele Jahre lang war Don Ignasi der *alcalde* des Dorfes. Jetzt ist er Richter am dortigen Gericht, und er dient auch als *algutzir* im Bezirksgefängnis. Er kennt meinen Sohn Tonio schon sein ganzes Leben lang, und er liebt ihn. Ignasi ist es gewohnt, mit den Schwächen von Männern umzugehen, und er hat angeboten, Tonio in seinem Haus aufzunehmen. Er wird ihm beibringen, wie man Oliven anbaut und Öl macht, und Tonio wird auch im Gefängnis arbeiten. Und wir hoffen inständig, dass er lernen wird, sich zu beherrschen.« Der *alcalde* lächelte. »Zwischen dir und mir, Àlvarez… mein Freund Ignasi hat durchaus einen Grund, warum er bei Tonio unbedingt Erfolg haben will. Er hat eine unverheiratete Tochter, ein gutes Mädchen, aber fast schon über das Heiratsalter hinaus. Ich bin auch nicht erst vergangene Woche auf die Welt gekommen. Ich glaube, Ignasi will versuchen, Tonio zu seinem Schwiegersohn umzuformen.«

»Ich hoffe, es geht alles gut aus«, sagte Josep verlegen.

»Ich glaube dir, und ich danke dir.« Àngel Casals schaute sich um und warf einen anerkennenden Blick auf die ordentlich gestutzten Rebstöcke, die erst kürzlich gepflanzten Rosensträucher, die gepflügte und an den Reben aufgehäufte Erde. »Du bist wirklich ein Winzer, Josep«, sagte er. »Im Gegensatz zu einem, den ich jetzt nicht nennen will, der kein Winzer ist, sondern ein Schmetterling, eine verdammte *papallona*«, sagte der *alcalde* dünn und schaute über Josep Land hinweg zu dem verwilderten und unansehnlichen Weinberg von Quim Torras.

Josep sagte nichts darauf. Es war allgemein bekannt, dass der *alcalde* ein heftiger Kritiker von Quims Beziehung zu dem Dorfpriester war, aber Josep wollte mit Àngel Casals weder über Quim noch über Pare Lopez sprechen.

Casals erhob sich von der Bank, und Josep tat es ebenfalls. »Bitte, *alcalde*, einen Augenblick noch.«

Er ging ins Haus und kam mit einigen Münzen wieder heraus, die er Àngel in die Hand legte.

»Und wofür ist das?«

»Bezahlung für zwei Hennen…«

Àngel legte den Kopf schief.

»… die ich dir vor fünf Jahren gestohlen habe.«

»Was sagst du da?«, fragte Àngel grimmig. »Warum hast du sie mir gestohlen?«

»Ich brauchte die Hühner dringend, und ich hatte kein Geld, um sie dir zu bezahlen.«

»Und warum bezahlst du sie mir jetzt?«

Josep zuckte die Achseln und sagte die Wahrheit. »Ich kann es nicht ertragen, an deinem verdammten Hühnerstall auch nur vorbeizugehen.«

»Was für ein empfindsamer Dieb du bist!« Der *alcalde* schaute die Münzen in seiner Hand an. »Du hast mir zu viel gegeben«, sagte er streng. Er griff in die Hosentasche, holte eine kleine Münze heraus und gab sie Josep.

»Ein ehrlicher Dieb darf sich auch selbst nicht betrügen, Àlvarez«, sagte er und lachte dann laut und herzhaft auf.

DER EINDRINGLING

Ende Februar zeigten sich die ersten blassen gelb-grünen Spitzen, und während der Winter zum Frühling wurde, arbeitete Josep jeden Tag viele Stunden im Weinberg, er beendete den Zuschnitt und schaufelte die aufgehäufte Erde von den Stöcken weg. Anfang April waren die kleinen zarten Blätter offen, und bald darauf wurde die Sonne wärmer, und die Blüten legten ihren Duft über den Weinberg.

Sein Vater hatte ihm immer gesagt, dass die Trauben hundert Tage nach Beginn der Blüte reif zum Pflücken seien. Die Blüten zogen Insekten an, die sie bestäubten und so die Trauben erst ermöglichten, aber die grünen Reben lockten auch zerstörerische Tiere an.

Francesc war bei ihm an dem Morgen, als Josep ein halbes Dutzend Pflanzen entdeckte, die entwurzelt und angefressen auf der Erde lagen. Der Schaden war im hinteren Teil seines Grundstücks entstanden, knapp unterhalb der Hügelkuppe. In der Erde waren Spuren zu sehen.

»Verdammt«, flüsterte er und musste sich beherrschen, um vor dem Kind nicht noch Schlimmeres zu sagen.

»Warum sind die Stöcke kaputt, Josep?«

»Ein Wildschwein«, sagte er dem Jungen.

Auch Quim Torras hatte Rebstöcke verloren – insgesamt acht –, Maria del Mar allerdings keinen.

An diesem Abend ging Josep zu Jaume Ferrer und bat ihn, das Schwein zu erlegen, bevor es noch mehr Schaden anrichtete.

Jaume kam zu ihm und kauerte sich vor die zerstörten Stöcke. »Die Spuren stammen von einem Keiler, ich glaube, es ist nur *ein* Übeltäter. Die Bachen und die… äh… du weißt schon, die Jungen?«

»Frischlinge«, sagte Josep.

»Frischlinge.« Jaume probierte das Wort aus. »Bachen und Frischlinge leben in Rudeln zusammen. Keiler ziehen allein umher. Der hält sich wegen der Trockenheit wahrscheinlich in der Nähe des Flusses auf. Er hat es auf die Wurzeln deiner Rebstöcke abgesehen. Wildschweine fressen alles. Totes Fleisch. Ein lebendiges Lamm oder ein Kalb.«

Josep sagte Maria del Mar, sie solle Francesc eine Weile im Haus und an ihrer Seite behalten.

Jaume kam vor Tagesanbruch mit seiner langen Jagdflinte und patrouillierte den ganzen Tag lang unter der heißen Sonne in ihren Weingärten. Als es nach Sonnenuntergang zu dunkel wurde, um noch etwas zu sehen, ging er nach Hause.

An nächsten Tag kam er vor Tagesanbruch wieder und auch am Morgen danach. Dann aber sagte er, dass er am Tag darauf Hasen und Vögel jagen wolle. »Das Wildschein belästigt euch vielleicht nie mehr«, sagte Jaume.

»Vielleicht aber doch«, sagte Josep zweifelnd.

Am folgenden Morgen verließ Josep sehr früh das Haus, und als er den Weinberg betrat, hörte er Tiergeräusche zwischen den Rebstöcken tief in der Pflanzung. Er nahm einen Stein in jede Hand und rannte los. Er machte zu viel Lärm, denn als er die angegriffene Reihe erreichte, sah er nur noch den Rücken und den Ringelschwanz des Keilers, der nun in Quims Weinberg verschwand.

Er warf beide Steine und stürmte, wie von Sinnen schreiend, hinter ihm her, aber er verlor ihn sofort aus den Augen. Als er in Valls' Weinberg hineinrannte, erschreckte er sowohl Maria del Mar als auch Francesc, die nichts von dem Tier gesehen hatten.

Maria runzelte die Stirn, als er ihr von dem Keiler erzählte. »Der kann uns teuer zu stehen kommen. Was sollen wir tun? Jaume noch einmal rufen?«

»Nein. Jaume kann ja nicht dauernd in unseren Weinbergen Wache halten.«

»Was dann?«

»Ich überlege mir etwas«, sagte Josep.

Er wusste noch genau, wo er nach den zwei Päckchen graben musste, die er in der vernachlässigten, sandigen Ecke, wo Quims Weinberg an seinen grenzte, versteckt hatte, und er fand sie in noch erstaunlich gutem Zustand, denn das Wenige an Regen, das seither gefallen war, war in der porösen Erde schnell an ihnen vorbeigesickert. Er bürstete die Pakete sorgfältig ab, bis sie frei von grobem Sand waren, und trug sie ins Haus, wo er die Schnüre aufschnitt und beide auf dem Tisch auspackte.

Die äußere Schicht war von der mineralischen Erde braun gefärbt, aber die beiden inneren Schichten Öltuch zeigten sich absolut fleckenlos und in tadellosem Zustand wie auch der Inhalt der beiden Pakete. Die Teile des LeMat-Revolvers waren mit so viel Schmierfett überzogen, dass Josep bis spät in die Nacht brauchte, um sie zu reinigen. Er benutzte dafür jeden Lumpen, den er hatte, und opferte schließlich sogar ein altes Hemd, das zwar schon ein bisschen zerlumpt, aber immer noch tragbar war. Er riss es in Fetzen und hatte nur noch ein einziges Quadrat übrig, als er die Waffe zusammensetzte, die nun frei von Schmierfett, frisch geölt, sauber und glänzend vor ihm lag und ihm Angst einjagte, weil er geglaubt hatte, er würde sie nie wiedersehen müssen.

Er legte sich den Inhalt des zweiten Pakets zurecht und lud die Kammern sorgfältig und langsam, anfangs ein wenig unsicher, weil er nicht genau wusste, ob er sich richtig an die einzelnen Handgriffe erinnerte, doch nach einer Weile schüttete er mit alter Übung das Pulver aus dem Beutel in den Messköcher und dann aus dem Lederbehältnis in die leeren Kammern.

Die Waffe und der Vorgang des Ladens brachten ihm Erinnerungen, die er lieber vermieden hätte, und er musste die Arbeit sogar für eine Weile unterbrechen, weil ihm die Hände zitterten. Doch dann steckte er eine Kugel in eine Kammer, drückte sie mit der Ladepresse fest in das Pulver, tupfte ein wenig Fett oben drauf und benutzte dann das Aufsetzwerkzeug, um das Zündhütchen auf das Piston zu stecken. Dann drehte er die Trommel mit der Hand und lud auch die anderen Kammern bis auf zwei, weil er sah, dass er nur noch genug Pulver für sieben Ladungen im Beutel hatte.

Er räumte den Tisch ab und legte den LeMat neben der Uhr seiner Mutter auf den Kaminsims. Dann ging er nach oben und konnte nicht einschlafen, weil er Angst hatte, schlecht zu träumen.

RISSE

*F*ast eine Woche lang war der Reben zerstörende Keiler das Gesprächsthema, wenn Dorfbewohner miteinander sprachen, aber das Wildschwein tauchte nicht mehr auf, und nun bestimmten erhitzte Debatten über die Kirchentür, die voller Dellen und Absplitterungen und allgemein in einem sehr schlechten Zustand war, die dörflichen Gespräche. Der Dorflegende nach war sie von den Musketenkolben napoleonischer Soldaten so zugerichtet worden, aber Joseps Vater hatte wissend von einem örtlichen Alkoholiker mit einem Stein in der Hand gesprochen. Auch lief ein langer, gezackter Riss durchs Holz, eine Beschädigung, die zwar der Tür selbst nicht viel anhaben konnte, jedoch das Dorf zu spalten drohte. Mehrmals hatten Gemeindemitglieder versucht, den Riss mit Kitt unterschiedlichster Zusammensetzung zu füllen, aber der Spalt war zu lang und zu breit, und so war jeder dieser unansehnlichen Versuche fehlgeschlagen. Die Kirche hatte genug Geld, um sich eine neue Holztür kaufen zu können, und einige meinten, das solle sie auch tun, während andere nicht bereit waren, den Kirchenschatz zu plündern, denn es könne ja sein, dass das Geld für wichtigere Dinge gebraucht würde. Eine kleine Minderheit, die von Quim Torras angeführt wurde, meinte, dass ein Priester mit Pare Lopez' Feingefühl für seine Kirche eine elegantere Tür verdient habe. Quim schlug eine künstlerisch gestaltete mit geschnitzten religiösen Motiven vor, und er drängte das Dorf, die Mittel dafür bereitzustellen.

Als Josep eines Morgens zum Brunnen ging, um Wasser zu holen, traf er dort Àngel Casals. »Und? Was denkst du über die Kirchentür?«

Josep rieb sich die Nase. Tatsächlich hatte die Kirchentür ihm bis dahin wenig Kopfzerbrechen bereitet, aber der Gedanke, von seinem wenigen Geld vielleicht etwas hergeben zu müssen, ängstigte ihn doch. Die Leute sagten, Àngel hüte seit Jahren ein kleines Dorfvermögen, ohne je den genauen Betrag bekannt zu geben, und er wolle auch keinen *cèntim* davon ausgeben, weil kein Notfall ihm je groß genug erschien, um dieses Vermögen anzutasten.

»Also gegen eine Steuer, um das Geld dafür aufzubringen, hätte ich etwas einzuwenden, *alcalde*.«

»Eine Steuer zur Unterstützung der Kirche wird es nicht geben!«, knurrte Àngel. »Kein Mensch will die bezahlen. Da kann man ja gleich versuchen, Wein aus einem Stein zu pressen.«

»Ich glaube nicht, dass wir eine Tür brauchen, die einer Kathedrale zur Ehre gereichen würde. Wir haben eine sehr hübsche Dorfkirche. Sie braucht eine schlichte Holztür, die stabil ist und gut aussieht. Wenn es nach mir ginge, würde ich ein wenig Geld für das Holz ausgeben.

Wir sollten doch in der Lage sein, eine passende Tür zu schreinern, und so der Kirche einen Teil der Ausgaben ersparen.«

Der *alcalde* schaute ihn interessiert an. »Du hast recht, Àlvarez, du hast recht. Weiß du, wo man anständiges Holz kaufen kann?«

»Ich glaube schon«, sagte Josep. »Oder ich kann mich zumindest erkundigen.«

»Dann tu das bitte, Josep«, sagte Àngel befriedigt.

Spät am folgenden Nachmittag, als die Sonne bereits tief am Himmel stand und sein Körper ihm sagte, dass es Zeit war, den langen Arbeitstag zu beenden, hörte Josep plötzlich das gefürchtete Geräusch. Er hörte sofort auf zu stutzen und erstarrte. Und lauschte …

Lauschte, und da war es wieder, dieses Geräusch, ein heftiges Knacken von Holz, das ihn sofort ins Haus rennen ließ. Der LeMat war nicht angerührt worden, seit er ihn auf den Kaminsims gelegt hatte. Er ging mit dem Revolver in die Reben und schlich so leise, wie er konnte, die Reihen entlang. Das Geräusch wurde immer lauter. Er hielt den Revolver feuerbereit nach vorn gerichtet, sagte sich aber, er dürfe nicht zu früh schießen, konnten die Geräusche doch auch von Francesc oder vielleicht von Quim verursacht sein.

Aber im nächsten Augenblick sah er den Keiler, größer als er, nach seinem ersten kurzen Blick auf sein Hinterteil, gedacht hätte.

Der Keiler hatte ein dichtes schwarzbraunes Fell, ganz anders als ein Hausschwein. Sein Körper war wuchtig und gedrungen, der Kopf im Vergleich dazu beängstigend groß, und die Beine waren kurz und dick und wirkten sehr kräftig. Das Tier starrte ihn an, scheinbar furchtlos, aber wachsam, die Augen klein und dunkel über der platten, schwarz ledrigen Schnauze.

Es ist nur ein Schwein, sagte sich Josep.

Hauer!

Josep sah die Hauer sehr deutlich, zwei kleine, die aus dem Oberkiefer nach unten wuchsen, und zwei längere, die aus dem Unterkiefer leicht gebogen nach oben ragten, zwölf oder fünfzehn Zentimeter lang und mit heimtückischen Spitzen. Der Keiler grunzte heiser auf und riss den Kopf in die Höhe. Josep wusste, dass es ein gefährlicher Kampf werden würde, in dem der Keiler die Hauer benutzen würde, um seinem Opfer die Eingeweide herauszureißen.

Der Keiler machte einen Satz zur Seite und wollte fliehen, und plötzlich kam eine grausame Kälte über Josep.

Den rechten Arm gestreckt und angespannt, zielte er kurz auf das Tier, und dann streichelte er den Abzug. Der Knall war sehr laut. Er sah die Kugel knapp hinter der rechten Schulter in das Fell eindringen, der Keiler blieb stehen, drehte sich um und machte einen Schritt auf Josep zu, der noch zwei Schüsse direkt auf ihn abfeuerte.

Drei Schüsse.

Und die Erinnerung kam über ihn: flache, bellende Schüsse. Der Mann in der angehaltenen Kutsche, das Entsetzen im schmerzverzerrten Gesicht, sein Körper, der zuckte, als die Kugeln ihn trafen. Scheuende Pferde, die schwankende Kutsche. Enric, der schrill schrie wie eine Frau. Gerenne, jeder rannte.

Er hatte vergessen, dass bei jedem Schuss eine Rauchwolke aufstieg und dass es roch, als würde etwas brennen.

Das Wildschwein drehte sich um und raste zu der einzigen Deckung, die es gab, ein Gebüsch knapp unterhalb des Hügelkamms. Plötzlich war alles sehr still. Josep stand zitternd da und starrte das Gestrüpp an, in dem der Keiler verschwunden war.

Die Zeit verging langsam, vielleicht eine halbe Stunde lang starrte er gebannt auf das Gebüsch, den Revolver im Anschlag. Aber der Keiler kam nicht wieder heraus.

Dann kam Jaume mit seiner Flinte dazu.

»Ich habe die Schüsse gehört.« Jaume musterte die glänzende Blutspur, die in das Gebüsch führte. »Am besten warten wir.«

Josep nickte und war sehr froh, dass Jaume nun bei ihm war.

Die beiden standen nur da und beobachteten das Gestrüpp. Sie warteten vielleicht eine Stunde lang, aber nichts passierte.

»Los, wir gehen zusammen«, flüsterte Jaume schließlich und deutete mit seinem Gewehr. Mit Gewehr und Pistole im Anschlag bewegten sie sich auf das Dickicht zu.

Joseps Herz hämmerte. Als Jaume das Laubwerk teilte, stellte er sich vor, dass der Keiler sie anfiel.

Aber da war nichts.

Die Blutspur führte zum Sockel des Hügelkamms, und unter einem Überhang aus Fels und Erde konnten sie eine Öffnung erkennen. Jaume gab Josep ein Zeichen, sich zurückzuziehen.

»Eine Art Höhle. Er ist da drin.«

»Glaubst du, er lebt noch?«

Jaume zuckte die Achseln.

»In ein paar Stunden ist es dunkel.« Josep machte sich Sorgen. Wenn der verwundete Keiler noch lebte und ihnen während der Nacht entwischte, konnte das sehr gefährlich werden.

»Wir brauchen eine Stange«, sagte Jaume.

Josep ging ins Haus und holte die Axt. Dann machte er sich auf zum Fluss und fällte einen jungen Baum und schnitt ihn zurecht.

Jaume nickte, als er die Stange sah. Er lehnte sein Gewehr an einen Rebstock und bedeutete Josep, ihm zu der Höhle zu folgen.

»Sei bereit«, sagte er und kauerte sich vor die Öffnung. Er steckte die Stange hinein, stocherte ein wenig und sprang dann zurück. Dann lachte er und kroch wieder zur Öffnung und stieß die Stange immer wieder hinein.

»Der Halunke ist tot.«

»Bist du sicher?«

Jaume griff in die Öffnung und zerrte, grunzend vor Anstrengung. Josep hielt den LeMat auf den Kadaver gerichtet, während der langsam aus dem Loch auftauchte, zuerst die Hinterläufe mit den Hufen und der Schwanz, dann das stachelige Hinterteil.

Sie starrten die blutigen Wunden an.

Der Keiler war unbestreitbar tot, aber irgendwie wirkte er unbesiegt und grimmig, und Josep hatte noch immer Angst vor ihm. Seine Zähne waren grün und schienen sehr scharf zu sein. Einer der unteren Hauer war gesprungen wie der Riss in der Kirchentür, und die feine Linie lief von der scharfen Spitze bis hinunter in das Zahnfleisch des Keilers.

»Dieser Hauer muss ihm Schmerzen bereitet haben«, sagte Josep.

Jaume nickte. »Das Fleisch ist gut, Josep.«

»Es ist die falsche Jahreszeit zum Schlachten. Alle sind in ihren Weinbergen beschäftigt. Ich selbst auch. Und wenn es morgen warm ist…«

Jaume nickte. Er zog ein langes Messer aus seiner Scheide. Josep sah zu, wie er zwei lange Schnitte parallel zum Rückgrat des Keilers und zwei kürzere vertikale setzte und dann ein großes Stück Haut und eine Schicht Fett abschälte. Darunter schnitt er zwei großzügige rechteckige Stücke rosigen Fleisches heraus.

»Der *llom,* das beste Stück. Eins für dich, eins für mich.«

Der blutige Kadaver sah jetzt, mit zwei klaffenden Löchern im Rücken, arg misshandelt aus. Während Josep das Fleisch ins Haus trug, sah Jaume sich im Werkzeugschuppen nach zwei Schaufeln um und wartete dann auf ihn, damit er eine Stelle auf seinem Grundstück aussuchte, wo sie graben konnten.

Josep gab sein Fleisch Maria del Mar, die anfangs über das Geschenk nicht sehr glücklich wirkte. Sie hatte selbst einen harten Arbeitstag hinter sich und war nicht gerade begeistert darüber, das Fleisch sofort zubereiten zu müssen, da es ansonsten verderben würde. Aber sie war auch erleichtert, dass der Keiler nun keine Gefahr mehr darstellte, und deshalb war ihr Dank aufrichtig.

»Du musst morgen kommen und mit uns essen«, sagte sie, nicht ganz widerwillig.

So saß Josep am nächsten Abend mit Maria del Mar und Francesc am Tisch. Sie hatte den *llom* mit Wurzelgemüse und getrockneten Pflaumen geschmort, und er musste sich eingestehen, dass das Ergebnis sogar noch besser war als das, was er aus dem Hasen gemacht hatte.

HOLZ

Als er eines Abends durch Santa Eulalia ging, sah er eine Gruppe Jungen, die lachten, sich gegenseitig verspotteten und sich auf dem Boden wälzten wie Tiere. Es waren Jugendliche kurz vor dem Mannesalter, in vielerlei Hinsicht noch Kinder, doch sehr bald schon würden diejenigen, die keine Erstgeborenen waren, sich mit Arbeitslosigkeit herumschlagen müssen, mit der Rauheit der Welt und den Problemen, die die Zukunft ihnen brächte.

In dieser Nacht träumte Josep von Dorfjungen, die herumalberten und miteinander rangelten − aber es waren *seine Jungs*: Esteve mit seinem schiefen Grinsen, der mürrische Jordi, der ernste, rundgesichtige Xavier, Manel, der Enric ins Gesicht lachte, während er ihn zu Boden drückte, der kluge Guillem, der alle anderen still beobachtete.

Als er aufwachte, lag Josep in seinem Bett und fragte sich, warum sie alle nicht mehr da waren − warum sie für immer Jungen bleiben würden −, während er überlebt hatte und sich über ganz gewöhnliche Dinge den Kopf zerbrechen musste.

An diesem Nachmittag arbeitete Josep in Sichtweite der Straße, als, zu seiner Überraschung und großen Freude, Emilio Rivera in einem kleinen, nur von einem Pferd gezogenen Karren dahergefahren kam.

»Aha, du hattest also in der Nähe was zu erledigen?«, fragte Josep, nachdem sie sich begrüßt hatten, doch Rivera schüttelte den Kopf.

»Es war das wunderbare Frühlingswetter«, sagte er ein wenig verlegen. »Ich habe die warme Seeluft geschmeckt und konnte einfach nicht drinnen in der Böttcherei bleiben. Was soll's?, dachte ich, ich fahre hoch in die hübschen Hügel und richte diesen Bottich, der dem jungen Àlvarez solche Sorgen macht.«

Als Josep ihn zu dem fraglichen Bottich führte, untersuchte Rivera ihn und nickte. Im Karren hatte er einige Eichenbretter mitgebracht, entlang der Faser gespalten und bereits sauber mit Nut und Feder versehen, und bald war Josep wieder zwischen seinen Reben, während aus dem Schuppen hinter dem Haus die tröstenden Geräusche von Sägen und Hämmern kamen.

Rivera arbeitete mehrere Stunden, bevor er in den Weinberg kam und verkündete, der Bottich sei repariert und nun garantiert dicht. In Anbetracht der Fahrt und der Menge an Arbeit, die der Mann aufgewendet hatte, richtete Josep sich auf schlechte Nachrichten ein, als er ihn fragte, was er ihm schuldig sei. Aber die Antwort hinterließ ihn dankbar und eindeutig in Riveras Schuld. Am liebsten wäre ihm gewesen, er hätte dem Böttcher als Dankeschön ein Abendessen kochen können, ein Huhn oder einen Hasen, stattdessen aber machte er das

Nächstbeste, und bald saßen sie an Nivaldos kleinem Tisch, tranken sauren Wein mit dem Lebensmittelhändler und aßen große Schüsseln seines Eintopfs.

»Da ist noch etwas, das ich dir zeigen möchte«, sagte Josep nach dem Essen und führte Rivera zur Kirche nebenan, damit er sich die kaputte Tür anschauen konnte. »Was würde das Holz kosten, wenn wir diese Tür ersetzen wollten?«

Rivera stöhnte. »Àlvarez, *Àlvarez*. Hast du auch nur einen einzigen Auftrag für mich, der mir etwas einbringt?«

Josep grinste. »Eines Tages vielleicht. Ich hätte dir ein bisschen mehr Wein einflößen sollen, bevor ich dir diese Tür zeige.«

»Du sagst, du willst nur das Holz? Die Arbeit macht ihr selbst?«

»Nur das Holz.«

»Na ja, ich habe ein paar gute Eichenbretter. Sie kosten natürlich mehr als die groben Planken für deinen Karren. Sie müssen sauber gehobelt werden, damit man sie schleifen und einlassen kann, denn nur so wird eine schöne Tür daraus ... Aber ich halte den Holzpreis niedrig, weil's für eine Kirche ist.«

»Was müsste ich tun, um die Bretter zusammenzufügen?«

»Wie du sie *zusammenfügen* sollst ...?« Rivera starrte ihn an. Und schüttelte dann den Kopf. »Na ja, für ein bisschen mehr Geld könnte Juan rechteckige Vertiefungen in die Seitenkanten der Bretter sägen, und er könnte Holzstreifen machen, sogenannte Federn, die doppelt so breit sind wie die Vertiefungen. Du bestreichst eine Vertiefung mit Leim und stülpst die Feder darüber. Danach bestreichst du die Vertiefung im zweiten Brett und drückst den überstehenden Teil der Feder darauf, und dann musst du alles gut festdrücken und -klopfen, bis die Ränder der Bretter auf der ganzen Länge aneinanderstoßen.«

Josep spitzte die Lippen und nickte.

»Dann spannst du die Bretter in zwei schöne große Zwingen und lässt alles über Nacht liegen, bis der Leim getrocknet ist.«

»Große Zwingen.«

»Große, fest sitzende Zwingen. Besitzt einer im Dorf große Zwingen?«

»Nein.«

Sie betrachteten einander stumm.

»Du hast solche Zwingen?«

»Große Zwingen sind sehr teuer«, sagte Rivera mürrisch. »Ich erlaube niemandem, die meinen aus der Böttcherei zu nehmen.« Er seufzte. »Hör zu. Was soll's? In den nächsten zwei Wochen brauche ich die Zwingen selbst. Aber wenn du morgen in vierzehn Tagen in meine Werkstatt kommst… Allein! Bei *Déu*, bring bloß keine Abordnung von der Kirche in meine Böttcherei! In dieser Woche brauche in die Zwingen nicht, und ich werde dir erlauben, still und allein in einer Ecke zu arbeiten. Du kannst die Tür selbst zusammenbauen und fertigstellen. Juan und ich werden ein Auge auf dich haben, damit du nichts falsch machst, ansonsten aber wirst du uns nicht belästigen. Einverstanden?«

»Oh … einverstanden, Senyor«, sagte Josep.

In den nächsten zwei Wochen arbeitete er mit neuer Entschlossenheit in seinem Weinberg, denn er musste den Großteil seiner Arbeit abgeschlossen haben, bevor er sich der Tür widmen konnte.

Am festgesetzten Tag ritt er auf seinem Maulesel aus dem Hochland in die Ebene und war gegen Mittag in der Böttcherei.

Rivera begrüßte ihn mürrisch, aber inzwischen war Josep an diesen Wesenszug gewöhnt. Rivera hatte Schnüre entsprechend den Maßen der alten Tür zurechtgeschnitten, bevor er Santa Eulalia verlassen hatte, und jetzt warteten auf Josep fünf ordentlich gehobelte Bretter und vier Federn sowie eine Rechnung, die er der Kirche geben sollte. Der Preis der Bretter war vernünftig, aber als Josep sie auf dem Tisch in der versprochenen Ecke aufgestapelt hatte, betrachtete er sie ängstlich, denn er erkannte, wenn sie wegen seines mangelnden Geschicks kaputtgehen würden, wäre er für die Kosten verantwortlich.

Doch Emilio Rivera hatte ihm nicht viel hinterlassen, was er kaputt machen konnte. Er brauchte erstaunlich wenig Zeit, um die ersten beiden Bretter zu verbinden. Er hielt sich peinlich genau an Riveras Vorschriften und legte einen alten Holzblock zuerst an die Feder und dann an das zweite Brett, sodass die Schläge des Hammers gedämpft wurden und das Holz unbeschädigt blieb. Rivera achtete nicht groß auf ihn, aber Juan kontrollierte schnell seine Arbeit und zeigte ihm, wie er die schweren Zwingen befestigten musste, die nötig waren, um die Bretter unter Druck zusammenzuhalten, während der Leim trocknete, und als Josep die Böttcherei verließ, hatte er noch immer einige Nachmittagsstunden vor sich.

Mit dem neuen Wissen, wie lange er jeden Tag brauchte, um die Tür zu bauen, konnte er fünf oder sechs Stunden im Weinberg arbeiten, bevor er nach Sitges aufbrach. Das bedeutete, dass es beinahe schon dämmerte, wenn er die Böttcherei verließ und auf seinem Maulesel über die Straße nach Süden ritt, aber die zusätzlichen Stunden mit seinen Reben waren der Mühe wert, und er fand es angenehm, in der Dunkelheit und der kühlen Nachtluft ins Dorf zurückzureiten.

Als er am dritten Abend Sitges verließ, führte ihn sein Weg durch ein Viertel mit kleinen Häusern direkt am Meer. Die meisten gehörten Fischern, aber vor einem Haus standen Frauen und flüsterten vorübergehenden Männern Einladungen zu.

Er war heftig in Versuchung, aber auch abgestoßen, denn die meisten waren unansehnliche Wesen mit harten Gesichtern, deren grelle Schminke nicht verdecken konnte, wie erbarmungslos das Leben ihnen mitgespielt hatte. So war er bereits an einer der Frauen vorbeigeritten, bevor etwas in ihrem Gesicht bei ihm eine Erinnerung weckte, und er wendete sein Reittier und kam zu ihr zurück.

»Einsam, Senyor?«

»Renata? Bist du das?«

Sie trug ein zerknittertes schwarzes Kleid, das eng an

ihrem Körper klebte, und ein dunkles Tuch auf dem Kopf. Sie hatte Gewicht verloren, und ihr Körper wirkte verführerischer, aber sie sah älter aus, als sie tatsächlich war, und sehr müde. »Ja, ich bin Renata.« Sie musterte ihn. »Und wen haben wir da?«

»Josep Àlvarez. Aus Santa Eulalia.«

»Aus Santa Eulalia. Wünscht du meine Gesellschaft, Josep?«

»Ja.«

»Dann komm rein, *amor meu,* in mein Zimmer.«

Sie wartete, bis er den Maulesel an einem Geländer vor dem Nachbarhaus angebunden hatte, und dann folgte er ihr eine nach Urin stinkende Treppe hinauf. Ein stämmiger Mann in einem weißen Anzug saß an einem Tisch auf dem Treppenabsatz und nickte Renata im Vorbeigehen zu.

Das Zimmer war klein und schmutzig – eine Schlafmatte, eine Öllampe, Haufen schmutziger Wäsche in zwei Ecken.

»Ich war jahrelang weg. Als ich zurückkam, habe ich nach dir gesucht, aber du warst verschwunden.«

»Ja.« Sie war nervös. Mit schnellen Worten erzählte sie ihm, was sie alles tun würde, um ihm Vergnügen zu bereiten. Es war offensichtlich, dass sie sich nicht an ihn erinnerte.

»Ich war im Haus deiner Mutter, um dich zu besuchen, zusammen mit Nivaldo Machado, dem Lebensmittelhändler von Santa Eulalia.«

»Mit Nivaldo!«

Er fing an, sich das Hemd auszuziehen, und sah sie

nach der Lampe greifen. »Nein, lass das Licht an, wenn es dir nichts ausmacht, so wie es damals war.«

Sie schaute ihn an und zuckte die Achseln. Sie schob sich den Saum ihres Kleids bis über die Hüften hoch, sank dann auf die Matte und wartete auf ihn.

»Willst du nicht wenigstens dein Kopftuch ablegen?«, fragte er etwas verstimmt, aber auch halb im Scherz, streckte die Hand aus und zog es ihr vom Kopf, weil sie zu langsam reagierte, um ihn daran zu hindern.

Die vordere Hälfte ihres Schädels war kahl und glänzte vor Schweiß, während die Haare auf der hinteren Hälfte verfilzt und fleckig waren wie vertrockneter Rasen.

»Was ist denn das?«

»Ich weiß es nicht. Irgendeine kleine Krankheit, die du aber nicht kriegen kannst, wenn du nur dieses eine Mal mit mir zusammen bist«, sagte sie verdrossen. Sie streckte die Hände aus, um seine Hose zu öffnen, aber er wich ihr aus.

Auf ihren Beinen ein fleckiger Ausschlag.

»Renata … Renata, ich warte lieber.« Er trat noch einen Schritt zurück und sah, wie ihr Gesicht zerfloss und ihre Schultern bebten, aber sie gab keinen Ton von sich gab.

»Bitte …« Sie schaute zur Tür. »Er wird so wütend«, flüsterte sie.

Josep griff in die Hosentasche und zog das Geld heraus, das er noch hatte, und ihre Hand schloss sich um die Münzen.

»Senyor«, sagte sie und wischte sich die Augen. »Diese Sache wird nicht lange dauern. Ich glaube, es ist der

Schanker, aber der Schanker ist nach ein oder zwei Monaten wieder weg, und dann ist alles in Ordnung. Man ist wieder völlig gesund. Kommst du mich noch einmal besuchen, wenn alles vorbei ist?«

»Natürlich. Natürlich, Renata.«

Er zog sich das Hemd schnell über, verließ das Zimmer und eilte die Treppe hinunter, und als er aufgesessen war, ließ er den Maulesel traben, bis er den Ort weit hinter sich gelassen hatte.

Veränderungen

Nach dem Zusammenbau der Tür brachte Josep Stunden damit zu, sie mit Sandpapier zu schleifen, bis das Holz glatt und makellos war. Er ließ sie mit einem kräftigen dunklen Grün ein, die einzige Farbe, die Emilio Rivera ihm anzubieten hatte, und dann legte er noch drei Schichten Lack darüber, wobei er jede Schicht mit feinem Sandpapier schliff, bis die letzte Versiegelung glänzte und sich anfühlte wie Glas.

Die fertige Tür brachte er, auf einem Stapel Decken ruhend, in seinem Karren nach Hause. Nachdem sie sicher und unbeschädigt im Dorf war, ließ er die Männer der Kirche die Verantwortung fürs Einhängen übernehmen, was sie auch eilig taten. Sie benutzten dazu die bronzenen Beschläge, die man von der alten Tür abgeschraubt hatte.

Der Preis für das Holz wurde ihm erstattet, und dann gab es einen kurzen Weihegottesdienst. Pare Felipe nahm die Tür an und dankte ihm mit einem Segensspruch, und der *alcalde* sprach herzlich über Joseps Einsatz von Zeit und Kraft, was ihn verlegen machte.

»Warum hast du das getan?«, fragte Maria del Mar, als

sie ihn am nächsten Tag auf der Straße traf. »Du gehst ja nicht einmal zur Messe!«

Er schüttelte den Kopf und zuckte die Achseln, er war nicht fähig, es ihr zu erklären, so wie er unfähig war, ihr irgendetwas zu erklären.

Zu seinem Erstaunen fiel ihm kurz darauf die Antwort auf ihre Frage plötzlich ein. Er hatte es nicht für die Kirche getan.

Er hatte es für sein Dorf getan.

Fünf Tage nach der Weihe der Tür kamen zwei Kirchenmänner mittleren Alters in einer von zwei Pferden gezogenen Kutsche ins Dorf. Sie verschwanden in der Kirche und verbrachten einen halben Tag mit Pare Felipe Lopez, dann kamen sie allein wieder heraus und gingen mit dem Kutscher in das Lebensmittelgeschäft. Die drei Männer aßen Brot und Wurst und tranken Brunnenwasser, bevor sie in die Kutsche stiegen und davonfuhren.

An diesem Abend erzählte Nivaldo vom kurzen Besuch der Priester, doch Genaueres wusste er nicht. Drei Tage später verabschiedete sich Pare Felipe von einigen Leuten und verließ nach zwölf Jahren des Dienstes als Dorfpfarrer Santa Eulalia für immer.

Die Neuigkeit verbreitete sich schnell und erstaunte das Dorf. Die Besucher waren *monsenyors* aus dem Berufungsbüro der Diözese in Barcelona gewesen. Die Prälaten hatten Pare Felipe seine fristlose Versetzung verkündet und ihm eröffnet, er sei ab sofort Beichtvater im Konvent der Königlichen Barfüßernonnen in der Diözese Madrid.

Nur fünf Tage lang war die Kirche ohne Pfarrer, dann zog eines Nachmittags ein müdes altes Pferd eine Mietkutsche über die Brücke und brachte einen dünnen, schweigsamen Priester mit einem breitkrempigen Hut ins Dorf. Als der Pfarrer aus der Kutsche stieg, musterten seine hinter dicken Brillengläsern versteckten Augen die *plaça,* bevor er seine Tasche in die Kirche trug.

Der *alcalde* eilte zum Pfarrhaus, um ihn zu begrüßen, kaum dass er von seiner Ankunft gehört hatte, und gleich darauf ging Àngel in den Laden, um Nivaldo und einigen Kunden zu berichten, dass der neue Pfarrer Pío Domínguez heiße und aus Salamanca stamme und nach zehn Jahren als Kaplan in Girona nun das Pfarramt in Santa Eulalia übernehme.

An diesem Sonntag fanden diejenigen, die die Messe besuchten, es merkwürdig, dass die schwarz gewandete Gestalt, die die Eucharistie feierte, ein großer und schlanker Fremder war und nicht die vertraute Erscheinung des rundlichen Pare Felipe. Im Gegensatz zu Pare Felipes abwechselnd leutseligem und salbungsvollem Stil sprach der neue Priester eher knapp, und seine Predigt war eine verwirrende Geschichte darüber, warum die Mutter Maria eines Tages einen Engel zu einer armen Familie schickte, um jedem die Liebe Jesu zu bringen in Gestalt eines Kruges mit Wasser, das sich in Wein verwandelte.

Es war ein Sonntagvormittag wie jeder andere Sonntagvormittag, nur dass ein anderer Pfarrer an der Tür stand, als alle die Kirche verließen. Überraschend wenigen Leuten in Santa Eulalia schien das etwas auszumachen.

In der nächsten Woche begleitete der *alcalde* Pare Pío in alle Häuser, weil der Pfarrer alle Familien eine nach der anderen begrüßen wollte. Am dritten Tag kamen sie zu Josep, als der noch mitten in der Arbeit dieses Nachmittags steckte. Dennoch ließ er alles stehen und liegen und lud sie auf seine Bank ein. Er brachte ihnen Wein und betrachtete das Gesicht des Pfarrers, als der seinen ersten Schluck trank. Pare Pío trank, ohne eine Miene zu verziehen, aber Josep bemerkte auch durchaus anerkennend, dass er keine Anstalten machte, das schreckliche Zeug zu loben.

»Ich glaube, es wäre ein Segen, Pare, wenn die Heilige Mutter oder der Herr unseren Wein hin und wieder in Wasser verwandeln würde«, sagte Josep.

Der Pfarrer lächelte nicht, aber etwas blitzte in seinen Augen.

»Ich glaube nicht, dass du am Sonntag in der Kirche warst.«

Es war kein Vorwurf, nur eine Feststellung.

»Nein, Pare, das war ich nicht.«

»Und doch nimmst du Bezug auf meine Predigt?«

»In diesem Dorf wird jede Neuigkeit verteilt und angenommen wie gutes Brot.«

»Josep war es, der unsere neue Kirchentür gemacht hat«, sagte Àngel. »Eine hübsche Tür, nicht, Pare?«

»Wirklich sehr hübsch. Eine ausgezeichnete Tür, und deine Arbeit ist ein großzügiger Beitrag.« Jetzt lächelte der Priester. »Ich hoffe, du denkst daran, dass unsere Kirchentür auch weit aufgeht.« Er trank tapfer seinen Wein aus und stand auf. »Wir werden dir jetzt gestatten, an deine Arbeit zurückzukehren, Josep Àlvarez«, sagte er, als könne er Joseps Gedanken lesen.

Àngel deutete mit dem Kinn zu Quims Anwesen. »Weißt du, wann er zurückkommt? Wir haben an seine Tür geklopft, aber niemand hat geantwortet.«

Josep zuckte die Achseln. »Ich weiß es nicht, *alcalde*.«

»Nun ja«, sagte Àngel voller Abscheu zum Priester, »Sie werden ihn zweifellos oft genug zu Gesicht bekommen, denn er ist ein sehr religiöser Mann.«

Josep ging gern abends die Rebenreihen entlang, die er tagsüber bearbeitet hatte. So war er gerade am vertrauten Rand seines Grundstücks angekommen, als er in der Dunkelheit ein unvertrautes Geräusch hörte. Einen verängstigten Augenblick lang glaubte er, es sei schon wieder ein Keiler, aber dann merkte er sehr schnell, dass es ein menschliches Schluchzen war, und er ging ihm über seine Grundstücksgrenze hinaus nach.

Beinahe wäre er über den Körper in dem Unkrautgestrüpp gestolpert.

»Oh, mein Gott…« Die Stimme klang sehr verletzt.

Josep kannte die heisere Stimme.

»Quim?«

Der Mann schluchzte weiter.

Josep konnte Weinbrand riechen, und er kniete sich neben ihn. »Komm, Quim. Komm, alter Freund, ich bring dich jetzt nach Hause.«

Unter einigen Schwierigkeiten zog er Quim hoch. Halb zerrend und halb stützend brachte er seinen Nachbarn zu dessen *casa,* denn Quims Beine waren schlaff und keine große Hilfe mehr. Drinnen fummelte Josep in der Dunkelheit herum, bis er die Öllampe angezündet hatte, aber er versuchte erst gar nicht, Quim nach oben zu schaffen. Stattdessen ging er selbst die Treppe hoch in das stinkende Schlafzimmer und kam mit der Schlafmatte wieder herunter, die er auf dem Boden ausbreitete.

Quim hatte aufgehört zu weinen. Er saß an die Wand gelehnt da und sah zu, wie Josep ein kleines Feuer aufschichtete und anzündete und eine Kanne mit kaltem, vielleicht schon Tage altem Kaffee auf das Gitter stellte. Im Brotkasten war noch ein Ranken Brot. Quim nahm das Brot, als Josep es ihm gab, und hielt es in der Hand, aß es aber nicht. Als der Kaffee heiß war, goss Josep etwas davon in eine Tasse und blies darauf, bis der Kaffee trinkbar war, und dann hielt er die Tasse dem anderen Mann an den Mund.

Quim trank einen Schluck und stöhnte.

Josep wusste, dass der Kaffee grässlich schmecken musste, aber er stellte die Tasse nicht weg. »Nur noch einen Schluck«, sagte er, »mit einem Bissen Brot.«

Aber Quim weinte wieder, diesmal stumm und mit abgewandtem Gesicht.

Augenblicke später seufzte er und rieb sich die Augen mit der Hand, die noch immer das Brot hielt. »Es war dieser gottverdammte Àngel Casals.«

Josep war verwirrt. »Was?«

»Àngel Casals, dieses Stück Dreck. Àngel war es, der Pare Felipe hat versetzen lassen.«

»Nein! Àngel?«

»Ja, ja, der *alcalde*, dieser unwissende, dreckige alte Schweinehund, der unseren Anblick nicht ertragen konnte. Wir wussten es!«

»Das kannst du unmöglich sicher wissen«, sagte Josep.

»Ich weiß es sicher. Der *alcalde* wollte uns aus dem Dorf weg haben. Er kennt jemanden, der jemanden kennt, der in der Kirche in Barcelona ein hohes Tier ist. Mehr war nicht nötig. Man hat es mir *erzählt*.«

»Tut mir leid, Quim.« Aber Josep konnte ihm keine Linderung seines Kummers, nicht einmal Trost anbieten. »Du musst dich zusammennehmen, Quim. Ich schaue morgen vorbei und klopfe an deine Tür. Kommst du zurecht, wenn ich dich jetzt allein lasse?«

Quim antwortete nicht. Nach einer Weile schaute er Josep an und nickte.

Josep wandte sich zum Gehen. Doch dann stellte er sich vor, wie Quim die Lampe umstieß und brennendes Öl verschüttete, und er nahm sie, ging damit zum Eingang, löschte sie erst dort und stellte sie an einen sicheren Platz.

»Dann gute Nacht, Quim«, sagte er, und nach einem Augenblick schloss er die Tür und ließ den Mann in der stillen Dunkelheit sitzen.

Am nächsten Morgen ging er früh in den Laden und kaufte Brot, Käse und Oliven und stellte das Essen mit einem Krug frischen Wassers auf Quims Türschwelle ab. Auf dem Heimweg kam er an der Stelle vorbei, wo sein beschwipster Nachbar sich die Seele aus dem Leib geflennt hatte. Ganz in der Nähe fand er die Reste einer leeren Weinbrandflasche, die Quim offensichtlich gegen einen Stein geworfen hatte, und er hob die Scherben behutsam auf, bevor er sich gestattete, an die willkommene Wohltat seiner eigenen Arbeit zu gehen.

Ein Gespräch mit Quim

Mit großer Freude sah Josep, was der Beginn des Sommers mit seinen Reben machte. Im Languedoc wurden die Reben mit teurem Draht gestützt, den man entlang jeder Reihe an Pfosten spannte. Aber die spanischen Traubensorten waren robuster als die französischen. Auf seinem eigenen Land hatte Josep die Reben so gestützt, wie man es in seiner Familie schon immer getan hatte, sodass sie von allein aufrecht standen und wuchsen wie eine starke grüne Vase, aus der die Zweige sich der Sonne entgegenstreckten.

Im Gegensatz zu seinem sorgfältig gepflegten Weinberg war Quim Torras' Land der reinste Urwald, die Reben völlig vernachlässigt, das Unkraut hoch und wild wuchernd.

Quim schien Josep zu meiden, vielleicht aus Verlegenheit. Nivaldo erzählte Josep, dass sein Nachbar seine Abendmahlzeiten mehr oder weniger regelmäßig im Laden zu sich nahm. Zweimal traf Josep ihn auf der Straße und blieb stehen, um mit ihm zu reden, aber Quim eilte mit roten Augen und niedergeschlagenem Blick vorbei, und beide Male sah Josep, dass sein Gang unsicher war.

Josep war deshalb überrascht, als Quim eines Abends spät an seine Tür klopfte und ernst und nüchtern zu sein schien. Josep begrüßte ihn herzlich und bat ihn herein. Er bot ihm Brot und *xoriço* und Käse an, aber Quim schüttelte den Kopf und dankte ihm leise.

»Ich muss etwas mit dir besprechen.« Quim schien nach dem richtigen Anfang zu suchen. Schließlich seufzte er, und dann quollen die Wörter aus ihm heraus. »Ich verlasse Santa Eulalia.«

»Du gehst weg, Quim? Für wie lange?«

Quim lächelte dünn. »Für immer.«

»Was?« Josep schaute ihn besorgt an. »Wohin denn?«

»Ich habe eine Base in San Lorenzo de El Escorial, eine gute Frau, die mir sehr am Herzen liegt. Sie hat dort eine Wäscherei, wäscht für die Reichen und Vornehmen, ein gutes Geschäft. Sie wird langsam alt. Vergangenes Jahr hat sie mich gedrängt, zu ihr zu kommen und bei ihr zu leben und ihr mit der Wäscherei zu helfen. Zu der Zeit konnte ich noch nicht gehen. Aber jetzt...«

»Du lässt dich von Àngel aus dem Dorf vertreiben?« Josep kam gut aus mit Àngel, aber die Art, wie er Quim behandelt hatte, gefiel ihm nicht.

Quim tat dies mit einer Handbewegung ab. »Àngel Casals ist unwichtig.« Er schaute Josep an. »San Lorenzo ist nicht direkt bei Madrid, aber auch nicht so weit entfernt, und so werde ich Pare Felipe ab und zu treffen können. Verstehst du?«

Josep verstand es.

»Und was wird aus deinem Weinberg, Quim?«

»Ich werde ihn verkaufen.«

Josep meinte zu verstehen. »Willst du, dass ich mit Àngel für dich verhandle?«

»Àngel? Der sucht doch kein Land mehr für Tonio. Außerdem wird dieser Mistkerl mein Land nie bekommen.«

»Aber… es gibt sonst niemanden.«

»Doch, es gibt dich.«

Josep wusste nicht, ob er lachen oder weinen sollte. »Ich habe kein Geld, um dein Land zu kaufen!« Das musste Quim doch wissen, dachte er verärgert. »Jede *pesseta,* die ich habe, brauche ich, um meinem Bruder und seiner Frau die Raten zu bezahlen«, sagte er bitter. »Nach dem Verkauf der Trauben habe ich kaum noch etwas übrig, um mir solche Annehmlichkeiten wie Essen zu leisten. Wach auf, Mann!«

Quim schaute ihn unbeeindruckt an. »Bearbeite mein Land so, wie du dein eigenes bestellst, verkaufe die Trauben. Ich werde dir das Leben nicht schwer machen. Ich brauche jetzt ein wenig Geld und ein wenig, wenn du die erste Ernte von meinem Land einbringst, nur so viel, dass ich mich in San Lorenzo einrichten kann. Und danach, wenn du mal was übrig haben solltest, kannst du es mir schicken. Es ist mir egal, ob du viele Jahre brauchst, um meinen Weinberg abzuzahlen.«

Josep war erschrocken über diese neue Komplikation, er spürte Gefahr. Lieber wäre es ihm gewesen, Quim hätte nie an seine Tür geklopft.

»Bist du betrunken, Quim? Bist du sicher, dass du weißt, was du tust?«

Quim lächelte. »Ich bin nicht betrunken. Nein, ich bin es wirklich nicht.« Er legte Josep die Hand auf den Arm. »Es ist ja nicht so, als hätte ich eine große Auswahl an Käufern«, sagte er leise.

Von Rosa hatte Josep etwas gelernt. »Wir müssen ein Papier haben. Wir müssen beide unterschreiben.«

Quim zuckte die Achseln. »Na, dann bring mir ein Papier«, sagte er.

ÜBERGANGSRITEN

*F*ast die ganze Nacht saß Josep an seinem Tisch, die Öllampe warf gelbes Licht und dunkle Schatten durchs Zimmer, während er auf seinem Stuhl hin und her rutschte und ein ums andere Mal seine Abschrift des Vertrags las, der es ihm ermöglicht hatte, sein Land von Donat und Rosa zu kaufen.

Schließlich holte er sich Tintenpulver, eine stumpfe Schreibfeder in einem Holzhalter und zwei Blätter zusammengefaltetes Papier aus einem Kästchen, in dem sein Vater sie verstaut hatte, wer weiß vor wie langer Zeit. Eins der Blätter war einmal weiß gewesen, und das andere war braun und etwas zerknittert; ihm war es egal, welches Quim erhalten und welches er behalten würde. Er schüttete ein wenig Pulver in einen Becher, fügte Wasser hinzu und rührte mit einem trockenen Rebstöckchen um, bis aus der Mischung Tinte wurde.

Dann fing er an, einen Großteil des Dokuments, das Rosas Vetter, der Anwalt, verfasst hatte, abzuschreiben. Josep war kein geübter Schreiber. Beinahe verzweifelt umklammerte er den Federhalter. Manchmal verfing sich die Spitze der Feder in der Oberfläche des Papiers, sodass einige Tintentropfen auf das Papier neben dem Wort, das er schrieb, sprühten, und mehrmals vergaß er, die eingetauchte Feder am Becherrand abzustreifen, um überschüssige Tinte zu entfernen, sodass er dicke schwarze Kleckse aufs Papier machte und dadurch zweimal sogar ein halbes Wort unleserlich wurde, was bedeutete, dass er die restlichen Buchstaben durchstreichen und das Wort noch einmal schreiben musste. Lange bevor er die Hälfte der ersten Abschrift abgeschlossen hatte, schwitzte er und war äußerst gereizt.

Sehr lange hatte er überlegt, was ein gerechter Preis für Quims Land sein könnte. Der Weinberg der Familie Torras war seit Generationen vernachlässigt und schlecht bestellt, und Josep erschien es nicht gerecht, dass diese Parzelle genauso viel wert sein sollte wie das sorgfältig gepflegte Stück seiner Familie. Gleichzeitig wusste er aber auch, dass Quim ihm seinen Weinberg zu Bedingungen überließ, die außerordentlich großzügig waren. Letztendlich setzte er für das Land der Torras' denselben Preis in den Vertrag, den er für das Land seines Vaters bezahlt hatte, ohne den brüderlichen Abschlag, den er von Donat als sein Recht verlangt und auch erhalten hatte, und er kopierte den ersten Vertrag fast wörtlich mit nur vier Änderungen. Die Namen von Käufer und Verkäufer waren anders, das Datum war anders, und er ließ jede Erwähnung der Häufigkeit weg, mit der Zahlungen geleistet werden mussten, wie auch jeden Hinweis auf Strafen für versäumte Zahlungen.

Quim konnte nicht lesen. Tags darauf las ihm Josep den Vertrag langsam vor, mit zu lauter Stimme. Von Zeit zu Zeit hielt er inne, um Quim zu fragen, ob er irgendwelche Fragen habe, aber das war nie der Fall. Quim hatte gelernt, seinen Namen in Druckbuchstaben zu schreiben, und als Josep fertig gelesen hatte, nahm er die Feder zur Hand, tauchte sie in die Tinte und kritzelte seinen Namen unter die beiden Papiere.

Josep unterschrieb ebenfalls, und dann zählte er die erste Rate ab und gab sie Quim. Dieser Geschäftsabschluss schien unwirklich und vielleicht ungerechtfertigt; er hatte ein schlechtes Gewissen, so als würde er seinem Nachbarn sein ererbtes Land abluchsen.

»Bist du dir ganz sicher, Quim? Wir können diese Papiere immer noch zerreißen und alles abblasen.«

»Ich bin mir sicher.«

Josep gab Quim den Vertrag auf dem weißen Papier und behielt selbst die Abschrift auf dem braunen.

Zwei Tage später spannte er den Maulesel an und fuhr Quim nach Sitges, wo sein ehemaliger Nachbar in eine von Ochsen gezogene *diligència* nach Westen steigen wollte. Diese Postkutsche hatte viele Haltestellen und war bedeutend langsamer als der Zug, aber auch billiger. Der Besitzer und Fuhrmann war ein alter Freund Quims, Jonatan Cadafalch, den er Josep vorstellte.

»Wenn du mir eine Nachricht zukommen lassen willst«, sagte Quim – und Josep wusste, dass er meinte: Wenn du mir eine Rate zukommen lassen willst –, »gib die Nachricht Jonatan, dann wird sie mich erreichen.«

Quim und er waren nie sehr enge Freunde gewesen, aber Josep war merkwürdig gerührt, als sie sich verabschiedeten. Quim war ein schlechter und nachlässiger Weinbauer und ein Säufer, aber er war auch ein gutmütiger und fröhlicher Mensch, ein nachsichtiger Nachbar, der keine Schwierigkeiten machte, und ein Bindeglied an seine Kindheit und seinen Vater. Sie nahmen sich zum Abschied in die Arme, eine lange, enge *abraçada*.

Dann gab Quim Jonatan seine Tasche und stieg, zusammen mit einem zweiten Mann und zwei älteren Nonnen, in die *diligència*. Jonatan kletterte auf seinen Bock, nahm die Zügel, ließ die Peitsche knallen, und die Ochsen zogen die Postkutsche davon.

Als Josep wieder zu Hause war, versorgte er den Maulesel und ging dann in den Weinberg.

Es war merkwürdig.

Ein Papier unterzeichnet, ein wenig Geld übergeben, und schon war die unsichtbare Grenze zwischen den Weingütern der Familie Àlvarez und der Familie Torras verschwunden.

Und doch wusste er, dass in seinem Kopf die Grenze immer bleiben würde, zwar schwächer und nicht mehr abschreckend, aber doch eine Abtrennung zwischen dem Land seines Vaters ...

... und seinem eigenen neuen Land.

Er wagte sich hinein in den ehemaligen Weinberg seines Nachbarn und betrachtete den Wildwuchs mit neuem Kummer. Es war eine Sache, sich mit leidenschaftsloser Missbilligung die Vernachlässigung des Grund

und Bodens eines anderen anzusehen, eine ganz andere war es jedoch, erkennen zu müssen, dass das üppige Unkraut, das den Reben Nahrung und Feuchtigkeit absaugte, nun sein Problem war.

Quim hatte sich einfach aus dem Staub gemacht und vielfältige Probleme hinterlassen: Seine Werkzeuge waren stumpf, sein Haus ein stinkender Sauhaufen, und seine Reben fochten einen Kampf um Licht und Luft.

Um all dies würde Josep sich kümmern müssen, aber er wusste auch, womit er anfangen musste. In seinem eigenen Werkzeugschuppen fand er die Sense seines Vaters und eine Feile, und er schärfte die Klinge, bis sie so scharf war, dass man sie kaum mit dem Finger prüfen konnte.

Dann zog er sein Hemd aus und ging mit der Sense in Quims Weinberg. Und gleich darauf begann er zu mähen, er schwang die Sense hoch und wieder herunter, um mit einem Zischen das Unkraut zu schneiden, hob sie noch im Vorwärtsschwung wieder an und zog sie erneut zurück. Josep bewegte sich flüssig – hoch und runter, hoch und runter, hoch und runter. Langsam und stetig marschierte er nach vorn und ließ hinter sich eine gemähte Fläche zwischen den Reihen zurück.

Tags darauf spannte er den Maulesel vor den Pflug und grub in den gemähten Zwischenräumen die Erde um. Erst dann konnte er sich an die mühseligste Arbeit machen, denn die Grasbüschel und Unkrautstauden standen dicht, und zwischen den Rebstöcken musste er sie mit der Hand ausreißen. Während er zerrte und zerrte, tauchten langsam die Rebstöcke auf, und es verblüffte ihn, dass viele von ihnen alte waren. Die meisten Weinbauern, die er kannte, ersetzten ihre Stöcke etwa alle fünfundzwanzig Jahre – wenn sie, in menschlichen Begriffen, im mittleren Alter waren und die Jahre der größten Fruchtbarkeit bereits hinter sich hatten. Sein Vater hatte die Stöcke nur in den Reihen ersetzt, die leicht zu erreichen waren, und war bereit gewesen, an Stellen, die schwer zu bearbeiten waren, an den Abhängen und in den schwierigen Ecken, die alten Stöcke zu erhalten. Quims Familie hatte nur selten eine Pflanze ersetzt. Josep schätzte, dass einige der Stöcke hundert Jahre alt waren. Obwohl sie noch immer kleine Trauben mit einer wunderbaren Tiefe des Aromas hervorbrachten, waren die Stöcke knotig und krumm, wie gebleichtes Treibholz, das die See an den Strand geworfen hatte – alte Männer, die in der Sonne buken.

Noch mehrere Tage musste er mit der Hand jäten, bis er die äußere Grenze des Weinbergs erreicht hatte. Als er innehielt, um ein Tuch aus der Tasche zu ziehen und sich sein nasses Gesicht zu wischen, schaute er mit Befriedigung auf einen veränderten Weinberg zurück, dessen Pflanzen nicht länger von Wildwuchs angegriffen wurden.

Er blickte hinüber auf das angrenzende Feld, auf die nun passende Gepflegtheit von Valls' Land. Weder Maria del Mar noch Francesc waren zu sehen. Tags zuvor war ihm aufgefallen, dass Maria ihre Arbeit unterbrach, um ihn zu beobachten, und sie hatten einander zugewinkt. Sicherlich war sie neugierig zu erfahren, warum er jetzt

Quims Reben bearbeitete, und machte sich Sorgen, dass Quim vielleicht etwas zugestoßen war. Er wusste, wenn sie sich das nächste Mal sahen, würde sie zu ihm kommen und ihn fragen. Er überlegte sich, was sie empfinden würde, wenn sie erfuhr, dass sie jetzt Nachbarn waren.

Nun war seine Arbeit auf das Doppelte angewachsen, und schon bald war Josep daran gewöhnt, die langen Reihen entlangzugehen, ohne innezuhalten, wenn er das Ende des Àlvarez-Weinbergs erreicht hatte, und betrat, was er immer als das Stück der Torras' betrachten würde.

Während die Tage länger und heißer wurden und die Trauben wuchsen, wusste er, dass er sich nun um Quims verlassenes Haus kümmern musste, bevor die Angespanntheit der Erntezeit wieder über ihn hereinbrach.

Das Haus war eine Katastrophe.

Er schleppte Unrat hinaus – einen Korb voll mit vergorenem und verdorbenem Getreide, schmutzige Kleidung, geschwärzte Lumpen, die das Waschen nicht mehr wert waren, zwei stinkende Schlafmatten. Das alles warf er auf einen Haufen, besprenkelte es mit Öl und steckte es in Brand. Er schärfte Quims Schneidewerkzeuge und ölte die Stiele der Hacken, Schaufeln und Rechen. Er rettete, was noch zu retten war: zwei Fässer, die noch in Ordnung zu sein schienen, Holztrümmer, die er im Winter für sein Feuer verwenden konnte, einen Korb mit Nägeln, zwei Ahlen, einem Fingerhut und einem verrosteten Scharnier, einen großen Sack halb voll mit

Korken, einen kleinen kupfernen Kochtopf und eine verrostete eiserne Bratpfanne und einunddreißig unterschiedlich geformte und gestaltete Flaschen, einige davon noch verkrustet mit dem Flussschlamm, aus dem Quim sie geborgen hatte. Dann fand er ein Kästchen mit sieben staubigen Weingläsern. Nachdem sie gewaschen waren, sah er, dass sie alt und sehr schön waren, hergestellt aus einem zerbrechlichen grünen Glas. Eins der Gläser war gesprungen und angeschlagen, und er warf es weg. Die anderen sechs bewahrte er auf.

Als Quims *casa* leer war, ließ er Tür und Fenster zehn Tage lang weit offen stehen, und dann beschloss er, das Haus als eine Mischung aus Werkzeugschuppen und Lagerhaus zu benutzen. Es war einfach praktisch, nur ein kurzes Stück gehen zu müssen, um zu holen, was er brauchte, wenn er im Torras-Grundstück arbeitete.

Er war nach Sitges gefahren, um einen Sack Schwefel zu kaufen, und dort traf er auf der Straße Juan, den älteren Arbeiter aus Emilio Riveras Böttcherei. Er blieb höflich stehen, um mit ihm ein paar Worte zu wechseln, und Juan sprach von der vielen Arbeit in der Böttcherei, der gegenwärtigen Hitze und dem Regenmangel. Dann schaute er Josep interessiert an. »Emilio hat mir erzählt, dass du nicht verheiratet bist.«

Nun sah Josep ihn an.

»Ich habe eine Nichte. Sie war nur sechs Jahre verheiratet, und jetzt ist sie bereits seit sechs Jahren Witwe. Juliana.«

Josep räusperte sich. »Kinder?«

»Leider nein, keine Kinder.«

»Äh … wie alt?«

»Noch jung. Stark. Kann noch Kinder bekommen, verstehst du! Kann einem Mann bei seiner Arbeit helfen. Eine gute Arbeiterin, meine Juliana … Ich habe ihr von dir erzählt.«

Josep schaute ihn verständnislos an.

»Und? Möchtest du sie kennenlernen?«

»Na ja. Warum eigentlich nicht?«

»Gut. Sie ist Kellnerin in einem Gasthaus, gleich hier in der Nähe. Ich werde dir einen Wein spendieren«, sagte Juan mit großer Geste.

Josep folgte ihm nervös.

Das Gasthaus war ein Arbeitertreffpunkt und sehr voll. Juan führte ihn zu einem zerkratzten Tisch und berührte gleich darauf seine Hand.

»Pst.«

Josep fiel auf, dass sie älter war als er und einen üppigen, bereits etwas schlaff werdenden Körper, aber ein angenehmes, gutmütiges Gesicht besaß. Er sah zu, wie sie mit vier Männern an einem nahen Tisch scherzte. Sie hatte ein hohes, heiseres Lachen.

Als sie sich ihnen zuwandte, spürte Josep, wie es ihm die Kehle zuschnürte.

Er sagte sich, dass dies eine Gelegenheit sei. Dass er ja eine Frau kennenlernen wollte.

Sie begrüßte Juan herzlich mit zwei Küssen und nannte ihn Onkel. Juans Vorstellung war dann eher knapp. »Juliana Lozano. Josep Àlvarez.«

Sie nickte und lächelte und deutete eine Verbeugung

an. Als sie Wein bestellten, ging sie davon, war sofort wieder mit dem Wein da und fragte dann: »Magst du Weiße-Bohnen-Suppe?«

Er nickte, obwohl er keinen Hunger hatte. Aber sie hatte nicht über das Angebot im Gasthaus gesprochen. »Morgen Abend. Ich koche dir Weiße-Bohnen-Suppe, ja?« Sie grinste ihn herzlich und entspannt an, und er grinste zurück.

»Ja.«

»Gut. Das Haus auf der anderen Straßenseite, erster Stock«, sagte sie.

Als er nickte, fügte sie hinzu: »Die mittlere Tür.«

Am nächsten Abend verdeckten Wolken den Mond. Eine flackernde Straßenlaterne erhellte die Straße nur schlecht, und die Treppe ihres Hauses war noch dunkler. Mit einem langen *pa*, seinem Beitrag zum Abendessen, in der Hand, stieg er im Halbdunkel die Stufen zu einem schmalen Gang hoch und klopfte an die mittlere Tür.

Juliana hieß ihn mit ungezwungener Fröhlichkeit willkommen, nahm das Brot, brach es in mehrere Stücke und legte es auf den Tisch.

Josep bekam ziemlich formlos einen Stuhl zugewiesen, und sofort stand auch die würzige Bohnensuppe vor ihm, die sie beide mit großem Behagen aßen. Josep lobte ihre Kochkunst, und sie lächelte.

»Ich habe sie aus dem Gasthaus mitgebracht«, sagte Juliana, und beide lachten.

Von ihrem Onkel Juan sprachen sie nur wenig, doch

Josep berichtete ihr von der Freundlichkeit, die Juan ihm in der Böttcherei erwiesen hatte.

Kurz darauf, und bevor er Anstalten machte, sie zu küssen, führte Juliana ihn so selbstverständlich zum Bett, wie sie ihm die Suppe vorgesetzt hatte.

Vor Mitternacht war er schon wieder auf dem Heimweg, im Körper zwar leichter und entspannter, den Kopf aber merkwürdigerweise voller trüber Gedanken. Es war, dachte er, fast so, als würde man eine Frucht essen, die sich zwar als essbar und ohne Makel erwies, die aber unbestreitbar nicht süß genug war, und so ritt er vornübergebeugt und gedankenschwer auf seinem Maulesel über die Straße, die ihn zurück in sein Dorf brachte.

Die Ernte einbringen

Josep verstand die Verwunderung von einigen Dorfbewohnern. Er hatte Santa Eulalia als Junge ohne
Arbeit verlassen. Nach seiner Rückkehr hatte er das
Land seines Vaters erworben, und jetzt besaß er auch
noch das Anwesen der Torras'.

»Schaffst du es, beide Parzellen allein zu bearbeiten?«,
fragte Maria del Mar zweifelnd.

Er hatte bereits darüber nachgedacht. »Wenn wir
beide wieder gemeinsam unsere Ernte einbringen, wie
wir es schon getan haben, dann stelle ich jemanden ein,
der die Trauben von Quims Reben erntet. Ein Pflücker
sollte genug sein, da diese Ernte viel kleiner sein wird
als deine oder meine«, sagte er, und sie nickte zustim-
mend.

Er konnte auswählen aus allen Jungen des Dorfes, die
keine Erstgeborenen waren, und er entschied sich für
Gabriel Taulè, einen stillen, verlässlichen Jungen von
siebzehn Jahren, der drei ältere Brüder hatte. Der Junge,
den alle nur Briel nannten, war verblüfft, als Josep mit
dem Arbeitsangebot zu ihm kam, und er nahm es freudig an.

Josep schrubbte seine Weinbottiche und wandte sich dann denen zu, die unter einem Vordach an einer Seite von Quims *casa* standen. Was er sah, als er anfing, sie zu reinigen, beunruhigte ihn, denn die beiden Behälter hatten Stellen, die ihn unangenehm an die verfaulten Dauben in seinem eigenen Bottich erinnerten, die er von Emilio Rivera hatte ersetzen lassen müssen. Aber dann sagte er sich, dass es nichts brachte, sich über Probleme zu sorgen, von denen man gar nicht wusste, ob sie wirkliche Probleme waren, und so wusch er die Bottiche mit Wasser und einer Schwefellösung und bereitete sie auf die Aufnahme des Traubensaftes vor.

Während der Sommer in den Herbst überging, und die Weintrauben an den Reben schwer und lila-schwarz wurden, ging Josep jeden Tag an den Reihen entlang und kostete seine Früchte – einmal die warme Würzigkeit einer kleinen Traube von einer alten Garnatxa-Rebe, dann das fruchtige, vielschichtige Versprechen einer Ull de Llebre und auch die bissige Schärfe der Sumoll.

Eines Morgens beschlossen er und Maria del Mar gemeinsam, dass die Trauben den höchsten Grad ihrer Reife erreicht hatten, und so rief er Briel und gab ihm den Maulesel und den kleinen Karren für die Ernte auf Quims Land.

Er, Maria del Mar und Quim hatten gut zusammengearbeitet, aber jetzt merkte Josep, dass es noch besser war, allein mit ihr zu arbeiten, denn sie dachten ähnlich über die zu erledigenden Arbeiten und ernteten gut als

Gespann, auch wenn sie kaum ein Wort darüber wechselten. Er hatte ihr Maultier vor seinen großen Karren gespannt. Das einzige Geräusch war das *Knipp-Knipp-Knipp* ihrer scharfen Messer, mit denen sie die Trauben von den Stöcken schnitten und in ihre Körbe warfen. Sie schufteten unter einer strahlenden Sonne, bald klebten ihnen die Kleider am Leib und zeigten dunkle Flecken an intimen Stellen. Francesc war immer in der Nähe, brachte ihnen ab und zu einen Becher Wasser aus dem tönernen *càntir,* der im Schatten unter dem Wagen stand, humpelte hinter dem Wagen her zur Presse oder saß rittlings auf dem Maultier.

Manchmal gestattete sich Briel, der träumerisch versunken in seine Arbeit war, einen kleinen Liedfetzen anzustimmen, laut und in falscher Tonlage, mehr ein Meckern und Schreien als wirklicher Gesang, und als Josep und Maria dies zum ersten Mal hörten, wechselten sie ein gequältes Lächeln.

Den großen Wagen zu haben war eine enorme Annehmlichkeit; obwohl sowohl Maria del Mar als auch Josep schneller schnitten als Briel, füllte der Junge seinen kleinen Karren zügig. Immer wenn er so weit war, rief er, und Josep war gezwungen, sein Messer wegzustecken und ihm zu helfen, den vollen Karren zur Presse zu schaffen.

Josep war sich sehr wohl bewusst, dass Maria während seiner häufigen Abstecher zur Presse mit den Torras-Trauben allein in ihrem Weinberg weiterarbeitete, ein Beitrag von ihr an Zeit und Kraft, der weit über die Vereinbarungen ihrer Zusammenarbeit hinausreichte.

Er hatte das Gefühl, er müsse sie dafür entschädigen, und als er am Ende des Tages Briel nach Hause geschickt hatte, Maria del Mar das Maultier ausgespannt hatte und nach Hause gegangen war, um ihrem Sohn das Abendessen zu kochen, arbeitete er unverdrossen in ihrem Weinberg weiter.

Als sie eine Stunde später aus dem Haus kam, um die Krumen von ihrem Tisch den Vögeln hinzuwerfen, sah sie Josep noch immer an einer Rebe sein Messer schwingen.

Sie ging zu ihm. »Was tust du da?«

»Meinen Teil der Arbeit.«

Als er sie anschaute, sah er, dass sie starr war vor Wut. »Du beleidigst mich.«

»Inwiefern?«

»Als ich deine Hilfe brauchte, um einen angemessenen Preis für meine Arbeit zu erhalten, hast du sie mir gegeben. Damals hast du gesagt, du habest nur getan, was jeder Mann getan hätte, das waren genau deine Worte. Aber von einer Frau nimmst du nicht die kleinste Hilfe an.«

»Nein, so ist es nicht.«

»Es ist genau so. Du bist mir gegenüber respektlos auf eine Art, wie du es einem Mann gegenüber nie wärst«, sagte sie. »Ich will dich bis morgen früh nicht mehr in meinem Weinberg sehen.«

Nun wurde auch Josep wütend. Verdammtes Weib, dachte er, sie verdrehte alles und verwirrte ihn. Er war entrüstet, aber er war müde und schmutzig und hatte keine Lust auf einen dummen Streit, und so fluchte er nur leise, warf seinen Korb auf den Wagen und ging nach Hause.

Am nächsten Morgen herrschte für kurze Zeit Verlegenheit zwischen ihnen, aber die Rhythmen der geteilten Arbeit vertrieben sehr bald die verärgerten Worte, die sie am Abend zuvor gewechselt hatten. Josep unterbrach weiter seine Arbeit und ging fort, sobald Briel ihn um Hilfe rief, aber er und Maria del Mar ergänzten einander sehr gut, und er war zufrieden mit ihrer gemeinsamen Ernte von Marias Trauben.

Es war später Vormittag, als Briel auf Maria del Mars Weinberg kam, und Josep sah seinem Gesicht sofort an, dass etwas nicht stimmte.

»Was ist los?«

»Es ist der Bottich, Senyor.«

Als Josep den Behälter sah, verließ ihn der Mut. Der Traubensaft sprudelte nicht gerade hervor, lief aber doch in einem Rinnsal an der Außenseite des Bottichs herunter. Insgesamt standen sechs Bottiche nebeneinander im Schatten unter Quims Dachvorbau, und er untersuchte sie und deutete dann auf einen, der am unverdächtigsten aussah, auch wenn es nur wenig gab, wodurch er sich von den anderen Behältern unterschied.

Bei der Arbeit am späten Nachmittag entdeckte er Clemente Ramírez, der sein großes Fuhrwerk auf der Straße zum Fluss hinunterfuhr, um seine Fässer auszuwaschen.

»*Hola*, Clemente!«, rief Josep.

Er lief zur Straße, um den Wagen anzuhalten, und

führte dann Clemente zu Quims Haus, um ihm die Bottiche zu zeigen.

Ramírez besah sich die hölzernen Behälter sehr genau und schüttelte dann den Kopf. »Diese zwei sind hinüber.« Er deutete auf die schadhaften. »Sie herzurichten würde heißen, gutes Geld hinter schlechtem herzuwerfen. Aber diesen Bottich da kann Quim noch ein paar Jahre benutzen, glaube ich. Ich kann gleich morgen kommen, um den Saft von hier abzuholen und dann in der Essigfabrik gären zu lassen. Das heißt natürlich, dass ich Quim ein bisschen weniger bezahlen muss, aber…« Er zuckte die Achseln.

»Quim ist nicht mehr da.«

Clemente war sichtlich beeindruckt, als er erfuhr, dass Josep zusätzlich zum Land seines Vaters nun auch noch den Torras-Weinberg besaß. »*Jesucrist*, ich muss dich wohl gut behandeln, denn wenn du so weitermachst, wirst du schon bald zu einem Großgrundbesitzer und unserem Herrn und Meister.«

Josep fühlte sich ganz und gar nicht wie ein Herr und Meister, als er zur Arbeit zurückkehrte. Er hatte gewusst, dass es mehrere Jahre dauern würde, bis das Torras-Land einen vernünftigen Ertrag einbringen würde. Aber jetzt würde sein Einkommen aus der diesjährigen Ernte noch geringer ausfallen, als er erwartet hatte, und Clementes Urteil über die Bottiche war die schlimmstmögliche Nachricht.

Neue Bottiche waren teuer.

Er hatte kein Geld für neue Bottiche.

Er verfluchte den Tag, als er Quims Flehen erhört und

ihm seinen Weinberg abgekauft hatte. Er war ein Narr, dass er Mitleid gezeigt hatte gegenüber einem Nachbarn, der ein wirrköpfiger alter Säufer war und ein erfolgloser, elender Weinbauer zugleich, sagte er sich verbittert. Und jetzt befürchtete er, dass er, bevor er überhaupt angefangen hatte, ein richtiger Traubenzüchter zu sein, sich von Quim Torras hatte ruinieren lassen.

SCHWIERIGKEITEN

*I*n einem Nebel dumpfer Verzweiflung schloss Josep in vier weiteren Tagen seine Ernte ab und zwang sich dabei, nicht an seine Schwierigkeiten zu denken. Aber nachdem alle Trauben geerntet und gepresst waren, ritt er noch am selben Tag auf seinem Maulesel nach Sitges und fand Emilio Rivera beim Mittagessen in der Böttcherei, und dessen rötliches Gesicht zeigte Freude, während er sich nach Knoblauch duftenden, in Apfelwein gekochten Seehecht in den Mund löffelte. Emilio winkte ihn zu einem Stuhl, und Josep setzte sich und wartete verlegen, bis der ältere Mann mit dem Essen fertig war.

»Und?«, fragte Emilio.

Josep erzählte ihm die ganze Geschichte: Quims Abreise, ihre Übereinkunft und die katastrophale Entdeckung der verfaulten Gärbottiche.

Emilio hörte ihm mit ernster Miene zu. »Aha. So kaputt, dass man sie nicht mehr ausbessern kann?«

»Ja.«

»Dieselbe Größe wie derjenige, den ich für dich repariert habe?«

»Dieselbe Größe … Wie viel würden zwei neue Bottiche kosten?«

Als Emilio es ihm sagte, schloss er die Augen. »Und das ist mein bester Preis.«

Josep schüttelte den Kopf. »Ich habe das Geld nicht. Wenn ich sie vor der Ernte des nächsten Jahres ersetzt bekommen könnte, dann könnte ich sie dir danach bezahlen«, sagte er. »Ich *glaube,* ich könnte sie dir dann bezahlen«, fügte er leise hinzu.

Emilio schob die leere Suppenschüssel von sich und sagte ernst: »Es gibt einige Dinge, die du verstehen musst, Josep. Es ist eine Sache, dir beim Ausbessern eines Wagens oder beim Bau einer neuen Kirchentür zu helfen. Ich habe diese Dinge gern getan, weil ich gesehen habe, dass du ein guter Kerl bist, und weil ich dich mag. Aber … ich bin kein reicher Mann. Ich arbeite hart für meinen Lebensunterhalt so wie du. Auch wenn du der Sohn meiner Schwester wärst, wäre ich nicht in der Lage, erstklassiges Eichenholz zu verwenden, um daraus zwei große Bottiche für dich zu machen, ohne dafür eine Bezahlung zu erhalten. Und«, fügte er dann taktvoll hinzu, »du bist nicht der Sohn meiner Schwester.«

Josep nickte.

Sie saßen unglücklich da.

Emilio seufzte. »Aber eines kann ich für dich tun: Wenn du mich jetzt für einen der Bottiche bezahlst – im Voraus, sodass ich mit deinem Geld das Holz kaufen kann –, dann baue ich beide Bottiche für dich, und du bezahlst den zweiten nach der nächstjährigen Ernte.«

Lange Zeit nickte Josep nur schweigend.

Als er aufstand, um sich zu verabschieden, versuchte er, sich bei Emilio zu bedanken. Der Böttcher scheuchte ihn weg, kam aber hinter ihm her, bevor Josep die Tür erreicht hatte. »Warte mal. Komm mit«, sagte er und führte Josep durch die Böttcherei in einen überfüllten Lagerraum. »Hast du Verwendung für die da?«, fragte er und deutete auf einen Stapel Fässer, die weniger als halb so groß waren wie die üblicherweise verwendeten Fässer.

»Na ja, Verwendung hätte ich schon. Aber …«

»Vierzehn insgesamt, hundert Liter pro Fass. Angefertigt vor zwei Jahren für einen Mann, der sie für Anchovis bestellt hatte. Er starb, und seitdem sind sie hier. Jeder will Zweihundertfünfundzwanzig-Liter-Fässer, kein Mensch ist bereit, mir Hundert-Liter-Fässer abzunehmen. Wenn du sie verwenden kannst, dann schlage ich auf deine Rechnung nur ganz wenig auf.«

»Ich *brauche* sie nicht wirklich. Ich kann sie mir nicht leisten.«

»Du kannst es dir aber auch nicht leisten, sie abzulehnen, weil ich sie dir so gut wie schenke.« Emilio hob eins der kleinen Fässer auf und stieß es Josep in die Hände. »Ich sagte: ›nur ganz wenig.‹ Es wird so gut wie gar nichts sein. Schaff mir die verdammten Dinger vom Hals, bevor du von hier verschwindest«, sagte er barsch und versuchte dabei zu klingen wie ein Mann, der es gewohnt war, hart zu verhandeln.

Es dauerte noch drei Wochen, bis Clemente Ramírez wiederkam und den Rest von Joseps Wein abholte.

Nachdem Ramírez ihn bezahlt hatte, gab er Maria del Mar ihren Anteil und fuhr dann sofort nach Sitges, um Emilio die Vorauszahlung zu geben, die sie vereinbart hatten.

Er haderte kurz mit seinem Gewissen, ob er wirklich schon jetzt die zweite Rate an Quim zahlen sollte. Schließlich war Quim es gewesen, der ihm die Zahlungsschwierigkeiten eingebrockt hatte, die ihn nachts nicht schlafen ließen. Aber der ältere Mann hatte deutlich gemacht, dass er das Geld brauchte, um die Veränderungen in seinem Leben zu bewältigen; und Josep wusste, dass es an ihm gelegen hätte, die Bottiche und das Haus zu begutachten, bevor er den Weinberg übernahm. Und so entschloss er sich doch zu zahlen.

Es war ihm unangenehm, das Geld so vertrauensselig Quims Freund Jonatan Cadafalch zu übergeben. Schließlich war der Kutscher für Josep ein Fremder; aber Quim hatte ihn als seinen Freund vorgestellt, und da Josep keine andere Möglichkeit sah, suchte er Cadafalch in der Postkutschenstation auf.

Er zählte das Geld in Cadafalchs Hand und gab ihm dann eine Quittung, die er über den Betrag ausgestellt hatte. Außerdem gab er ihm ein paar zusätzliche *pessetes.*

»Bitte sag Quim, er soll die Quittung unterschreiben, und dann bring sie hierher zurück«, sagte Josep, »und wenn ich komme, um sie abzuholen, bekommst du von mir noch etwas drauf.«

Cadafalch sah ihn scharf an, doch dann grinste er zahnreich zum Zeichen, dass er Joseps Lage durchaus verstand. Ohne gekränkt zu sein, nickte er und steckte das Geld und die Quittung behutsam in eine Ledertasche und wünschte Josep einen guten Tag.

An diesem Abend setzte Josep sich an seinen Tisch und legte sein Geld vor sich hin. Zuerst zählte er von dem kleinen Stapel die Rate ab, die er Donat und Rosa vor der nächstjährigen Ernte würde zahlen müssen, und dann noch einen kleineren Betrag für Vorräte und Essen.

Er sah, dass der Rest dürftig war und auf keinen Fall ausreichen würde, falls sich irgendwann noch einmal ein echter Notfall ereignen sollte, und dann saß er lange da, bevor er das Geld verächtlich in seine Kappe fegte und zu Bett ging.

Am folgenden Nachmittag hatte Josep auf seiner Bank Platz genommen und machte sich daran, den Wein zu kosten, den er aus der diesjährigen Ernte für seinen eigenen Bedarf zurückbehalten hatte. Insgeheim hoffte er, dass ein Wunder geschehen sei, das aus ihm einen köstlichen Tropfen gemacht hatte. Als er im Languedoc arbeitete, hatte Léon Mendès nach jeder Ernte immer auf dieser Übung bestanden. Jeder Arbeiter erhielt einen Becher Wein, und dann verkündeten sie abwechselnd die einzelnen zarten Aromen, die sie mit Mund oder Nase entdeckten.

»Erdbeere.«

»Frisch geschnittenes Heu.«

»Minze.«

»Kaffee.«

»Schwarze Pflaumen.«

Jetzt nippte Josep an seinem eigenen Wein und merkte, dass er bereits schlecht war, sauer und unangenehm, mit einem aufdringlichen Aschegeschmack und der Schärfe verdorbener Zitronen. Er schmeckte auch nach Enttäuschung, obwohl seine Erwartungen nicht sehr hoch gewesen waren. Während er den Rest des Bechers wieder in den Krug kippte, drang der erste Ton der Kirchenglocke in sein Bewusstsein, laut und erschreckend.

Ein zweiter Ton folgte. Dann ein dritter.

Ein langsames feierliches Läuten, das den Bewohnern von Santa Eulalia sagte, dass das Leben hart und flüchtig und traurig war und dass jemand aus ihrem Kreis ihre Gemeinschaft der Lebenden verlassen hatte.

Er tat, was er schon sein ganzes Leben lang beim Klang der Totenglocke getan hatte; er ging zur Kirche.

Die Kirchentür würde ein erstes kleines Loch in ihrer makellosen Oberfläche haben, denn die Todesanzeige war dort angeschlagen. Mehrere Leute hatten die Anzeige bereits gelesen und wandten sich wieder ab.

Als Josep davorstand, sah er, dass der neue Priester mit schöner, leserlicher Handschrift den Tod von Carme Riera, Eduard Montroigs Frau, vermerkt hatte.

Carme Riera hatte in den dreieinhalb Jahren ihrer Ehe drei Fehlgeburten und eine vierte Schwangerschaft durchlitten. An diesem stillen Novembermorgen hatte sie ohne Schmerzen angefangen zu bluten und kurz darauf einen zwei Monate alten Klumpen blutigen Gewebes geboren, woraufhin ein dünnes rotes Rinnsal aus ihr herausfloss. Das war auch schon beim zweiten Mal passiert, als sie ein Kind verloren hatte, aber diesmal hörte der Blutfluss nicht auf, und sie starb am späten Nachmittag.

An diesem Abend ging Josep zum Haus der Montroigs, dem ersten von vier Häusern an der *plaça*, direkt hinter der Kirche. Maria del Mar war unter den Anwesenden, die stumm in der Küche saßen und durch ihr Hiersein ihre Anteilnahme bezeigten.

Mit zwei Kerzen, die gelbes Licht auf ihren Kopf warfen, und zwei weiteren zu ihren Füßen lag Carme in ihrem eigenen Bett, jetzt verwandelt in eine Totenbahre mit Bahnen schwarzen Tuchs, die die Kirche bereithielt für die Verwendung in den Häusern, die ein Unglück befallen hatte.

Carme war fünf Jahre jünger als Josep, der sie kaum gekannt hatte. Sie war ein recht ansehnliches Mädchen gewesen mit leicht schielenden Augen und schwerem Busen von früh an, und jetzt lag sie da mit gewaschenen und gekämmten Haaren, das Gesicht weiß und lieblich, und sah aus, als würde sie gleich gähnen. In dem kleinen Schlafzimmer waren ihr Gatte und mehrere Verwandte, die die ganze Nacht über bei ihr sitzen würden, sowie zwei alte Frauen, die man bestellt hatte, damit sie um sie weinten. Nach einer Weile machte Josep anderen Platz, die ebenfalls Abschied nehmen wollten, und saß dann steif in der Küche, in der jedes Flüstern, jede gedämpfte Stimme wie Lärm wirkte. Maria del Mar war bereits gegangen. Der Platz war begrenzt, es gab nur wenige Stühle, und so blieb er nicht lange.

Josep war traurig. Er mochte Eduard, und es fiel ihm schwer, mit ansehen zu müssen, wie der Kummer Montroigs feierliches, langes Gesicht verzerrte und ihm seine gewohnte ernste Heiterkeit raubte.

Am folgenden Vormittag arbeitete niemand. Die meisten Dorfbewohner gingen hinter dem Sarg her, der das kurze Stück bis zur Kirche getragen wurde zum ersten Begräbnis, das Pare Pío in Santa Eulalia durchführte.

Die ganze lange Totenmesse hindurch saß Josep in einer hinteren Reihe. Als dann die ruhige und wohltönende Stimme des Priesters den Rosenkranz in Latein rezitierte und die erstickten Stimmen von Eduard, Carmes Vater, ihren Schwestern und ihren drei Brüdern die Worte des Gebets wiederholten, waren Joseps Schwierigkeiten sehr, sehr klein geworden.

Was das Schwein wusste

Seine erste Arbeit beim Aufräumen, das auf jede Ernte folgte, war das Zerlegen der beiden schadhaften Bottiche. Er nahm sie so sorgfältig auseinander, wie sie vor Zeiten zusammengebaut worden waren, wahrscheinlich von einem Vorfahr Quims, der darin viel mehr Geschick bewiesen hatte, als Josep es besaß. Der Mann hatte nur sehr wenige Nägel benutzt, und Josep gab sich große Mühe, sie nicht zu verbiegen, als er sie aus dem Holz zog. Er klopfte jeden Nagel gerade, der doch eine Krümmung aufwies, denn Nägel wie diese – stählerne Stifte, von Hand geschmiedet, um sie hart und widerstandsfähig zu machen wie das Leben eines Bauern – waren teuer.

Er löste die Bretter voneinander und teilte sie in zwei Haufen. Diejenigen, die angefault waren, konnte er zersägen und im Winter als Feuerholz benutzen, es gab aber auch einige, die noch in Ordnung waren und die stapelte er getrennt davon auf, genau so, wie er Emilio in der Böttcherei hatte Holz stapeln sehen, mit kleinen Stöckchen zwischen den einzelnen Brettern, damit die Luft sie tadellos und trocken halten konnte.

In weniger als einem Tag waren die kaputten Bottiche verschwunden, und er konnte sich an die Arbeit machen, die er am liebsten hatte, hinter dem Pflug hergehen und die Schar führen, während der Maulesel ihn durch die steinige Erde zog.

Er war mit der Àlvarez-Parzelle schon beinahe fertig, als er an dem Gestrüpp vorbeikam, in das der Keiler geflüchtet war, nachdem er ihn angeschossen hatte, und ihm wurde klar, dass er auch dort etwas tun wollte, das wild wachsende Unterholz roden und die Erde pflügen, sodass er noch ein paar Rebstöcke pflanzen konnte, und wenn er schon dabei war, würde er auch das Loch unter dem Überhang mit Erde auffüllen, damit nie mehr ein wildes Tier es als Unterschlupf benutzen und seine Reben bedrohen konnte.

Er machte sich mit der Sense an die Arbeit, doch das harte Strauchwerk setzte ihm so viel Widerstand entgegen, dass er, als er es besiegt hatte, froh war, eine Pause einlegen zu können. Er erinnerte sich, dass das Loch groß genug gewesen war, um dem Tier in seiner ganzen Mächtigkeit Zuflucht zu bieten, und er erkannte, dass er eine große Menge Erde würde hineinschaufeln und festklopfen müssen.

Er ging auf die Knie, senkte den Kopf und spähte hinein, aber er konnte nur so weit sehen, wie das Tageslicht in den Hohlraum hineinfiel. Dahinter war Dunkelheit.

Kühle Luft wehte über sein Gesicht.

Die Stange, die Jaume benutzt hatte, um das tote Tier anzustoßen, lag auf der Erde. Als Josep sie in die Öffnung schob, verschwand sie zur Gänze darin. Wenn er die Hand so hoch hob, wie er konnte, und dann das Handgelenk beugte, konnte er die Stange viel weiter nach unten richten, als er erwartet hatte. Und als er das Handgelenk auf die Erde legte, und die Stange nach oben richtete, bewegte sich ihre Spitze auch in diese Richtung ein beträchtliches Stück.

»*HOLA*?!«

Er hörte, wie hohl seine Stimme klang.

Der Maulesel, der noch immer vor den Pflug gespannt war, schrie erschrocken auf, und Josep zwang sich, das Loch knapp unter dem Kamm zu verlassen, um das Tier auszuspannen und zu versorgen, was ihm auch ein wenig Zeit zum Nachdenken gab. Das Loch unter dem Kamm war aufregend und interessant und Furcht einflößend, alles auf einmal; und er wollte mit jemandem darüber reden, am besten mit Jaume. Er wusste aber auch, dass er nicht jedes Mal zu Jaume laufen konnte, wenn er ein Problem hatte, dem er sich nicht allein stellen wollte.

Er ging in seinen Werkzeugschuppen, suchte sich eine Lampe, schaute nach, ob sie auch Öl enthielt, drehte den Docht hoch und zündete ein Streichholz an, und dann marschierte er mit der brennenden Lampe im hellen Sonnenlicht zum Hügelkamm zurück. Als er sich auf den Bauch legte und die Lampe in die Öffnung schob, warf sie ihr Licht ein gutes Stück ins Innere.

Der natürliche Überhang war etwa doppelt so breit wie Joseps Schultern und endete gut eine Armeslänge von seinem Gesicht entfernt. Dort sah er eine rundliche Öffnung, die etwa einen Meter in die Tiefe reichte.

Dahinter war ein dunkler Hohlraum.

Wahrscheinlich war das Loch groß genug, dass er hindurchkriechen und die Lampe vor sich herschieben konnte. Er sagte sich, dass der Keiler so breit gewesen war wie er, aber noch dicker. Doch der Gedanke, allein und ohne Hilfe in dieser dunklen, engen Röhre festzustecken, ängstigte ihn.

In dem Überhang waren einige Felsbrocken zu sehen, doch er bestand vorwiegend aus steiniger Erde, aus der eine Vielzahl von Wurzeln wuchs. Josep kehrte ins Haus zurück und holte sich eine Eisenstange, einen Eimer, einen Pickel und eine Schaufel und fing an zu graben.

Als die Röhre groß genug war, dass er auf Händen und Knien hindurchkriechen konnte, hielt er an der Mündung inne, streckte die Lampe in den Hohlraum und starrte in ... was?

Er zwang sich, hineinzukriechen.

Sehr schnell fiel der Boden leicht ab. Schon nach ein paar Schritten war der Untergrund mit Steinen übersät, aber Josep konnte, wenn auch etwas wackelig, stehen.

Es war keine Höhle. Die Lampe zeigte einen Hohlraum, der noch beengter war als sein kleines Schlafzimmer, nicht einmal groß genug, um eine Grotte genannt zu werden – eine kleine felsige Blase in dem flachen Hügel, etwa so groß wie ein großer Gärbottich. Die Wand links von ihm bestand aus grauem Gestein und wuchs in einem leichten Bogen in die Höhe.

Das Licht der Lampe warf wüste Licht- und Schattenspiele, als er sich drehte, um mehr zu erkennen, und ihm wurde bewusst, dass es hier wildes Getier geben konnte. Schlangen.

Während er in dieser kleinen, natürlichen Kiste in der Erde stand, konnte er sich durchaus vorstellen, dass die pelzigen Kleinen sich hier aufhielten, wenn sie sich gerade nicht um die Wurzeln der Rebstöcke kümmerten.

Er machte kehrt, kroch wieder durch die Röhre hinaus in die Welt.

Draußen war die Luft weicher und wärmer, und es dämmerte bereits. Josep stand da und betrachtete staunend das Loch, und dann blies er die Lampe aus und räumte die Werkzeuge auf.

In dieser Nacht schlief er nur wenige Stunden, lag dann lange wach und dachte über das Loch im Hügel nach. Kaum erhellte das erste frühe Morgenlicht die nächtliche Schwärze, lief er hinaus, um sich zu versichern, dass es nicht nur ein Traum gewesen war.

Die Öffnung war noch da.

Die kleine Blase im Hügel war zu eng, um ihm wirklich von Nutzen zu sein.

Aber es war ein guter Anfang, ein Ort, der Möglichkeiten bot. Und er nahm die Entdeckung als Botschaft, dass er mit der Arbeit beginnen sollte.

Er kehrte zum Haus zurück und holte sich die Werkzeuge, und dann betrachtete er den Kamm mit der Öffnung mit neuen Augen. Er sah wenig Bemerkenswertes, bis er etwa Augenhöhe erreichte, wo eine große Felsplatte, länger als ein Mann, aber dünn und flach, quer zu seiner Sichtachse verlief, eine natürlich Stütze für die

Erde, die auf seiner Tür lasten würde. Er fing an, die Erde unter der Platte abzugraben, und vergaß dabei nicht, dass eine Tür so breit sein musste, dass er mit seinem Schubkarren hindurchfahren konnte.

Er arbeitete zuerst mit dem Pickel und war gerade dabei, die gelockerte Erde wegzuschaufeln, als Francesc auftauchte. Sie begrüßten einander, dann setzte der Junge sich auf den Boden und schaute ihm bei der Arbeit zu.

»Was machst du da gerade, Josep?«, fragte Francesc schließlich.

»Ich grabe einen Keller«, sagte Josep.

FÜNFTER TEIL

DAS BLUT DER TRAUBEN

Das Dorf Santa Eulalia
12. Januar 1876

GRABEN

Schon bald wurde es zum Gesprächsthema in Santa Eulalia, dass Josep Àlvarez viel Zeit darauf verwendete, unter seinem Hügelkamm zu graben. Seine Nachbarn waren nur mäßig neugierig, einige meinten aber, er werde ein wenig sonderbar, und sie lächelten, wenn sie in den Straßen des Dorfs einen Blick auf ihn erhaschten.

Der Winter war die Zeit fürs Aufräumen und fürs Zuschneiden. Die Reben auf der Torras-Parzelle erforderten viel pflegerische Aufmerksamkeit, und die gab Josep ihnen auch, dennoch schaffte er es fast jeden Tag, ein paar Stunden mit Pickel und Schaufel zu arbeiten, und als alle seine Reben zu seiner Zufriedenheit gestutzt waren, grub er den ganzen Tag lang. Es war immer kühl, aber nicht kalt in dem Loch, und es herrschte ewige Nacht, deshalb grub er neben einer flackernden Lampe, die gelbes Licht und schwarze Schatten warf.

Nivaldo betrachtete sein Vorhaben mit Skepsis.

»Wenn du in die Tiefe gräbst, kann verdorbene Luft dich töten. Es gibt dort schlechte Dämpfe ... Wie Giftfürze aus den Eingeweiden der Erde, wenn du sie einatmest, stirbst du. Du solltest dir ein Vögelchen in einem Käfig besorgen, das dir da unten Gesellschaft leistet, so wie die Bergleute es tun. Wenn der Vogel stirbt, musst du rennen wie der Teufel.«

Er hatte keine Zeit, sich um einen Vogel zu kümmern. Er war eine Grabmaschine, völlig erschöpft, wenn er ins Bett fiel, oft noch in seinen schmutzigen Arbeitssachen, den eigenen Schweißgestank in der Nase. Ein warmer Tag war ein Segen, dann konnte er im Fluss baden und sich vielleicht sogar um die Wäsche kümmern. Ansonsten wusch er sich mit Wasser aus einem Eimer, wenn er seinen eigenen Gestank nicht mehr aushielt.

Der Hohlraum in dem Hügel begann Gestalt anzunehmen. Er wirkte mehr wie ein Tunnel als wie ein richtiger Keller, obwohl er ihn lieber als Quadrat oder als breiteres Rechteck gehabt hätte. Aber er grub an der Felswand entlang, und die niedere Felsdecke, die er in der ursprünglich kleinen Blase gefunden hatte, war sein Ausgangspunkt gewesen. Die Felswand auf der linken Seite führte weiter, war anfangs nach oben hin leicht gekrümmt, fast wie ein langes Röhrenstück, dessen rechte Seite man entfernt hatte, sodass eine unregelmäßige Oberfläche aus Erde und Steinen zum Vorschein kam. Die Breite des Kellers wurde bestimmt durch die Tatsache, dass er, als er über den Rand der schmalen Felsdecke hinausgrub, nur Erdreich vorfand. Er war kein Bergmann, er hatte keine Ahnung, wie er die riesige Schwere des Erdreichs über seinem Kopf abstützen konnte, und so grub er einfach nur die Erde von der linken Felswand und der Felsdecke weg, soweit sie nach rechts reichte, und folgte ihnen in die Tiefe. Langsam entstand so ein Tunnel, ein wenig höher als Joseps Kopf und ein wenig breiter als hoch, die linke Wand aus Stein und in leichter Krümmung mit der Felsdecke verschmelzend, die rechte Wand und der Boden aus dem Erd- und Steingemisch des Hügels.

Eines Abends las Josep in Nivaldos Zeitung von einem Mann, den man wegen tätlichen Angriffs und Raubes verurteilt hatte. Der Verbrecher war ein Portugiese namens Carlos Cabral, ein Zuhälter, der junge Frauen verführte und sie in einem Hurenhaus in Sant Cugat del Vallès gefangen hielt.

Josep dachte an Renata, an ihr Elend und ihre Krankheit in dem Bordell in Sitges, und er erinnerte sich an den Mann, vor dem sie große Angst gehabt hatte, ein stämmiger Kerl in einem schmutzigen weißen Anzug, der vor ihrem Zimmer gesessen hatte.

Diese Gedanken ließen ihn nicht mehr in Ruhe. Nivaldo hatte gesagt, dass der Mann, der Teresa Gallego geheiratet und mitgenommen hatte, ein Schuster gewesen sei.

Mit dem Namen Lluís Mondrés oder so ähnlich.

Nivaldo hatte gesagt, er habe einen weißen Anzug getragen und portugiesische Zigarren geraucht.

Na und?

Nur mal angenommen, dachte Josep... Angenommen, dieser Schuster, dieser Lluís, war ähnlich wie der Zuhälter in der Zeitung, der vier Frauen geheiratet hatte, nur um sie zu Huren zu machen. Angenommen, dieser Lluís hatte Teresa geheiratet, um sie in ein Haus wie das in Sitges zu bringen. Angenommen, Teresa könnte jetzt noch in einem Zimmer wie das von Renata sein.

Er zwang sich, diese Gedanken aus seinem Kopf zu verbannen.

Doch manchmal, wenn er wie ein Maulwurf in seinem Hügel grub oder schlaflos im Bett lag, kehrten Erinnerungen an Teresa zurück.

Er erinnerte sich, wie unschuldig sie gewesen war. Und ein Gedanke quälte ihn mehr als einmal, dass er, weil er nicht zu ihr hatte zurückkehren können, verantwortlich war für das schreckliche Leben, das sie jetzt vielleicht führen musste.

Der Tausch

An einer Stelle in seinem Keller bemerkte Josep, dass die Felswand etwa eine Armeslänge weit scharf nach links und kurz darauf wieder in derselben Länge nach rechts abknickte, sodass eine Einbuchtung entstand, die etwa einen Meter breit und eineinhalb Mal so tief war. Im Geiste nannte er diese Vertiefung sofort »Weinschrank«, denn schon im Augenblick ihrer Freilegung stellte er sie sich angefüllt mit Regalbrettern vor, auf denen Hunderte von Weinflaschen lagerten.

Doch nach dem »Schrank« endeten die Felswand und die schützende Steindecke, und dies bestimmte für Josep die endgültigen Ausmaße des Kellers – ein Hohlraum etwa so lang wie ein Eisenbahnwaggon und nur wenig breiter.

Mit der Hälfte des Aushubs hatte er die Straße zum Fluss aufgeschüttet, doch alle Steine und auch kleinere Felsbrocken von der gewünschten Größe hatte er aufbewahrt, um daraus Mauern zu bauen, und jetzt holte er sich eine Schubkarre Lehm vom Fluss und fing an, vor dem Erdreich, das die rechte Wand und die Rückwand bildete, mit diesen Steinen Mauern zu errichten, weil das für ihn die richtige Art war, diesen Keller zu vollenden. Aber er kam damit nicht sehr weit, denn er merkte sehr schnell, dass der Winter allmählich endete.

Bald würde die Hitze auch in diesen kühlen Hohlraum kriechen, den zu schaffen er sich so viel Mühe gegeben hatte, außer er fand eine Möglichkeit, die Öffnung im Hügel zu versperren.

Eines Morgens ging Josep in die Kirche und wartete, bis der Pfarrer ihn begrüßen kam.

Sie tauschten Freundlichkeiten aus, und dann kam Josep auf den Grund seines Besuchs zu sprechen. »Was ist eigentlich aus der alten Kirchentür geworden, Pare?«

»Die frühere Tür? Sie ist im Lagerraum.«

»Ich möchte sie gern kaufen.«

In der kurzen Stille, die folgte, betrachtete Pare Pío Josep nachdenklich. »Nein, sie ist nicht zu verkaufen«, sagte er schließlich.

»Oh … bewahren Sie sie für einen bestimmten Zweck auf?«

»Für einen bestimmten Zweck? Nein, eigentlich nicht … Ich wäre vielleicht bereit, sie einzutauschen.«

Josep ärgerte sich ein wenig über diesen Priester. Er hatte nichts zum Tauschen, und so schwieg er.

»Wenn du die Beichte ablegst und jeden Sonntagmorgen zur Messe kommst, bin ich bereit, dir die Tür zu überlassen.«

Josep wurde verlegen. »Ich habe nicht viel … wahren Glauben, Pare.« Inzwischen, da war er sich sicher, hatte der Priester bestimmt von seiner Geschichte erfahren, und auch, dass er von den entschiedensten Ketzern des Dorfes erzogen worden war: von seinem Vater und Nivaldo. »Ich bin nicht gläubig.«

»Ich verlange nicht von dir, dass du glaubst. Nur dass du beichtest und zur Messe kommst.«

Josep seufzte und nickte. Er brauchte diese Tür.

»Dann haben wir jetzt ein Abkommen«, sagte der Pfarrer, nahm Joseps Hand und schüttelte sie kräftig. Er griff nach seiner langen, purpurfarbenen Stola, die an einem Haken an der Wand hing, legte sie an und führte Josep in den hinteren Teil der Kirche zum Beichtstuhl, den er auf seiner Seite betrat.

Josep schob sich durch den roten Vorhang in die schmale, dunkle Kabine und kniete nieder. Im schwachen Licht, das durch den Spalt im Vorhang fiel, konnte er erkennen, dass in die obere Hälfte der Trennwand eine Metallplatte mit vielen kleinen Löchern eingelassen war, hinter der Pare Pío nun mit unsichtbarer Hand einen kleinen inneren Sichtschirm öffnete.

»Ja, mein Sohn. Du willst beichten?«

Josep atmete tief durch, und aus angsterfüllten Kindheitserinnerungen sprangen ihm die Worte auf die Lippen. »Vergib mir, Herr, denn ich habe gesündigt.«

»Wie lange ist es her, dass du das letzte Mal gebeichtet hast?«

»Viele Jahre«, sagte er.

»Und?«

»Ich habe Dinge mit Frauen gemacht.«

»Du hast den Verkehr außerhalb des Sakraments der Ehe vollzogen? Mehrmals?«

»Ja, Pare.«

Der Priester half ihm weiter. »Hattest du auch unreine Gedanken?«

»Ja, Pare.«

»Wie oft hattest du diese Gedanken?«

»Jeden Tag.«

»Sprich mir nach: O mein Gott, ich bedauere aufrichtig, dass ich dich beleidigt habe, und ich verabscheue alle meine Sünden ...«

Mit trockener Kehle wiederholte Josep die Worte.

»... weil ich fürchte den Verlust des Himmels und die Qualen der Hölle ...«

»... vor allem aber, weil sie dich beleidigen, mein Gott, der du gütig bist und meine Liebe verdient hast.«

»Ich bin fest entschlossen, mit der Hilfe deiner Gnade meine Sünden zu beichten, Buße zu tun und mein Leben zu bessern.«

Josep beendete die Formel wie ein Ertrinkender.

»Wenn du nach Hause gehst, bete fünfundzwanzig Vaterunser. Ich spreche dich von deinen Sünden los im Namen des Vaters, des Sohnes und des Heiligen Geistes. Bete, dass dein Opfer von Gott angenommen wird. Lass uns nun den Beichtstuhl verlassen.«

Auf der anderen Seite des roten Samts sah Josep, in das plötzlich wieder helle Licht blinzelnd, dass Pare Pío seine Stola abnahm.

»Hast du deinen Karren draußen stehen?«

»Ja, Pare«, sagte Josep überrascht.

»Ich helfe dir mit der Tür.«

Mit einigen Brettern aus den zerlegten Bottichen baute Josep sich einen Türrahmen. Ihn dann an der Hügelflanke zu befestigen war allerdings eine Herausforderung. Auf der einen Seite des Eingangs nagelte er das Holz des Rahmens an zwei dicke alte Baumwurzeln, auf der anderen Seite trieb er Stahlstifte in Felsspalten.

Die schwere alte Tür erfüllte ihren Zweck sehr gut, nachdem er sie mit seiner Säge schmaler und kürzer gemacht hatte. Die hässlichen Risse liefen nicht über die gesamte Oberfläche, und während die Tür wegen ihres heruntergekommenen Zustands an der Kirche eher deplatziert gewirkt hatte, genügte sie aber zum Versperren eines Lochs in einem Hügel durchaus. Bei dem Schrott, den er aus Quims Haus geräumt hatte, befand sich auch eine verrostete Türangel, und eine zweite besorgte Josep sich auf dem Markt in Sitges, die zwar länger und schmaler war als Quims, aber gerade wegen ihrer rostigen Stellen gut zu ihr passte. Festgeschraubt, eingehängt und gut geölt funktionierte das merkwürdige Scharnierpaar mit einem nur gelegentlichen Quietschen, das das kleine Volk davor warnen konnte, dass Josep dessen Welt betrat.

An diesem Sonntag wusch er sich frühmorgens mit Wasser aus einem Eimer, zog saubere Kleidung an und machte sich auf den Weg zur Kirche. Er saß in der letzten Reihe und wurde sich bald schon bewusst, dass einige Leute seine Anwesenheit mit Interesse bemerkten. Maria del Mar auf der anderen Seite der Kirche sah ihn ebenfalls und wandte den Blick ab. Francesc lächelte und winkte heftig, bis seine Mutter seinen Arm niederdrückte.

Zu Joseps Überraschung war es angenehm, hier zu sein. Er hatte nur selten Gelegenheit, sich hinzusetzen und zur Ruhe zu kommen. Jetzt wurde aus dem wohltönenden Murmeln der Gebete, den Lesungen, den Psalmen und Gesängen ein Klanggespinst, das ihn einhüllte und in einen Zustand gedankenfreien Friedens versetzte. Bei der Predigt des Priesters über die Worte von Sant Francesc Xavier nickte er kurz ein; als er die Augen wieder öffnete, sah er Maria del Mars kalten Blick und das grinsende Gesicht seines jungen Freundes, des Namensvetters des Heiligen.

Eduard Montroig ging, das Trauerband an seinem Hemdsärmel, mit dem Klingelbeutel durch die Reihen, und Josep warf pflichtbewusst eine Münze hinein. Bald sanken die Menschen auf die Kniebänke, Pare Pío legte seine weiße Stola um und ging von einem zum anderen, um Hostien in die wartenden Münder der Gläubigen zu legen. »Nehmet und esset alle davon. Dies ist mein Leib, der für euch hingegeben wird.«

Josep machte sich aus dem Staub.

Die Kommunion war kein Teil der Abmachung, sagte er sich scheinheilig.

Durst

Josep wusste genau, welche Trauben er verwenden wollte, kleine, dunkle Trauben mit tiefem Aroma, wie sie jedes Jahr auf jenen Rebstöcken wuchsen, die viermal so alt waren wie er.

Bis er nach Frankreich kam, hatte er nie die Knospen auf einem Rebstock gezählt; doch als jetzt seine Pflanzen zum Leben erwachten, schaute er sie sich genau an und erkannte, dass die meisten von ihnen etwa sechzig Knospen hervorbrachten, bis auf die sehr alten, bei denen es etwa vierzig waren. Léon Mendès hatte seine Reben auf fünfzehn bis zwanzig Knospen begrenzt, und Josep fing nun an, seine ältesten Stöcke ebenfalls auf diese Knospenzahl zu reduzieren.

Maria del Mar kam zu ihm, um ihren Sohn abzuholen, und blieb kurz stehen. »Was tust du da?«, fragte sie verwirrt, weil sie wusste, dass er mit jeder Knospe, die er abrieb, drei Traubenbüschel wegwarf.

»Je weniger Knospen, umso mehr Kraft und Aroma geht in die Trauben. In den Trauben, die dann noch übrig sind, reifen sogar die Kerne. Ich will versuchen, Wein zu machen.«

»Wir machen doch bereits Wein.«

»Ich will *Wein* machen, guten Wein, den die Leute trinken wollen. Wenn ich das schaffe und ihn verkaufen kann, dann verdiene ich mehr Geld, als ich es jetzt tue, indem ich Säure an Clemente verkaufe.«

»Und was ist, wenn der Wein nicht gut wird? Was für ein Risiko gehst du ein, wenn du jetzt so viele Trauben vergeudest! Du bist ein zweiter Sohn, der es geschafft hat, zwei Parzellen Land zu bekommen, aber du kannst noch immer nicht zufrieden sein«, sagte sie streng. »Warum quälst du dich mit hochfliegenden Plänen, gräbst dir jetzt sogar einen Weinkeller? Hast du vergessen, dass du ein Bauer bist? Dass wir alle hier in Santa Eulalia von Bauern abstammen? Warum kannst du nicht zufrieden sein mit dem, was du hast, mit deinem Leben?« Sie wartete nicht auf seine Antwort, sondern ging zu Francesc, der im Schatten spielte, nahm ihn bei der Hand und führte ihn weg.

Josep rieb weiter Knospen von seinen Reben. Ihre Worte nagten an ihm, aber er wusste, dass sie unrecht hatte. Er war nicht anmaßend, er wollte einfach nur guten Wein machen.

Und trotzdem … wenn er darüber nachdachte, wusste er, dass mehr dahintersteckte. Sollte der Wein sich als schlecht erweisen, konnte er ja immer noch lernen, wie man guten Essig machte. Er musste sich eingestehen, dass er sich danach sehnte, eine Arbeit zu tun, bei der etwas Gutes herauskam.

Ein schöner Tag, an dem ein weicher, warmer Wind wehte, Wölkchen die Sonne umschmeichelten, wurde durch den Tod eines der alten Männer des Dorfes verdorben. Eugenio Ruis, Haut und Knochen, gebeugt und weißhaarig, war ein vertrauter Anblick auf der schattigen Bank vor dem Lebensmittelladen gewesen, und dort hatte er auch ein Nickerchen gehalten, als sein Herz stehen blieb.

Wie immer, wenn einer der Ihren starb, versammelte sich das ganze Dorf in der Kirche für den Begräbnisgottesdienst.

Eugenio Ruis war ein Mitglied des Gemeinderats gewesen. Das Gesetz schrieb vor, dass der Rat aus zwei Räten und dem *alcalde* bestand. Als vor drei Jahren der andere Rat, Jaume Caralt, gestorben war, hatte Àngel Casals es versäumt, ihn ersetzen zu lassen, aber da nun auch der letzte verbliebene Rat nicht mehr unter ihnen weilte, wusste der *alcalde,* dass er eine Wahl für zwei neue Räte abhalten und die Ergebnisse dem Governador in Barcelona mitteilen musste.

Àngel befasste sich nicht gern mit solchen Dingen, denn sie erforderten Planung und Arbeit, und so erkannte er sofort, dass es klug wäre, zwei Kandidaten auszusuchen, die in der Lage waren, im Lauf der Jahre aus sich selbst heraus Weisheit zu entwickeln, die aber noch jung und kraftvoll genug waren, um dieses Amt viele Jahre lang innezuhaben.

Der Erste, den er ansprach, war Eduard Montroig – ein nüchterner, ernster Mann von angenehmem Auftreten, der Leiter der *castellers* des Dorfes und ein harter Arbeiter, der sich auch in den Dienst der Kirche stellte. Und für den zweiten Sitz im Rat wandte er sich an einen anderen der jüngeren Landbesitzer, an Josep Àlvarez, der sich in der Angelegenheit der Kirchentür so vorbildlich verhalten hatte.

Josep war überrascht und zugleich etwas belustigt. Auch wenn er sich geschmeichelt fühlte – er konnte sich nicht erinnern, je für irgendetwas ausgesucht worden zu sein –, hatte er keine große Lust, Àngels Nominierung anzunehmen. Mit zwei Parzellen Land, einem noch unfertigen Weinkeller und seinem Plan, einen wohlschmeckenden Wein herzustellen, drängte es ihn nicht danach, noch andere Verantwortlichkeiten zu übernehmen, und so zögerte er und bemühte sich, eine diplomatische Form der Ablehnung zu finden.

»Es ist notwendig. Das Dorf wird dir für deinen Dienst sehr dankbar sein, Josep«, sagte Àngel.

Das stimmte Josep nun nachdenklich, denn in dieser Bemerkung schwang natürlich das Wissen mit, dass die Nachbarn über die Weigerung eines Mitbewohners, dem Dorf zu helfen, beleidigt sein würden. Da dies bald nach Maria del Mars Vorwurf, er vergesse seine Herkunft, kam, blieb ihm nun nur noch die Möglichkeit, widerstrebend zu nicken und dem *alcalde* für die Ehre zu danken.

Àngel bestimmte den 1. Juni zum Wahltag. Vom Gesetz her durften nur männliche Landbesitzer, die des Lesens und Schreibens kundig waren, wählen. Der *alcalde* wusste genau, wer zu diesem erlesenen Kreis gehörte, und sprach mit jedem von ihnen. Am 1. Juni schrieben siebzehn Männer, einhundert Prozent der Wahlberechtigten von Santa Eulalia und darunter auch Josep Àlvarez und Eduard Montroig, die Namen der beiden einzigen Kandidaten auf Papierstreifen, die Àngel ihnen beim Betreten der Kirche gegeben hatte.

Die beiden neuen Räte trösteten einander mit dem Wissen, dass der Rat so gut wie nie zusammentrat und dass ein Treffen immer nur genau so lange dauerte, wie sie brauchten, um den Entscheidungen, die Àngel Casals getroffen hatte, zuzustimmen.

Dieser Sommer war ein guter für Trauben; die langen Tage waren angefüllt mit goldener Hitze, die Nächte kühl von den leichten Winden, die um die flachen Hügel wehten. Josep war sich der Veränderungen, die in seinen reifenden Trauben vor sich gingen, deutlich bewusst.

Dass mit dem Wasser im Dorfbrunnen etwas nicht stimmte, merkte er erst allmählich. Zuerst war es nur ein ganz schwacher Wildgeschmack, den er in seiner Kehle spürte, wenn er in seiner Arbeit innehielt und seinen Durst löschte.

Doch dann fiel ihm beim Trinken ein immer deutlicher säuerlicher Beigeschmack auf, fast schon etwas Fischiges.

Als das Wasser dann zu stinken anfing, wurden die meisten Dorfbewohner bereits von einem Durchfall gequält, der sie, schwach und stöhnend von den schrecklichen Krämpfen, auf ihren Außenklos festhielt.

Nach einiger Zeit wanderte ein stetiger Strom von Dorfbewohnern an Joseps Weinberg vorbei, mit Flaschen und Krügen gingen sie über die Straße vor seinem Haus zum Fluss Pedregós und tranken das Flusswasser, wie die ersten Siedler in Santa Eulalia es getan hatten, bevor sie den Dorfbrunnen gruben.

Der *alcalde* und die beiden Räte spähten abwechselnd in den Brunnen hinab, aber er war zehn Meter tief, und unten am Grund sahen sie nichts als Dunkelheit. Josep band eine Lampe an ein Seil, und während er sie hinunterließ, starrten sie alle nach unten.

»Irgendwas treibt da«, sagte er. »Seht ihr es?«

»Nein«, sagte Eduard, dessen Augenlicht schlecht war.

»Ja«, sagte Àngel. »Was ist es?«

Sie wussten es alle nicht.

Josep starrte weiter nach unten. Der tiefe Brunnen sah auch nicht furchterregender aus als sein Loch im Hügel. »Ich steige hinunter.«

»Nein, es dürfte einfacher sein, einen kräftigen Jungen hinabzuschicken«, sagte Àngel, und dann wählte er Briel Taulès jüngeren Bruder Bernat aus, der vierzehn Jahre alt war. Sie banden Bernat ein kräftiges Seil um die Brust, hoben ihn in den Brunnen und gaben dann langsam und vorsichtig das Seil aus.

»Nicht weiter«, rief er nach einer Weile zu ihnen hoch, und sie ließen kein Seil mehr nach. Bernat hatte einen Eimer mit nach unten genommen, und das Seil in ihren Händen fing nun an zu schwanken und zu zucken wie eine Angelleine mit einem Fisch am Haken, und dann drang Bernats hohler Schrei erneut zu ihnen hoch.

»Ich hab's!«

Als sie ihn hochholten, wurde der Gestank sehr stark.

In dem Eimer, den er ihnen entgegenstreckte, sahen sie eine wimmelnde Masse von Maden in einem Bündel triefender weißer Federn, die einmal einer Taube gehört hatten.

Kurz darauf setzten sich die drei Männer auf die Bank vor dem Lebensmittelladen.

»Wir müssen das verdorbene Wasser aus dem Brunnen schöpfen, Eimer um Eimer. Das wird sehr lange dauern«, sagte Àngel.

»Das wird nicht genug sein«, sagte Josep widerstrebend.

Die beiden anderen schauten ihn an.

»Dasselbe könnte noch einmal passieren. Der Brunnen ist unsere einzige echte Wasserquelle. Und in Zeiten der Flut oder bei einer Dürre kann man sich nicht darauf verlassen, dass der Fluss gutes Trinkwasser liefert. Ich glaube, wir sollten den Brunnen abdecken, um das Wasser zu schützen, und eine Pumpe einbauen.«

»Kostet zu viel«, sagte Àngel sofort.

»Wie viel Geld hat das Dorf?«, fragte Josep.

»Ein bisschen was. Nur für Notfälle.«

»Das ist ein Notfall«, sagte Josep.

Die drei saßen schweigend da.

Eduard räusperte sich. »Wie viel genau hat das Dorf, *alcalde*?«

Àngel sagte es ihnen.

Es war wirklich nicht viel, aber …

»Es ist wahrscheinlich mehr als genug. Wenn es so ist, dann glaube ich, sollten wir eine Pumpe bestellen«, sagte Josep.

»Das denke ich auch«, sagte Eduard. Er sprach leise, aber seine Stimme war fest.

Àngel schaute die beiden scharf an. Einen Augenblick hatte er mit diesem Aufbegehren zu kämpfen, doch dann gab er sich geschlagen. »Wo können wir eine Pumpe herbekommen?«

Josep zuckte die Achseln. »Vielleicht in Sitges. Oder in Barcelona?«

»Es ist dein Vorschlag. Du gehst«, sagte der *alcalde* gereizt.

Am nächsten Morgen senkte sich der heißeste Tag dieses Jahres über Santa Eulalia. An einem solchen Tag würde die Arbeit einen riesigen Durst verursachen, und während der Maulesel über die Straße nach Barcelona trottete, hatte Josep nur die Hoffnung, dass das Flusswasser sauber bleiben würde.

In Sitges verlor er keine Zeit, sondern ging direkt in die Böttcherei, seine unfehlbare Quelle für gute Ratschläge.

»In diesem kleinen Fischerort kann man nirgendwo eine Pumpe kaufen«, sagte Emilio Rivera. »Du musst nach Barcelona fahren.« Dort könne man eine Wasserpumpe bestellen, sagte er. »Eine Firma hat ihr Geschäft direkt hinter La Boqueria, aber die Pumpen sind nicht gut, dort brauchst du gar nicht hin. Die beste Firma heißt Terradas, und die ist im Barri Gòtic, in der Carrer Fusteria.«

Also ritt Josep weiter nach Barcelona. Die Firma Terradas fand er in einer Werkstatt voller Maschinen, die nach

Metall, Schmieröl und Lack roch. Ein Mann mit schläfrigen Augen, der hinter einem Schreibtisch saß, hörte sich seine Geschichte an, fragte nach Breite und Tiefe des Brunnens, stellte dann auf Papier einige Berechnungen an und schob ihm dieses Papier mit einem eingekreisten Betrag hin, den Josep mit Erleichterung las.

»Wann können Sie die Pumpe in Santa Eulalia einbauen?«

Der Mann verzog das Gesicht. »Wir haben drei Mannschaften, und alle sind beschäftigt.«

»Sie müssen verstehen«, sagte Josep. »Ein ganzes Dorf ohne Wasser. Bei diesem Wetter…«

Der Mann nickte, zog eine ledergebundene Kladde zu sich, schlug sie auf und blätterte darin. »Eine schlimme Situation. Das verstehe ich wirklich. Ich kann die Pumpe in drei Tagen liefern und einbauen lassen.«

Es war das Beste, was er tun konnte, das war Josep klar, und sie besiegelten die Bestellung mit einem Handschlag.

Nachdem dies erledigt war, hätte er beruhigt nach Hause zurückkehren können, aber als er durch das Barri Gòtic ritt, merkte er, dass er den Maulesel zur Sant Domènech lenkte, und als er sie gefunden hatte, ritt er die schmale Straße langsam entlang und betrachtete die Läden.

An der kleinen Tafel an der Seitenwand eines Gebäudes wäre er beinahe vorbeigeritten, ohne sie zu lesen: »Schuhmacher. L. Montrés.«

Eine winzige Werkstatt auf der schattigen Seite der Straße, mit einer wegen der Hitze geöffneten Tür.

Nun gut. Wenigstens den Laden gab es wirklich.

Josep lenkte den Maulesel noch an den nächsten Hauseingängen vorbei, stieg dann ab und band ihn an einen Pfosten. Er ging zu der Bäckerei gegenüber und tat so, als würde er sich die Brote anschauen, doch von da aus warf er immer wieder einen flüchtigen Blick durch die offene Tür des Schusters.

Lluís Montrés, falls er das wirklich war, saß an seiner Werkbank und schnitt gerade die überstehenden Lederenden einer neuen Sohle auf einem Schuh ab. Josep bemerkte einen struppigen, ungekämmten Bart, halb geschlossene Augen und ein ruhiges braunes Gesicht, das sehr auf die Arbeit konzentriert wirkte. Er trug keinen weißen Anzug, sondern Arbeitskleidung unter einer zerlumpten braunen Schürze und eine weiche braune Kappe. Josep sah zu, wie er sich eine Reihe kleiner Nägel zwischen die Lippen klemmte und einen nach dem anderen schnell herauszog, um ihn mit einem kräftigen Hammerschlag in den Schuh zu treiben.

Da Josep fürchtete, beim Starren erwischt zu werden, ging er davon. Er kehrte zu seinem Maulesel zurück, und als er sich umdrehte, sah er eine Frau mit einem Korb im Arm um eine nahe Ecke biegen. Sie ging die Sant Domènech hinunter und näherte sich dem kleinen Laden, und Josep brauchte einen Augenblick, bis er Teresa Gallego erkannte.

Er ging zu einer Stelle, wo er wieder freie Sicht in den Laden hatte, und er hörte sie grüßen und sah ihren Mann nicken. Sie holte sein Mittagessen aus dem Korb. Montrés legte seine Arbeit weg und begann gerade zu essen, als eine ältere Frau die Werkstatt betrat. Teresa stellte sich hinter die kleine Ladentheke und nahm ein paar Schuhe entgegen. Sie unterhielt sich kurz mit der Kundin, und als dann die ältere Frau gegangen war, zeigte sie die Schuhe ihrem kauenden Mann, der nickte, und sie stellte die Schuhe in sein Regal.

Teresa wirkte sehr ruhig und ganz anders als das Mädchen, an das Josep sich erinnerte. Älter natürlich. Und schwerer, anscheinend war sie in dieser Ehe ziemlich drall geworden, oder, dachte er, vielleicht erwartete sie auch ein Kind. Sie wirkte ... zufrieden, entschied er. Er dachte daran, wie er ihre geheimen Stellen berührt hatte, und irgendwie kam er sich vor wie ein Ehebrecher.

Zu seiner Verwunderung stellte er fest, dass sie zu einer Frau geworden war, die ihm völlig fremd war. Auf jeden Fall war sie nicht mehr die verführerische Gestalt seiner Träume.

Kurz darauf war der Mann in der Werkstatt mit dem Essen fertig. Josep sah, dass Teresa die Sachen wieder in ihren Korb legte und den Laden gleich verlassen würde, und er beeilte sich, zu seinem Maultier zurückzukehren. Er stieg auf und ritt im Schritt davon, eine langsame Flucht, um keine Aufmerksamkeit auf sich zu ziehen.

Nachdem er die Stadt hinter sich gelassen hatte, hielt er ein paar Mal an, um dem Maulesel Zeit zum Ausruhen und Grasen zu geben. Josep war gelassen und zufrieden, denn jetzt wusste er, dass seine Vorstellung ihn belogen hatte. Was Teresa Gallego in Zukunft auch noch widerfahren mochte, für den Augenblick hatte er genug gesehen, um zu wissen, dass er ihr Leben nicht zerstört hatte, und jetzt war es, als könne er sich endlich erlauben, eine Tür zu schließen, die er immer einen kleinen Spalt offen gehalten hatte.

Als er Sitges erreichte, war es bereits Abend. Er und sein Maulesel waren sehr müde, und Josep sah, dass es vernünftig war, diese Nacht hier zu schlafen und die Reise am nächsten Morgen fortzusetzen. Dann kam ihm in einer plötzlichen Aufwallung nackter Geilheit der Gedanke, dass er vielleicht mit Juliana Lorenzo das Bett teilen könnte, obwohl er sich nach ihrer ersten Begegnung nicht wieder bei ihr gemeldet hatte, und er ritt zu dem Wirtshaus, wo sie arbeitete, und band den Maulesel an einen Pfosten.

Drinnen war es voll und laut, aber er fand einen freien Tisch. Juliana, die auf der anderen Seite des Gastraums arbeitete, sah ihn sofort und kam mit einem Lächeln zu ihm.

»Wie geht es dir, Josep? Schön, dich zu sehen.«

»Und dich, Juliana. Und dich!«

»Wir müssen reden. Ich habe dir etwas zu berichten«, sagte sie. »Aber zuerst will ich dir etwas bringen.«

»Einen Wein«, sagte er und sah ihren breiten, schwingenden Hüften nach, als sie davonging.

Neuigkeiten?, dachte er voller Unbehagen.

Als sie ihm das volle Glas brachte, hatte er genug Zeit gehabt, um sich den Kopf zu zerbrechen. »Was hast du mir zu berichten?«

Sie beugte sich vor und flüsterte: »Ich werde demnächst heiraten.«

»Wirklich?«, sagte er und hoffte, dass sie seine Erleichterung als Bedauern missverstand. »Und wer ist der Glückliche?«

»Der da«, sagte sie und deutete zu einem Tisch, an dem drei fleischige Männer saßen und tranken. Als einer der drei sah, dass sie auf ihn zeigte, strahlte er und winkte. »Sein Name ist Victor Barceló. Er arbeitet als Viehtreiber für die Gerberei.«

»Aha«, sagte Josep. Er schaute quer durch den Raum zu dem anderen Mann hinüber und hob sein Glas, und Victor Barceló grinste breit und hob sein Glas ebenfalls.

Josep bestellte und aß Weiße-Bohnen-Suppe. Der Gedanke an sein durstendes Dorf brachte ihn dazu, Juliana mehrmals zu bitten, sein Wasserglas nachzufüllen.

Als er das Wirtshaus schließlich verließ, führte er den Maulesel ans Meer und folgte einem Pfad zwischen offenen Stränden, bis er schließlich zu einer schmalen Bucht kam, in der Fischerboote auf den Sand hochgezogen waren. Er band das Tier an einen Vertäuungsring und breitete seine Decke zwischen zwei Booten aus. Er schlief fast sofort ein, wachte aber mehrmals wieder auf, um seine Salzigkeit der des Meeres hinzuzufügen. Der Mond war nicht zu sehen. Es war still und warm und dunkel, und Josep fühlte sich behaglich in der Welt.

Als der Bautrupp aus Barcelona nach Santa Eulalia kam, arbeiteten sie schnell und tüchtig, drei Männer, die ihren Beruf verstanden. Mit der Winde, dem Seil und dem hölzernen Brunnenaufbau machten sie kurzen Prozess, und danach stieg einer der Männer hinunter, um dafür zu sorgen, dass der Mechanismus auch wirklich ins Wasser eintauchte. Danach wurden die Teilstücke des Rohrs aufeinandergesetzt, sodass es dem Licht entgegenwuchs wie eine Pflanze.

Die Mechaniker hatten eine Steinplatte mitgebracht, um den Brunnen abzudecken. In der Mitte war ein Loch gebohrt, das gerade groß genug war, um das Rohr hindurchzuführen. Einige der starken Männer, die bei Festen das Gestell mit der Heiligen trugen, wurden nun ausgewählt, um beim heikelsten Augenblick des Vorhabens mitzuhelfen. Sie mussten die schwere Platte über den Brunnen halten, während ein Rohrstück durch das Bohrloch gesteckt und mit dem Brunnenrohr verbunden wurde, und dann mussten sie die Platte an dem Rohr entlang auf den Brunnenrand absenken, ohne es zu beschädigen.

Das Pumpgehäuse, das auf der Platte befestigt wurde, und der lange Schwengel waren dunkelblau lackiert. Nachdem alles fertig verschraubt war, zeigten die Mechaniker, wie man den Schwengel mehrmals auf- und abbewegen musste, um Wasser in die Kammer zu ziehen. Der erste Zug erzeugte ein metallisches Seufzen, der zweite ein entrüstetes Kreischen und der dritte schließlich ein glattes Strömen.

Anfangs war das Wasser natürlich schlecht. Zuerst wechselten sich die beiden Räte beim Pumpen ab, dann übernahmen auch einige andere. Von Zeit zu Zeit streckte der *alcalde* seine Hand in das Rinnsal, das aus dem

Hahn kam, und schnupperte daran und runzelte jedes Mal nur die Stirn.

Doch als er einige Zeit später das Wasser noch einmal prüfte, wandte er sich Josep zu und hob die Augenbrauen. Eduard und Josep ließen sich Wasser in die hohlen Hände fließen und rochen daran.

»Vielleicht noch ein wenig«, sagte Eduard, und Josep nickte und stellte sich wieder an die Pumpe. Bald darauf nahm er einen Becher zur Hand, hielt ihn unter den Hahn und führte ihn dann an die Lippen, um vorsichtig zu kosten. Dann trank er den Becher mit süßem, kaltem Wasser leer, spülte ihn aus, füllte ihn neu und gab ihn dem *alcalde*, der trank und mit einem strahlenden Lächeln nickte.

Eduard hatte den Becher an den Lippen und trank, als die Dorfbewohner sich um sie drängten, warteten, bis sie mit einem Schluck an der Reihe waren und dem *alcalde* dankten.

»Ich habe beschlossen, dass so etwas nie wieder geschehen darf. Ich werde mich immer gut um euch kümmern«, sagte Àngel Casals bescheiden. »Ich bin sehr froh, dass wir für dieses Problem eine dauerhafte Lösung gefunden haben.«

Über den Becherrand hinweg trafen sich Eduards und Joseps Blicke. Eduards Gesicht blieb so ausdruckslos und ernst wie immer, aber als er den Becher absetzte, teilten seine Augen mit Joseps eine vergnügliche Kameradschaft.

TÜRME

*E*duard Montroigs Haus stand auf der *plaça,* und jeden
Morgen gleich nach dem Aufstehen eilte er nach
draußen, um die Pumpe anzugießen. Zwischen ihm
und Josep entwickelte sich eine ungezwungene Freundschaft, auch wenn sie nicht viel Zeit miteinander verbrachten, hatten sie doch beide lange, harte Arbeitstage.
Eduard war nicht aufgeblasen, aber sein Gesicht zeigte
einen Ausdruck feierlich-ernster Verantwortlichkeit, die
ihn zu einem natürlichen Anführer machte. Er war der
cap de colla der Turmbauer des Dorfes – ihr Kapitän und
Übungsleiter –, und er holte seinen Ratskollegen mit in
die Truppe. Auch wenn Wohlwollen sein langes Gesicht
erwärmte, wirkte er doch entsetzt, als Josep mehr als
eine Einladung brauchte, bis er zustimmte.

»Aber wir brauchen dich! Wir brauchen dich, Josep.«

Wie sich herausstellte, wurde Josep auf der vierten
Ebene gebraucht. Aus seiner Jugend wusste er noch,
dass auch Eusebi Gallego, Teresas Vater, bis auf die vierte
Ebene geklettert war.

Josep hatte zwar seine Zweifel, ob das der richtige
Zeitvertreib für ihn sei, aber er ging zu einer Übung, die

wie bei jedem Bau einer Menschenpyramide mit einem Ritual begann.

Die Angehörigen der Truppe trugen eine Tracht – nackte Füße, weite weiße Hosen, gebauschte Blusen und Tücher, die sie sich fest um den Kopf banden, um die Ohren zu schützen. Sie halfen einander beim Anlegen der schwarzen Schärpe, die man *faixa* nannte. Jede Schärpe war mehr als drei Meter lang, und die Helfer spannten die gesamte Länge sehr straff, während der Kletterer sich das andere Ende an den Körper drückte und sich dann drehte wie ein Kreisel, Runde um Runde, bis er in ein enges Korsett aus Stoff eingewickelt war, das ihm Rücken und Wirbelsäule stützte und den anderen Kletterern guten Halt bot.

Eduard brachte viele Stunden damit zu, den Turm auf Papier zu planen, er wies jedem, ausgehend von dessen Stärken und Schwächen, seine Position zu, und er analysierte und veränderte die Konstruktion ständig. Bei allen Übungen bestand er auf Musik, und die *gralles* schrillten, als er den Türmlern das Startzeichen gab.

Bald rief er: »Und los, vier«, und Josep, Albert Fiore und Marc Rubió kletterten über die Rücken der ersten drei Männerebenen nach oben.

Josep konnte es nicht glauben. Als er zu seinem Platz hochstieg, war der Turm erst halb errichtet, und trotzdem hatte er schon das Gefühl, so hoch zu sein, wie ein Vogel fliegen kann. Einen kurzen entsetzlichen Augenblick lang schwankte er, doch Marcs starker Arm sicherte ihn, und er fand sein Gleichgewicht und sein Selbstvertrauen wieder.

Einen weiteren Augenblick später hielten alle drei einander fest, während nun andere über sie kletterten und Briel Taulès Füße und sein Gewicht auf Joseps Schultern lastete.

Auf der fünften Ebene kam es dann zu Schwierigkeiten, Josep spürte es zuerst als ein Wogen von oben, dann ein Schlingern, das ihm die Hand von Marcs Schultern zu reißen drohte, und schließlich ein Weggleiten der Hände, die ihn hielten. Er spürte Briels Zehennägel an seinen Wangen, hörte Albert kehlig »*Merda!*« stöhnen, und dann stürzten sie alle, Körper über Körper, zu Boden.

Kurz lag Josep mit irgendjemands Achselhöhle auf seinem Gesicht da, doch gleich darauf lösten sich alle voneinander, die einen fluchend, die anderen lachend, je nach dem Charakter des Einzelnen. Es gab viele blaue Flecken, aber Eduard hatte sich sehr bald versichert, dass keiner ernsthafte Verletzungen davongetragen hatte.

Was für ein merkwürdiger Zeitvertreib, dachte Josep. Aber noch während er dies dachte, erkannte er eine neue Wahrheit.

Er hatte etwas gefunden, das er lieben würde.

An einem warmen Sonntagmorgen kam Donat ins Dorf, und sie setzten sich auf die Bank im Hof und aßen trockenes Brot und harte Wurst.

Donat dachte ganz offensichtlich, dass das Graben eines Kellers eine Art Geistesstörung war, aber er war enorm beeindruckt davon, dass Josep das Nachbargrundstück gekauft hatte. »Pare würde es nicht glauben«, sagte er.

»Ja… Na ja, aber… ich werde dir und Rosa die nächste Quartalszahlung nicht geben können«, sagte Josep vorsichtig.

Donat schaute ihn bestürzt an.

»Ich habe im Augenblick das Geld nicht, aber es wird genauso sein, wie wir es im Vertrag vereinbart haben. Wenn die nächste Rate fällig ist, nach der Ernte, werde ich dir diese Rate ebenfalls bezahlen, zuzüglich zehn Prozent.«

»Rosa wird sich ärgern«, sagte Donat nervös.

»Du musst ihr erklären, dass es zu eurem Vorteil ist, wenn ihr auf die Rate wartet, weil ihr dann ja die zusätzliche Strafzahlung erhaltet.«

Donat wurde kalt und abweisend. »Du verstehst das nicht. Du bist nicht verheiratet«, sagte er, und Josep konnte ihm nicht widersprechen.

»Hast du noch Wurst?«, fragte Donat gereizt.

»Nein, aber komm, lass uns zu Nivaldo gehen, und ich kaufe dir ein hübsches Stück *xoriço,* das du unterwegs essen kannst«, sagte Josep und klopfte seinem Bruder auf die Schulter.

Rebstöcke

*I*n diesem Sommer war das Wetter genau so, wie Josep es bestellt hätte, wenn das möglich gewesen wäre, Tage mit erträglicher Hitze und kühlere Nächte, und er brachte viele Stunden zwischen den Reben zu, wanderte die Reihen entlang, wenn die Arbeit getan war, besuchte die alten Stöcke, deren Knospen er ausgedünnt hatte, und betrachtete sich alles sehr genau, als würden seine Blicke die Trauben in jedem Zustand noch besser machen können. Die Trauben an diesen Stöcken blieben sehr klein. Sobald sie anfingen, dunkler zu werden, probierte er sie und schmeckte Aromen, die zwar noch unreif, aber sehr vielversprechend waren.

An seinem Keller arbeitete er sehr wenig, da ihm andere Projekte wichtiger waren. Im Juli räumte er den großen Steintrog aus, den sein Urgroßvater benutzt hatte, um seine Trauben zu stampfen; die Sachen, die Josep darin gelagert hatte – Werkzeuge und Eimer und Säcke mit Kalk –, brachte er in Quims Haus, und dann schrubbte er den Trog und spülte ihn mit Flusswasser aus, das er erhitzt und mit Schwefel versetzt hatte. Der Trog selbst war noch sehr gut verwendbar, aber der

Hahn, durch den er den Saft der getretenen Trauben ablassen konnte, war in schlechtem Zustand, und er sah, dass er ihn würde ersetzen müssen. Einige Freitage hintereinander fuhr er auf den Markt in Sitges und suchte nach gebrauchten Hähnen, aber schließlich gab er es auf und kaufte sich einen neuen aus glänzendem Messing.

Es war Mitte August, als Emilio und Juan mit dem großen Fuhrwerk der Böttcherei zum Weinberg kamen und Josep ihnen half, die beiden großen Bottiche aus neuer Eiche abzuladen, die so gut rochen, dass Josep gar nicht glauben konnte, dass sie ihm gehörten. Sie waren die einzigen neuen Bottiche, die er je gesehen hatte, und so wie sie bald darauf neben Quims Haus standen, sahen sie noch besser aus, als sie rochen. Er gab, wie sie vereinbart hatten, Emilio das Geld für einen, und obwohl das für ihn nun noch weniger Geld und größere Schulden bedeutete, war er so aufgeregt, dass er Maria del Mar beiseitenahm und sie um einen Gefallen bat. Sie eilte zu Nivaldo und kaufte Eier, Kartoffeln und Zwiebeln, und während die Böttcher mit Josep auf der Bank saßen und schlechten Wein tranken, zündete Maria del Mar ein Feuer an und kochte eine riesige *truita,* die sie bald darauf alle gemeinsam mit großem Behagen aßen.

Josep war Emilio und Juan sehr dankbar und mochte ihre Gesellschaft, gleichzeitig aber wartete er ungeduldig darauf, dass sie aufbrachen. Als sie schließlich mit ihrem Fuhrwerk davongerollt waren, eilte er zur Torras-Parzelle, stellte sich vor die neuen Bottiche und schaute sie einfach nur sehr, sehr lange an.

Mit jedem Tag wurde er ängstlicher und unruhiger, die Risiken, die er eingegangen war, wurden ihm immer deutlicher bewusst. Sehr oft schaute Josep zum Himmel hoch, wartete darauf, dass die Natur ihn quälte mit Hagel oder prasselndem Regen oder irgendeinem anderen Unglück, aber es regnete nur einmal, ein sanfter Guss, der den Boden tränkte, und die Tage blieben warm und die Nächte wurden allmählich kühler.

Maria del Mar gefiel der Herbstbrauch, den sie eingeführt hatten, und sie wollte wieder Karten ziehen, um zu bestimmen, welche Parzelle zuerst abgeerntet werden sollte, aber er sagte ihr, er wolle ihre Trauben vor den seinen schneiden, weil die Früchte auf seinen alten Stöcken noch nicht reif genug seien. »Wir können mit meinem Land durchaus warten, bis wir meine ganze Ernte auf einmal angehen können«, sagte er, und sie war einverstanden.

Wie immer machte ihm die Arbeit mit ihr Spaß. Sie war eine ungestüme Arbeiterin mit einer erstaunlichen Kraft, und manchmal hatte er sogar Mühe, mit ihr mitzuhalten, wenn sie die Reihen energisch entlangschritt und die Trauben schnell abzupfte.

Er merkte, dass er ihre Nähe genoss, und fing an, sie mit anderen Frauen zu vergleichen, die er gekannt hatte. Sie war hübscher als Teresa und viel interessanter. Er gestattete sich auch das Eingeständnis, dass sie begehrenswerter war als Juliana Lozano oder Renata oder Margit Fontaine und auch viel umgänglicher als all diese Frauen, wenn sie ihn nicht gerade wegen irgendetwas herunterputzte.

Als sie ihre Trauben gepresst hatten, machten Josep und Maria del Mar sich an seine Weinberge, ernteten zuerst die Trauben, die an die Essigfabrik gehen würden, und brachten sie dann wie gewohnt zur Gemeindepresse. Bald war der Großteil der Ernte auf der Àlvarez-Parzelle eingebracht.

Dann wendeten sie sich dem einstigen Torras-Besitz zu. Obwohl viele der alten Garnatxa- und Carinyena-Reben, deren Knospen Josep vermindert hatte, auf dem Land seiner Familie standen, befanden sich die ältesten Ull-de-Llebre-Stöcke auf der Torras-Parzelle, und Josep ging zwischen ihnen umher, pflückte hier und dort eine Traube und kaute sie prüfend.

»Sie sind reif«, sagte ihm Maria del Mar.

Aber er schüttelte den Kopf. »Noch nicht reif genug«, sagte er.

Am nächsten Tag war sein Urteil dasselbe.

»Du wartest zu lange. Sie werden überreif, Josep«, sagte Maria del Mar.

»Noch nicht«, erwiderte er bestimmt.

Maria del Mar schaute zum Himmel hoch. Er war wolkenlos und blau, aber sie beide wussten, dass das Wetter sich schnell ändern und einen schrecklichen Wolkenbruch oder einen zerstörerischen Wind bringen konnte. »Es ist, als würdest du Gott herausfordern«, sagte sie gereizt.

Er wusste nicht, was er antworten sollte. Vielleicht hatte sie ja recht, dachte er, doch dann sagte er: »Ich glaube, Gott wird verstehen.«

Als er früh am nächsten Tag eine Ull de Llebre in den

Mund steckte und seine Zähne die dicke Haut durchbrachen, überschwemmte der Saft dieser kleinen Traube seinen Mund mit Geschmack, und er nickte.

»Jetzt pflücken wir«, sagte er.

Im ersten grauen Tageslicht fingen er, Maria del Mar und Briel Taulè an, die Trauben zu ernten, sie schnitten die Büschel ab, breiteten jeden vollen Korb auf einem Tisch im Schatten aus und zupften die einzelnen Trauben von den Stängeln, eine langsame, mühselige Arbeit. Wenn die Stängel grüner gewesen wären, hätte Josep die beiden gebeten, auch noch das letzte kleine Stück zu entfernen, aber die Früchte waren so reif, dass er ihnen sagte, ein kleiner Rest Stängel hier und dort sei gar nicht so schlecht. Sorgfältig suchten sie verdorbene Trauben und Laub- oder Unratstückchen heraus, bevor sie den wunderschön dunklen Schatz sanft in den Steintrog schütteten.

Sie pflückten einen Teil der Trauben am frühen Nachmittag und den Rest dann in der Kühle des späten Nachmittags, und sie arbeiteten schnell und fleißig den ganzen Abend hindurch, um vor der Dunkelheit fertig zu sein. Als es kurz vor zehn Nacht wurde, stellte Josep Lampen und Fackeln um den Steintrog herum auf, und Maria del Mar legte ihren schlafenden Sohn auf eine Decke, die Josep an einer Stelle ausgebreitet hatte, wo sie ihn sehen konnte.

Sie saßen am Rand des Trogs und schrubbten sich ihre Füße und Beine und wagten sich dann hinein. Josep hatte einen Großteil seines Lebens auf diesem Weingut zugebracht, doch Trauben getreten hatte er erst, als er

nach Frankreich kam. Jetzt war ihm das Gefühl der
Trauben, die unter seinen nackten Füßen platzten, köst-
lich vertraut, und er lächelte, als er den Ausdruck in
Maria del Mars Gesicht sah.

»Was sollen wir tun?«, fragte Briel.

»Einfach gehen«, sagte Josep.

Eine Stunde lang war es angenehm, in der kühlen
Luft durch den Trog zu stapfen. Die beiden Männer waren ohne Hemd und hatten sich die Hosenbeine weit
aufgerollt, Maria del Mar hatte sich den Rocksaum in
den Bund gesteckt. Nach einer Weile wurde es schwieriger, die Beine wurden müde, und jeder Schritt wurde
begleitet vom Schmatzen des süß duftenden Breis, der
ihre Füße nur widerwillig loszulassen schien.

Um sich nicht gegenseitig in die Quere zu kommen,
gingen sie hintereinander. Bald stimmte Briel ein Lied
über eine diebische Elster an, die einer Bauersfrau Oliven stahl. Der Rhythmus der Musik half ihnen beim
Gehen, und als das Lied des Jungen zu Ende war, sang
Maria del Mar ziemlich unmelodisch über eine junge Frau, die unterm Neumond nach ihrem Geliebten
schmachtet. Sie sang nicht gut, aber sie dachte sich nichts
und sang das Lied zu Ende, mehrere Strophen, und danach war wieder Briel an der Reihe mit noch einem
Lied über Liebende, aber keinem romantischen wie das
ihre. Er sang von einem fetten Jungen, der vor Erregung jedes Mal in Ohnmacht fiel, wenn er Liebe machen wollte. Der Anfang des Lieds war sehr lustig, und
sie alle drei lachten, aber Josep dachte, Briel sei ein Narr
und zeige Maria del Mar zu wenig Achtung.

»Ich glaube, jetzt ist genug gesungen«, sagte er trocken, und Briel verstummte.

Als Josep das Ende des Trogs erreichte und sich umdrehte, sah er, dass Maria del Mar ihn leicht spöttisch anlächelte, als könne sie seine Gedanken lesen.

Es war früher Morgen, als Josep meinte, die Trauben seien gründlich genug zerdrückt. Im ersten grauen Licht nahm Maria del Mar ihren schlafenden Sohn und trug ihn nach Hause, aber Josep und Briel hatten noch zu tun. Eimer um Eimer schleppten sie den ausgetretenen Most samt Trester zu einem der neuen großen Eichenbottiche. Dann spannten sie den Maulesel vor den Karren und holten Wasser vom Fluss und wuschen den Trog sorgfältig aus.

Als Josep ins Bett fiel, stand die Sonne schon hoch am Himmel, und er hatte nur wenige Stunden Schlaf, bevor sie anfangen mussten, die Garnatxa zu pflücken.

Als sie am dritten Tag die Carinyena ernteten, waren sie alle erschöpft, und Briel hatte sich den Ballen seines linken Fußes an einem Stein angestoßen; als sie anfingen, die Trauben im Trog zu treten, litt der Junge Schmerzen und humpelte heftig, und so schickte Josep ihn nach Hause.

Schlimmer noch, Francesc konnte nicht schlafen und lief in der Dunkelheit umher. Maria del Mar seufzte.

»Mein Sohn muss heute Nacht zu Hause schlafen.«

Josep nickte bereitwillig. »Von den Carinyena-Trauben habe ich weniger als die Hälfte der Menge der Ull de Llebre und der Garnatxa«, sagte er. »Ich kann die auch allein treten.«

Doch als sie mit dem Jungen nach Hause eilte, freute er sich nicht gerade auf die einsame lange Nacht. Der Himmel war mondlos. Es war sehr still; irgendwo weit weg bellte ein Hund. Der Tag war etwas wärmer gewesen, aber jetzt wehte eine kühle Brise, die ihm willkommen war, denn er hatte gelernt, dass die Luftbewegung natürliche Hefen in die Tröge bringt, was den Gärungsprozess, der aus Traubensaft Wein machte, unterstützte.

Er griff in den Trog, nahm sich eine Handvoll des süßen Breis und kaute, während er stapfte. Übermüdet trottete er mürrisch und allein durch die samtige Dunkelheit; sein Hirn schaltete ab, sodass er seine Umgebung kaum noch wahrnahm, und seine Welt schrumpfte zusammen auf sechs Schritte längs, drei Schritte quer, sechs Schritte zurück, drei Schritte quer, drei Schritte quer, sechs Schritte längs…

Eine lange Zeit verging.

Josep merkte gar nicht, dass sie zurückkam, aber plötzlich war Maria del Mar wieder da und stieg behutsam in den Brei.

»Jetzt schläft er endlich.«

»Du hättest auch schlafen können«, sagte er, aber sie zuckte nur die Achseln.

Sie gingen schweigend hintereinander, bis sie bei einer Kehre zusammenstießen.

»*Jesús*«, sagte er. Er griff nach ihr, nur um sie zu stützen, aber plötzlich küsste er sie.

»Du schmeckst wie eine Traube«, sagte sie.

Sie küssten sich lange.

»Marimar.«

Seine Hand sprach zu ihr, und sie erzitterte leicht.

»Nicht hier im Most«, sagte sie ihm. Als er ihr aus dem Trog half, war er nicht mehr müde.

KLEINE SCHLUCKE

$\mathcal{A}$ls am nächsten Morgen der Most samt Trester im Bottich war, saßen sie an ihrem Tisch. Josep wusste genug über Kaffee, um zu schmecken, dass ihr Gebräu schlecht war, dennoch tranken sie mehrere Tassen, während sie redeten.

»Immerhin ist es ein natürliches Bedürfnis«, sagte Maria del Mar.

»Glaubst du, das Bedürfnis ist für eine Frau dasselbe wie für einen Mann?«

»Dasselbe?« Sie zuckte die Achseln. »Ich bin kein Mann, aber... eine Frau hat auch ein starkes Bedürfnis. Hast du geglaubt, das sei anders?«

Er lächelte sie an und zuckte die Achseln. »Du hast im Augenblick niemanden und ich auch nicht«, sagte Josep. »Na ja... Ich halte es für gut, dass wir einander Erleichterung schenken können. Als Freunde.«

»Nur nicht zu oft«, sagte sie schüchtern. »Vielleicht sollten wir warten, bis das Bedürfnis sehr stark ist, sodass, wenn wir dann zusammen sind... Na ja... Verstehst du?«

Er nickte zweifelnd und nippte an seinem Kaffee.

Maria del Mar ging zum Fenster und schaute hinaus. »Francesc klettert in einem seiner Bäume«, sagte sie.

Sie waren beide der Meinung, dass das eine Gelegenheit sei. Schließlich könnte es einige Zeit dauern, bis sich erneut eine bieten würde.

Inzwischen gestand Josep sich seine Angst und Unruhe voll und ganz ein, denn er hatte seinen Lebensunterhalt der Natur in die Hände gelegt und musste jetzt auf diesen geheimnisvollen Vorgang warten, durch den Traubensaft in Wein verwandelt wurde. Es gab einiges, was er tun musste, um den Prozess anzustoßen. Alles im Most, das nicht Saft war – die Häute, die Samen, die Stängelreste –, trieb immer wieder an die Oberfläche der Flüssigkeit und bildete dort eine Kappe, die schnell austrocknete. Alle paar Stunden ließ Josep Flüssigkeit von unten aus dem Bottich ab und stieg dann eine Leiter hoch, um den Saft über die oben schwebenden Feststoffe zu gießen, und hin und wieder stieß er die Kappe auch mit einem Rechen nach unten, um sie aufs Neue mit der Flüssigkeit zu mischen.

Während des ganzen Tages war er damit beschäftigt, und wenn er manchmal mitten in der Nacht aufwachte, ging er zu den Bottichen, um diese Rituale im Dunkeln durchzuführen, beinahe noch im Schlaf.

Das Wetter blieb kühl und verlangsamte so den Gärprozess des Traubensafts, aber nach einer Woche fing Josep an, zweimal am Tag ein wenig Flüssigkeit aus jedem Fass zu ziehen und sie zu kosten.

Er war launisch und zappelig, eine schlechte Gesellschaft, und Maria del Mar ließ ihn in Frieden. Sie hatte immer mit Trauben gelebt, und niemand brauchte ihr zu erzählen, dass jetzt der richtige Zeitpunkt das Wichtigste war. Falls Josep die Gärung zu früh unterbrach, würde das die Färbung des Weins und seine Lagerfähigkeit beeinträchtigen, und wenn er zu lange wartete, würde ein armseliges, flaches Gesöff daraus werden. Also hielt sie sich im Hintergrund und achtete streng darauf, dass Francesc ihren Weinberg nicht verließ.

Josep wartete, und jeder Tag kam ihm endlos vor, immer wieder befeuchtete er die Becher und stieß sie in die Flüssigkeit und kostete, und die einzelnen Schlucke enthüllten ihm die wachsende Kraft in den Säften und ihre Unterschiede.

Als die Säfte samt Trester zehn Tage lang in den Bottichen gelagert hatten, war aus dem Zucker im Saft Alkohol geworden. Wenn das Wetter heiß gewesen wäre, wäre der Ull-de-Llebre-Most zu stark geworden, aber die Kühle hatte den Alkohol auf einem erträglichen Maß gehalten, und die Süße, die übrig blieb, war frisch und gefällig. Dem Ull de Llebre mangelte es an Säure, aber der Garnatxa war säuerlich und spritzig, während der Carinyena eine grüne, fast bittere Kraft hatte, die, wie Josep wusste, ein notwendiger Bestandteil jedes Weins war, von dem man erwarten konnte, dass er gut alterte.

Vierzehn Tage nachdem er den Most in die Bottiche gekippt hatte, saß er eines frühen Morgens an seinem Küchentisch, vor sich drei volle Schüsseln und eine leere, einen Krug Wasser, ein großes Glas, ein kleines Glas und Papier und Bleistift.

Er fing damit an, dass er das kleine Glas zur Hälfte mit Ull de Llebre füllte und es in das große Glas goss, dann fügte er eine ähnliche Menge Carinyena und Garnatxa hinzu und mischte alles mit einem Löffel. Er nahm einen Schluck, bewegte ihn lange im Mund hin und her und spuckte ihn dann in die leere Schüssel. Einen Augenblick saß er nachdenklich da, bevor er sich den Mund mit Wasser ausspülte und aufschrieb, wie die Mischung auf ihn gewirkt hatte.

Er zwang sich zu warten, bis der Geschmack der Verkostung aus seinem Mund verschwunden war, ging nach draußen und beschäftigte sich mit kleineren Arbeiten, und erst dann kam er zurück und goss eine andere Mischung zusammen, diesmal nur Garnatxa und Carinyena.

Alle paar Stunden kostete er eine neue Mischung, dachte darüber nach und machte sich eine kurze Notiz, wobei er jedes Mal frischen Wein in die Schüsseln goss, damit eine zu lange Lufteinwirkung ihm nicht einen falschen Eindruck vermittelte.

Am Morgen des siebzehnten Tages der Gärung wusste er, dass die Weine fertig waren und er sie an diesem Nachmittag in Fässer umfüllen würde. Die Notizen auf seinem Tisch umfassten drei Blätter, aber er wusste, dass noch viele andere Mischungen möglich waren. Um sein Tagwerk zu beginnen, machte er eine neue Mischung, sechzig Prozent Ull de Llebre, dreißig Prozent Garnatxa, zehn Prozent Carinyena. Er nahm einen Schluck, bewegte ihn im Mund und spuckte ihn aus.

Einen Augenblick lang saß er da, dann mischte er erneut dieselben Mengen zusammen und probierte. Er wartete wieder ein bisschen, bevor er genau die Mischung erstellte, die er bereits zweimal gekostet hatte, mit einer einzigen Ausnahme – beim dritten Mal konnte er sich nicht mehr dazu überwinden, den Wein auszuspucken.

Auch andere Mischungen waren vielversprechend gewesen, aber dieser Wein schien seinen Mund auszufüllen. Josep schloss die Augen und schmeckte dieselben Aromen von Waldbeeren und Pflaumen, die er schon in früheren Mischungen gefunden hatte. Aber auch Schwarzkirschen, einen Spritzer Steinigkeit, einen Hauch Salbei, eine Ahnung des Fassholzes. Aromen, an die er sich erinnerte, aber auch winzige Spuren von Süße und Säure, die er nun das erste Mal spürte. Diese Mischung hatte eine neue Ganzheit, und er ließ sie sanft die Innenseiten seiner Wangen und die Zunge umspülen, sodass ein wenig davon seine Kehle hinuntertröpfelte und sie mit Wärme reizte.

Als er schluckte, erblühte der Wein im Abgang erst völlig, sodass er nur dasaß und sich ganz seinem immer umfassender werdenden Genuss hingab. Der Geschmack blieb in seinem Mund, auch als die Flüssigkeit längst im Magen war.

Die Düfte stiegen ihm in die Nase und verweilten dort, und Josep fing an zu zittern, als wäre etwas sehr Schlimmes passiert, als wäre er voller Angst, als wäre ihm noch gar nicht wirklich bewusst, dass er tatsächlich *Wein* gemacht hatte.

Lange saß er am Tisch und betrachtete den Wein, als

könne er nur durch die Anschauung seine Geheimnisse und seine Weisheit erlernen. Er war schwer und dunkel, scharlachrot, die Farbe ein Geschenk der Traubenhäute, die er zweieinhalb Wochen in den gärenden Säften hatte weichen lassen.

Er hielt ihn für wunderschön.

Und wurde gepeinigt von dem überwältigenden Drang, ihn jemandem zu zeigen.

Wenn er nur eine Flasche abfüllen und sie seinem Vater schenken könnte, dachte er... Vielleicht sollte er sie Nivaldo bringen?

Aber er goss Wein in seinen kaffeefleckigen Becher und trug ihn durch die Reihen der Reben bis zu Maria del Mars Schwelle, wo er nur leise an die Tür klopfte, um den Jungen nicht zu wecken.

Schließlich öffnete sie, gereizt blinzelnd, die Augen voller Sorge und die Haare noch wirr vom Kissen, und er folgte ihr zu der Öllampe auf ihrem Tisch, bevor er ihr den Becher gab, denn er wollte ihr Gesicht sehen, wenn sie trank.

WIE EIN BRUDER

Josep machte ein kleines Feuer und hielt jedes der Hundert-Liter-Fässer darüber, um die Innenwände auszubrennen und zu rösten, wie er es bei den Weinmachern in Frankreich gesehen hatte. Der gemischte Wein füllte alle vierzehn der kleinen Fässer und auch noch zwei der Zweihundertfünfundzwanzig-Liter-Fässer, die er besaß. Hin und wieder würde er Wein aus den großen Fässern holen und in die kleinen nachgießen müssen, denn die neue Eiche trank Wein wie ein durstiger Mann, und Luft in den Fässern würde den Wein verderben.

Nachdem die drei großen Bottiche völlig geleert waren, brachten Josep und Briel den Trester zur Dorfpresse und pressten noch ein halbes Fass heraus. Josep fügte ein wenig des unvermischten Weins aus den gestampften Trauben hinzu und erhielt so aus der zweiten Pressung ein Fass voller gewöhnlichen Weins, der zwar nicht die Qualität seiner Mischung hatte, aber immer noch viel besser war als alle Weine, die sein Vater je gemacht hatte.

Er und Briel hatten gerade angefangen, die Fässer in

den Keller zu tragen, als Donat von der Straße herauf-
kam. Josep begrüßte seinen Bruder freundlich, aber auch
mit einer inneren Wachsamkeit, denn er kannte den
Grund seines Besuchs.

»Lasst mich euch helfen.«

»Nein, du setzt dich hin und ruhst dich aus. Du hast
einen langen Weg hinter dir«, sagte ihm Josep. Tatsächlich wurden sogar die größeren und schwereren Fässer
am besten von zwei Männern getragen, ein dritter wäre
nur im Weg. Aber Donat trottete hinter ihnen her, während sie ein Fass schleppten, und besah sich den Keller
sehr eingehend.

»Da steckt eine Menge Arbeit drin. Pare würde stau-
nen, wenn er den Keller in seinem Hügel sähe!«

Josep lächelte und nickte.

Donat deutete auf die halb fertige Steinmauer vor
der Erdwand. »Ich könnte dir bei dieser Arbeit zur Hand
gehen, wenn ich für ein paar Tage aus der Fabrik weg-
könnte.«

»O nein, vielen Dank, Donat, mir macht die Arbeit
mit den Steinen Spaß. Ich mache einfach hin und wieder ein Stück.«

Sein Bruder bummelte herum und sah zu, wie sie den
Rest der Fässer in den Keller trugen, und dann nahm
der Besuch eine gute Wendung, denn Josep füllte einen
Krug mit seiner Weinmischung, und damit gingen die
beiden zu Nivaldo.

Der alte Mann war beeindruckt von dem Wein und
sichtlich erfreut über den Besuch der beiden Brüder,
und die drei saßen einige Stunden lang freundschaft-

lich bei dem Wein und mehreren Schüsseln von Nivaldos Eintopf zusammen.

Als sie gingen, gab Nivaldo Donat einen Käse für
Rosa mit. Dann spazierten Josep und sein Bruder durch
die stille Kühle des Abends zur *casa* zurück.

»Friedvoll«, sagte Donat. »Ein gutes altes Dorf, nicht?«

»Ja«, sagte Josep.

Er machte ihm ein Lager aus einer Decke und einem
Kissen, und Donat, der den Wein spürte, legte sich sofort
hin. »Gute Nacht, Josep«, sagte er herzlich.

»Schlaf gut, Donat.«

Josep wusch und trocknete den Krug, und als er die
Treppe nach oben stieg, hörte er die vertrauten Schnarch-
geräusche seines Bruders.

Am nächsten Morgen aßen sie Brot und harten Käse,
und dann rülpste Donat, schob den Stuhl zurück und
stand auf. »Sollte mich jetzt auf den Weg machen, damit
mich jemand mitnimmt. Morgens sind ja doch mehr
Gespanne unterwegs.«

Josep nickte.

»Also, das Geld.«

»Ach, die Raten. Ich habe das Geld noch nicht.«

Donats Gesicht rötete sich. »Was soll das heißen? Du
hast mir gesagt: ›Zwei Raten nach der nächsten Ernte.‹«

»Na ja, ich habe den Wein gemacht. Jetzt verkaufe ich
ihn und bekomme das Geld.«

Donat starrte ihn an. »Wem willst du ihn verkaufen?
Und wann?«

»Ich weiß es noch nicht. Ich muss es erst lernen. Keine

Sorge, Donat. Du hast den Wein gekostet. Der ist wie Geld in deiner Tasche und dazu noch die zehn Prozent.«

»Rosa wird fuchsteufelswild sein«, sagte Donat mit einem Seufzen. Er ging zum Stuhl und setzte sich wieder. »Es ist schwer für dich mit diesen Zahlungen, nicht?«

»Es ist gerade eine schwierige Zeit«, sagte Josep. »Ich hatte unerwartete Ausgaben. Du musst einfach ein wenig länger auf dein Geld warten, das ist alles.«

»Ich habe mir etwas überlegt, das dir die Sache erleichtern könnte ... Ich würde gern ins Dorf zurückkommen. Als dein Partner.«

Sie betrachteten einander.

»Nein, Donat«, sagte Josep sanft.

»Wie wär's dann damit. Du hast zwei Parzellen Land. Du gibst eins – egal welches – Rosa und mir, um deine Schulden bei uns zu begleichen. Es könnte schön sein, Josep, wenn wir beide nebeneinander lebten. Wenn du guten Wein machen willst, dann helfe ich dir, und wir beide könnten zusammenarbeiten und den normalen Wein für Essig verkaufen. Zwei Brüder, die sich gemeinsam ihren Lebensunterhalt verdienen.«

Josep zwang sich, den Kopf zu schütteln. »Was ist mit deinen Plänen geschehen?«, fragte er. »Ich dachte, du arbeitest sehr gern in der Fabrik.«

»Ich habe Schwierigkeiten mit einem Vorarbeiter«, sagte Donat betrübt. »Er hackt auf mir herum, macht mir das Leben zur Hölle. Ich werde es nie bis zum Mechaniker schaffen. Und die verdammten Maschinen machen meine Ohren kaputt.« Er seufzte. »Hör zu, wenn es sein muss, arbeite ich sogar gegen Lohn bei dir.«

Etwas in Josep erschauerte, als er sich daran erinnerte, wie es in ihrer Jugend gewesen war: die beständigen Streitereien, und dass er immer Donats Arbeit mitmachen musste.

»Es würde nicht gut gehen«, sagte er und sah, dass der Blick seines Bruders sich verhärtete.

»Ich gebe dir etwas von der zweiten Pressung mit nach Hause«, sagte Josep und beschäftigte sich damit, eine Flasche auszuspülen und einen Korken zu suchen.

Donat kam mit ihm zu dem Fass. »Wir sind wohl nicht gut genug für deinen Besten?«, fragte er grob.

Josep bekam ein schlechtes Gewissen. »Gestern wollte ich, dass du die Mischung kostest, aber ich werde ihn nicht selbst trinken oder verschenken«, sagte er. »Ich muss ihn verkaufen, damit ich dir dein Geld geben kann.«

Donat stellte die volle Flasche in seinen Beutel, wandte sich ab und brummte etwas vor sich hin.

Was sollte dieses Brummen bedeuten? Elender Mistkerl? Danke? Auf Wiedersehen?

Josep stand da und schaute Donat nach, der langsam den Pfad hinunter zur Straße ging, und sein Bruder kam ihm vor wie ein müder Mann, der Trauben stampfte.

Der Besuch

*F*ast während des ganzen Herbstes hatten die *castellers* von Santa Eulalia sich nicht getroffen, doch kaum war die Traubenernte vorüber, rief Eduard seine Kletterer zusammen.

Josep freute sich sehr, bei der Übung wieder dabei zu sein, auch wenn er nicht verstand, warum es ihm gefiel. Er fragte sich, was Männer dazu brachte, auf den Schultern anderer zu stehen und, so hoch es nur irgend geht, einen Turm zu bauen aus Fleisch und Knochen anstatt aus Steinen und Mörtel und es mit Freuden immer wieder zu tun.

Unweigerlich kam es ab und an so weit, dass durch ein kleines Versehen, ein kurzes Abgelenktsein, eine falsche Bewegung ein Missgeschick geschah, ein Zittern und Schwanken, gefolgt von einer Masse von Leibern, die zu Boden purzelten.

»Zu einem Sturz muss es überhaupt nicht kommen«, sagte Eduard seinen Türmlern, »wenn jeder genau weiß, was er zu tun hat, und es jedes Mal auf genau die gleiche Weise tut. Hört auf mich, und wir werden nichts als Erfolg haben. Wir brauchen Kraft, Gleichgewicht, Mut und gesunden Menschenverstand. Ich will, dass ihr schnell und schweigend hinauf- und hinuntersteigt, dass ihr es mit Hingabe tut und keine Sekunde vergeudet, dass jeder auf sich selbst achtet. Aber wenn ihr fallen solltet ...« Er hielt inne, weil er wollte, dass sie ihm gut zuhörten. »Wenn ihr fallen solltet, versucht nicht nach außen, nicht vom Turm weg zu fallen, denn dort lauern die Verletzungen. Fallt auf den Sockel des Turms zu, denn dort wird euer Sturz abgefangen von der *pinya* und dem *folre*.«

Ganz unten am Sockel des Turms wurden die starken Männer, die die Hauptlast der nachfolgenden Ebenen trugen, von einer großen Menschenmenge umringt, die gegen sie drückte und so die *pinya*, die Masse, bildete. Auf den Schultern der *pinya* standen andere Männer, der *folre*, die ebenfalls nach innen drückten, um die dritte und vierte Ebene der Kletterer zu schützen.

Josep betrachtete die *pinya* und den *folre* als großen Wurzelballen, der dem Stamm eines himmelwärts wachsenden Baums Kraft verlieh.

Die Fachbegriffe hatte er sehr schnell gelernt. Ein Aufbau mit drei oder mehr Männern je Ebene war ein Kastell. Mit zwei Männern je Ebene war es ein Turm, mit einem Mann je Ebene eine Säule.

»Wir haben eine Einladung«, erzählte ihnen Eduard. »Die *castellers* von Sitges fordern uns zu einem Wettbewerb im Kastellbauen heraus, drei Männer je Ebene, und zwar am Freitag nach dem Ostersonntag auf ihrem Marktplatz – die Fischer von Sitges gegen die Weinbauern von Santa Eulalia.«

Händeklatschen und zustimmendes Gemurmel waren zu hören, und Eduard lächelte und hob warnend die Hand. »Die Fischer werden ein sehr starker Gegner sein, weil sie auf schwankenden Schiffen in rauer See beständig um ihr Gleichgewicht kämpfen müssen. Ich habe sehr lange darüber nachgedacht, wie wir unser bestes Kastell acht Ebenen hoch bauen können.«

Eduard hatte das Gebilde bereits auf Papier entworfen, und jetzt rief er die Namen auf; jeder Kletterer nahm den ihm zugewiesenen Platz ein, und langsam und noch etwas unsicher wuchs die Menschenpyramide in die Höhe.

Josep hatte seinen Platz auf der vierten Ebene, und insgesamt dreimal bauten sie das Kastell auf und wieder ab, wobei Eduard die Kletterer genau beobachtete und mehrere Änderungen und Ersetzungen vornahm.

Während einer Pause bemerkte Josep, dass Maria del Mar und Francesc auf den Platz gekommen waren. Sie stand bei Eduard, die beiden steckten die Köpfe zusammen und unterhielten sich mit ernsten Gesichtern, und schließlich nickte Eduard.

»Klettere auf mich«, rief er Francesc zu und drehte ihm den Rücken zu.

Francesc fing humpelnd zu laufen an, und Josep schnürte es die Kehle zu. Es sah schlimm aus, denn der Junge trippelte fast wie ein Krebs. Aber er gewann an Schwung und warf sich auf Eduards Rücken und hangelte sich zu seinen Schultern hoch.

Eduard war zufrieden. Er drehte sich um und fing Francesc auf und befahl dann den ersten vier Ebenen des Turms, noch einmal zu klettern, damit man den Jungen prüfen konnte.

Als Josep seinen Platz eingenommen hatte, konnte er Francesc nicht mehr sehen. Die Leute standen in lockeren Gruppen zusammen und unterhielten sich, aber gleich darauf fingen die Trommeln und *gralles* mit Schwung zu spielen an, als wäre es eine Vorstellung am Königshof und nicht nur eine Gelegenheit, einen sehr jungen Kletterer zu beurteilen.

Wenige Augenblicke später spürte Josep kleine Hände, die sich an seiner Hose festkrallten, und plötzlich hing der Junge an ihm wie ein Affe. Francescs Arme legten sich um seinen Hals, und er spürte den Atem des Jungen.

»Josep!«, sagte eine freudige Stimme in sein Ohr.

Gleich darauf kletterte Francesc schnell wieder hinunter.

Am Sonntagnachmittag schob Josep gerade einen Schubkarren mit Kies aus dem Keller zur Straße, um ihn dort auszubreiten, als er einen von einem grauen Pferd gezogenen Einspänner heranrollen hörte, in dem eine Frau und ein Mann saßen.

Als sie näher kamen, sah er, dass die Frau seine Schwägerin Rosa Sert war. Den Mann hatte er noch nie zuvor gesehen. Rosa winkte knapp, als der Mann das Pferd zum Weinberg lenkte.

»*Hola*«, rief Josep und ließ die Arbeit sein.

»*Hola*, Josep«, sagte Rosa. »Das ist mein Vetter, Carles Sert. In der Fabrik werden die Maschinen gewartet, ich habe deshalb ein wenig Freizeit, und Carles wollte einen Ausflug aufs Land machen, und so …«

Josep schaute sie an und nickte stumm.

Carles, der Anwalt.

Er führte sie zur Bank, brachte einen Krug mit kaltem Wasser und wartete, bis sie getrunken hatten.

»Mach nur mit deiner Arbeit weiter«, sagte Rosa und winkte ihn davon. »Kümmere dich nicht um uns.«

Also holte er sich noch einen Schubkarren voll Kies und streute ihn auf der Straße aus. Hin und wieder schaute er hoch, um nachzusehen, was sie machten. Rosa führte den Anwalt auf dem Anwesen umher. Der Mann sagte nicht viel, aber sie redete fast ununterbrochen. Sie verschwanden zwischen den Rebstöcken, dann tauchten sie wieder auf und gingen zur *masia*. Ein Stück davor blieben sie stehen, um das Haus zu begutachten, und dann spazierten sie neugierig spähend einmal darum herum.

»Was soll denn das«, knurrte Josep leise, denn der Anwalt rüttelte an der Tür, um zu sehen, ob sie auch solide war. Er legte die Schaufel weg und ging verärgert zu den beiden. »Verschwindet von hier. Und zwar sofort.«

»Kein Grund, so unfreundlich zu sein«, sagte der Vetter kalt.

»Sie hat den Karren vor das Maultier gespannt. Ihre Base kann warten, denn erst wenn ich die dritte Rate nicht bezahlt habe, kann sie das Anwesen in Besitz nehmen. Bis dahin, runter von meinem Land.«

Sie gingen stumm davon, ohne ihn noch einmal anzusehen. Rosas Mund war herablassend spitz, wie um

Josep zu verstehen zu geben, dass er nicht wisse, wie man mit kultivierten Leuten sprach.

Der Anwalt schnalzte mit den Zügeln, das graue Pferd zog sie davon, und Josep stand vor dem Haus und sah sie verschwinden.

Was mache ich jetzt?, fragte Josep sich.

Ein Ausflug zum Markt

Josep hatte von Quim einunddreißig Flaschen geerbt, aber nur vierzehn davon hatten die richtige Form und fassten genau einen Dreiviertelliter. Zwischen seinen Werkzeugen fand er noch vier alte Flaschen, und als er Briel durchs Dorf schickte, um alle einzusammeln, die er finden konnte, kam der mit elf weiteren zurück.

Er schrubbte und spülte die neunundzwanzig Flaschen, bis sie glänzten, dann füllte er sie mit dem dunklen Wein und steckte vorsichtig die Korken hinein. Maria del Mar kam zu ihm und half ihm, die Etiketten zu beschriften. Der Anblick der gefüllten Flaschen machte sie aus irgendeinem merkwürdigen Grund beide unsicher.

»Wo willst du sie verkaufen?«

»Ich werde es in Sitges versuchen. Morgen ist Markttag. Ich dachte mir, ich nehme den Jungen mit, wenn du nichts dagegen hast«, sagte er, und sie nickte.

»Ach, das wird ihm gefallen … Was soll ich auf diese Etiketten schreiben?«

»Ich weiß nicht … Finca Àlvarez? Bodega Àlvarez? Nein, das klingt zu aufgeblasen. Vinya Àlvarez vielleicht?«

Sie runzelte die Stirn. »Das klingt alles nicht so ganz richtig.« Sie tauchte die Spitze in die Tinte und zeichnete mit kratzender Feder einige Kringel und einen Stängel.

Als sie ihm das Etikett zeigte, schaute er es an und zuckte die Achseln. Aber er lächelte dabei.

Früh am nächsten Morgen wickelte er jede Flasche in mehrere Lagen Zeitungspapier – alte Ausgaben von Nivaldos *El Cascabel* – und baute dann in seinem Karren ein Nest aus alten Decken, um die Flaschen auf der Fahrt nach Sitges zu schützen. In einen Stoffbeutel packte er *xoriço* und *pa*, und auch der kam, zusammen mit einem Eimer und zwei Trinkbechern, auf den Karren.

Es war noch dunkel, als er seinen Maulesel vor Maria del Mars Haus anhielt, aber Francesc wartete bereits fertig angezogen auf ihn. Maria del Mar stand, eine Tasse Kaffee an den Lippen, da und schaute zu, wie die beiden, der Junge neben Josep auf dem Bock, davonfuhren.

Francesc war still, aber er hatte Santa Eulalia noch nie verlassen, und sein Gesicht verriet seine Aufregung. Sehr bald erreichten sie für den Jungen neues Gebiet, und Josep sah, dass seine Augen überall waren, auf den seltenen *masies*, den fremden Feldern und Weinbergen und Olivenhainen, auf drei schwarzen Stieren hinter einem Zaun, auf dem weit entfernten Montserrat, der nach dem Himmel griff.

Als die Sonne herauskam, war es sehr angenehm, mit dem Jungen neben sich auf dem Bock zu sitzen, während der Maulesel nach Norden trottete.

»Ich muss pinkeln«, sagte Josep nach einer Weile. »Musst du auch?«

Francesc nickte, und Josep hielt bei einigen Pinien an. Er hob Francesc herunter, und dann standen die beiden nebeneinander am Straßenrand, zwei Männer, die den Ginster wässerten. Vielleicht bildete er es sich nur ein, aber als sie zum Karren zurückkehrten, meinte Josep an Francescs Hinken eine gewisse Großspurigkeit zu erkennen.

Die Sonne stand hoch am Himmel, als sie Sitges erreichten, und auf dem Markt drängten sich bereits die Händler, sodass Josep sich mit einem freien Platz in der hintersten Reihe begnügen musste, neben einem Stand, von dem die köstlichen Gerüche von simmernden Tintenfischen und Krabben und knoblauchduftendem Fischeintopf herüberwehten. Einer der stämmigen Köche bediente gerade einen Kunden, doch der andere kam mit einem Lächeln auf dem Gesicht zu dem Karren herüber.

»*Hola*«, sagte er und warf einen Blick auf die in Zeitungspapier eingewickelten Flaschen. »Was verkaufst du da heute?«

»Wein.«

»Wein? Ist er gut?«

»Nicht nur gut. Etwas ganz Besonderes.«

»Aha… Und wie viel kostet dieser ganz besondere Wein?«, fragte der Mann mit gespielter Ehrfurcht.

Als Josep es ihm sagte, schloss er die Augen und bog die Mundwinkel nach unten. »Das ist doppelt so viel, wie man sonst für eine Flasche Wein bezahlen muss.«

Josep wusste natürlich, dass das stimmte, aber das war der Preis, den er erzielen musste, um seine Schulden bei Rosa und Donat bezahlen zu können.

»Nein, es ist doppelt so viel, wie man für gewöhnlichen Wein aus der Gegend bezahlen muss, und der ist Mulipisse. Das ist *Wein*.«

»Und wo wird dieser wunderbare Wein gemacht?«

»Santa Eulalia.«

»Santa Eulalia? Ich bin ein Türmler von Sitges. Wir werden bald gegen eure Türmler antreten.«

Josep nickte. »Ich weiß. Ich bin auch einer.«

»Na so was.« Der Mann grinste. »Ah, wir werden euch erbarmungslos schlagen, Senyor.«

Josep grinste zurück. »Vielleicht nicht, Senyor.«

»Ich bin Frederic Fuxà, und der da ist mein Bruder Efrèn. Er ist der Gehilfe unseres Mannschaftsführers, und er und ich sind in der dritten Ebene.«

Dritte Ebene, wunderte sich Josep. Dieser Mann und sein Bruder waren wirklich groß und kräftig. Wenn sie in der dritten Ebene standen, wie sahen dann die Männer in den ersten beiden Ebenen aus?

»Ich bin in der vierten Ebene. Ich heiße Josep Àlvarez, und das ist Francesc Valls, der gerade lernt, unsere *enxaneta* zu werden.«

»Die *enxaneta*? Ja, das ist eine sehr wichtige Aufgabe. Niemand kann einen *castellers*-Wettbewerb gewinnen ohne einen guten kleinen Reiter ganz oben auf der Spitze«, sagte Fuxà zu Francesc, der daraufhin lächelte.

»Nun, ich wünsche euch beiden viel Glück für heute.«

»Vielen Dank, Senyor. Willst du vielleicht meinen Wein kaufen?«

»Der ist zu teuer. Ich bin ein schwer arbeitender Fischer, Senyor Àlvarez, kein wohlhabender Weinmacher aus Santa Eulalia«, erwiderte Fuxà gutmütig und kehrte zu seinem Stand zurück.

Josep füllte den Eimer an einer öffentlichen Pumpe und stellte ihn auf die Ladefläche.

»Deine Aufgabe wird es sein, die Becher zu spülen, nachdem jemand den Wein gekostet hat«, sagte er.

Francesc nickte. »Was machen wir jetzt, Josep?«

»Jetzt? Wir warten«, sagte ihm Josep, und der Junge nickte noch einmal, setzte sich auf den Karren und nahm erwartungsvoll die beiden Becher in die Hand.

Die Zeit verging nur langsam.

In den inneren Gassen des Marktes herrschte reges

Treiben, aber zu der letzten Reihe, wo die meisten Plätze noch frei waren, kamen sehr viel weniger Leute.

Josep schaute hinüber zu dem Essensstand, wo gerade eine dralle Frau eine Portion *truita* kaufte.

»Eine Flasche guten Weins, Senyora?«, rief er, aber sie schüttelte den Kopf und ging davon.

Ein paar Minuten später kauften zwei Männer Tintenfisch und aßen ihn im Stehen vor dem Stand.

»Eine Flasche guten Weins?«, rief Josep, und die Männer schlenderten zum Karren.

»Wie viel?«, fragte einer der beiden, noch immer kauend.

Als Josep es ihnen sagte, schluckte der Mann und schüttelte den Kopf. »Zu teuer«, sagte er, und sein Begleiter nickte und wandte sich ab.

»Probiert doch einen Schluck, bevor ihr geht.«

Josep wickelte eine Flasche aus und griff nach dem Korkenzieher. Vorsichtig goss er den Wein in die beiden Becher, etwa ein Viertel der Menge einer normalen kleinen Portion.

Die Männer nahmen die Becher und tranken, jeder zwei langsame Schlucke.

»Gut«, sagte der eine widerwillig.

Sein Freund brummte.

Sie schauten einander an.

»Wir kaufen vielleicht jeder eine Flasche, wenn Sie uns einen besseren Preis machen.«

Josep lächelte, schüttelte aber den Kopf. »Nein, das kann ich nicht.«

»Na dann …« Der Mann zuckte die Achseln, und sein

Begleiter gab seinen Becher mit einem Kopfschütteln zurück.

Frederic Fuxà hatte ihnen von seinem Stand aus zugesehen, und jetzt zwinkerte er Josep grimmig zu: Siehst du? Habe ich es dir nicht gesagt?

»Jetzt bist du an der Reihe«, sagte Josep zu Francesc, und der Junge strahlte und spülte die Becher in dem Wassereimer aus.

Nach einer Stunde hatten sie noch vier weitere Kostproben verteilt, aber noch keine einzige Flasche verkauft, und Josep fragte sich allmählich, ob ein Markt wirklich der richtige Ort war, um seinen Wein loszuwerden.

Aber die ersten beiden Männer, die den Wein gekostet hatten, kamen noch einmal zurück.

»Er war gut, aber ich bin mir noch nicht ganz sicher«, sagte der eine. »Ich brauche noch einen kleinen Schluck.«

Der andere nickte.

»Ach, tut mir leid. Aber ich kann jedem Kunden nur eine Kostprobe geben«, sagte Josep.

»Aber… danach kaufen wir vielleicht Ihren Wein.«

»Nein. Es tut mir aufrichtig leid.«

Der Mann machte ein verärgertes Gesicht, aber sein Begleiter sagte: »Was soll's. Ich nehme jetzt eine Flasche.«

Der erste Mann seufzte. »Ich dann auch«, sagte er schließlich.

Josep gab ihnen zwei in Zeitungspapier eingewickelte Flaschen, und während er spürte, wie ihm das Blut ins Gesicht stieg, nahm er ihr Geld mit zitternden Händen entgegen. Sein ganzes Leben lang hatte er nichts anderes gekannt, als dass seine Familie Wein produzierte, den Clemente gewohnheitsmäßig und zu festen Bedingungen abholte. Dies war nun das erste Mal, dass jemand sich bewusst für seinen Wein entschieden und ihm Geld dafür gegeben hatte.

»Vielen Dank, Senyors. Ich hoffe, ihr genießt meinen Wein«, sagte er.

Frederic Fuxà hatte von seinem Stand aus zugehört und kam nun zum Karren, um Josep zu gratulieren.

»Dein erster Verkauf des Tages. Aber hättest du etwas dagegen, wenn ich dir einen Rat gebe?«

»Natürlich nicht.«

»Mein Bruder und ich kommen seit neunzehn Jahren hierher. Wir sind Fischer, alles, was wir auf dem Markt kochen, müssen wir selbst aus dem Meer ziehen. Jeder kennt uns, und wir müssen nicht beweisen, dass unsere Sachen frisch und gut sind. Aber du bist neu auf dem Markt. Die Leute kennen dich nicht, also, was kann es schaden, wenn du Leuten eine zweite Kostprobe gibst?«

»Ich kann nur zwei von diesen Flaschen herschenken«, sagte Josep. »Alle anderen muss ich verkaufen, sonst bin ich in entsetzlichen Schwierigkeiten.«

Fuxà spitzte die Lippen und nickte. Für ihn als Geschäftsmann war das eine Lage, die er ohne ein weiteres Wort verstehen konnte.

»Ich würde deinen Wein selbst gern kosten, Senyor.«

Josep goss Wein in beide Becher. »Bring deinem Bruder auch einen.«

Frederic kaufte zwei Flaschen und Efrèn Fuxà eine.

Eine halbe Stunde später kamen zwei Männer und eine Frau an den Essensstand.

»*Hola!* Wie ist es dort, wo ihr heute seid? Verkauft ihr viel?«, fragte Efrèn.

»Nicht schlecht«, sagte die Frau. »Und bei euch?« Efrèn spitzte die Lippen und nickte.

»Wir haben gehört, dass jemand von seinem Wein Kostproben ausschenkt.«

Frederic deutete zu Joseps Karren. »Wirklich gut. Wir haben uns eben welchen für Ostern gekauft.«

Sie kamen zu Josep. Die Frau schmatzte mit den Lippen, als sie den Wein probierte. »Sehr gut. Aber unser Onkel macht Wein.«

»Igitt. Unser Onkel macht Wein, den keiner von uns trinkt, wenn er nicht dabei ist«, sagte einer der Männer, und alle drei lachten. Sie kauften jeder eine Flasche.

Frederic schaute ihnen nach, als sie davongingen. »Das war ein Glücksfall für dich. Die drei sind Gemüsebauern aus einer sehr wichtigen Familie in Sitges und geborene Schwätzer. An jedem Markttag besuchen sie abwechselnd andere Händler und tauschen Klatsch aus. Sie werden einigen Leuten von deinem Wein erzählen.«

In der nächsten halben Stunde kosteten sechs Leute den Wein, ohne zu kaufen. Dann kamen zwei Verkäufer gleichzeitig und ein dritter kam dazu. Josep war aufgefallen, dass die Einkaufenden auf dem Markt gern dorthin gingen, wo bereits andere standen, vielleicht aus dem menschlichen Bedürfnis heraus, wissen zu wollen, was andere als erstrebenswert erachteten. Genau so lief es jetzt auch ab, denn hinter den Verkäufern wartete bereits eine kleine Schlange von Interessenten, die sich vorerst nicht mehr auflöste.

Als Josep und Francesc es deutlich nach Mittag endlich schafften, ihre mitgebrachte Mahlzeit aus Brot und *xoriço* zu essen, hatte Josep das Spülwasser zweimal gewechselt und schließlich den Eimer ausgeschüttet. Trotz seiner beharrlichen Verweigerung einer zweiten Kostprobe hatte er die dafür vorgesehenen zwei Flaschen ausgeschenkt, doch neun Flaschen waren noch immer unverkauft. Aber zu der Zeit hatte es sich bereits herumgesprochen, dass ein Weinverkäufer auf dem Markt war, und so wurde er am späten Nachmittag, einige Stunden vor Marktende, seine letzte Flasche los.

Er kaufte Francesc einen Teller Tintenfisch, und während der Junge aß, besuchte Josep einen Gebrauchtwarenhändler und erstand vier leere Weinflaschen.

Auf der Heimfahrt saß Francesc auf seinem Schoß, und Josep zeigte ihm, wie er die Zügel halten musste. Doch Francesc schlief mit den Zügeln in der Hand ein. Eine halbe Stunde fuhr Josep mit der kleinen Gestalt an seiner Brust, dann wachte Francesc gerade lange genug auf, dass Josep ihn nach hinten legen konnte, und für den Rest der Fahrt schlief der Junge auf den Decken auf der Ladefläche neben den leeren Flaschen.

An diesem Sonntag kam der Anwalt mit seinem grauen Pferd wieder zum Weinberg, und diesmal war Donat bei ihm.

Der Anwalt saß in dem Einspänner und schaute Josep nicht an, der auf dem Sitz neben ihm eine lederne Mappe bemerkte. Bestimmt, dachte Josep, enthält sie Papiere, die ihm dazu dienen würden, das Land wegen Zahlungsverzugs in Besitz zu nehmen.

Sein Bruder begrüßte ihn nervös. »Hast du das Geld, Josep?«

»Ja«, sagte er leise.

Er hatte das Geld bereits fertig für sie abgezählt, und nun holte er aus dem Haus drei von ihm selbst verfasste Papiere, zwei Quittungen für die Raten, die er ausgelassen hatte und eine dritte für die Zahlung, die an diesem Tag fällig war. Er gab Donat die Papiere, der sie schnell durchlas und dann an Carles im Einspänner weitergab.

Der Anwalt las sie, zuckte die Achseln und nickte. Er war offensichtlich enttäuscht, denn er musste sich anstrengen, ein ausdrucksloses Gesicht zu machen.

Donats Gesicht allerdings zeigte unmissverständliche Erleichterung, als er das abgezählte Geld entgegennahm. Josep brachte Feder und Tinte, und Donat unterschrieb die drei Quittungen.

»Diese ganze Aufregung tut mir sehr leid, Josep«, sagte er, aber Josep antwortete nicht. Donat drehte sich um und ging zum Wagen, doch dann blieb er stehen und kam noch einmal zurück. »Sie ist keine böse Frau. Ich weiß, es sieht so aus, als wäre sie es. Es ist nur so, dass sie manchmal mit unserer Lage einfach nicht mehr zurechtkommt.«

Josep sah, dass Rosas Vetter Entschuldigungen nicht mochte; sein Gesicht war nun nicht mehr ausdruckslos, sondern deutlich missbilligend.

»Leb wohl, Donat«, sagte Josep, und sein Bruder nickte und stieg neben Carles Sert in den Wagen.

Josep stand vor seinem Haus und schaute ihnen nach. Schon komisch, dachte er, dass man sich gut und schlecht zugleich fühlen kann.

Eine Entscheidung

$\mathcal{E}$duard Montroig nahm die *castellers*-Wettbewerbe sehr ernst; und die Übungsstunden der Turmbauer von Santa Eulalia wurden sehr geschäftsmäßig, mit weniger Geplänkel und mehr Arbeit, um Gleichgewicht, Rhythmus und die Präzision ihrer Bewegungen zu vervollkommnen.

Eduard wusste eine ganze Menge über die Türmler von Sitges, die sehr geschickt und erfahren waren, und er war überzeugt, dass Santa Eulalia nur gewinnen konnte, wenn sie ihrem Kastell etwas ganz Besonderes hinzufügten. Er erdachte ein neues Element für ihren Aufbau, etwas, das von der Dorfmannschaft häufigeres und konzentrierteres Üben erforderte, und er ermahnte seine Leute, dass es ein Geheimnis bleiben müsse, um in Sitges damit zu überraschen.

Maria del Mar brachte ihren Sohn einige Male zu den Übungen, und dann schlug Josep vor, da er sowieso hingehe, könne er Francesc ja mitnehmen, und sie nahm das Angebot sehr gern an.

Für Josep war der Höhepunkt jeder Übung der Augenblick, wenn Francesc die drei Ebenen Männer hochkletterte und dann gerade lange genug an seinem Rücken hing, um ihm seinen Namen ins Ohr zu flüstern.

Francesc träumte von dem Tag, da er in der Lage sein würde, über viele Ebenen hochzuklettern, bis zur Spitze, und dann triumphierend die Arme zu heben.

Josep machte sich Sorgen um ihn, denn ein kleiner, schwacher Junge wäre besonders verletzlich, sollte ein Kastell einmal zusammenstürzen. Aber Eduard führte Francesc langsam an seine Aufgabe heran, und Josep wusste, dass Eduard umsichtig und vernünftig war, ein Mann, der keine unnötigen Risiken einging.

Eines Tages hatte Eduard das Ende seiner Trauerzeit erreicht, und ohne Aufhebens oder große Worte nahm er die schwarze Binde von seinem Hemdsärmel ab. Er behielt seine ruhige Würde, aber die Leute des Dorfes bemerkten eine Veränderung – wenn nicht gerade eine Leichtigkeit, so doch eine gewisse Entspanntheit in seinem Wesen –, und man munkelte, dass Eduard sich bald nach einer neuen Frau umsehen würde.

Einige Abende später stutzte Josep gerade seine Reben, als er Eduard die Straße entlanggehen sah. Er unterbrach seine Arbeit gern, denn er freute sich auf ihn. Doch zu seiner Überraschung hob Eduard nur die Hand zum Gruß und ging weiter. An der Straße lag hinter Joseps Land nur noch Maria del Mars Weingut.

Josep beschäftigte sich wieder mit seinen Reben, behielt aber die Straße im Auge. Er wartete sehr lange. Es dämmerte bereits, als er Eduard zurückkehren sah. Josep fiel auf, dass Francesc ihn begleitete.

»*Bona tarda*, Josep«, rief Eduard.

»*Bona tarda*, Josep«, wiederholte Francesc.

»*Bona tarda*, Eduard. *Bona tarda*, Francesc«, antwortete er herzlich, doch dabei schnitt er zu heftig und beinahe blind, sodass sein Messer eine völlig gesunde Rebe verletzte.

Er lag fast die ganze Nacht wach und starrte in die Dunkelheit. Eigentlich sollte er sich für Maria del Mar freuen, sagte er sich. Schon öfter hatte sie von dem Mann erzählt, von dem sie hoffte, dass er eines Tages in ihr Leben treten würde. Einer, der sanft war und sie mit Freundlichkeit behandeln würde. Ein gesetzter Mann, der nicht wieder davonrennen würde. Ein guter Arbeiter und einer, der ihrem Sohn ein guter Vater wäre.

Kurz gesagt … der ernsthafte Eduard Montroig. Vielleicht nicht gerade ein Mann mit viel Humor, aber ein guter Mensch und ein Gemeindeführer, jemand, der im Dorf etwas galt.

Am Morgen machte Josep sich wieder ans Stutzen, aber Verzweiflung stieg in ihm hoch so unerbittlich wie die Flut im Meer, und am späten Vormittag legte er sein Messer weg und ging zu ihrem Hof. Zwischen den Reben war sie nirgendwo zu sehen, deshalb klopfte er an ihre Tür.

Als sie ihm öffnete, erwiderte er ihren Gruß nicht.

»Ich will das Leben mit dir teilen. In jeder Hinsicht.«

Sie schaute ihn erstaunt an.

»Ich … habe die stärksten Empfindungen für dich. Die stärksten Empfindungen!« Jetzt begriff sie, das sah er. Ihr Mund zuckte – sie unterdrückte ein Lachen, so dachte er erschrocken – und schloss die Augen. Mit brechender Stimme plapperte er weiter, er konnte seine Worte und seine Gefühle nicht besser beherrschen als ein Stier, der blindlings auf die Degenspitze zustürmt. »Ich bewundere dich. Ich will jeden Tag mit dir arbeiten und jede Nacht mit dir schlafen. Jede Nacht, und nie wieder vögeln, als würden wir nur einem Freund einen Gefallen tun. Ich will deinen Sohn mit dir teilen, der ebenfalls meine Liebe hat. Ich will dir andere Kinder schenken. Ich will deinen Bauch mit Kindern füllen. Ich biete dir die Hälfte meiner Parzellen an. Es lasten noch Schulden auf ihnen, aber sie sind wertvoll, wie du weißt. Ich brauche dich, Marimar, ich brauche dich, und ich will, dass du meine Frau wirst.«

Sie war sehr blass geworden. Er sah, dass sie alle Kraft zusammennahm, sich daranmachte, ihn zu zerstören. Ihre Augen waren feucht, aber ihre Stimme war fest, als sie ihm antwortete.

»Ach, Josep … Natürlich.«

Er hatte sich auf eine Abweisung vorbereitet, und im ersten Augenblick begriff er gar nicht, was sie gesagt hatte.

»Du musst dich beruhigen, Josep. Natürlich will ich dich. Aber das musst du doch wissen«, sagte sie.

Ihr Mund zitterte, als sie ihn anlächelte, und für den Rest seines Lebens würde er nie genau wissen, ob in diesem Lächeln der Zärtlichkeit auch ein gewisser Triumph mitschwang.

PLÄNE

*E*r nahm Maria del Mars beide Hände in die seinen, konnte sie nicht mehr loslassen, und dann bedeckte er ihr Gesicht mit Küssen, wie eine Frau sie von einem liebenden Vater oder Bruder erhält. Doch als sein Mund den ihren fand, war nicht mehr daran zu zweifeln, dass sie sich als Liebende küssten.

»Wir müssen zum Pfarrer gehen«, sagte sie schwach. »Ich will dich an mich gebunden wissen, bevor du wieder zur Vernunft kommst und davonrennst.« Aber ihr Lächeln verriet ihm, dass sie sich deswegen nicht wirklich Sorgen machte.

Pare Pío nickte, ohne überrascht zu sein, als sie ihm sagten, dass sie heiraten wollten.

»Wo wurdet ihr getauft?«

Er nickte noch einmal, als ihm beide sagten, dass es in der Kirche geschehen war, in der er jetzt als Pfarrer diente.

»Ist Eile geboten?«, fragte er Maria del Mar und nahm dabei seinen Blick nicht von ihrem Gesicht.

»Nein, Pare.«

»Gut. Einige in der Kirche glauben, dass, sofern das möglich ist, eine Verlobung zwischen zwei strengen Katholiken ein ganzes Jahr dauern sollte«, sagte der Pfarrer.

Maria del Mar verstummte. Josep brummte und schüttelte langsam den Kopf. Dann schaute er Pare Pío ohne Trotz, aber auch ohne Furcht an.

Der Priester zuckte die Achseln. »Wenn die künftige Braut Witwe ist, dann ist eine so lange Verlobung nicht so wichtig«, sagte er kühl. »Aber wir haben zwei Drittel der Fastenzeit bereits hinter uns. Der Ostersonntag ist am 2. April. Zwischen jetzt und dem Ende der Osterwoche sind wir in unserer feierlichsten Zeit des Gebets und der Versenkung, und das ist keine Zeit, in der ich bereit bin, eine Verlobung oder eine Hochzeit zu feiern.«

»Wann werden Sie uns dann trauen können?«, fragte Josep.

»Ich kann das Aufgebot nach der Osterwoche anschlagen... Sollen wir uns darauf einigen, dass ihr am letzten Sonntag im April verheiratet werdet?«, fragte der Pare.

Maria del Mar runzelte die Stirn. »Das bringt uns in die Zeit, da die Frühlingsarbeit im Weinberg am schwersten ist. Ich will nicht, dass wir nur kurz die Arbeit niederlegen, um getraut zu werden, und dann gleich wieder in den Weinberg zurückkehren.«

»Wann wäre es dir dann lieber?«

»Am ersten Samstag im Juni.«

»Ihr wisst aber, dass ihr zwischen jetzt und diesem Tag nicht zusammen wohnen oder Beziehungen wie Mann und Frau aufnehmen dürft?«, fragte er streng.

»Ja, Pare«, sagte Maria del Mar. »Ist dir der Tag ebenfalls recht?«, fragte sie Josep.

»Wenn es dein Wunsch ist«, sagte Josep zu ihr.

Er erlebte gerade etwas für ihn völlig Fremdes, und erschrocken erkannte er es als Freude.

Als sie dann allein waren, mussten sie sich eingestehen, dass die Wartezeit schwierig werden würde. Sie umarmten einander keusch.

»Der 2. Juni ist erst in zehn Wochen. Eine lange Zeit.«

»Ich weiß.«

Sie warf einen schnellen Blick auf Francesc, der im Staub zu ihren Füßen mit einigen runden Steinen spielte, und dann rückte sie dichter an Josep, damit sie ihm ins Ohr flüstern konnte.

»Ich glaube, es wäre gut für Francesc, wenn er auf ein Kleines aufpassen würde, während wir arbeiten, oder was denkst du?«

Er nickte. »Ich würde am liebsten gleich damit anfangen.«

Als sie einander anschauten, erlaubte er sich Gedanken, die er dem Priester nicht mitteilen würde.

Vielleicht hatte sie ähnliche Gedanken.

»Ich glaube, wir sollten in den nächsten Wochen nicht allzu viel Zeit miteinander verbringen«, sagte sie. »Es wird das Beste sein, wenn wir der Versuchung aus dem Weg gehen, denn wenn wir die Beherrschung verlieren, müssen wir vor der Hochzeit zur Beichte gehen.«

Er stimmte ihr widerstrebend zu, denn er wusste, dass sie recht hatte.

»Wie heißt das Wort, wenn wohlhabende Leute Geld in ein Geschäft stecken?«, fragte sie.

Er war verwirrt. »Eine Investition?«

Sie nickte; es war das Wort, das sie gemeint hatte. »Das Warten wird unsere Investition sein«, sagte sie.

Josep mochte Eduard Montroig und wollte ihn mit Hochachtung behandeln. Noch an diesem Nachmittag ging er zu Eduards Weingut und erzählte ihm ruhig, aber in offenen Worten, dass er und Maria del Mar beim Pfarrer gewesen seien und heiraten wollten.

Eduard verriet sich nur mit dem kürzesten Stirnrunzeln, doch dann strich er sich über das lange Kinn, und sein unscheinbares Gesicht erhellte ein Lächeln. »Sie wird dir eine gute Frau sein. Ich wünsche euch beiden viel Glück«, sagte er.

Josep verriet die Neuigkeit nur noch einer einzigen Person, Nivaldo, der mit ihm ein Gläschen darauf trank. Nivaldo freute sich sehr.

Ein Wettkampf in Sitges

*A*m Sonntag nach Ostern saßen Josep und Maria del Mar mit Francesc zwischen sich in der Kirche und lauschten Pare Pío.

»Ich verkünde das Aufgebot der Heirat zwischen Josep Àlvarez und Maria del Mar Orriols, beide aus dieser Gemeinde. Wenn jemand von euch einen Grund kennt, warum sie nicht im Heiligen Sakrament der Ehe vereinigt werden sollen, so möge er es sagen. Ich stelle diese Frage heute zum ersten Mal.«

Er hatte das Aufgebot an der Kirchentür angeschlagen und würde es an den nächsten beiden Sonntagen noch einmal verlesen, und danach wären sie offiziell verlobt.

Während der Pfarrer nach dem Gottesdienst an der Kirchentür stand, um seine Gemeinde zu verabschieden, und Francesc vor dem Lebensmittelladen saß und eine Wurst aß, standen Josep und Maria del Mar auf der *plaça* und nahmen die Glückwünsche, Umarmungen und Küsse des ganzen Dorfes entgegen.

Josep verlegte sich auf schwere Arbeit, um die langen Tage ungeduldigen Wartens auszufüllen. Nach dem Rebschnitt machte er sich daran, den Keller weiter auszubauen, und am ersten Freitag im April, dem Tag des *castellers*-Wettkampfs, hatte er zwei Drittel der steinernen Stützmauer fertig. Er hatte viele Märkte besucht und noch dreißig weitere Weinflaschen gefunden. Ausgewaschen, mit dunklem Wein gefüllt und etikettiert, wurden sie in Zeitungspapier eingewickelt und auf ein Nest aus Decken auf der Ladefläche des Karrens gelegt, auf der nun auch Francesc saß. Maria del Mar hatte neben Josep Platz genommen, und gemeinsam fuhren sie zum Markt nach Sitges.

Es war dieselbe Fahrt, die er mit dem Jungen schon einmal gemacht hatte, aber es gab erkennbare Unterschiede. Als sie zu dem Pinienhain kamen, hielt Josep wieder an, aber diesmal ging er mit dem Jungen zwischen die Bäume, damit sie ungesehen pinkeln konnten, und als sie zurückkehrten, suchte auch Marimar den Schutz der Bäume auf.

Die Fahrt war schön. Marimar war eine angenehme, stille Begleitung und in Feiertagsstimmung. Irgendwie vermittelte ihre Art Josep das Gefühl, er sei bereits ein Familienvater, und das gefiel ihm sehr.

In Sitges angekommen, fuhr er direkt zu dem Platz neben dem Fischstand der Gebrüder Fuxà, die ihn herzlich, aber auch mit der vergnügt drohenden Ankündigung begrüßten, dass sie die Türmler von Santa Eulalia im bevorstehenden Wettkampf vernichten würden.

»Wir haben schon auf dich gewartet«, sagte Frederic, »weil wir unseren Wein während der Feiertage geleert haben.«

Jeder der beiden Brüder kaufte zwei neue Flaschen, noch bevor Josep seinen Karren richtig aufgestellt hatte, und diesmal musste er nicht lange auf Kundschaft warten, denn einige seiner Standnachbarn kamen herbei, um Wein zu erwerben, und zogen so eine kleine Schar von Kaufwilligen an. Maria del Mar half Josep, und das tat sie so natürlich, als hätte sie ihr ganzes Leben lang hinter einem Karren gestanden und Waren feilgeboten.

Die meisten Einwohner von Santa Eulalia waren auf den Marktplatz gekommen. Tatsächlich war ja eine große Anzahl der Dorbewohner entweder Kletterer, oder sie gehörten zur *pinya* oder zum *folre*, die die unteren beiden Reihen des *castell* stützten. Die meisten von Joseps Nachbarn waren ebenfalls hier, um an dem Wettkampf teilzunehmen oder ihm zuzusehen, und schlenderten an seinem Stand vorbei.

Einige Leute aus Sitges, die er kannte, waren da, um ihre Mannschaft anzufeuern, und auch sie blieben an seinem Karren stehen, um ihn zu begrüßen und sich Francesc und Maria del Mar vorstellen zu lassen. Juliana Lozano und ihr Mann kauften eine Flasche, und Emilio Rivera kaufte drei.

Josep verkaufte seine letzte Flasche, lange bevor der Markt für etwa eine Stunde schloss, damit der Wettbewerb stattfinden konnte. Er, Marimar und Francesc setzten sich hinten auf den Karren, aßen den Fischeintopf der Fuxàs und schauten den beiden Brüdern zu, wie sie sich gegenseitig in ihre *faixa* halfen.

Nach dem Essen hielt Maria del Mar das eine Ende der *faixa* fest, während Josep sich drehte und drehte und sich so in ein Korsett wickelte, das so straff saß, dass er kaum atmen konnte.

Während sie sich einen Weg durch die Menge bahnten, fingen die Musiker aus Sitges zu spielen an, und Francesc griff nach Joseps Hand.

Bald darauf rief eine klagende Melodie den Sockel des Sitges-Kastells zusammen, und sobald der geformt war, begannen die Kletterer mit ihrem Aufstieg.

Eduard hatte recht gehabt, was die Art dieses Wettkampfs anging, das sah Josep sofort. Die Männer aus Sitges stiegen, ohne auch nur eine Sekunde zu vergeuden und ohne die kleinste unnötige Bewegung, und ihr Kastell wuchs mit rascher Tüchtigkeit in die Höhe, bis der Junge, der ihre *enxaneta* war, als achte Ebene über die Männerrücken kletterte, die Arme triumphierend hob und auf der anderen Seite wieder herunterstieg, worauf die Türmler ihr Kastell so zügig wieder zerlegten, wie es gewachsen war. Die Menge klatschte und jubelte.

Nun begannen die Musiker aus Santa Eulalia, die bereits ihre Plätze eingenommen hatten, zu spielen. Die *gralles* riefen Josep, und er zog seine Schuhe aus und gab sie Francesc, während Maria del Mar ihm viel Glück wünschte.

Der Sockel von Santa Eulalia war schnell gebildet, und kurz darauf war Josep an der Reihe. Er kletterte rasch und behände, wie er es bei den Übungen schon so viele Male gemacht hatte, und bald stand er auf Leopoldo Flaquers Schultern, legte die Arme um Albert Fiores und Marc Rubiós Schultern und stützte sie, so wie sie ihn stützten.

Dann stand Briel Taulè auf ihm.

Die vierte Ebene war noch nicht sonderlich hoch, doch Josep bot sie eine gute Aussicht. Zwar konnte er Maria del Mar und Francesc nicht sehen, doch unter Marcs Arm hindurch schaute er auf hochgereckte Gesichter und Leute, die am Rand der Zuschauermenge herumgingen.

Er sah zwei Nonnen, die eine klein, die andere groß, in schwarzen Kutten und weißen Flügelhauben.

Einen Jungen mit wirren Haaren, der einen sich windenden gelben Hund in den Armen trug.

Einen dicken Mann, der ein langes Brot bei sich hatte.

Einen Mann mit sehr geradem Rücken in einem grauen Anzug, vielleicht ein Geschäftsmann, der einen breitkrempigen Hut in der Hand hielt. Und der leicht hinkte.

Josep kannte diesen Mann.

Und plötzlich raste die Angst durch seinen Körper. Er wollte davonlaufen, konnte sich aber nicht bewegen, er war gefangen und völlig ungeschützt, wie eingesperrt hoch oben in der Luft. Seine Knie waren auf einmal kraftlos, sodass er seine Begleiter fester umklammern musste, und Albert schaute ihn an.

»Alles in Ordnung, Josep?«, fragte Albert, aber Josep antwortete nicht.

Die Haare des Mannes waren noch immer pechschwarz, aber oben auf dem Kopf war ein kleiner, kahler Kreis zu sehen … Nun ja, sieben Jahre.

Dann war er verschwunden.

Josep senkte den Kopf so weit, wie es ging, ohne die Verbindung mit seinen Nachbarn zu lösen, und spähte unter Marcs Arm hindurch nach dem Mann.

Vergebens.

»Ist was?«, fragte Marc barsch, aber Josep schüttelte den Kopf und hielt weiter seine Kameraden fest umklammert.

Jetzt entstand unten ein Gemurmel, und die Leute deuteten nach oben, wo Eduards Überraschung – eine zusätzliche Ebene von Kletterern – Gestalt annahm, und dann eilte die *enxaneta* über Marcs Rücken himmelwärts.

Josep wusste, wann der Junge an der Spitze als neunte Ebene die Arme in die Höhe reckte, denn aus der Menge stiegen Murmeln und Klatschen zu ihm hoch.

Es war Bernat Taulè, Briels Bruder, in der siebten Ebene, der es mit dem Abstieg ein wenig zu eilig hatte. Er verlor das Gleichgewicht und griff nach seinem Nachbarn, Valentí Margal. Valentí hielt ihn fest und verhinderte seinen Absturz, doch einen Augenblick lang zitterte und schwankte das Kastell. Allerdings hatte Eduard sie gut unterrichtet. Sie fanden das Gleichgewicht wieder, Bernat fasste sich und stieg ein klein wenig langsamer als gewöhnlich nach unten, und der restliche Abbau ging ohne weiteren Zwischenfall vonstatten.

Als Joseps Füße den Boden berührten, floh er nicht, sondern zwängte sich, noch barfuß, durch die Menge in die Richtung, die der Mann eingeschlagen hatte, denn er wollte ihn noch einmal sehen.

Eine halbe Stunde lang suchte er den Marktplatz ab, aber er sah Peña nicht wieder.

Er bemerkte kaum, dass die Schiedsrichter debattierten. Die Mannschaft aus Sitges hatte mit ihren acht Ebenen eine makellose Darbietung geboten, aber die Mannschaft aus Santa Eulalia hatte erfolgreich ein *castell* mit neun Ebenen auf- und wieder abgebaut. Am Ende einigten die Richter sich auf ein Unentschieden.

Die meisten Zuschauer schienen mit der Entscheidung einverstanden zu sein.

Auf der Heimfahrt schlief Francesc hinten im Karren, und Josep und Maria del Mar sprachen wenig. Josep hielt benommen die Zügel in der Hand. Sie war zufrieden damit, nach einem erfolgreichen und genussreichen Tag bequem mit ihrem Kind und ihrem Zukünftigen zu reisen. Wenn sie etwas sagte, antwortete Josep nur kurz; und er hatte den Eindruck, dass sie das nicht merkwürdig fand, wahrscheinlich, weil sie annahm, dass er die gleiche Zufriedenheit empfand wie sie.

Dann kam ihm der Gedanke, dass er vielleicht verrückt wurde.

JOSEPS PFLICHT

Er saß mit geschlossenen Augen auf der Bank im Hof im zitronigen Sonnenschein des beginnenden Frühlings und zwang seinen Verstand zu arbeiten, versuchte, mit Logik einen Ausweg zu finden aus dem gedankenlähmenden Grauen.

Erstens: War er sicher, dass der Mann, den er von oben erspäht hatte, tatsächlich Peña war?

Er war es. Er war es.

Zweitens: Hatte Peña ihn gesehen und erkannt?

Widerwillig gestand Josep sich ein, dass er annehmen musste, dass Peña ihn gesehen hatte. Er konnte es sich nicht leisten, an einen Zufall zu glauben. Aller Wahrscheinlichkeit nach war Peña zu dem Wettkampf in Sitges gekommen in der Hoffnung, ihn dort zu entdecken. Vielleicht hatte er irgendwie gehört, dass Josep Àlvarez nach Santa Eulalia zurückgekehrt war, und er musste sich versichern, dass dies *der* Josep Àlvarez war, den er ausgebildet hatte, der Mann, den er jagte, der Einzige der Dorfjungen, der ihm entwischt war.

Ihm bis jetzt entwischt war, dachte Josep verzweifelt.

Bis jetzt.

Drittens: Es würde sicherlich jemand kommen, der es auf ihn abgesehen hatte.

Viertens: Welche Möglichkeiten hatte er?

Er erinnerte sich, wie schrecklich es gewesen war, ein Gejagter, heimatlos und auf der Flucht zu sein.

Vielleicht könnte er seinen Wein verkaufen und sich mit dem Geld eine Flucht in einem Personenabteil anstatt in einem Güterwaggon leisten, dachte er.

Aber er wusste, dass er dafür nicht genug Zeit hatte.

Er konnte Maria del Mar und Francesc nicht bitten, mit ihm davonzulaufen und das Leben eines Flüchtlings mit ihm zu teilen. Aber wenn er sie zurückließ, wäre das Leben für ihn einsam, und er zuckte zusammen bei dem Gedanken, was der frische Schmerz eines erneuten Verlassenwerdens bei Marimar anrichten würde.

Er hatte nur eine einzige Möglichkeit. Er erinnerte sich an die Lektion, die Peña ihm eingebläut hatte: Wenn es nötig ist zu töten, kann es jeder tun. Wenn es *nötig* ist, wird das Töten sehr einfach.

Der LeMat war noch dort, wo er ihn versteckt hatte, hinter einem Sack Getreide in einer Ecke des Dachbodens. Nur vier der neun Kammern waren geladen, und Josep hatte kein Schießpulver mehr. Also mussten diese vier Schuss und ein scharfes Messer genügen.

Um die Angst zu überstehen, stürzte er sich blindlings in schwere Arbeit, was schon immer die beste Medizin für ihn gewesen war, wenn er Schwierigkeiten hatte. Er arbeitete ohne Unterbrechung, baute die Steinmauer vor der Erdwand in seinem Keller weiter und ging dann am späten Nachmittag in den Weinberg, um die Reben zu stutzen. Den LeMat hatte er immer griffbereit, obwohl er nicht glaubte, dass Peña bei hellem Tageslicht durchs Dorf marschieren und ihn angreifen würde.

Nach Sonnenuntergang vergrößerte sich seine Angst noch, und er ging mit dem LeMat nach draußen und stieg den Hügel hoch bis zu einer Stelle, von wo aus er im fahlen Mondlicht das Stück des Wegs sehen konnte, der zu seinem Weingut führte. Es war fast angenehm, hier zu sitzen, bis er sich bewusst wurde, dass, sollte wirklich jemand kommen, derjenige sicher nicht diesen Weg nehmen würde. Einer, der von Peña ausgebildet wurde, würde um den Hügel herumgehen und über den Kamm kommen, und so drehte Josep sich um und sah die Flanke hoch, fühlte sich dabei aber ausgesetzt und ohne Deckung.

Schließlich ging er ins Haus, um Decken zu holen, brachte sie in den Keller und breitete sie vor den Weinfässern und neben dem Schubkarren mit Flusslehm aus. Dann legte er sich mit dem Kopf zwischen den Karrengriffen hin, doch schon bald drückten ihn die Steine im Rücken, und obwohl der Keller als kalte Lagerstatt gut für Wein war, so war er unbekömmlich für menschliches Fleisch. Außerdem kam Josep der Gedanke, sollte er wirklich angegriffen werden, dann wäre es wohl nicht gut, dem Angreifer wie ein Tier zu begegnen, das sich in ein Loch in der Erde duckte.

Also nahm Josep die Decken und den Revolver und kehrte gereizt ins Haus zurück, wo er nun in sein eigenes Bett stieg und einige wenige unruhige Stunden Schlaf fand.

Auch die nächsten beiden Nächte schlief er schlecht. In den frühen Morgenstunden der dritten Nacht fiel er dann endlich in einen Tiefschlaf, aus dem ihn nach einiger Zeit ein Hämmern an der Tür riss.

Er schlüpfte hastig in seine Arbeitshose und stieg dann mit der Waffe in der Hand die Steintreppe hinunter, als die französische Uhr gerade fünf schlug, seine gewohnte Aufstehzeit. Er zwang sich, klar zu denken.

Kein Mörder würde klopfen, sagte er sich.

War es Marimar? War der Junge vielleicht wieder krank?

Er konnte sich nicht dazu durchringen, die Tür zu öffnen.

»Wer da?«

»Josep! Josep, ich bin's, Nivaldo.«

Vielleicht stand jemand mit einer Waffe in der Hand hinter Nivaldo.

Er schloss die Tür auf, öffnete sie einen Spalt und spähte hinaus, aber der Himmel war bewölkt, es war noch dunkel, und Josep konnte kaum etwas sehen. Nivaldo streckte den Arm durch die Tür, und seine zitternde Hand packte Joseps Handgelenk sehr fest.

»Komm«, sagte er.

Während sie die Straße hinunter und über die *plaça* eilten, beantwortete Nivaldo keine Fragen, sondern schüttelte nur den Kopf. Er stank nach Branntwein. Sein Schlüssel klapperte gegen das Schloss, bevor er es schaffte, die Ladentür zu öffnen.

Als er dann ein Streichholz anriss und eine Lampe entzündete, sah Josep zuerst auf der Ladentheke eine leere Branntweinflasche stehen und dann sofort den Grund für Nivaldos Nervosität.

Der Mann lag wie schlafend auf dem Boden, aber sein Kopf war auf unnatürliche Weise abgeknickt, und es war offensichtlich, dass er nicht mehr aufwachen würde.

»Nivaldo«, sagte Josep sanft.

Er nahm Nivaldo die Lampe ab und beugte sich über die Gestalt auf dem Boden. Peña lag neben dem umgekippten Stuhl, auf dem er gesessen hatte. Er sah nicht aus wie der wohlhabende Geschäftsmann, den Josep auf dem Marktplatz in Sitges gesehen hatte, sondern eher wie ein toter Soldat, gekleidet, wie Josep ihn noch in Erinnerung hatte, in abgetragener Arbeitskluft und Militärstiefeln aus gutem Leder, ein Messer in einer Scheide am Gürtel. Die Augen waren geschlossen. Sein Kopf war in einem Winkel von dreiundneunzig Grad verdreht, die ganze eine Hälfte seines Halses eine riesige Prellung, so schwärzlich-violett wie die Ull-de-Llebre-Trauben, mit einer aufgeplatzten Wunde aus rohem Fleisch und getrocknetem Blut.

»Wer hat das getan?«

»Ich«, sagte Nivaldo.

»Du? Wie?«

»Damit.« Nivaldo deutete auf eine schwere Stahlstange, die an der Wand lehnte. Sie war immer ein Teil des Ladens gewesen; Josep hatte sie selbst schon einige Male benutzt, wenn er Nivaldo geholfen hatte, einen Sack Mehl oder eine Kiste Kaffee aufzustemmen. »Stell jetzt keine Fragen. Du musst ihn von hier fortschaffen.«

»Wo soll ich ihn denn hinbringen?«, fragte Josep einfältig.

»Ich weiß es nicht. Ich will es nicht wissen, ich will es gar nicht wissen«, sagte Nivaldo ungestüm. Er war angetrunken. »Du musst ihn sofort von hier wegschaffen. Ich muss alles sauber machen, alles wieder in Ordnung bringen, bevor die ersten Kunden hier durch diese Tür kommen.«

Josep starrte ihn verwirrt an.

»Josep. *Schaff ihn von hier weg!*«

Der Karren und der Maulesel würden zu viel Lärm machen. Josep lief nach Hause. Sein kleiner Schubkarren war im Keller und voller Lehm, aber der große, den er von Quim geerbt hatte, war leer. Die rostigen Räder quietschen, als er ihn bewegte, und er musste kostbare Augenblicke darauf verwenden, sie zu ölen, bevor er den Karren durch die Dunkelheit zum Laden schieben konnte.

Sie wickelten Peña in eine fleckige Decke ein, und dann packte Nivaldo ihn bei den Füßen und Josep bei den Schultern. Der Tod hatte Peña steif werden lassen, und als sie ihn auf den Karren legten, war seine Leiche so starr, dass sie auf dem Rand liegen blieb, und von dort würde sie mit Sicherheit herunterfallen. Josep drückte mit Kraft den Bauch nach unten, und trotz der Starre war die Leiche noch so biegsam, dass der Hintern schließlich auf dem Boden des Karrens aufsaß.

Nivaldo ging zurück in seinen Laden und schloss die Tür hinter sich zu, und Josep schob seine Last davon.

Es war noch immer dunkel, aber überall im Dorf verließen die Weinbauern bereits ihre Betten, und Josep hatte eine Heidenangst davor, irgendjemanden zu treffen, der bereits auf den Beinen war und gern ein paar Worte mit ihm gewechselt hätte.

So schnell er konnte, ging er an Eduards Haus vorbei und ängstigte sich sehr wegen der Geräusche, die er machte. Die geölten Räder kreischten zwar nicht mehr, aber sie waren mit Metallbändern beschlagen, die auf den Pflastersteinen leise, aber schnell klackernde Geräusche machten und, nachdem er die *plaça* hinter sich gelassen hatte, mehr als einmal lose Steine davonschleuderten.

Als er an Àngels Grundstück vorbeikam, krähte ein Hahn, und der Hund des *alcalde,* der Nachfolger des längst toten Tiers, das Josep gezähmt hatte, fing wild an zu bellen.

Sei still, sei still, sei still!

Er ging schneller und bog schließlich mit großer Erleichterung auf seinen eigenen Hof ein, aber dann blieb er stehen.

Was jetzt?

Das erste graue Licht war noch einige Stunden entfernt, aber wenn er diese merkwürdige Pflicht erfüllen wollte, die Nivaldo ihm auferlegt hatte, durfte er die Leiche nicht nur nachlässig in einem flachen Loch vergraben. Auch konnte er kein richtiges Grab schaufeln, da doch jeden Augenblick jemand auf der Straße zum Fluss gehen oder Maria del Mar zu ihm kommen könnte.

Aber irgendwie musste er Peña verschwinden lassen.

Er ging zum Keller, öffnete die Tür und schob den Schubkarren hinein.

Als er dann die Lampe gefunden und ein Streichholz angerissen hatte, wusste er, was zu tun war.

Er schob die Hände unter Peñas Schultern und zerrte die Leiche aus dem Schubkarren. Die klaffende Vertiefung in der Felswand, die Josep immer als natürlichen Schrank betrachtet hatte, würde nun doch keine Regale mit Weinflaschen enthalten. Peña war ein großer, muskulöser Mann, und Josep ächzte, als er ihn stehend in die Vertiefung rammte, den Rücken an der glatten Felswand, der baumelnde Kopf und die Schultern an einem großen rundlichen Stein, der aus der gegenüberliegenden, unregelmäßigeren Seitenwand herausragte. Die Leiche war noch immer an der Taille abgeknickt, aber es lag gewiss nicht in Joseps Absicht, ihn besonders vorteilhaft aussehen zu lassen.

Am vergangenen Nachmittag hatte er Wasser in den Flusslehm in seinem eigenen Schubkarren gerührt, aber im Licht der Lampe konnte er sehen, dass die Oberfläche angetrocknet und rissig geworden war. Er hatte immer einen *càntir* mit Trinkwasser im Keller, und nun schüttete er den Inhalt auf den Lehm und rührte mit seiner Schaufel um, bis sich die trockene Oberfläche mit dem feuchten Inneren vermischt hatte. Dann füllte er einen Eimer mit Lehm, lud sich etwas davon auf seine Kelle und kippte es an einer Ecke der Öffnung auf den Boden. Er suchte sich einen guten großen Stein, drückte ihn in den Lehm, setzte einen zweiten Stein daneben und kratzte mit der Kelle sorgfältig den überschüssigen Lehm in den Fugen weg. Er arbeitete dabei so langsam und so gründlich, wie er es bei den anderen Maurerarbeiten im Keller getan hatte.

Als er fünf Steinreihen übereinandergeschichtet hatte, reichte die Mauer bis zu Peñas Knie, und Josep fuhr mit Quims Schubkarren zu einem Haufen Aushub, den er eigentlich auf den Weg hatte kippen wollen. Während er den Karren füllte, erhellte das erste graue Licht des Tages den Himmel.

Zurück im Keller, schaufelte er die steinige Erde zuerst in die Lücke hinter der Leiche. Dann stellte er sie so, dass der Rücken nicht mehr an der Seitenwand lehnte, füllte den gesamten Leerraum um Peñas Beine herum mit Erde und klopfte sie fest, sodass er im Tod stand, zwar nach vorn gebeugt, aber wie ein gepflanzter Baum, der von der Erde um seine Wurzeln herum aufrecht gehalten wird.

Dann mauerte Josep weiter.

Die Mauer hatte schon fast Peñas Taille erreicht, als er direkt vor der Tür eine hohe, klare Stimme hörte.

»Josep.«

Francesc.

»Josep. Josep.«

Der Junge suchte nach ihm.

Josep hörte auf zu arbeiten, stand still da und horchte. Francesc rief weiter nach ihm, aber seine Stimme wurde schwächer und verklang dann ganz, und nach ein paar Minuten arbeitete Josep weiter an der Wand.

Die Mauer wuchs, und nach jedem Meter verfüllte

Josep die Zwischenräume mit Erde, bis sie die oberste Reihe erreichte, und klopfte sie fest. Als er kein Erdreich mehr im Schubkarren hatte, ging er ängstlich und vorsichtig nach draußen, aber er war allein im hellen Schein des Vormittags, und er füllte sich den Karren noch einmal mit Erde und kehrte damit in die kühle, nur von einer Lampe erhellte Dunkelheit zurück.

Er arbeitete mit gründlicher Verbissenheit, abwechselnd mauernd und die Zwischenräume verfüllend, und er gestattete sich weder Hunger noch Durst. Die Erde schien an der Leiche emporzuwachsen wie eine langsam steigende Flut; man brauchte viel, um ein Grab zu füllen, auch wenn das Grab ein aufrechtes war.

Josep versuchte, Sergent Peña nicht anzusehen. Als er es doch einmal tat, sah er, dass der Kopf auf der rechten Schulter lag und den hässlichen blauen Fleck und die Wunde an Peñas Schulter verdeckte. Die kahle Stelle des mittleren Alters auf dem Kopf und die wenigen silbernen Haare übersah er geflissentlich, sie machten Peña zu menschlich, zu einem Opfer. Unter den Umständen zog Josep es vor, ihn als mordgierigen Mistkerl in Erinnerung zu behalten.

Als er die Schultern erreichte, ging die Arbeit langsamer vonstatten, denn er musste eine Trittleiter benutzen. Er fügte noch eine Steinreihe dazu und schaufelte Erde hinein, bis sie Peñas schüttere schwarze Haare bedeckte und die kahle Stelle für immer versteckte. Josep vergrub den Kopf, kippte noch ein paar Zentimeter Erde darauf und klopfte sie fest.

Die Mauer war noch immer etwa einen Meter von

der Felsdecke entfernt, als ihm der Lehm ausging, doch nun erschien es ihm einigermaßen sicher, zum Fluss zu gehen und neuen Lehm zu holen, da jemand, der zufällig in den Keller schlenderte, nichts Anstößiges mehr sehen konnte.

Draußen erkannte er am Sonnenstand, dass es später Nachmittag war. Er hatte seit gestern nichts gegessen und nichts getrunken, und als er Quims Schubkarren auf dem Weg an Maria del Mars Weingut vorbeischob, wurde ihm schwindelig.

Am Flussufer kniete er sich hin und wusch sich die Hände. Sie schmeckten noch immer nach Lehm, als er gierig das kalte Wasser trank, aber das war ihm egal. Er spritzte sich Wasser ins Gesicht und pinkelte dann ausgiebig gegen einen Baum.

Die Lehmbank lag vom Ende des Wegs nur ein kurzes Stück flussabwärts, aber das Ufer war von einem dichten Gestrüpp versperrt.

Josep zog die Schuhe aus und krempelte die Hosenbeine hoch und schob dann den Karren ins flache Wasser. Er musste den Karren über einige Steine bugsieren, aber schon bald darauf schaufelte er Lehm hinein.

Als er auf dem Rückweg wieder an Maria del Mars Hof vorbeikam, trat sie hinter ihrer *casa* hervor und sah ihn eine Ladung Lehm und Steine vom Fluss heraufschieben wie schon so oft. Sie winkte und lächelte, und Josep lächelte ebenfalls, blieb aber nicht stehen.

Zurück auf seinem Land, musste er sich auch noch neue Erde für die Verfüllung holen, und dann machte er sich zielstrebig wieder an die Arbeit.

Nur einmal hielt er inne. Aus einer plötzlichen Eingebung heraus stieg er von der Leiter und holte den LeMat, den er auf eins der Fässer gelegt hatte. Er platzierte den Revolver oben auf die Erde in der Öffnung und bedeckte ihn mit mehreren Schaufeln voll.

Als er die restliche Erde unter die Felsdecke gestopft hatte, setzte er die letzte Steinreihe, verfugte den schmalen Zwischenraum bis zur Decke, zog den überschüssigen Lehm sauber mit der Kelle ab und stieg dann von der Leiter.

Die Felswand begann an der linken Seite der Tür, erstreckte sich nach hinten, bis sie zu einer sauber und gerade gemauerten Steinwand wurde, genau an der Stelle, wo die Vertiefung gewesen war. Die Steinmauer verlief unter der Felsdecke etwa drei Meter, knickte dann nach rechts an der Rückwand des Kellers entlang und dann noch einmal nach rechts. Die rechte Erdwand war jetzt von einer Mauer verdeckt, bis auf ein kleines Stück neben der Tür.

Das Mauerwerk fügte sich zu einer Einheit zusammen, und als Josep den Keller im Schein seiner Lampe betrachtete, schien er Unschuld auszustrahlen.

»Jetzt könnt ihr ihn haben«, sagte er laut und zitterig.

Als er die Tür hinter sich schloss, wusste er nicht, ob er zu dem kleinen Volk oder zu Gott gesprochen hatte.

Ein Gespräch mit Nivaldo

»Du bist auch daran beteiligt«, sagte Josep.

Nivaldo schaute ihn nur an. »Willst du etwas von dem Eintopf?«

»Nein.« Josep hatte gegessen, geschlafen, war aufgewacht, hatte sich gewaschen, noch einmal gegessen. Und wieder geschlafen.

Wenn man wusste, wohin man schauen musste, konnte man noch sehen, wo das Blut vom Lehmboden des Ladens abgekratzt worden war. Er fragte sich, was Nivaldo damit angestellt hatte. Vielleicht irgendwo vergraben. Josep dachte, wenn er je blutigen Lehm loswerden müsste, würde er ihn durch das Loch im Außenklo schütten.

Nivaldos Augen waren blutunterlaufen, aber er zitterte nicht mehr. Er wirkte nüchtern und wieder Herr seiner selbst. »Willst du Kaffee?«

»Ich will wissen, was los war.«

Nivaldo nickte. »Setz dich.«

Sie nahmen beide an dem kleinen Tisch Platz und schauten einander an.

»Er kam gegen ein Uhr, so wie er es immer tat. Ich war noch wach und las die Zeitung. Er saß dort, wo du jetzt sitzt, und er sagte, er habe Hunger. Also machte ich eine Flasche Branntwein auf und sagte ihm, ich würde den Eintopf aufwärmen. Ich wusste, dass er gekommen war, um mich umzubringen.« Nivaldo sprach leise und düster. »Ich hatte Angst, mit einem Messer auf ihn loszugehen, Angst, ihm so nahe zu kommen. Ich bin alt und krank, und er war so viel stärker, als ich es jetzt bin. Aber ich bin noch immer stark genug, um die Eisenstange zu schwingen, und ich griff sofort danach. Ich stellte mich hinter ihn, als er gerade sein Glas ansetzte, und schwang sie, so fest ich konnte. Ich wusste, einen zweiten Versuch würde er mir nicht gewähren. Dann setzte ich mich an diesen Tisch und trank die Flasche Branntwein leer, war dann betrunken und wusste nicht, was ich tun sollte, bis mir klar wurde, dass ich zu dir gehen musste. Ich bin erleichtert, dass er tot ist.«

»Aber was hat es denn gebracht? Irgendein anderer Mörder wird uns aufspüren und die Sache zu Ende bringen«, sagte Josep verbittert.

Nivaldo schüttelte den Kopf. »Nein, es wird niemand mehr kommen. Wenn er andere eingeweiht und sie ausgeschickt hätte, um uns zu töten, dann hätte er die auch umbringen müssen. Das ist der Grund, warum er allein gekommen war. Wir waren die beiden letzten Männer, die ihm noch Schwierigkeiten hätten bereiten können. Er kam nach Santa Eulalia, um sich dich vom Hals zu schaffen, aber er erkannte, dass ich ihn mit deinem Tod in Verbindung bringen würde, und ich wusste gerade genug über ihn, dass er sich besser fühlen würde, wenn auch ich nicht mehr da wäre.« Nivaldo seufzte. »Genau genommen weiß ich *so* viel nicht über ihn. Als ich ihn kennenlernte, sagte er, er sei Capità und 1869 im Kampf unter Valeriano Weyler i Nicolau gegen die Kreolen in Kuba verwundet worden. Als wir uns einmal miteinander betranken, erzählte er mir, dass sich Capità General Weyler hin und wieder um sein Fortkommen in der Armee kümmere, weil sie beide die Militärschule in Toledo besucht hätten. In Kuba war er auf jeden Fall gewesen, denn er wusste sehr viel über die Insel. Als er hörte, dass ich aus Kuba stamme, fingen wir an, über Politik zu reden. Und kamen dann vom Hölzchen aufs Stöckchen.«

»Hieß er wirklich Peña?«

Nivaldo zuckte die Achseln.

»Wie habt ihr euch denn kennengelernt?«

»Bei einem Treffen.«

»Bei was für einem Treffen?«

»Ein Karlistentreffen.«

»Dann war er also wirklich Karlist?«

Nivaldo strich sich übers Gesicht. »Na ja, viele karlistische Soldaten und Oficials erhielten nach den ersten beiden Bürgerkriegen Amnestie und wurden in die Regierungsarmee aufgenommen. Einige desertierten und schlossen sich den karlistischen Einheiten wieder an, andere blieben in der nationalen Armee und arbeiteten von innen heraus für die Karlisten. Ein paar wurden politische Überläufer und spionierten nun ihre alten Kameraden für die Regierung aus. Damals betrachtete ich Peña als Karlisten. Heute … heute bin ich mir nicht mehr sicher, wo er wirklich stand. Ich weiß nur noch, dass er zu den Karlistentreffen kam. Er war es, der uns sagte, dass die karlistischen Kommandeure für die dritte Rebellion im Baskenland eine richtige Armee zusammenstellen wollten, und er gab mir zu verstehen, dass er nach geeigneten jungen Katalanen suche, die man zu Soldaten ausbilden könne, damit sie das rote Barett tragen.«

»Kanntest du seine Pläne für den Jagdverein?«

Nivaldo zögerte. »Nicht genau. Ich bin nur ein einfacher Lebensmittelhändler, einer, der tut, was man ihm aufträgt, aber ich wusste, dass er euch für etwas Besonderes ausgebildet hat. Als ich in der Zeitung von dem Anschlag auf Juan Prim las und von der Gruppe, die seine Kutsche aufgehalten hatte, da lief mir ein Schauder über den Rücken. Es passte von der Zeit her einfach zu gut. Ich war mir sicher, dass unsere Jungs daran beteiligt waren.«

Josep schaute ihn an. »Manel, Guillem, Jordi, Esteve, Enric, Xavier. Sie alle sind tot.«

Er nickte. »Das ist traurig. Aber sie wollten Soldaten werden, und Soldaten sterben. Früher, als ich jung war, kannte ich sehr viele tote Soldaten.«

»Sie sind nicht als Soldaten gestorben … Du hast uns an Peña ausgeliefert wie unnützes Fleisch. Warum hast du uns nicht eingeweiht, damit wir uns selbst hätten entscheiden können?«

»Überleg doch mal, Josep. Einige hätten vielleicht mitgemacht, vielleicht aber auch kein Einziger von euch. Ihr wart doch nur tapsige junge Stiere, und über Politik hat sich keiner von euch je den Kopf zerbrochen.«

»Du hast geglaubt, ich sei tot. Hat dich das nicht belastet?«

»Es hat mir das Herz zerrissen, du Dummkopf. Aber ich war auch unglaublich stolz. Prim war wirklich schlecht für das Land. Zugegeben, er hatte diese königliche Schlampe Isabel verjagt, aber dann lud er diesen Italiener Amadeo ein, den Thron zu besteigen. Der Gedanke, dass du und ich die Geschichte verändert und mitgeholfen hatten, Prim loszuwerden, hat mich sehr, sehr stolz gemacht. Ich habe mich als Patriot gefühlt.« Nivaldos gutes Auge starrte Josep an mit einem Blick wie ein Lichtstrahl. »Ich habe Spanien dem Menschen geschenkt, den ich auf dieser Welt am meisten liebe, weißt du das denn nicht?«

Josep lief es kalt über den Rücken, dieser letzte Satz widerte ihn an. »*Jesús*, du hattest kein Recht, mich herzuschenken. Du bist nicht mein Vater!«

»Ich war für dich und Donat mehr Vater als Marcel, und du weißt das ganz genau.«

Josep hatte das Gefühl, gleich weinen zu müssen. »Wie hast du dich in so was nur hineinziehen lassen können? Du bist nicht einmal Spanier, nicht einmal Katalane.«

»So redest du also mit mir? Ich bin doppelt so lange wie du Spanier und Katalane, du unwissender Trottel!«

Plötzlich war es Josep nicht mehr nach Weinen zumute. Er sah den Zorn in dem einen guten Auge.

»Geh doch zum Teufel, Nivaldo.«

Drei Tage lang konnte er sich nicht überwinden, den Keller zu betreten. Doch dann war es Zeit, nach den Fässern zu sehen, ob sie vielleicht nachgefüllt werden mussten, und er hatte nicht vor, irgendetwas zu tun, das seinen Wein gefährdete, und so ging er in den Keller und kümmerte sich um sein Geschäft.

Wo die Vertiefung gewesen war, war jetzt nur die sauber hochgezogene Steinmauer zu sehen. Auf der anderen Seite dieser Mauer – auf der anderen Seite der drei Mauern in diesem Keller – war die ungeheure, tiefe Festigkeit der Erde. Er sagte sich, dass die Erde alle Arten von Geheimnissen barg, über die man besser nicht nachdachte, ob sie nun natürlich waren oder von Menschenhand gemacht.

Er hatte das Bedürfnis, die Arbeit im Keller abzuschließen. Alle Steine, die er bei der Ausgrabung beiseitegelegt hatte, waren aufgebraucht, und so fuhr er mit Quims Schubkarren zum Fluss und sammelte eine Ladung brauchbarer Steine. In weniger als einem halben Tag hatte er das letzte Teilstück der Mauer, das noch fehlte, hochgezogen.

Dann stand er einfach da und betrachtete seinen Keller – die Decke und der Großteil der linken Wand aus Fels, wie die Natur sie geschaffen und er sie vorgefunden hatte, die anderen Wände waren nun Mauern, die er Stein um Stein hochgezogen hatte, und seine Weinfässer standen in einer ordentlichen Reihe auf dem Erdboden. Er empfand eine schamlose Befriedigung und auch Erleichterung, weil er sich plötzlich sicher war, dass er künftig keine Schwierigkeiten mehr damit haben würde, hier zu arbeiten.

In gewisser Weise, dachte er, war es ganz ähnlich, wie die Kirschen zu essen, die hinter der Kirche auf dem Friedhof wuchsen.

Die Vereinigung

*I*n diesem Frühling regnete es genau die richtige Menge, und im Mai wurde die Luft milder, dass sie sich fast anfühlte, als würde sie frisch, aber warm Joseps Wangen küssen, wenn er morgens das Haus verließ und zu den grünen Rebenreihen ging. Wenige Tage vor Monatsende kam dann die echte Hitze.

Am ersten Freitagabend im Juni ermahnte ihn Maria del Mar, nur ja nicht aus einem Topf zu essen, denn jeder wisse, dass Essen aus einem Topf Regen bringe.

Am nächsten Morgen war es weit vor Sonnenaufgang bereits warm, und Josep ging die Straße hinunter zum Fluss und schrubbte sich sauber. Nachdem er sich die Haare eingeseift hatte, hielt er sich die Nase zu, tauchte mit offenen Augen in der Strömung unter und schaute in das vielversprechende glitzernde Licht der aufgehenden Sonne über den Wasserbläschen. Der Fluss lief über sein Gesicht, als würde er sein altes Leben abwaschen.

Im Haus zog er sich dann seine Sonntagshose, die frisch geputzten Stiefel und ein neues Hemd mit Kragen an, und trotz der Hitze schmückte er sich mit der breiten, hellblauen Krawatte und dem dunkelblauen Jackett, beides hatte ihm Maria del Mar gekauft.

Francesc kam ein wenig zu früh und hüpfend vor Aufregung auf seinen Hof rüber und nahm Joseps Hand, als sie die Straße hinunter über die *plaça* und in die Kirche gingen, wo sie ruhelos warteten, bis Briel Taulè mit Joseps vom Maultier gezogenen Karren vorfuhr und Maria del Mar brachte.

Sie hatte kein Geschick fürs Schneidern, aber sie hatte Beatriu Corberó, Briels Tante, die Näherin war, Geld gegeben, damit sie ihr ein dunkelblaues Kleid anfertigte, fast genau dieselbe Farbe wie Joseps Jackett. Blau sei eine Farbe, die ihnen Glück bringen würde, hatte Maria del Mar gedacht. Es war ein vernünftiger Kauf, denn sie konnte es für lange Zeit bei besonderen Anlässen tragen, ein bescheidenes Kleid mit schlichten, lockeren, an den Handgelenken ausgestellten Ärmeln. Das Oberteil zierte eine Doppelreihe kleiner schwarzer Knöpfe, die sich über ihrem üppigen Busen wölbten, und obwohl sie über Beatrius Anregung, zu diesem Kleid gehöre eigentlich auch eine Turnüre, nur gelacht hatte, zeigte der Rock, der von der Taille bis zu den Knien enger wurde, die natürliche Schönheit ihrer Schenkel, bevor er sich zum Saum hin verbreitete. Auf dem Kopf hatte sie einen kleinen schwarzen Strohhut mit einer winzigen roten Kokarde, und in der Hand trug sie einen kleinen Strauß weißer Rosen, die Josep und Francesc tags zuvor im Weinberg geschnitten hatten.

Josep, der sie bis jetzt immer nur in Arbeitskleidung

gesehen hatte, verschlug es bei ihrem Anblick fast die Sprache.

Die Kirche füllte sich sehr schnell; Santa Eulalia war ein Dorf, das bei Beerdigungen und Hochzeiten immer in seiner Gesamtheit zusammenströmte. Kurz vor Beginn der Messe sah er Nivaldo hereinschlüpfen – es sah aus, als würde er humpeln – und sich in die letzte Reihe setzen.

Als sie dann vor Pare Pío standen, hörte Josep kaum dessen Worte, so sehr war er überwältigt von der Erkenntnis seines ungeheuren Glücks, doch gleich darauf wurde er ins Hier und Jetzt zurückgeholt, denn der Priester nahm zwei Kerzen und befahl den beiden, je eine anzuzünden. Diese Kerzen stellten ihre beiden getrennten Leben da, erklärte ihnen der Pare, dann nahm er sie ihnen wieder ab und gab ihnen eine dritte Kerze, die sie gemeinsam anzünden sollten, zum Zeichen, dass sie jetzt vereint waren. Er löschte die ersten beiden Kerzen und verkündete, dass von diesem Augenblick an ihre Leben verschmolzen seien.

Dann segnete der Priester sie und erklärte sie zu Mann und Frau, und Marimar legte ihren Strauß Santa Eulalia zu Füßen.

Als sie vom Altar weg den Mittelgang hinuntergingen, schaute Josep zu dem Platz, wo Nivaldo gesessen hatte, aber er sah, dass er bereits leer war.

Maria del Mar hatte geglaubt, den ersten Tag ihrer Ehe in stiller Zufriedenheit mit ihrem gerade angetrauten Mann und ihrem Sohn zu verbringen, aber die Dorfbewohner ließen das nicht zu. Eduard brannte auf der *plaça* ein Feuerwerk ab, als sie aus der Kirche traten, und das Knistern und Knallen folgte ihnen, als Josep Maria in seinem Karren nach Hause fuhr.

Vier geliehene Tische waren in Maria del Mars Hof aufgestellt worden, und sie waren bereits beladen mit den Gaben ihrer Freunde und Nachbarn – *truita*, Salate, *xoriço* und Unmengen von Huhn- und Fleischgerichten.

Bald darauf bogen Leute auf ihren Zuweg ein und versammelten sich um das Brautpaar.

Die *castellers*-Musikanten hatten ihre Trommeln und *gralles* zu Hause gelassen, doch zwei von ihnen hatten ihre Gitarren dabei. Schon nach einer halben Stunde trieb die Hitze Maria del Mar ins Haus, wo sie ihr schönes neues Kleid gegen gewöhnliche Kleidung tauschte, und Josep hatte sich des Jacketts und der Krawatte entledigt und die Ärmel hochgekrempelt.

Er betrachtete ihr Gesicht, in dem sich Aufregung und glückliche Gelassenheit abwechselten, und er wusste, dass Maria del Mar die Hochzeit hatte, nach der sie sich gesehnt hatte. Die Gratulanten kamen und gingen, einige, um bald darauf erneut zurückzukehren. Es war schon spät am Abend, als die letzten sich mit Umarmungen und Küssen verabschiedeten.

Francesc war schon lange zuvor eingeschlafen, und als Josep ihn auf seine Schlafmatte legte, schlummerte er fest und tief.

Dann gingen die Eheleute gemeinsam in die Schlafkammer und zogen sich aus. Josep ließ die Lampe neben dem Bett brennen, und sie erkundeten einander mit Blicken und Berührungen und feuchten Küssen, und dann stürzten sie sich stumm, aber mit brennender Leidenschaft aufeinander. Beiden war bewusst, dass es diesmal anders war; als Maria del Mar spürte, dass sein Höhepunkt kurz bevorstand, hielt sie ihn fest und drückte ihn mit ihren Händen an sich, damit er sich nicht zurückzog, wie sie es beide früher für nötig erachtet hatten.

Erst nach einer Stunde verließ er sie, um nach dem schlafenden Kind zu sehen.

Als er ins Bett zurückkehrte, war er noch immer nicht bereit zu schlafen, und sie lachte leise, als er sich ihr zuwandte und sie sich noch einmal liebten. Es war eine machtvolle Vereinigung, die dadurch, dass sie sich nicht heftig bewegen oder schreien konnten, irgendwie nur noch tiefer wurde, eine Vereinigung in völliger Stille, bis auf die erneuten Rhythmen des Paarens und ein unterdrücktes Aufstöhnen wie das Geräusch eines verlängerten und glücklichen Sterbens, das den Jungen nicht weckte.

VERÄNDERUNGEN

$\mathcal{M}$aria del Mar empfand keine große Zuneigung zu dem Haus, in das Ferran Valls sie und ihr Kind nach der Hochzeit gebracht hatte. Es dauerte nicht lange, bis sie ihre Habe in Joseps *masia* schaffte. Ihr Küchentisch war besser als der seine, etwas größer und solider gebaut, und so tauschten sie die Tische aus. Sie bewunderte die französische Uhr und die geschnitzten Stücke in Joseps Schlafzimmer und holte deshalb keine weiteren Möbel mehr aus Valls' Haus, sondern brachte nur drei Messer, ein wenig Geschirr, einige Töpfe und Pfannen und ihre und Francescs Kleidung.

Ihr gesamtes Werkzeug ließ sie zurück. Wenn sie oder Josep eine Hacke oder einen Spaten brauchten, würden sie zu dem Haus gehen, das ihrem augenblicklichen Arbeitsplatz am nächsten stand.

»Wir sind reich an Werkzeug«, sagte sie ihm mit Befriedigung.

Die Veränderungen ihrer Lebensmuster ereigneten sich ganz natürlich. Am zweiten Morgen nach der Hochzeit verließ Maria nach dem Frühstück das Haus, machte sich zu ihrem Weinberg auf und fing an, Unkraut zu jäten. Nach einer Weile kam Josep mit seiner Hacke dazu und begann, neben ihr zu arbeiten. Ohne lange darüber reden zu müssen, taten sie gemeinsam oder getrennt das, was gerade getan werden musste, und so schufen sie sich aus ihren vereinigten Weinbergen wirklich eine gemeinsame *bodega*.

Einige Tage nach der Hochzeit ging Josep in den Lebensmittelladen. Er wusste, dass er weiterhin dort würde einkaufen müssen. Es war undenkbar, für Nahrung und Vorräte lange Fahrten zu unternehmen, und er wollte auch nicht Ursache für Klatsch sein, indem er das Dorf irgendeine Veränderung in seiner Beziehung zu Nivaldo bemerken ließ.

Sie begrüßten einander wie Fremde, und Josep sagte ihm, was er brauchte. Zum ersten Mal kaufte er Nahrung und Vorräte für eine Familie und nicht nur für sich, aber weder er noch Nivaldo sagten etwas dazu. Er trug die Sachen zu seinem Karren, wie Nivaldo sie ihm auf die Ladentheke stellte – Schmalz, Salz, einen Sack Mehl, einen Sack Bohnen, einen Sack Hirse, einen Sack Kaffee und ein paar Süßigkeiten für den Jungen.

Josep fiel auf, dass Nivaldos Gesicht blass und teigig war und er noch deutlicher humpelte, aber er fragte den älteren Mann nicht nach seiner Gesundheit.

Nivaldo legte ein kleines gewachstes Rad Käse aus Toledo auf die Ladentheke.

»Meinen Glückwunsch«, sagte er steif.

Ein Hochzeitsgeschenk.

Es lag Josep schon auf der Zunge, das Geschenk abzulehnen, aber er wusste, das durfte er nicht tun. Irgendeine kleine Geste wäre normal gewesen, und Maria del Mar wäre es wohl komisch vorgekommen, wenn Nivaldo ihnen nichts geschenkt hätte.

»Danke«, sagte er etwas gestelzt.

Er bezahlte die Rechnung und nahm das Wechselgeld mit einem Nicken entgegen.

Auf dem Heimweg fühlte er sich innerlich zerrissen von einander widersprechenden Gefühlen.

Peña war kein guter Mensch gewesen, und Josep war froh, dass er nicht mehr lebte und keine Gefahr mehr darstellte. Aber er war tief verwickelt in den Tod dieses Mannes. Josep glaubte, wenn er und Nivaldo je entdeckt würden, würden sie wohl gemeinsam bestraft werden. Er litt inzwischen nicht mehr an Albträumen wegen des Mordes an General Prim, aber jetzt erlebte er im Wachzustand andere Furcht einflößende Augenblicke. In seiner Vorstellung sah er Horden von Polizisten, die sein Weingut stürmten und die Wände seines Kellers einrissen, während Maria del Mar und Francesc Zeugen seiner Schuld wurden.

In Barcelona wurden Mörder garrottiert oder an Galgen gehängt, die man auf der Plaça Sant Jaume errichtete.

In der Hitze des Sommers setzte Josep seine Verkaufsfahrten zum Markt von Sitges aus, weil er seinen Wein in der heißen Sonne nicht kochen wollte, aber im kühlen Dämmerlicht seines Kellers füllte er weiter Flaschen ab, und während die Flaschen auf dem Erdboden immer mehr wurden, erkannte er, dass er unbedingt Regale brauchte. Er hatte einen guten Vorrat an Brettern, die er bei der Zerlegung der Bottiche gerettet hatte, aber nicht genug Nägel.

So ritt er eines frühen Morgens auf seinem Maulesel in gemächlichem Tempo durch die Dunkelheit und brachte einen Vormittag in Sitges damit zu, Weinflaschen zu prüfen, von denen er zehn kaufte, wie auch Tintenpulver und Papier für Etiketten und eine Tüte Nägel.

Als er an einem Straßenlokal vorbeikam, sah er an einem der leeren Tische ein Exemplar von *El Cascabel* liegen, und sofort band er den Maulesel in einem nahen Schattenfleck fest. Dass er keinen Zugang mehr hatte zu Nivaldos Zeitung, bedauerte er sehr, und er bestellte sich Kaffee und setzte sich begierig hin, um zu lesen.

Die Nachrichten hielten seine Aufmerksamkeit gefangen, auch lange noch, nachdem die Tasse ausgetrunken war. Wie er bereits wusste, war der Krieg schon eine ganze Weile vorbei. Die Karlisten hatten nicht standgehalten, und im ganzen Land schien sich die Lage beruhigt zu haben.

Antonio Cánovas del Castillo, der Premierminister, hatte in Madrid eine Regierung gebildet, eine Koalition aus den Gemäßigten der konservativen und der liberalen Partei, die alle Gegner unterdrückte. Aus eigenem Antrieb hatte er einen Ausschuss eingerichtet, der eine neue Verfassung entworfen hatte, die daraufhin von den *cortes* angenommen und vom Thron unterstützt worden war. Alfonso XII. wollte eine stabile konstitutionelle

Monarchie regieren, und genau das war dadurch erreicht worden. Ein Leitartikel in der Zeitung merkte an, dass zwar nicht jeder mit Antonio Cánovas del Castillo übereinstimmte, die Leute aber doch froh waren, dass Blutvergießen und Streit jetzt ein Ende hatten. Ein anderer Artikel ließ sich über die Beliebtheit des Königs aus.

An diesem Abend stand Josep nach Sonnenuntergang auf der *plaça* des Dorfes und debattierte mit Eduard über einige der politischen Veränderungen. »Antonio Cánovas del Castillo hat eine neue Jahressteuer für Landbesitzer und Geschäftsleute durchgedrückt«, sagte Josep. »Jetzt müssen Bauern fünfundzwanzig *pessetes* und Ladenbesitzer fünfzig *pessetes* zahlen, damit sie zur Wahl gehen dürfen.«

»Man kann sich vorstellen, wie beliebt das sein wird, auch Nivaldo wird das sehr verärgern«, erwiderte Eduard trocken, und Josep lächelte und nickte. Und dann kamen sie auf Nivaldo zu sprechen.

Eduard hatte ebenfalls bemerkt, dass Nivaldo aussah, als wäre es um seine Gesundheit schlecht bestellt. »Die Älteren des Dorfes verschwinden sehr schnell«, fügte er hinzu. »Àngel Casals leidet in letzter Zeit sehr. Die Gicht hat inzwischen beide Beine befallen und bereitet ihm große Schmerzen.« Er schaute Josep verlegen an. »Vor ein paar Tagen hatte ich ein sehr aufschlussreiches Gespräch mit ihm. Er glaubt, es sei an der Zeit, dass er als *alcalde* zurücktritt.«

Josep war entsetzt. Àngel Casals war der einzige *alcalde*

von Santa Eulalia, den er zeit seines Lebens gekannt hatte.

»Es ist vierundvierzig Jahre her, dass er seinem Vater als *alcalde* nachfolgte. Er würde es gerne noch ein Jahr bleiben. Aber ihm ist bewusst, dass seine Söhne weder alt noch erfahren genug sind, um das Amt zu übernehmen.« Eduard wurde rot. »Josep … er will, dass ich dann *alcalde* werde.«

»Aber das wäre doch die beste Lösung«, sagte Josep.

»Du wärst nicht beleidigt?«, fragte Eduard ängstlich.

»Natürlich nicht.«

»Àngel bewundert dich sehr. Er sagt, er hat lange Zeit mit sich gerungen, hat versucht, sich zwischen uns zu entscheiden und ist schließlich auf mich gekommen, weil ich älter bin als du.« Eduard lächelte. »Was, wie er hofft, vielleicht darauf hindeutet, dass ich auch ein bisschen reifer bin. Aber Josep, wir brauchen uns dem nicht zu fügen, dass Àngel seinen Nachfolger aussucht. Wenn du gern *alcalde* des Dorfs wärst, würde ich dich unterstützen«, sagte Eduard, und Josep wusste, dass er es ernst meinte.

Er lächelte Eduard an und schüttelte den Kopf.

»Er hat mir das Versprechen abgenommen, dass ich das Amt mindestens fünf Jahre ausübe«, sagte Eduard. »Danach, meinte er, würdest vielleicht du gern an die Reihe kommen oder einer seiner Söhne …«

»Ich brauche dein Versprechen, dass du es mindestens fünfundvierzig Jahre innehast. Ich werde sehr gern für diese Zeit im Gemeinderat bleiben, denn es macht mir Vergnügen, mit dir zu arbeiten«, sagte Josep, und dann umarmten sich die beiden.

Die Begegnung stimmte Josep froh. Es freute ihn aufrichtig, dass Eduard *alcalde* werden würde. Er hatte erkannt, dass, ob man ein großer Mühlenbesitzer oder ein kleiner Weinbauer war, die Nahrung und der Geschmack des Lebens davon abhingen, ob es einen guten *alcalde* gab, einen fähigen Governador, aufrichtige *cortes*-Mitglieder und einen Premierminister und König, denen die Lebensbedingungen und die Zukunft ihres Volkes wirklich am Herzen lagen.

Josep baute Regale in den Keller, die stark genug waren, um mehrere Hundert Flaschen Wein zu tragen, aber ohne jeden Anspruch, ein schönes Möbelstück zu machen. Er legte die Flaschen nebeneinander auf die einzelnen Bretter, und er liebte den Anblick der stattlichen Reihen, wenn der dunkle Wein im Licht der Lampe satt in den Flaschen aufglühte.

Eines Tages arbeitete er am späten Nachmittag an seinen Reben, als ein Reiter sein Pferd von der Straße zu seinem Hof lenkte.

»Ist das Joseps Weingut?«

»Ja.«

»Bist du Josep?«

»Ja.«

Der Mann stieg ab und stellte sich als Bru Fuxà aus dem Dorf Vilanova i la Getrú vor. Er sei auf dem Weg nach Sitges, um dort bei Verwandten vorbeizuschauen.

»Als ich meinen Vetter Frederic Fuxà, den du kennst, das letzte Mal besuchte, tranken wir den letzten Rest einer Flasche deines wunderbaren Weins, und jetzt würde ich sehr gern vier Flaschen als Geschenk für meine Vettern kaufen.«

Es war kein übermäßig heißer Tag, aber Josep warf trotzdem einen besorgten Blick zur Sonne. Sie stand bereits tief am Himmel, aber dennoch, Hitze und Wein…

»Warum bleibst du nicht ein bisschen, ruhst dich bei mir für eine Stunde aus. Dann kannst du am frühen Abend nach Sitges reiten, wenn eine kühlende Brise über die Straße nach Barcelona weht.«

Bru Fuxà zuckte die Achseln und lächelte, und dann band er sein Pferd neben den Maulesel unter dem schattigen Dachüberhang an. Er setzte sich auf die Bank im Hof, und Josep brachte kühles Wasser. Der Besucher erzählte ihm, er sei Olivenbauer, und sie unterhielten sich freundschaftlich über die Olivenzucht. Josep führte ihn zu den alten Bäumen auf Maria del Mars Parzelle, und Senyor Fuxà bezeichnete sie als wunderbar gepflegt.

Als die Sonne tief genug stand, führte Josep ihn in den Keller und wickelte vier Flaschen behutsam in alte Zeitungen ein, deren Vorrat langsam zur Neige ging, und dann verstauten sie den Wein in den Satteltaschen des Besuchers.

Fuxà zahlte und stieg auf. Er grüßte und wendete sein Pferd, und dann drehte er sich noch einmal um und grinste breit.

»Eine wunderschöne *bodega*, Senyor. Eine wunderschöne *bodega*. Aber…« Er beugte sich vor. »Ihr fehlt ein Schild.«

Am nächsten Morgen sägte Josep ein rechteckiges Stück aus einem Eichenbrett und befestigte es an einem kurzen, dünnen Pfahl. Er bat Maria del Mar, die Beschriftung zu übernehmen, weil er sich nicht zutraute, es mit der erforderlichen Sorgfalt tun zu können. Das Ergebnis war ein Schild, das absolut nichts Besonderes war und ein wenig dem »Zu verkaufen«-Schild ähnelte, das Donat aufgestellt und er wieder ausgerissen hatte. Aber das neue Schild erfüllte seinen Zweck sehr gut, der darin bestand, einem Fremden zu sagen, wohin genau es ihn verschlagen hatte: »Joseps Weingut.«

An einem Mittwochnachmittag, an dem Josep seinen Bruder zwischen seinen lauten und klackernden Maschinen vermutet hätte, betrat er Nivaldos Laden, um *xoriço* zu kaufen, und sah Donat in einer weißen Schürze hinter der Ladentheke stehen und für Senyora Corberó Mehl abmessen.

Sobald die Frau gegangen war, wandte Donat sich Josep zu. »Nivaldo ist krank. Er hat gestern nach uns geschickt. Ich wusste, das bedeutet, dass es ihm wirklich schlecht geht, und wir sind sofort gekommen. Rosa kümmert sich um ihn, während ich den Laden offen halte.«

Josep suchte nach etwas Angemessenem, das er unter diesen Umständen sagen konnte, aber ihm fiel nichts ein.

»Ich brauche nur etwas *xoriço*.«

Donat nickte erneut. »Wie viel?«

»Ein Viertelkilo.«

Donat nickte erneut, schnitt ein Stück ab, wog es,

legte noch eine Scheibe dazu und wickelte die Wurst in
El Cascabel ein, jedermanns Einwickelpapier. Er nahm
Joseps Geld und gab ihm heraus.

»Willst du hochgehen und ihn besuchen?«

»Ich glaube nicht, nein.«

Donat starrte ihn an. »Warum nicht. Heilige Mutter
Gottes. Bist du auch böse auf *ihn*?«

Josep erwiderte nichts. Er nahm das Wurstpaket und
wandte sich zum Gehen.

»Du magst keinen Menschen, was?«, sagte Donat.

Letzte Ölung

*E*s war die Zeit des Jahres, da die Trauben anfingen, ihr Versprechen zu erfüllen, sie gewannen an Farbe und an Geschmack, und Josep pflückte hin und wieder eine Beere und steckte sie in den Mund, um die Reife zu prüfen.

Es war die Jahreszeit, um den Himmel zu betrachten, sich Sorgen zu machen, dass vielleicht zu viel Regen kam oder sogar Hagel oder dass der Regen ganz ausblieb.

Er schrieb seine launische Stimmung der jahreszeitlichen Unsicherheit wegen des Schicksals der Trauben zu.

Aber als Maria del Mar mit Francesc von der *plaça* zurückkam, wo sie Wasser geholt hatten, erzählte sie, dass sie Rosa getroffen habe. Und Rosa habe ihr erzählt, dass der Priester fast den ganzen Tag bei Nivaldo gewesen sei.

Als Josep in den Lebensmittelladen ging, sah er, dass Donats Augen gerötet waren.

»Ist er sehr krank?«

»Sehr krank.«

»Kann ich ihn sehen?«

Donat zuckte mürrisch die Achseln und deutete zu den drei Stufen, die zu dem Halbstock über dem Lagerraum führten, wo Nivaldo seine Wohnung hatte.

Josep ging den dunklen Gang entlang und blieb vor der Schlafkammer stehen. Der alte Mann lag auf dem Rücken und starrte zur Decke. Pare Pío beugte sich über ihn, und sein Mund bewegte sich beinahe stumm.

»Nivaldo?«, sagte Josep.

Der Priester schien Josep gar nicht zu bemerken, es war fast, als wäre er an einem ganz anderen Ort, und er sprach so leise, dass Josep kein Wort verstand. Der Pare hatte einen Becher in einer Hand und einen kleinen Pinsel in der anderen. Josep sah, dass er den Pinsel in den Becher tauchte und damit winzige Kreuze auf Nivaldos Ohren, die Lippen und die Nase zeichnete.

Er schlug die Decke zurück, sodass Nivaldos gebeugter Oberkörper und die haarigen dünnen Beine zu sehen waren, und dann benetzte er auch seine Hände und Füße mit dem Salböl. *Jesús*, auch seine Lenden!

»Nivaldo, ich bin's, Josep«, sagte er laut.

Aber die Hand des Priesters war bereits wieder nach oben gewandert und hatte Nivaldos leer starrende Augen geschlossen. Nivaldos schlechtes Auge war offen geblieben, und mit einer behutsamen Bewegung schob Pare Pío das Lid darüber. Dann machte der Pinsel das letzte Kreuz.

Viele Jahre lang hatte jeder Dorfbewohner den Lebensmittelladen regelmäßig besucht, und die meisten achteten Nivaldo. Auch diejenigen, die ihm nicht gerade wohlgesinnt gewesen waren, besuchten den Begräbnisgottesdienst und folgten dann dem Sarg auf den Friedhof. Josep, Maria del Mar und Francesc gingen im Kreis der anderen zum Grab.

Auf dem Friedhof stand Josep dann neben seinem Bruder und Rosa. Sie schaute ihn ein wenig unsicher an. »Dein Verlust tut mir sehr leid, Josep.«

Er nickte. »Mir auch.«

»Schade, nicht, dass man kein Grab gefunden hat, das näher an Pares liegt?«, sagte Donat zu Josep mit leiser Stimme.

Warum soll das schade sein?, hätte Josep ihn am liebsten angefahren. Glaubst du, dass er und Pare sich regelmäßig treffen wollen, um Dame zu spielen?

Er verkniff sich die Bissigkeit, aber er war nicht in der Stimmung, mit ihnen zu reden, und nach ein paar Minuten verließ er Donat und Rosa und stellte sich dichter ans Grab.

In seinem Kopf herrschte Aufruhr; er war noch nie so verwirrt gewesen. Er wünschte sich, er hätte Nivaldo bei seinem Sterben die Hand halten können, und er bedauerte, dass er nicht die Weisheit besessen hatte, ihm eine Versöhnung und eine kleine Tröstung anzubieten. Ein Teil von ihm haderte noch mit dem besessenen, Ränke schmiedenden Aufrührer, dem verrückten alten Mann, der junge Männer in den Tod geschickt hatte, der die Söhne anderer Männer zu seinem persönlichen Geschenk an den Krieg gemacht hatte. Aber der andere Teil von ihm erinnerte sich sehr deutlich an den gutmütigen, liebevollen Freund seines Vaters, der einem kleinen Jungen Geschichten über das kleine Volk erzählt hatte, der ihm Lesen und Schreiben beigebracht hatte, der einem linkischen Jugendlichen geholfen hatte, die Last der Unschuld abzuwerfen. Josep wusste, dass dieser Mann ihn sein ganzes Leben lang geliebt hatte, und er stellte sich ein wenig abseits von Maria del Mar und Francesc und weinte um Nivaldo.

Das Vermächtnis

*B*innen zwei Tagen hatte das gesamte Dorf gehört, dass Nivaldo Machado Àngel Casals zum Testamentsvollstrecker bestimmt hatte, und einen Tag später wusste ebenfalls jeder, dass er den Lebensmittelladen Donat Àlvarez und seiner Frau Rosa vermacht hatte.

Die Nachricht wurde ohne Überraschung hingenommen, und keiner sagte etwas dagegen, bis Donat etwa drei Wochen später die Bank von ihrem angestammten Platz direkt neben der Ladentür entfernte. Sie stand jetzt auf den letzten Metern des Ladengrundstücks, so nah an der Kirche, wie es ging, ohne Kirchengrund zu berühren. Direkt vor den Lebensmittelladen stellte Donat den kleinen runden Tisch, der Nivaldo gehört hatte, sowie einen etwas größeren, ebenfalls runden Tisch und Stühle. Rosa sagte den Leuten, die Tische würden so bleiben, wie sie waren, nacktes Holz, nur an Feiertagen würde sie Tischdecken darüberlegen.

Josep gehörte zu denjenigen, die grummelten.

»Nivaldo ist noch kaum richtig kalt. Können sie nicht den Anstand wahren, eine Weile zu warten, bevor sie alles verändern?«

»Sie führen ein Geschäft, kein Denkmal«, sagte Maria del Mar. »Mir gefallen ihre Veränderungen. Der Laden war noch nie so makellos sauber. Er riecht sogar besser, nachdem sie den Lagerraum geputzt haben.«

»So wird's aber nicht bleiben. Mein Bruder ist ein Schlamper.«

»Na ja, seine Frau aber nicht. Sie ist eine starke und tatkräftige Frau, und die beiden arbeiten jeden Tag schwer.«

»Ist dir klar, dass sowohl die Bank wie die Tische auf öffentlichem Grund stehen? Sie haben überhaupt nicht das Recht…«

»Die Bank stand schon immer auf der *plaça*«, erklärte ihm Maria del Mar. »Und ich finde es schön, dort Tische zu haben. Sie machen die *plaça* lebendiger, lassen sie geselliger wirken.«

Offensichtlich waren die meisten im Dorf ihrer Meinung. Wenn Josep auf die *plaça* ging, war es für ihn bald ein gewohnter Anblick, dass einer oder beide Tische besetzt waren mit Leuten, die Kaffee tranken oder einen Teller mit *xoriço* und Käse aßen.

Binnen zwei Wochen hatte Donat einen dritten Tisch dazugestellt, und niemand aus dem Dorf kam mit einem Einwand zum *alcalde* oder zum Rat.

Bei einer Probe der *castellers* von Santa Eulalia sagte Eduard Francesc, dass er gute Fortschritte mache. Im neuen Jahr, sagte er, würde er Francesc erlauben, bei den Übungen bis zur sechsten Ebene zu klettern, und nach einer Weile würde er ihn zur Spitze ernennen.

Francesc war überglücklich, und das sah man ihm deutlich an. Als er bei der Übung an der Reihe war, kletterte er sehr schnell, und Josep spürte die Arme des Jungen um seinen Hals. Er wartete auf das inzwischen gewohnte Ritual zwischen den beiden, dass ihm der Junge seinen Namen ins Ohr flüsterte, aber stattdessen hörte er etwas Neues.

Ein Wort, kaum ausgesprochen, ein Hauch, ein Seufzen, ein angeblasener Ton, wie der Geist eines Wortes, den der Wind herbeitrug: »Pare.«

Als die drei an diesem Abend zum Essen am Küchentisch saßen, schaute Josep Francesc an.

»Ich würde dich gern um etwas bitten, Francesc. Um einen Gefallen.«

Die Frau und der Junge sahen beide auf.

»Es würde mich sehr freuen, wenn du mich nicht mehr Josep, sondern *Pare* nennen würdest. Meinst du, dass du das kannst?«

Francesc blickte weder Josep noch seine Mutter an. Stattdessen starrte er mit hochrotem Kopf ins Leere. Er hatte den Mund voller Brot, und als er nickte, stopfte er sich noch mehr hinein.

Maria del Mar schaute ihren Ehemann an und lächelte.

Reden und Zuhören

*I*hre Zeit der Zweisamkeit, ihre intimsten und kost-
barsten Augenblicke, kam erst, wenn Francesc schon
tief schlief, und eines Abends führte Josep Maria del Mar
hinaus in die Dunkelheit, und sie setzten sich nebeneinander auf die Bank im Hof, und er fing an zu erzählen.

Er erzählte ihr von der Gruppe arbeitsloser Jugend-
licher, an die sie sich noch gut erinnerte, Jungs, mit
denen sie aufgewachsen war. Die Jungs des Jagdvereins.
Er berichtete von der Ankunft Sergent Peñas in Santa
Eulalia.

Er erinnerte sie an die militärische Ausbildung und
die Versprechungen, und dann erzählte er ihr all die
Dinge, die sie nicht wusste. Sie hörte sich die Geschichte
an, wie die Dorfjungen gleichsam als Spielfiguren miss-
braucht worden waren, wie sie unwissentlich denen geholfen hatten, die ein Attentat auf einen ihnen damals
unbekannten Politiker verübt hatten aus Gründen, die
sie damals unmöglich hatten begreifen können.

Er erzählte ihr, dass er und Guillem zugesehen hatten,
wie der Vater ihres Sohnes ermordet wurde.

»Bist du sicher, dass Jordi tot ist?«

437

»Sie haben ihm die Kehle durchgeschnitten.«

Sie weinte nicht, sie hatte schon vor langer Zeit die Hoffnung aufgegeben, dass Jordi noch am Leben war. Aber ihre Hand umklammerte die seine sehr fest.

Er erzählte ihr die Einzelheiten seines Lebens als Flüchtling.

»Ich bin der Einzige, der noch übrig ist«, sagte er.

»Bist du in Gefahr?«

»Nein. Die einzigen beiden Männer, für die ich eine Bedrohung hätte darstellen können, leben nicht mehr. Sie wurden im Kampf getötet«, sagte er, eine Notlüge.

Mehr erzählte er nicht. Er wusste, er würde nie fähig sein, ihr den Rest auch noch zu gestehen.

»Ich bin froh, dass es keine Geheimnisse mehr zwischen uns gibt«, sagte seine Frau und küsste ihn leidenschaftlich auf die Lippen.

Er hasste es, dass es dunkle Bereiche gab, über die er mit ihr nie würde sprechen können.

Er würde sie dafür entschädigen, das schwor er sich, indem er sie immer mit Liebe und Zärtlichkeit behandelte. Für ihn waren die verbliebenen Geheimnisse so lästig wie ein Buckel, und er sehnte sich danach, mit irgendjemandem darüber zu sprechen. Sich die Last von der Seele zu reden.

Aber es gab niemanden.

Es war ein Samstagnachmittag, und er konnte gar nicht recht glauben, was er da tat, konnte aber auch nicht widerstehen, und so öffnete er die Kirchentür und trat ein.

Acht Personen warteten bereits, fromme und gläubige Männer und Frauen. Einige kamen jeden Samstagnachmittag, um die Beichte abzulegen, damit sie am Sonntag mit reiner Seele die Kommunion empfangen konnten.

Die schweren roten Samtvorhänge des Beichtstuhls ließen keinen Ton durch, aber weil die Wartenden wollten, dass auch ihre Verfehlungen geheim blieben, hatten sie den Anstand, sich so weit wie möglich vom Beichtstuhl entfernt in die letzte Bankreihe zu setzen, und unter ihnen fand Josep einen Platz.

Als er an der Reihe war, trat er in das Halbdunkel und kniete sich hin.

»Verzeiht mir, Pare, denn ich habe gesündigt.«

»Wann war deine letzte Beichte?«

»Vor sechs … nein, sieben Wochen.«

»Was ist die Art deiner Sünden?«

»Jemand, dem ich … der mir nahestand … hat einen Mann getötet. Ich habe ihm geholfen.«

»Du hast ihm geholfen, den Mann zu töten?«

»Nein, Pare. Aber ich … habe die Leiche des Mannes beseitigt.«

»Warum wurde der Mann getötet?«

Die Frage verwirrte Josep; sie schien mit seiner Beichte nichts zu tun zu haben. »Er kam hierher, um meinen Freund zu ermorden. Und mich, auch mich hätte er getötet.«

»Also hat dein Freund ihn getötet, um sein eigenes Leben zu verteidigen?«

»Ja.«

»Und vielleicht, um dir das Leben zu retten? Und es dir vielleicht sogar zu ersparen, selbst töten zu müssen?«

»Vielleicht.«

»Wenn das so wäre, dann könnte seine Tötung dieses anderen Mannes als Tat der Liebe betrachtet werden, nicht? Eine Tat der Liebe zu dir?«

Der Priester weiß Bescheid, erkannte Josep nun. Der Priester wusste vielleicht mehr über Peñas Tod als Josep selbst. Pare Pío hatte fast einen ganzen Tag mit Nivaldo verbracht, bevor Nivaldo, von seinen Sünden losgesprochen, starb.

»Hast du die Leiche begraben?«

Aufrecht begraben, dachte Josep wirr, aber zweifellos begraben. »Ja, Pare.«

»Wo ist dann deine Sünde, mein Sohn?«

»Pare … Er wurde in ungeweihter Erde begraben. Ohne die Sterbesakramente.«

»Inzwischen ist der Mann vor seinen Schöpfer getreten und hat sein Urteil empfangen. Es steht nicht in deiner Macht, dafür zu sorgen, dass jeder die Sterbesakramente erhält. Ich bin mir sicher, dass die Polizei deine Taten anders betrachten würde, aber ich arbeite nicht für die Polizei, ich arbeite für Gott und die katholische Kirche. Und ich sage dir, du hast keine Sünde. Was du getan hast, war ein körperlicher Akt der Gnade. Es ist eine heilige Pflicht, die Toten zu begraben, deshalb hast du keine Sünde, und es ist mir nicht möglich, deine Beichte zu hören«, sagte der Priester. »Finde Frieden, mein Sohn. Geh nach Hause und quäl dich nicht länger.«

Auf der anderen Seite der Blechplatte mit den unzähligen winzigen Löchern war ein leises, aber entschiedenes Klacken zu hören, als der innere Sichtschirm geschlossen wurde, ein deutliches Zeichen des Abschlusses, und so war Joseps Versuch zu beichten beendet.

Die Guardia Civil

*A*m Vormittag des dritten Mittwochs im August saß Josep an einem der Tische vor dem Lebensmittelladen und las eine Zeitung, während sein Bruder die beiden anderen Tische abwischte. Sie schauten beide hoch, als drei Reiter über die Brücke und auf die *plaça* galoppierten. Alle drei hatten das Aussehen von Männern, die unter der kupfernen Sonne weit gereist waren. Die ersten beiden, die nebeneinander ritten, waren Agents der Guardia Civil. Josep hatte die Guardia in Barcelona gesehen, immer zu zweit und mit Flinten bewaffnet, einschüchternd in glanzledernem Dreispitz, schwarzem Rock mit hohem Kragen, blütenweißer Hose und glänzenden Stiefeln. Auch diese beiden trugen die auffälligen Hüte, ansonsten aber grüne Arbeitsuniformen mit feuchten Flecken an den Achseln und am Rücken, wo sie ihre Flinten an einem Lederriemen trugen.

Ihnen folgte ein Mann auf einem Maultier, und Josep sah, dass er ihn kannte.

»*Hola*, Tonio!«, rief Donat.

Àngel Casals ältester Sohn warf Josep einen schnellen

Blick zu und nickte in Donats Richtung, antwortete aber nicht. Er saß sehr steif und aufrecht auf seinem Tier, als wolle er die beiden Männer vor ihm nachahmen.

Josep beobachtete sie über den Rand der Zeitung hinweg, und Donat stand mit dem feuchten Tuch in der Hand da und folgte ihnen mit den Blicken, während sie bis zur Weinpresse ritten, dort absaßen und ihre Pferde am öffentlichen Geländer festbanden. Sie gingen direkt zur Pumpe, und die beiden Agents wechselten einander ab, der eine hielt das Gewehr des anderen, während dieser trank, und dann warteten sie, bis auch Tonio seinen Durst gelöscht und sich Wasser über Gesicht und Hände hatte laufen lassen.

»Da wir schon mal hier sind, können wir auch hier anfangen«, sagte Tonio. »Es ist dieses Haus da, das erste nach der Kirche«, sagte er und deutete darauf. »Zu dieser Tageszeit ist er entweder im Haus oder in den Reben. Wir könnten uns zuerst im Weinberg umschauen, wenn Sie das wollen.«

Einer der Agents nickte, nahm dann seine Flinte ab und bewegte die Schultern.

Während Donat den Tisch zum vierten Mal wischte, sah Josep zu, wie die drei die *plaça* überquerten und hinter Eduard Montroigs Haus verschwanden.

Zwei Stunden später fanden Josep und Eduard Maria del Mar zwischen den Rebenreihen, und sie erzählten ihr von den Besuchern.

»Zwei von der Guardia Civil, und sie haben Tonio Casals als Führer bei sich«, sagte Eduard. »Sie haben mir die merkwürdigsten Fragen gestellt. Haben mein ganzes Haus durchsucht, aber ich habe keine Ahnung, nach was. Dieser verdammte Tonio, der *camarada* meiner Kindheit, hat auf meinem Grund zwei Löcher gegraben. Ich habe zwei natürliche Senken im Weinberg, und sie haben ihm befohlen, dort zu buddeln. Vor einer halben Stunde gingen sie dann von mir direkt zu Àngel. Als Josep und ich gerade dort vorbeikamen, standen sie alle herum und sahen zu, wie Tonio ein Loch zuschüttete, das er neben dem Hühnerstall ausgehoben hatte. Kannst du dir das vorstellen? Auf dem Land seines eigenen Vaters ein Loch zu graben? Wonach suchen die nur?«

Maria del Mar stand mit dem Gesicht zur Straße und schaute jetzt an ihnen vorbei. »Ach, da kommen sie. Sie kommen auch hierher«, sagte sie.

»Was suchen sie nur?«, fragte Eduard noch einmal.

Josep zwang sich, nicht den Kopf zu drehen und sie anzustarren. »Ich weiß es nicht«, sagte er.

Einer der Agents war stämmiger als der andere und einen Kopf kürzer. Obwohl er sichtlich älter war, hatte er noch volle Haare, während der jüngere bereits eine kahle Stelle auf dem Hinterkopf hatte. Die beiden Uniformierten lächelten nicht, aber sie waren auch nicht barsch, was sie irgendwie noch unheimlicher machte.

»Senyor Àlvarez? Senyora? Ich bin Subteniente Bagés, und das ist Cabo Mansó. Ich nehme an, Sie kennen Senyor Casals.«

Josep nickte, und Tonio schaute ihn wortlos an.

»*Hola*, Maria del Mar«, sagte er.

»*Hola*, Tonio«, sagte sie leise.

»Wir würden uns gern ein wenig auf Ihrem Anwesen umsehen, Senyor. Sie haben doch nichts dagegen?«

Josep wusste, dass das keine ernst gemeinte Frage war.
Er konnte ihnen die Erlaubnis nicht verweigern, und
auch wenn er es könnte, würde das als Schuldeinge-
ständnis betrachtet werden. Mit der Guardia Civil trieb
man keine Spielchen. Die Beamten hatten die absolute
Macht, und es gab Gerüchte über Schäden, sowohl körperlicher als auch wirtschaftlicher Art, die einige Polizisten in ihrem Übereifer, den Frieden zu bewahren, ange-
richtet hatten.

»Natürlich nicht«, sagte Josep.

Sie fingen mit den Häusern an. Der Subteniente
schickte den Jüngeren mit Maria del Mar ins Valls-Haus,
während er in Joseps Begleitung das Àlvarez-Haus durch-
suchte.

In dem kleinen Haus gab es nicht viele Orte, die
sich als Versteck eigneten. Subteniente Bagés steckte den
Kopf in die Feuerstelle und spähte in den Kamin hoch,
dann schaute er unter dem Bett nach und schob Francescs Schlafmatte beiseite. In dem Steinhaus war es kühler als draußen, aber auf dem Dachboden war es heiß,
und der Polizist und Josep schwitzten, als sie Säcke mit
Getreide und Bohnen beiseiteschoben, damit er auch in
die Ecken sehen konnte.

»Wie lange kennen Sie Coronel Julián Carmora
schon?«

Josep empfand Bedauern, denn er hatte gehofft, er
würde Peñas wahren Namen nie erfahren. Er wollte nicht

an Peña denken. Aber den Subteniente schaute er nur verwirrt an.

»In was für einem Verhältnis stehen Sie zu Coronel Carmora?«, fragte Bagés.

»Tut mir leid. Ich kennen niemanden mit diesem Namen.«

Der Polizist schaute ihn unverwandt an. »Sind Sie sicher, Senyor?«

»Ja. Ich habe noch nie einen Coronel gekannt.«

»Na, dann können Sie ja von Glück reden«, sagte der Subteniente.

Als sie aus dem Haus kamen, saßen Maria del Mar und Francesc mit Eduard auf der Bank.

»Wo ist Cabo Mansó?«, fragte der Subteniente.

»Wir haben ein Haus gemeinsam durchsucht«, antwortete ihm Maria del Mar. »In dem anderen Haus, dem in der Mitte, befinden sich ein paar von unseren Werkzeugen, zwei Pflüge, alte Pferdegeschirre und alle möglichen anderen Sachen. Ich habe ihn allein gelassen, damit er alles sehr sorgfältig durchsuchen kann. Das Haus da oben«, sagte sie und deutete darauf, und der Beamte nickte und ging davon.

Sie schauten ihm nach.

»Hast du irgendwas herausgefunden?«, fragte Eduard, und Josep schüttelte den Kopf.

Kurz darauf kam Tonio Casals zwischen den Rebenreihen hervor und ging zu ihnen.

Er kniete sich vor den Jungen. »*Hola*, Francesc. Ich bin Tonio Casals. Kannst du dich noch an mich erinnern? An Tonio?«

Francesc betrachtete sein Gesicht, schüttelte aber den Kopf.

»Na ja, es ist ja lange her, und du warst damals noch sehr klein.«

»Was ist mit dir, Tonio, wie ist es dir inzwischen ergangen?«, fragte Maria del Mar höflich.

»Mir geht es… gut, Maria del Mar. Ich bin der stellvertretende *algutzir* des Bezirksgefängnisses in Las Granjas, und mir gefällt diese Arbeit.«

»Dein Vater sagt, dass du auch im Olivengeschäft arbeitest«, sagte Eduard.

»Ja. Aber der Olivenanbau ist nur eine andere Art von Landarbeit. Das ist nichts für mich, und mein Chef ist ein unangenehmer Mensch… Das Leben hat immer seine schwierigen Seiten, nicht?«

Eduard murmelte Zustimmung. »Und arbeitest du regelmäßig mit der Guardia Civil zusammen?«, fragte er seinen alten Freund.

»Nein, nein. Aber ich kenne sie alle, und sie kennen mich, weil irgendwann jeder Beamte der Guardia Civil einen Häftling in mein Gefängnis bringt oder einen für ein Verhör abholt. Um ehrlich zu sein, ich überlege mir, ob ich nicht selbst zur Guardia gehen soll. Es ist schwierig, weil viele sich bewerben, und man muss Unterricht nehmen und Prüfungen bestehen. Aber wie gesagt, inzwischen kenne ich den einen oder anderen von der Guardia Civil… und die Arbeit hat viel mit meinen Erfahrungen im Gefängnis zu tun. Diese beiden da wussten, dass ich aus Santa Eulalia komme. Als sie hierhergeschickt wurden, luden sie mich ein, ihr

Führer und Gehilfe zu sein, damit das Dorf merkt, dass sie nichts Böses wollen.«

»Aber Tonio«, fragte Marimar besorgt, »warum durchsuchen sie unser Land?«

Tonio zögerte. »Ihr braucht euch keine Sorgen zu machen«, sagte er dann.

Maria del Mar schaute ihn mit großen Augen an. »Warum haben sie mich dann gefragt, ob ich einen gewissen Coronel kenne?«, flüsterte sie.

Tonios Gesicht merkte man an, dass er stolz war auf seine Stellung und sein Wissen. »Ein Coronel aus dem Kriegsministerium ist verschwunden. Subteniente Bagés sagt, er ist ein vielversprechender Staatsdiener, der eines Tages vielleicht sogar General wird.«

»Aber… warum suchen sie hier nach ihm?«, fragte Eduard.

Tonio verzog das Gesicht. »Der Grund ist ziemlich dürftig. Unter den Papieren auf seinem Schreibtisch fand sich auch eine Liste mit den Namen der Mitglieder der Stadt- und Gemeinderäte des Bezirks Katalonien. Der Eintrag für Santa Eulalia mit den Namen der Ratsmitglieder war eingekreist.«

Der Gemeinderat. So haben sie mich also gefunden, dachte Josep.

»Das ist alles? Ein Kreis auf einer Liste mit Dörfern?«, fragte Eduard ungläubig.

Tonio nickte. »Ich musste lachen, als sie mir das sagten. Ich entgegnete ihnen, vielleicht will der Coronel für seinen Ruhestand vorsorgen und überlegt sich, ob er sich dann in diesem kleinen Dorf niederlassen und Trauben anbauen soll. Oder vielleicht hat er vor, hier in der Gegend ein Manöver abzuhalten, oder, oder, oder. Aber die Guardia Civil bestand darauf, Ermittler hierherzuschicken, und deshalb musste ich auf meines Vaters Grund ein Loch graben! Es ist so, dass sie *nichts* übersehen, nicht die geringste Einzelheit. Das ist der Grund, warum sie so erfolgreich, warum sie die Besten sind.« Er lächelte Maria del Mar zu. »Aber hab Geduld, sie sind bald wieder weg.«

Kurz darauf kehrte Subteniente Bagés zurück. »Senyor«, sagte er zu Josep, »wollen Sie mich bitte begleiten?«

Er führte Josep zu der Tür unter dem Kamm.

»Was ist das?«

»Mein Weinkeller.«

»Wenn ich bitten darf«, sagte er, und Josep öffnete die Tür, und sie traten in die Dunkelheit.

Schnell hatte Josep ein Streichholz angerissen und die Lampe angezündet, und dann standen sie im flackernden Licht da und schauten sich um.

»Ah«, sagte der Beamte leise.

Es war ein Laut der Freude. »Es ist kühl hier drinnen. Warum wohnen Sie nicht hier?«

Josep zwang sich zu einem Lächeln. »Wir wollen unseren Wein nicht erwärmen«, sagte er.

Der Subteniente nahm Josep die Lampe aus der Hand. Er hielt sie in die Höhe und schaute sich genau an, was der Schein erhellte: die Felswand und die Decke, das Mauerwerk, das hinter dem vollen Flaschenregal begann.

Er hielt die Lampe dicht an die Mauer und untersuchte sie eingehend, und Josep wurde plötzlich etwas Entsetzliches bewusst: Der Lehm zwischen den Steinen würde unterschiedliche Färbungen zeigen, je nachdem, wie lange er schon trocknete. Völlig ausgetrocknet war er hellgrau, fast so wie die meisten Steine, im feuchten Zustand aber war er viel dunkler und eher bräunlich.

Man konnte also feststellen, welche Teilstücke der Mauer die neuesten waren.

Sein Herz pochte ihm bis zum Hals. Er wusste genau, was als Nächstes passieren würde. Der Subteniente würde den Lehm untersuchen und die Steine herausnehmen, die erst kürzlich verfugt worden waren.

Der Mann hielt die Lampe dicht an die Mauer und trat einen Schritt vor, und in diesem Augenblick ging die Kellertür auf und der zweite Beamte kam herein.

»Ich glaube, wir haben etwas«, sagte Cabo Mansó.

Der Subteniente gab Josep die Lampe und ging zu seinem Kollegen. Josep hörte die gemurmelten Worte: »Ein eingesunkenes Grab.«

Die Tür stand einen Spalt offen, und die Wärme strömte herein.

»Senyors, bitte … *die Tür*«, krächzte er, aber die beiden Polizisten eilten bereits hinaus und achteten nicht mehr auf ihn, und so löschte Josep die Lampe und folgte ihnen, nachdem er die Tür fest hinter sich geschlossen hatte.

Es war für Katalonien kein außergewöhnlich heißer Tag, aber der Gegensatz zur Kühle des Kellers war atemberaubend.

Er sah, dass alle am hintersten östlichen Rand des Àlvarez-Grundstücks versammelt waren, sogar Àngel Casals, der sich offensichtlich die Mühe gemacht hatte, von seinem Haus dorthin zu humpeln. Der *alcalde* sah erschöpft aus und stützte sich auf Maria del Mar.

Grabgeräusche waren zu hören und das leise Ächzen von einem, der mit einer Schaufel arbeitete.

Als Josep bei der Gruppe ankam, sah er, dass alle Tonio Casals zuschauten, der in einem breiten, von eigener Hand gegrabenen Loch stand.

In Josep stieg ein hysterisches Lachen auf, denn dies hier war genau so, wie er es sich in seinen schlimmsten Angstvorstellungen ausgemalt hatte: er mit seiner Frau und seinem Sohn inmitten all seiner Freunde und Nachbarn, die alle Zeugen wurden, wie Unglück und Schande über ihn kamen.

»Da ist etwas«, sagte Tonio.

Er legte die Schaufel weg, griff in die Erde und zerrte, bis zwei lange, miteinander verbundene Knochen zum Vorschein kamen, an denen noch Erde und Gewebereste hingen.

»Ich glaube, es ist ein Bein«, sagte Tonio, ein bisschen wichtigtuerisch, wie Josep dachte. Doch gleich darauf schrie Tonio auf. »*Mare de Déu!*«, und warf das grausige Ding wieder auf die Erde. »Ein gespaltener Huf! Es ist das Bein eines Dämons!«

»Nein, Senyor.« Es war Francescs junge Stimme, die aufgeregt und schrill klang. »Es ist kein Dämon. Es ist ein Schwein.«

In dem kurzen Schweigen, das folgte, bemerkte Josep,

dass Eduard zu zittern anfing. Seine Schultern hoben und senkten sich, und sein ernstes Gesicht arbeitete. Er ächzte, ein Geräusch, das auch von einer noch trockenen Pumpe stammen konnte, und dann sah und hörte Josep Eduard Montroig zum allerersten Mal herzlich lachen. Sein Lachen war leise und keuchend wie das Bellen eines asthmatischen Hundes, der eine lange Strecke gelaufen war.

Fast sofort fielen alle anderen mit ein – sogar die Guardia Civil –, verführt sowohl von Eduards hilfloser Freude wie auch von der Situation, und Josep fiel es nicht schwer, sich der Hysterie ebenfalls hinzugeben und dem herzhaften Lachen, das sich erneut erhob, als Tonio mit stoischer Ruhe begann, den Keiler wieder zu begraben.

Selbst Àngel Casals hatte gelacht, doch Josep gefiel das Aussehen des *alcalde* ganz und gar nicht, und so führte er Àngel zur Bank und brachte ihm kühles Wasser.

Als Tonio fertig war, würdigte er Josep keines Blickes, wandte sich aber an Maria del Mar. »Ich würde gern euren Wein kosten.«

Sie zögerte, weil sie vermeiden wollte, ihm Wein einzuschenken, und in diesem Augenblick sagte Àngel Casals sehr barsch zu Tonio: »Ich möchte, dass du mich jetzt nach Hause bringst. Ich habe Beatriu Corberó gebeten, ihre Sommer-*paella* mit *xoriço* und Gemüse zu kochen, ein Gericht unseres Dorfes für dich und deine Freunde, und ich muss nachsehen, ob alles in Ordnung ist.«

Und so half Eduard dem *alcalde* auf das Maultier seines Sohnes, und Tonio führte ihn weg.

Josep fühlte sich ein wenig benommen, als er einen Krug aus dem fast leeren Fass mit gewöhnlichem Wein füllte und den beiden Beamten, Maria del Mar und Eduard in Quims Weingläsern anbot.

Die beiden Guardia-Beamten hatten es nicht eilig. Sie tranken langsam, lobten den Wein und ließen sich von Josep überreden, dass es durchaus angemessen sei, noch ein Glas zu trinken, und auch Josep selbst holte sich ein Glas und stieß mit ihnen an.

Danach gaben sie ihm die Hand und wünschten ihm eine reiche Ernte, bestiegen ihre Pferde und ritten davon.

Der Monsieur

*B*is Anfang September waren bereits mehrere Leute zur *bodega* gekommen, um Wein zu kaufen, und als Josep den Reiter sah, der von der Straße auf sein Grundstück einbog, hielt er ihn nur für einen weiteren Kunden. Doch dann sah er, dass der Mann sein Pferd zügelte und das Schild betrachtete.

Und nun erkannte Josep auch das Gesicht des Mannes, und dieses Gesicht zeigte das allerbreiteste Lächeln.

»Monsieur! Monsieur!«, rief er.

Monsieur Mendès kann meinen Wein kosten!, dachte er sofort und empfand zugleich Freude und Entsetzen.

»Senyor«, rief Léon Mendès ihm zu.

Es freute Josep sehr, Léon Mendès Maria del Mar und Francesc vorstellen zu können.

Er hatte seiner Frau ausführlich von Mendès erzählt, und sie wusste, was der Franzose ihrem Mann bedeutete. Kaum waren die Vorstellungen beendet, nahm sie Francesc bei der Hand und eilte los, um ein Hühnchen und andere Zutaten zu kaufen, um am Abend dem Gast ein aufwendiges Essen vorsetzen zu können.

Josep sattelte das Pferd ab. Als er in Frankreich war,

hatte Monsieur Mendès eine sehr gute arabische Stute geritten. Dieses Pferd war ebenfalls eine Stute, aber ein braunes Tier mit durchhängendem Rücken und von zweifelhafter Abstammung, ein Mietpferd, das Mendès sich nach Verlassen des Zugs in Barcelona geliehen hatte. Josep versorgte es mit Wasser und Futter. Dann stellte er zwei Stühle in den Schatten und brachte seinem Besucher nasse Tücher, damit er sich den Staub der Straße von Gesicht und Händen waschen konnte. Dann holte er ein *càntir* und Becher, und die beiden setzten sich, tranken Wasser und begannen zu reden.

Josep erzählte Mendès, wie er sein Weingut erworben hatte. Dass sein Bruder und seine Schwägerin das Àlvarez-Anwesen hatten verkaufen wollen und er es erworben hatte. Er berichtete von seinem liebestollen Nachbarn, der ihm die Verantwortung für die Torras-Parzelle praktisch aufgedrängt hatte, und von der Vereinigung von seinem und Maria del Mars Grundbesitz nach ihrer Hochzeit.

Mendès hörte aufmerksam zu und stellte hin und wieder eine Frage, und dabei leuchteten seine Augen vor Freude.

Josep hatte sich Mühe gegeben, sich dem französischen Weinmacher nicht aufzudrängen, bevor er ihn nicht anständig begrüßt und einige freundliche Worte mit ihm gewechselt hatte, aber jetzt merkte er, dass er sich nicht länger beherrschen konnte.

»Ein Glas Wein vielleicht?«

Mendès lächelte. »Ein Glas Wein wäre höchst willkommen.«

Josep brachte zwei Gläser und eilte dann in den Keller, um eine Flasche zu holen. Mendès schaute sich das Etikett an und hob die Augenbrauen, als er die Flasche zurückgab, damit Josep sie entkorken konnte.

»Mal sehen, was Sie davon halten, Monsieur«, sagte Josep beim Eingießen. Sie machten keine Anstalten, einander zuzuprosten. Beide waren sich bewusst, dass es sich um eine Verkostung handelte.

Mendès hielt das Glas in die Höhe, um die Farbe zu prüfen, bewegte es dann sanft im Kreis, um den dünnen, durchscheinenden Film zu betrachten, den die schwappende, dunkle Flüssigkeit im Glas hinterließ. Er führte es sich an die Nase und schloss die Augen. Dann nahm er einen Schluck und behielt den Wein im Mund, atmete durch leicht geöffnete Lippen aus und zog Luft darüber und in die Kehle. Erst jetzt schluckte er und saß mit geschlossenen Augen da, das Gesicht ernst.

An seinem Ausdruck konnte Josep sehr wenig erkennen.

Mendès öffnete die Augen und trank noch einen Schluck. Und erst dann schaute er Josep an.

»O ja«, sagte er leise. »Er ist sehr gut, wie du mit Sicherheit weißt. Er ist reich und fruchtig und doch trocken genug … Tempranillo-Trauben?«

Josep war überglücklich. »Ja, unsere Ull de Llebre. Dazu Garnatxa. Und ein kleiner Anteil Carinyena.«

»Er ist reich an Körper, aber elegant, und der Abgang bleibt sehr lange nach dem Schlucken erhalten. Wenn ich diesen Wein gemacht hätte, wäre ich außerordentlich stolz.«

»In gewisser Weise haben Sie diesen Wein gemacht, Monsieur«, sagte Josep. »Ich habe versucht, mich daran zu erinnern, wie Sie vorgegangen sind, an jeden einzelnen Schritt.«

»In dem Fall *bin* ich stolz. Steht er zum Verkauf?«

»*Déu*, natürlich.«

»Ich meine an mich, in größeren Mengen.«

»Ja, ja, Monsieur.«

»Zeig mir deinen Weinberg«, sagte Mendès.

Sie gingen miteinander durch die Reihen, pflückten hier und dort eine Traube, um den Reifegrad zu prüfen, und sprachen über die besten Erntezeiten. Als sie zu der Tür unter dem Kamm kamen, schloss Josep sie auf und führte seinen Gast hinein.

Im Schein der Laterne betrachtete Léon Mendès jede Einzelheit des Kellers. »Du hast ihn allein ausgehoben?«

»Ja.« Josep erzählte ihm von der Entdeckung der Gesteinsformation.

Mendès schaute die vierzehn Hundert-Liter-Fässer und die drei Zweihundertfünfundzwanzig-Liter-Fässer an. »Ist das der ganze Wein, den du gemacht hast?«

Josep nickte. »Um dies finanzieren zu können, musste ich den Rest der Trauben an die Essigfabrik verkaufen.«

»Hast du noch eine zweite Sorte gemacht?«

»Nur ein Fass.« Er hatte zum Schöpfen immer einen Becher auf dem Fassdeckel stehen, doch jetzt musste er das Fass kippen, um Mendès noch eine Kostprobe einzuschenken. »Das ist nur der letzte Rest«, warnte er, aber

Mendès kostete den Wein vorsichtig und erklärte ihn zu einem sehr ordentlichen *vin ordinaire.*

»Nun lass uns zu unseren Stühlen im Schatten zurückkehren«, sagte er. »Wir haben viel zu besprechen.«

Als sie wieder saßen, fragte Mendès Josep, ob er schon viel von seinem Wein verkauft habe.

»Bis jetzt nur ein paar Flaschen, auf dem Markplatz in Sitges, von der Ladefläche meines Karrens.«

Als Josep Mendès berichtete, was er für die Flasche verlangt hatte, seufzte der Ältere. »Du hast einen ausgezeichneten Wein weit unter Wert angeboten.« Dann trommelte er nachdenklich mit den Fingerspitzen auf seine Oberschenkel.

»Ich würde gern elf deiner Hundert-Liter-Fässer kaufen. Ich zahle dir das Doppelte des Preises, den du auf dem Markt verlangt hast.« Er lächelte, als er Joseps Gesichtsausdruck sah. »Das ist keine Großzügigkeit, das ist der Marktpreis. In den Jahren, seit du das Languedoc verlassen hast, hat bei uns Phylloxera gewütet. Diese vermaledeite kleine Reblaus hat drei Viertel aller Weinberge Frankreichs vernichtet. Die Leute schreien nach trinkbarem Wein, und die Preise sind sehr hoch und steigen weiter. Auch nach den Kosten für Beförderung und Flaschenabfüllung kann ich deinen Wein noch mit einem ausgezeichneten Gewinn verkaufen. Ganz eigennützig würde ich mir wünschen, ich könnte jeden Tropfen bekommen, den du gemacht hast, aber ich lasse dir genug, um etwa neunhundert Flaschen zu füllen, und du solltest sie dazu benutzen, dir eine Kundschaft in deiner eigenen Gegend aufzubauen. Um guten Wein zu verkaufen, musst du neue Flaschen kaufen und dein Etikett zu einem Drucker bringen. Besorge dir einen Stand in einem der großen überdachten Märkte in Barcelona und verlange für deinen Wein zweieinhalbmal so viel, wie du es in Sitges getan hast. Leute mit bescheidenen Mitteln gibt es natürlich in Barcelona ebenso wie in dem Fischerdorf, aber in Barcelona gibt es auch wohlhabende Geschäftsleute und eine reiche Aristokratie, die nur das Beste kaufen und immer die Augen offen haben für Neues. Dort wirst du deinen Wein sehr schnell los. Wie viel von der neuen Pressung willst du für Wein verwenden?«

Josep runzelte die Stirn. »Ein bisschen mehr als vergangenes Jahr, aber den Großteil meines Mosts werde ich wieder an die Essigfabrik verkaufen. Ich brauche Geld.«

»Mit Wein verdienst du viel mehr als mit Essig.«

»Ich habe nicht genug Geld, um übers Jahr zu kommen, Monsieur.«

»Ich strecke dir die Mittel vor, die du brauchst, und als Gegenleistung versprichst du mir, dass du mir zwei Drittel deines Weins in Fässern überlässt.« Er schaute Josep an. »Ich muss dir eins ehrlich sagen, Josep. Wenn du mein Angebot ausschlägst, wirst du sehr bald viele andere bekommen. Ich habe ein halbes Dutzend französische Winzer getroffen, die alle hier sind, um Wein zu kaufen. Von jetzt an werden sie in Katalonien und überall in Spanien ein vertrauter Anblick sein.«

Josep schwirrte der Kopf. »Das sind wichtige Entscheidungen, die ich zu treffen habe. Haben Sie etwas dagegen, wenn ich Sie für kurze Zeit allein lasse und darüber nachdenke?«

»Natürlich nicht«, sagte Mendès. »Ich werde mir unterdessen den Rest deines Weinbergs ansehen und mir genüsslich die Zeit vertreiben.« Er lächelte, und Josep dachte, dass Monsieur genau wusste, was er, Josep, in der Zwischenzeit tun würde.

Er ging ins Haus, das nach Knoblauch und Kräutern und schmorendem Huhn duftete.

Josep fand Maria del Mar in der Küche, wo sie, mit einem Tupfer Mehl auf der Nase, Bohnen enthülste. »Das einzige Huhn, das ich gekriegt habe, war eine zähe, alte Henne, die keine Eier mehr legte«, sagte sie. »Aber das Essen wird trotzdem gut schmecken. Ich schmore das Vieh sehr langsam mit Pflaumen in ein wenig Wein und Öl, und dazu gibt es ein Spinatomelett mit einer Sauce aus Tomaten, Paprika und Knoblauch.«

Sie setzte sich mit ihm an den Tisch und hörte sich still an, was er von Monsieur Mendès' Angebot zu berichten hatte. Ab und zu stellte sie eine Frage, aber sie nahm alles, was er sagte, aufmerksam auf.

»Es ist die Gelegenheit, uns einen Namen als Winzer zu machen. Wir sollten die Lage für uns nutzen. Die Reblaus, die französische Weinknappheit ...«

Josep brach ab und schaute sie an. Er war unsicher, denn er wusste, dass sie Angst hatte vor Veränderungen und Sicherheit fand in vertrauten Abläufen, auch wenn es schlechte waren.

»Du willst das Angebot annehmen, nicht?«, sagte sie schließlich.

»O ja. Ich würde es tatsächlich annehmen.«

»Dann machen wir das«, sagte Maria del Mar und wendete sich wieder den Bohnen zu.

Es war ein sehr gutes Abendessen. Als ihr Besucher Maria del Mar lobte und mit großer Begeisterung über das Gebäck sprach, das sie zum Kaffee gereicht hatte, lachte sie und erzählte ihm trocken, dass die Teilchen aus dem Lebensmittelladen des Dorfes stammten, dessen Besitzerin eine erfahrene Bäckerin sei.

Nachdem Francesc schläfrig Gute Nacht gesagt und sich auf seine Schlafmatte gelegt hatte, kehrte das Gespräch sehr schnell zum Wein zurück.

»Ist Ihr eigener Weinberg auch in Gefahr?«, fragte Josep.

Mendès nickte. »Die Reblaus wird uns nächstes Jahr erreichen oder im Jahr darauf.«

»Kann man denn nichts dagegen tun?«, fragte Maria del Mar.

»Doch, kann man. Die Seuche kam mit Stöcken aus Amerika nach Europa, aber es gibt eine amerikanische Rebsorte, deren Wurzeln diese Laus nicht frisst. Vielleicht enthalten die Wurzeln etwas, das für die Läuse giftig ist, oder vielleicht schmecken sie einfach nur sehr schlecht. Wenn Schösslinge unserer zum Untergang verurteilten Reben auf diese amerikanischen Wurzeln aufgepfropft werden, können die Läuse ihnen nichts tun. Ich habe in den vergangenen drei Jahren jedes Jahr fünfundzwanzig Prozent meiner Reben durch solche gekreuzten Stöcke ersetzt. Es dauert vier Jahre, bis man die erste Ernte erhält. Vielleicht«, sagte Mendès, »solltet auch ihr euch überlegen, euren Weinberg so umzuwandeln.«

»Aber Monsieur, warum sollten wir das tun?«, fragte Maria del Mar langsam. »Die Reblaus ist doch ein französisches Problem, nicht?«

»Ach, Madame, bald wird es auch ein spanisches sein!«

»Aber die Laus wird doch kaum die Pyrenäen überqueren können«, sagte Josep.

»Die meisten Fachleute glauben, dass das unausweichlich passieren wird«, sagte Mendès. »Läuse sind keine Adler, aber mit ihren winzigen Flügelchen legen sie ungefähr zwanzig Kilometer im Jahr zurück. Wenn es starke Winde gibt, verbreiten diese Insekten sich schnell und weit. Und der Mensch hilft ihnen bei ihrem Fortkommen sogar noch. Jedes Jahr überqueren viele Menschen die Grenze. Rebläuse können sich überall verstecken, unter dem Kragen eines Mantels, in der Mähne eines Pferdes. Vielleicht – wer weiß – sind sie bereits irgendwo in Spanien.«

»Dann sieht es so aus, als hätten wir keine andere Wahl«, sagte Josep sorgenschwer.

Mendès nickte mitfühlend.

»Auf jeden Fall sollte man eingehend darüber nachdenken.«

An diesem Abend wurde das Bett im Valls-Haus frisch überzogen, und Mendès verbrachte die Nacht dort. Am nächsten Morgen war er schon bald nach Josep und Maria del Mar auf und sagte ihnen, er wolle früh aufbrechen, um in Barcelona seinen Zug nach Frankreich zu erreichen. Während Maria del Mar eine *truita* fürs Frühstück briet, gingen er und Josep in der frischen Morgenluft durch den Weinberg.

Josep sagte Mendès, er werde Zweihundertfünfundzwanzig-Liter-Fässer kaufen und sie auf beiden Seiten des Kellers auf breiten Regalen aufstellen.

Mendès nickte.

»Das dürfte für den Augenblick ausreichen, weil du mir die weingefüllten Fässer schon nach relativ kurzer Zeit schicken kannst. Aber die Weinpreise werden noch viele Jahre hoch bleiben, und der Tag wird kommen, da du jeden Tropfen deines Weins in deinen eigenen Flaschen wirst verkaufen wollen. Wenn es so weit ist, wirst du noch einen zweiten Keller in den Hügel bauen müssen, einen, der mindestens so groß ist wie der, den du jetzt hast.«

Josep verzog das Gesicht. »Diese ganze Graberei.«

Mendès blieb stehen. »Eins musst du noch lernen, und das ist vielleicht das Schwerste, aber auch das Wichtigste. Manchmal muss man sich auf andere Leute verlassen, Leute, die tun, was man getan haben will. Hat dein Weinberg erst einmal eine gewisse Größe erreicht, kannst du dir den Luxus, alle Arbeit selbst zu machen, nicht mehr leisten.«

Nach dem Frühstück sattelte Josep das Mietpferd, und die beiden Männer umarmten einander.

»Monsieur!« Maria del Mar kam aus der *masia* gelaufen. In der Hand trug sie einen Beutel mit einer Flasche des guten Weins und einem Stück *truita* als Reiseverpflegung. »Ich wünsche Ihnen eine sichere Heimreise, Monsieur.«

Léon Mendès verbeugte sich. »Vielen Dank, Senyora. Ihr beide habt euch eine wunderbare *bodega* geschaffen.«

DIE MEINUNGSVERSCHIEDENHEIT

*D*rei Wochen später hatten Josep und Maria del Mar den ersten ernsten Streit ihres Ehelebens.

Beide hatten sehr schwer gearbeitet und viele Stunden lang über die Probleme der *bodega* und ihre Pläne für die Zukunft gesprochen.

Sie hatten beschlossen, nach der Ernte des kommenden Jahres mit der Neubepflanzung des Weinbergs zu beginnen. Vier Jahre lang wollten sie jedes Jahr fünfundzwanzig Prozent ihrer Reben mit gekreuzten Stöcken ersetzen, wie Mendès es im Languedoc getan hatte. Josep gefiel es, dass sie so noch zwei Ernten bekamen, die sie ausschließlich für die Weinerzeugung verwenden konnten. Danach würde, da die neu angepflanzten Stöcke vier Jahre lang keine Frucht tragen würden, ihr Einkommen jedes Jahr der Neupflanzung um fünfundzwanzig Prozent sinken. Im vierten Jahr würde es überhaupt keine Ernte geben, aber bei den neuen hohen Preisen für Wein hätten sie bis dahin genügend Mittel angesammelt, und sie kamen überein, dieses erntelose vierte Jahr auf eine Verbesserung ihrer Winzerei zu verwenden. Das war das Jahr, in dem sie sich einen zweiten

Keller graben lassen wollten, und nicht nur einen Keller, sondern auch – falls sie es sich leisten konnten – irgendwo auf dem Àlvarez-Grundstück einen Brunnen. Bei dem ganzen Waschen und Spülen, ganz zu schweigen von der Bewässerung, wenn sie nötig war, bedeutete es eine ständige Vergeudung von Zeit und Arbeitskraft, das Wasser immer vom Fluss hochzuschleppen. Ein Weingut brauchte einen eigenen Brunnen.

Was für ein neues und bis dahin unbekanntes Vergnügen war es doch, Geld zu haben, um Dinge zu tun, die nötig waren!

Eines Abends kehrte Maria del Mar von einem Spaziergang ins Dorf mit einer Neuigkeit zurück. »Rosa und Donat suchen ein Haus.«

»So?« Er hörte nur halb zu, war in Gedanken bei der Frage, wann die Flaschen, die er bestellt hatte, geliefert würden. »Wozu brauchen sie ein Haus?«

»Rosa will Tische in die Wohnung über dem Laden stellen und eine richtige Gaststätte daraus machen, wo sie auch anständige Mahlzeiten anbieten kann. Sie ist eine wunderbare Köchin und Bäckerin. Du hast ja gesehen, wie sehr Monsieur Mendès ihr Gebäck geliebt hat.«

Josep nickte abwesend.

Schließlich, sagte er zu sich, brauche er die Flaschen noch viele Wochen lang nicht. Viel dringlicher war im Augenblick die Entscheidung, in welchem Teil des Weinbergs er mit der Ernte anfangen sollte. Um so viele Trauben zu stampfen, war es nötig, einen genauen Ernteplan aufzustellen. Er musste mit seiner Frau darüber sprechen.

Maria del Mar unterbrach seinen Gedankengang. »Ich würde ihnen gern das Valls-Haus geben.«

»Wem?«

»Rosa und Donat. Ich würde ihnen gern das Valls-Haus geben.«

Josep schnaubte. »Wohl kaum.«

Sie starrte ihn an.

»Donat ist dein Bruder.«

»Und seine Frau hätte mir beinahe mein Land abgenommen. Und mein Haus. Und meine Reben. Und meine Seife und meinen Trinkbecher. Das werde ich ihr nie vergessen.«

»Rosa war verzweifelt. Sie hatte nichts und versuchte nur, das Erbe ihres Mannes zu beschützen. Unsere Situation ist eine völlig andere. Ich glaube«, sagte sie, »wenn du dir die Mühe machen würdest, sie besser kennenzulernen, würdest du sie mögen. Sie ist *interessant*. Eine schwer arbeitende Frau mit Mut und vielen verschiedenen Talenten.«

»Zum Teufel mit ihr.«

»Sie ist ebenfalls schwanger«, sagte sie.

Sie hielt inne und schaute ihn an, aber er zeigte keine Reaktion.

»Hör mir gut zu, Josep, wir haben keine anderen Verwandten. Ich will, dass meine Kinder in einer Familie aufwachsen. Wir haben drei Häuser auf der *bodega*. Wir wohnen in diesem hier, und Quims Haus brauchen wir als Lagerraum. Aber mein altes Haus steht leer, und ich will es Rosa und Donat geben.«

»Es ist nicht mehr *dein* Haus«, erwiderte er barsch. »Mir

467

gehört die Hälfte davon, so wie dir die Hälfte von diesem und von Quims Haus gehören. Und jetzt hör *du* mir gut zu: *Du wirst nichts von dem weggeben, was mir gehört.*«

Er sah, wie ihre Miene sich veränderte. Der Ausdruck wurde verkniffen und wachsam, das ganze Gesicht wirkte irgendwie älter. Genau so hatte sie ausgesehen, als er nach Santa Eulalia zurückgekehrt war. Er hatte diesen Gesichtsausdruck schon völlig vergessen.

Augenblicke später hörte er, wie sie die Steintreppe zur Schlafkammer hochstieg.

Josep saß da und brütete.

Er liebte sie so sehr. Er erinnerte sich an den Schwur, den er abgelegt hatte, das Versprechen, dass er sie weder in Wort noch in Tat je grausam behandeln würde, wie sie von anderen vor ihm behandelt worden war. Er erkannte nun, dass er die Macht hatte, sie zu verletzen, vielleicht sogar mehr als all die anderen Mistkerle.

Während er dasaß und sich elend fühlte und Selbstvorwürfe machte, ließ er sich noch einmal durch den Kopf gehen, was sie zuvor gesagt hatte, und setzte sich dann plötzlich auf.

Hatte sie wirklich gesagt, Rosa sei *ebenfalls* schwanger?

Falls ja, hatte sie sich vielleicht nur unglücklich ausgedrückt? Oder konnte es tatsächlich sein, dass Rosa *ebenfalls* schwanger war?

Er sprang auf und rannte die Treppe hoch zu seiner Frau.

Ein paar Tage später, es war ein Donnerstagvormittag, kam ein von zwei Pferden gezogenes Fuhrwerk auf den Hof. Josep dirigierte es zu Quims Haus und half dem Lieferanten dann, zweiundvierzig Lattenkisten mit Flaschen ins Haus und nach oben zu tragen. In zwei Schichten gestapelt, nahmen sie fast die Hälfte von Quims ehemaliger kleiner Schlafkammer ein.

Nachdem der Fuhrmann den Hof wieder verlassen hatte, öffnete Josep eine Kiste und holte eine glänzende jungfräuliche Flasche heraus, ein Flasche genau wie all die anderen in diesen Kisten, die nur darauf warteten, von ihm mit Wein befüllt zu werden.

Er hörte Stimmen, als er das Haus verließ. Von dem Geräusch angezogen, ging er zum Valls-Haus und fand dort Maria del Mar mit seinem Bruder. »Wenn du einschläfst und wenn du aufwachst«, sagte Marimar gerade, »in dieser *masia* wirst du immer den Fluss hören.«

»*Hola*«, sagte Josep, und Donat erwiderte leicht verlegen den Gruß.

»Ich habe erst heute Morgen zu Rosa gesagt«, sagte Maria del Mar, »dass es sehr schön aussehen würde, wenn wir hier bei diesem Haus noch mehr wilde Rosen anpflanzen könnten. Auch bei unserem Haus wäre das schön, Josep. Meinst du, du hast schon zu viele Rosen vom Flussufer geholt?«

»Es ist ein langer Fluss«, sagte Josep. »Vielleicht muss ich ein Stück gehen, aber Rosen gibt es noch genügend.«

»Ich komme mit und helfe dir beim Ausgraben«, sagte Donat schnell.

»Rosa liebt die flachen rosafarbenen Blüten«, sagte Maria del Mar. »Sie kann sie alle haben. An unserem Haus will ich die kleinen weißen.«

Donat lachte. »Wir müssen warten, bis sie im April Knospen bekommen, damit wir sagen können, welche welche sind«, sagte er, aber Josep schüttelte den Kopf.

»Ich kenne den Unterschied. Die rosafarbenen haben einen höheren Strauch. Wir können sie im Winter holen, da haben wir mehr freie Zeit.«

Donat nickte. »Gut, dann gehe ich jetzt besser zu Rosa und dem Laden zurück. Ich wollte mir nur die Steinreihe ansehen, die an der hinteren Hausmauer ersetzt werden muss.«

»Was für eine Steinreihe?«, fragte Josep.

Sie gingen hinter das Haus, und Josep zählte acht mittelgroße Steine, die auf der Erde verstreut lagen.

»Ich wusste, dass in dieser Mauer ein Stein locker war«, sagte Maria del Mar. »Ich wollte es dir schon sagen, aber – wie konnte das da passieren?«

»Ich glaube, es war die Guardia Civil«, sagte Josep. »Anscheinend haben sie den lockeren Stein bemerkt und ihn herausgezogen und dann auch die anderen herausgestemmt, um nachzusehen, ob dahinter etwas versteckt ist. Die übersehen wirklich nicht die kleinste Kleinigkeit.«

»Ich bessere das aus«, sagte Donat, aber Josep schüttelte den Kopf. »Ich erledige das gleich heute Nachmittag. Maurerarbeiten mache ich gern.«

Donat nickte und wandte sich zum Gehen. »Danke, Josep«, sagte er.

Zum ersten Mal schaute Josep nun seinen Bruder richtig an. Er sah einen stattlichen, freundlichen Mann. Donats Augen waren klar, das Gesicht gelassen, und er schien eine gewisse Zielstrebigkeit zu verströmen, als er sich daranmachte, zu der Arbeit zurückzukehren, die er mochte.

Sein Bruder.

Etwas in Josep – etwas Kleines, Kaltes und Schweres, eine eisige Sünde, die er unwissentlich in seinem Innersten getragen hatte – schmolz und verschwand.

»Nichts zu danken, Donat«, sagte er.

Die Kälte kam von weit weg ins Dorf, aus den Bergen, vom Meer. Würde der Wind heulen und zerstören? Würde er Hagel bringen oder winzige Punkte mit Flügeln? Dreimal fiel Regen in diesem Herbst, aber er war immer ein Segen – ein sanfter Regen. Meistens schien tagsüber die Sonne, die die Kälte der Nacht vertrieb, und die Trauben reiften weiter.

Josep erkannte, dass die Neubepflanzung ihnen auch die Gelegenheit bot, die unterschiedlichen Sorten zu trennen und zusammenhängende Bereiche mit jeweils nur einer Rebsorte zu schaffen, denn jetzt musste er für die Nachlässigkeit seiner Vorfahren büßen und im Durcheinander des Weinbergs hierhin und dorthin gehen, wenn er nach Sorten pflücken wollte.

Josep wollte so viel Reife wie möglich in allen Trauben, die gepflückt wurden, aber er wollte nicht, dass sie am Stock verfaulten, und deshalb plante er den Ernteverlauf wie ein General eine Schlacht.

Die ältesten Pflanzen mit den kleinsten Früchten schienen als Letzte zu reifen, vielleicht wegen der Bodenbeschaffenheit. Das waren die Trauben, aus denen er seinen gemischten Wein herstellte, und er hegte eine besondere Zuneigung zu ihren knorrigen, sehr alten Stöcken, die er erst ersetzen würde, wenn er sicher wusste, dass sie dem Untergang geweiht waren. Im Augenblick gewährte er ihnen noch einige zusätzliche Tage der Reifung.

So kam es, dass er eines frühen Morgens damit anfing, die Trauben der gewöhnlichen Reben zu pflücken, Reben, die bis zu dieser Ernte jedes Jahr Früchte getragen hatten, die zu Essig wurden.

Er hatte viel Hilfe. Donat hatte im Dorf bekannt gegeben, dass der Laden in der Woche der Ernte nur von Mittag bis vier Uhr nachmittags geöffnet sein würde, und er und Rosa gesellten sich zu den Pflückern und würden an den Abenden auch beim Stampfen der Ernte helfen. Briel Taulè war dabei wie üblich, und Maria del Mar hatte zusätzlich noch Iguasi Febrer und Briels Vetter Adrià Taulè angestellt.

Spät an diesem Nachmittag kam Josep zu dem randvoll mit Trauben gefüllten Trog und schrubbte sich Füße und Hände.

Andere würden bald zu ihm stoßen, und dann würden sie in Schichten arbeiten, einige würden weiter pflücken und die Trauben auslesen, während andere das bereits Geerntete stampften. Doch im Augenblick war er noch allein, und er genoss den Anblick, der sich seinem Auge bot. Im Trog glänzten die violett-schwarzen Trauben. Auf Tischen in der Nähe standen, mit Tüchern bedeckt, *truites* und Gebäck von Rosa und Becher und Krüge mit Wasser. In einer Feuerstelle aus aufgeschichteten Steinen wartete das Feuerholz, und um den steinernen Trog waren Lampen und Fackeln aufgestellt, die Wärme und Licht gegen die dunkle Kühle der Nacht bieten sollten.

Francesc kam auf seine leicht humpelnde Art herbeigelaufen und sah zu, wie Josep zuerst den einen, dann den anderen Fuß in die Trauben stellte.

»Ich will das auch tun«, rief er, aber Josep wusste, dass der Trog für ihn noch zu tief war und er sich nicht würde bewegen können.

»Nächstes Jahr bist du groß genug dafür«, sagte er.

Plötzlich überfiel ihn ein tiefes Bedauern, dass es seinem Vater nicht vergönnt gewesen war, diesen Jungen und seine Mutter kennenzulernen. Und dass sein Vater auch nicht mehr erlebt hatte, was aus dem Weingut der Àlvarez' geworden war.

Dass Marcel Àlvarez nie seinen Wein kosten würde.

Er wusste, dass er auf den Schultern seines Vaters stand und auf den Schultern all derer, die vor ihm gekommen waren. Vielleicht seit tausend Generationen, als Tagelöhner auf den Feldern Galiciens und davor als Leibeigene, hatte seine Familie die Erde Spaniens bearbeitet.

Plötzlich sah er seine Vorfahren als *castell* vor sich, und jede Generation hob ihn höher und höher auf ihren Schultern, bis er die Musik der Trommeln und *gralles* nicht mehr hören konnte. Ein *castell* aus tausend Ebenen.

»Und Francesc ist unsere *enxaneta*, unsere Spitze«, sagte

er und hob den Jungen hoch und setzte ihn sich auf die Schultern.

Francesc saß rittlings auf ihm, und seine Beine baumelten links und rechts auf seiner Brust. Er packte Joseps Haare mit beiden Händen und jubelte.

»Was machen wir jetzt, Pare?«

»Jetzt?« Josep machte die ersten Schritte. Er dachte an die Hoffnungen und Träume und die harte Arbeit, die in den Trauben steckten, an den beständigen Kampf, den es bedeutete, Wein aus ihnen zu machen. Er atmete ihren Duft ein und spürte sie unter seinem Gewicht platzen, er spürte den lebendigen Saft, der aus ihnen quoll und seine Füße umschloss, das Blut der Trauben, das nur durch seine Haut von seinem eigenen Blut getrennt war.

»Jetzt stampfen wir und singen, Francesc. Wir stampfen, und wir singen!«

Anmerkungen und Danksagung

Die Freuden guten Weins entdeckte ich erst, als ich, bereits ein Mann in mittleren Jahren, begann, nach Spanien zu reisen, wo ich sehr bald eine tiefe Zuneigung zum spanischen Volk, zu seiner Kultur und seinen Weinen entwickelte.

Als ich beschloss, einen Roman darüber zu schreiben, entschied ich mich für die Mitte des neunzehnten Jahrhunderts, weil es die Zeit der Reblaus-Seuche und der Karlistenkriege war, und ich legte mein fiktives Weingut in die Region Penedès, weil das einem Protagonisten, der dort lebt, einen einfachen Zugang sowohl zu Barcelona wie zu den südfranzösischen Weinregionen ermöglichen würde.

Geschichte oder Phantasie?

Es erscheint mir wichtig darzulegen, welche Elemente dieses Romans auf historischen Fakten basieren und welche vom Autor erfunden wurden.

Der Kampf der Karlisten in Spanien war nur zu real und natürlich auch die Katastrophe mit der Reblaus, aber das Dorf Santa Eulalia und der Fluss Pedregós existieren nur in *Der Katalane*.

Die erwähnten Mitglieder des spanischen Königshauses sind historische Figuren, und General Juan Prim y Prats verbrachte den Großteil seines Lebens als Soldat und war Politiker und Staatsmann, als er ermordet wurde. Um mehr über das Attentat auf ihn zu erfahren, ging ich zu Professor Pere Anguera, dem Autor der maßgeblichen Biographie über Juan Prim. Ich versuchte, die Attentatsszene so darzustellen, wie Professor Anguera sie mir berichtete. Die Details – der Austausch einer Kutsche durch eine andere, das Anzünden von Streichhölzern, wenn die Kutsche in eine neue Straße einbog, das Stoppen der Kutsche durch zwei blockierende Kutschen und einen Mob, aus dem auf den Präsidenten der spanischen Regierung geschossen wurde – entsprechen so genau wie irgend möglich den Fakten, die Pere Anguera mir freundlicherweise in Überfülle darlegte. Ich danke ihm für diese Informationen und dafür, dass er die Seiten, die sich mit diesem Attentat beschäftigen, nach Abschluss noch einmal durchlas.

Da das tatsächliche Drama dieses Attentats nie durch Verurteilung und Bestrafung der Mörder zu einem Abschluss gebracht wurde, habe ich mir die Freiheit genommen, in meinem Roman meine eigenen fiktiven Charaktere hinzuzufügen. Es ist reine Fiktion, die ausschließlich meiner Phantasie entspringt, dass junge Männer aus einem Dorf Namens Santa Eulalia an diesem Mordanschlag beteiligt gewesen waren.

ANDERE, DIE MIR GEHOLFEN HABEN

Für die Beantwortung vieler Fragen danke ich Maria Josep Estanyol i Fuentes, Professorin für Geschichte an der Universität von Barcelona.

Die erste *bodega,* die ich in Begleitung meiner Frau Lorraine und meines Sohns Michael Seay Gordon besuchte, war die Winzerei Torres in Penedès, der Region des Weinguts in meinem Roman. Es war ein vielversprechender Anfang: Albert Fornos, der dortige Kellermeister, gewährte uns eine hervorragende Besichtigungstour, und Miguel Torres Maczassek lud zu einem fünfgängigen Menü, bei dem zu jedem Gang ein vorzüglicher Torresoder Jean-Leon-Wein gereicht wurde.

Mein Sohn Michael und ich machten mehrere Ausflüge in die Weinregionen Priorat und Montsant. Dabei fiel mir auf, dass Weingüter so gut wie immer in wunderbaren Landstrichen liegen, was sie umso beeindruckender macht. In einem kleinen lieblichen Tal fanden wir Mas Martinet Viticultors, die *bodega* der Familie Pérez. Sara Pérez Ovejero und ihr Ehemann, René Barbier, haben beide Väter, die sich als Wein-Pioniere einen Ruf gemacht haben, und beide bemühen sich, die Familientraditionen aufrechtzuerhalten, indem sie erfolgreiche und köstliche Weine erzeugen. Sara Pérez Ovejero hat mehrere Alben angelegt, in die sie die Blätter der verschiedenen Rebsorten einklebt und beschreibt, damit ihre Kinder möglichst früh mit ihrer Winzerausbildung beginnen können. Spanischen Käse knabbernd und an ihrem guten Wein nippend, ging ich als sehr dankbarer Schüler diese Alben mit ihr durch.

Mehrmals fuhren Michael und ich auch auf einer schmalen und gefährlichen Straße am oberen Rand eines viel größeren Tals entlang und schließlich einen kleinen, aber steilen Berg hoch zu dem Dorf Torroja del Priorat, wo María Ángeles Torra 1984 ihre Familienwinzerei in einem ehemaligen Kloster gründete. Inzwischen wird sie geführt von ihren Söhnen, Albert und Jordi. Ihre Reben wachsen ganz in der Nähe, einige auf steilen Hängen, und mehrere ihrer gefragten Weine entstehen aus Trauben, deren Stöcke bereits mehr als hundert Jahre in der schieferigen Erde ausharren. Ich bin den Brüdern Albert und Jordi Rotllan Torra sehr dankbar, dass sie das Manuskript dieses Buches gelesen haben.

Im Juni 2006 erhielt ich von der Stadt Zaragoza einen speziellen Literaturpreis, und bei meinem Aufenthalt in dieser Region gewährte der Autor und Journalist Juan Bolea mir seine Freundschaft und ermöglichte mir mehrere Besuche in Weingütern. Ich bin Juan sehr dankbar, und auch den Mitgliedern der Association of Mystery Writers, die mir und meiner kleinen Gruppe Platz einräumten in ihrem Bus, sowie Santiago Begué Gil, dem Präsidenten der Carinyena-Vereinigung, für seine Gastfreundschaft und seine Geschichten über den Wein.

Auf der Finca Aylés, einem riesigen Gut mit 1250 Hek-

tar, auf dem schon im zwölften Jahrhundert Wein hergestellt wurde, hat die Bodega Señorío de Aylés auf siebzig
Hektar Wein angepflanzt, bei dem Rosensträucher Anfang und Ende jeder Reihe bilden. Immer wieder sah
ich Adler in den Lüften kreisen, was mich ebenso be-
geisterte wie die Aussage des Besitzers Frederico Ramón,
dass dieser wunderbare Landstrich von der Europäischen
Union als spezielles Vogelschutzgebiet ausgewiesen werden soll. Ich danke ihm für seine Gastfreundschaft.

In einem gigantischen Tal, das mich an einige der großen Täler des amerikanischen Westens erinnerte, besuchten wir die Bodegas Victoria. Ich bin José Manuel Segura
Cortés, dem Präsidenten der Grupo Segura Serrano,
sehr dankbar dafür, dass er mich mit einem Mittagessen
aus regionalen Produkten bewirtete und mich durch
seine Winzerei führte.

Dankbar bin ich auch Alfonso Mateo-Sagasta, dem
preisgekrönten historischen Romancier Madrids, für Informationen über dörfliche Wahlen im neunzehnten
Jahrhundert.

Ich danke Delia Martínez Díaz, denn sie brachte mich
in die Stadt Terrassa, wo ich einige Stunden in dem wohl
einzigartigsten Museum, das ich bisher besucht hatte,
verbrachte. Untergebracht in den ausgedehnten Back-
steingebäuden einer einstigen Textilfabrik, bringt das
Museu de la Ciència i de la Tècnica de Catalunya den
Besucher in direkten Kontakt mit der technischen Revo-
lution. Man schlendert an Ausstellungsstücken vorbei,
die die Eingeweide und die Maschinerie der frühen
Fabrik darstellen, und ich konnte sehen, wie der Einsatz

von Dampfmaschinen Jobs wie den Donats in meinem Roman hervorbrachte. Für die unendliche Geduld bei der Beantwortung meiner Fragen danke ich dem Museumsdirektor, Eusebi Casanelles i Rahola, dem Konservator Conxa Bayó i Soler und dem gesamten Personal.

Ich danke Meritxell Planas Castillón, einem Mitglied der Minyons de Terrassa, für die Beantwortung meiner Fragen über *castellers*.

Àngel Pujol Escoda beantwortete mir unzählbare Fragen über Jagd und Natur mit freundlicher Geduld, und seine Frau Magdalena Guasch i Poquet verriet mir verschiedene Arten der Hasenzubereitung.

Auf dem wunderbaren Hauptmarkt von Sabadell ließ María Pérez Navarro in ihrem Geschäft Cal Prat den Schweinefleischverkauf für einige Minuten sein, um mir die Skizze eines Schweins zu zeichnen und mir genau zu zeigen, wo Josep und Jaume in einem wilden Keiler die besten Stücke finden würden.

Dan Taccini, ein Schreiner, der wunderschöne Möbel entwirft, erklärte mir, wie man damals Türen gefertigt hatte.

Für Details, die den römisch-katholischen Glauben betreffen, wandte ich mich an eine Freundin, Denise Jane Buckloh, einst Schwester Miriam der Kongregation der Eucharistinerinnen, und für ihre Hilfe bin ich ihr zu Dank verpflichtet. Ebenfalls danke ich Dr. Pheme Perkins, Professorin der Theologie am Boston College, die meine Fragen über die römisch-katholischen Beerdigungsriten, die Themen Sünde und Buße stets beantwortete.

Lorraine Gordon lebt mit mir und schenkt mir Kraft auf eine Art, die über das leibliche Wohl weit hinausgeht.

Meine Tochter Lise Gordon war wieder meine erste Lektorin, und ihre Argumente und herausragenden Fähigkeiten, was Formulierungsverbesserungen und redaktionelle Mitarbeit angeht, machten aus meinem Text ein besseres Buch.

Mein Sohn Michael ist der beste Reisebegleiter, manchmal lustig, immer verantwortungsvoll, mit einem scharfen und schnellen Verstand und einem starken Arm. Ein klärender Anruf oder die Recherche eines Details ist bei ihm immer in besten Händen.

Meine Tochter Jamie Beth Gordon, Lorraine, Michael und mein Freund Charlie Ritz haben das Manuskript ebenfalls gelesen und mir mit Kommentaren und Anregungen weitergeholfen.

Meine Schwiegertochter, Maria Palma Castillón, war immer gern bereit, Recherchen für mich durchzuführen, und dafür danke ich ihr und dem Centre de Promoció de la Cultura Popular i Tradicional Catalana in Barcelona, das die Fragen beantwortete, die sie in meinem Namen stellte, ob es nun um den Klang von Kirchenglocken ging oder um den Brauch, Frauen anzustellen, die bei Beerdigungen weinen.

Roger Weiss, mein Schwiegersohn und technischer Experte, hielt meinen Computer immer am Laufen und bewahrte mich oft vor Misserfolg und Verzweiflung. Ich danke ihm für sein Wissen und für seine Bereitschaft, auf jeden meiner Hilferufe prompt zu reagieren.

Ich danke meinem literarischen Agenten, Samuel Pinkus, für seine Geduld und seine Beratung.

Alle oben erwähnten Personen haben mir geholfen; doch dieses Buch ist das meine, und wenn es Mängel und Fehler enthält, sind auch sie allein die meinen. Ich biete diese Geschichte jedem Leser mit Zuneigung und Respekt an.

Noah Gordon
Brookline, Massachusetts
11. Juli 2007

GLOSSAR

Sofern nicht anders angegeben, sind die aufgeführten Begriffe katalanisch; die ansonsten verwendeten Abkürzungen bedeuten: span. für spanisch; franz. für französisch.

Agent: Beamter der Guardia Civil.

alcalde: Bürgermeister.

Alfonso XII.: Der spanische König Alfons XII. lebte von 1857 bis 1885. Als Sohn von Königin Isabel II. bestieg er 1874 den Thron, wodurch die Erste Republik beendet wurde. 1876 gewann er die entscheidende Schlacht im dritten Karlistenkrieg und sicherte dadurch den Bourbonen den Anspruch auf den spanischen Thron.

algutzir: Amtsdiener; auch Polizist in gehobener Position.

Amadeo I.: Amadeo Fernando María de Saboya lebte von 1845 bis 1890. 1870 bestieg er als Amadeo I. (Amadeus I.) den spanischen Thron, dankte bereits 1873 wieder ab, da er das Land aufgrund innenpolitischer Instabilität für unregierbar erachtete. Am Tag nach seiner Abdankung, am 11. Februar 1873, wurde die Erste Republik ausgerufen.

bacallà: Kabeljau.

Barri Gòtic: das gotische Viertel, eines der ältesten Stadtviertel Barcelonas, mit engen, verwinkelten Gassen und zahlreichen Ruinen, die noch aus der römischen Epoche stammen.

bodega: Weinkeller, Weinschenke.

Bonaparte, Joseph: lebte von 1768 bis 1844. Nach der Abdankung von Carlos IV. (regierte von 1788 bis 1808) und Fernando VII. (war nur wenige Monate, von März bis Mai 1808, im Amt) wurde Joseph Bonaparte 1808 von Napoléon I. zum König von Spanien proklamiert, wodurch die Napoleonischen Kriege auf spanischem Territorium ausgelöst wurden. 1813 erlitt Joseph Bonaparte eine Niederlage und musste daraufhin Spanien endgültig verlassen.

botifarra: eine typisch katalanische grobe Bratwurst aus Schweinefleisch, die mit Knoblauch gewürzt wird.

Cabo: Gefreiter bei der Guardia Civil.

Cánovas del Castillo, Antonio: spanischer Politiker und Historiker, lebte von 1828 bis 1897. Er ermöglichte die Rückkehr der Bourbonen auf den spanischen Thron, indem er Alfonso XII. 1874 zum König ernannte und ihn so aus seinem französischen Exil zurückrief. 1876 leitete Alfonso XII. die letzten Kriegsoperationen gegen die Karlisten und berief Antonio Cánovas del Castillo an die Spitze der spanischen Regierung. Er ist der Verantwortliche der Konstitution von 1876, welche die Erbmonarchie und auch die parlamentarische Demokratie mittels eines Zweikammersystems gesetzlich regelte.

cap de colla: Trainer; Anführer einer Gruppe von *castellers*, den Mitwirkenden an einem katalanisch-traditionellen Menschenturm.

Capità; span.: Capitán: Hauptmann

Capità/Capitán General: Generaloberst.

Carinyena: katalanischer Name einer roten Rebsorte, die im spanischsprachigen Gebiet der Iberischen Halbinsel Cariñena genannt wird. Ihren Namen hat sie von der Stadt Cariñena in der Provinz Zaragoza. Ursprüngliches Anbaugebiet: Aragonien, Katalonien und der Süden Frankreichs (Languedoc, Midi und Provence), dort Carignan genannt. Steht mittlerweile an zweiter Stelle der meistverbreiteten roten Traubensorten der Welt.

Carlos III.: Der spanische König Karl III. lebte von 1716 bis 1788 und regierte von 1759 bis 1788 im Geist der Aufklärung das Land (»*despotismo ilustrado*«), dem er zu beträchtlichem wirtschaftlichen Aufschwung verhalf.

Carlos V.: Carlos María Isidro de Borbón: 1788 bis 1855. Bruder von König Fernando VII. (geboren 1784). Nach dessen Tod 1833 bestieg er als König Carlos V. (Karl V.) den spanischen Thron und löste damit den Ersten Karlistenkrieg aus.

Carlos VII.: Carlos María de los Dolores de Borbón: lebte von 1848 bis 1909, auch bekannt als Herzog von Madrid. Unter den Karlisten wurde er als rechtmäßiger Erbe auf den spanischen Thron gesehen. Anführer der Bewegung während des Dritten Karlistenkriegs.

casa: Haus.

castell: tatsächliche Bedeutung: Burg; hier: Menschenturm. In Katalonien weit verbreiteter Volkssport; eine kreisförmige Pyramide aus um die hundert Menschen, häufig, acht, neun Ebenen hoch, d.h. die *castells* ragen bis zu fünfzehn Meter in die Höhe.

casteller: Mitwirkender eines Menschenturms; Teil der traditionell katalanischen *casteller*-Bewegung. Auf Volksfesten treten verschiedene Vereine, *colles*, gegeneinander um den höchsten Turm an.

Comte; span.: Conde: Graf.

Conde de Aranda: Pedro Pablo Abarca de Bolea: Der Conde de Aranda lebte von 1718 bis 1798. Aufklärerischer Reformator zu Zeiten von König Carlos III., in dessen Regierungszeit die Jesuiten 1767 ausgewiesen wurden. 1792 war er Außenminister.

Coronel: Oberst.

cortes (span.): ursprünglich: Ständeversammlungen. Während der napoleonischen Herrschaft in Spanien schufen die *cortes* 1812 als Parlament die erste liberale Verfassung Spaniens, mit Sitz in Madrid.

cru (franz.): Gewächs. In Frankreich eine Prädikatsbezeichnung für höher klassifizierte Regionen und deren Weine.

enxaneta: hier: Kind, welches bei der Vorführung der *castellers* die abschließende Spitze des Menschenturms bildet.

faixa: viele Meter lange Schärpe, die sich ein Kletterer der *castellers* straff um den Bauch wickelt wie ein Korsett.

Felipe V.: Der spanische König Philipp V. von Anjou lebte von 1683 bis 1746. Als Carlos II. (1665 bis 1700), der letzte männliche Nachkomme der spanischen Habsburger, ohne Erben starb, ernannte er den Enkel seines Bruders, Felipe V., zum Thronfolger. Dieser bestieg 1700 als erster Bourbone den spanischen Thron und regierte das Land bis zu seinem Tod 1746.

Fernando VII.: Ferdinand VII. (1784 bis 1833) war spanischer König von 1814 bis 1833. Da er keine männlichen Nachkommen hatte, hob er 1830 das Salische Gesetz auf, welches bislang weiblichen Nachkommen den Thronanspruch untersagte. Auf diese Weise konnte seine Tochter zur ersten weiblichen Königin ernannt werden: Isabel II.

Fer-Servadou (franz.): rote Rebsorte; stammt von der sehr alten Rebsorte Fer ab und ist verwandt mit der Traube Cabernet-Sauvignon. Anbaugebiet: Südwestfrankreich.

folre: tatsächliche Bedeutung: Pelzfutter; hier: menschliche Stütze eines *castell*.

Garnatxa: katalanischer Begriff für die rote spanische Traube Garnacha, die im deutschen Sprachraum Grenache genannt wird. Kommt ursprünglich aus Aragonien, wird heute im gesamten westlichen Mittelmeerraum angebaut. In Spanien vor allem im Anbaugebiet Priorat.

Governador: Gouverneur.

gralla: traditionelles katalanisches Holzblasinstrument; wird auch heute auf Volksfesten noch gespielt, wenn die *castellers* auftreten.

Guardia Civil: militärische Polizeieinheit und damit Teil der staatlichen Sicherheitskräfte, die 1844 unter Königin Isabel II. gegründet wurden, um den öffentlichen Schutz der Bevölkerung zu gewährleisten.

Isabel II.: Die spanische Regentin Isabella II. lebte von 1830 bis 1904. Sie wurde als alleinige Erbin beim Tod ihres Vaters König Fernando VII. als noch nicht ganz Dreijährige zur Königin proklamiert. Bis 1841 führte ihre Mutter die Regentschaft. Im Rahmen der Karlistenkriege wurde sie 1868 zur Flucht nach Frankreich gezwungen. Bereits zwei Jahre später verzichtete sie auf ihren Thronanspruch zugunsten ihres Sohnes Alfonso XII.

Karlisten: Seit 1833 eine streng klerikale und absolutistisch gesinnte Gruppe um den Thronanwärter Carlos V. und seine Nachkommen.

Karlistenkriege: Drei Kriege, die mit Unterbrechungen in der Zeit von 1833 bis 1876 um den Thronanspruch zwischen den Anhängern des absolutistisch gesinnten König Carlos V. und denen der liberal geprägten Königin Isabel II. geführt wurden. Am Ende siegte der Sohn Isabels, Alfonso XII., der damit den Bourbonen die Thronfolge sicherte und die Karlisten endgültig des Landes verwies.

llom; span.: *lomo*: Lendenstück vom Schwein. Eine hochwertige Wurstdelikatesse, die in ganz Spanien verbreitet ist.

llonganissa; span.: *salchichón*: salamiartige Hartwurst aus Schweinefleisch.

Marquès: Markgraf.

masia: Bauernhaus.

Oficial: Offizier.

pa: Brot.

paella: Reisgericht mit verschiedenen Fleischarten (Lamm, Kaninchen, Huhn), Meeresfrüchten (Muscheln, Garnelen), Gemüsen und Gewürzen. Nationalgericht der Region València und der spanischen Ostküste. *Paella* ist das katalanische Wort für Pfanne.

pagès: Bauer.

pare: Vater, Priester.

Phylloxera: Die Reblaus (Viteus vitifoliae) ist eine Pflanzenlaus aus der Familie der Zwergläuse (Phylloxeridae), die an den Wurzeln des Rebstocks saugt, wodurch die Rebe nachhaltig geschädigt wird.

pinya: hier: Teil des *castell*, in dem die meisten Personen angeordnet sind, da er die Stütze des senkrechten Menschenturms bildet.

plaça: Marktplatz.

Prim y Prats, Juan: lebte von 1814 bis 1870. Graf von Reus, Marquis von Los Castillejos. Erfolgreicher Militär, der seine Karriere in den Karlistenkriegen begann. War nacheinander Militärgouverneur von Madrid und Barcelona und Gouverneur von Puerto Rico; 1855 bis 1860 unterwarf er die Rifkabylen in Marokko; 1861/62 führte er das spanische Expeditionskorps gegen Mexiko. Er organisierte die Militärrevolution der Linken 1868, die die Abdankung der Königin Isabel II. herbeiführte. Von 1869 bis 1870 war er spanischer Ministerpräsident. Nach einigen Monaten der erfolglosen Königssuche bot Prim (ein zweites Mal) die Krone Amadeo, dem Herzog von Aosta, an, der schließlich am 27. Dezember 1870 als Amadeo I. gekrönt wurde. Prim wurde am Abend desselben Tages in seiner Kutsche von mehreren Männern angehalten. Diese eröffneten das Feuer auf den Ministerpräsidenten, der am 30. Dezember 1870 an den Folgen verstarb. Die Hintergründe des Attentats wurden nie gänzlich geklärt.

Reblaus-Seuche: Mitte des neunzehnten Jahrhunderts wurde die Reblaus aus Amerika nach Europa eingeschleppt. Um 1900 war ein Großteil der europäischen Rebstöcke entweder befallen oder zerstört.

Rioja: spanischer Qualitätswein mit kontrollierter Herkunft (*Denominación de Origen Calificada*). Anbaugebiet in Nordspanien, in der autonomen Region La Rioja, der baskischen Provinz Álvara und der Region Navarra. Das Anbaugebiet gehört heute zu einem der bedeutendsten in Europa.

Samsó: in Spanien (vor allem in der Gegend Penedès und Tarragona) gebräuchliches Synonym für die sehr alte und weit verbreitete rote Rebsorte Cariñena (kat.: Carinyena).

Sardana: katalanischer Volkstanz, eine Art Reigen.

Sergent: Unteroffizier.

sobrassada: mallorquinische Wurstspezialität, die aus rohem und an der Luft getrockneten Schweinehackfleisch hergestellt und mit Paprika gewürzt wird.

Subteniente: Obergefreiter bei der Guardia Civil.

Sumoll: eine rote Rebsorte, die ausschließlich in Katalonien (Gegend Penedès) angebaut wird.

torró; span.: turrón: eine Süßware, hergestellt aus Mandeln, Honig, Zucker und Eiklar. Der *turrón* wird traditionell in Spanien in der Weihnachtszeit verzehrt.

truita; span.: *tortilla*: ein aus Ei, Kartoffeln und Zwiebeln in einer Pfanne mit Olivenöl gebratenes kreisförmiges Omelett (span.: *tortilla de patatas*). Die *tortilla* ist in ganz Spanien bekannt und wird in den verschiedensten Varianten mit allen erdenklichen Gemüsesorten hergestellt.

Ull de Llebre: katalanische Bezeichnung für die rote Rebsorte Tempranillo. Tempranillo ist »die« Rioja-Traube, siebzig Prozent der Rioja-Weine bestehen aus ihr. Anbaugebiet war anfangs wahrscheinlich nur Nordspanien, inzwischen alle Regionen des spanischen Weinanbaugebiets.

vin ordinaire (franz.): Bezeichnung für einen einfachen und billigen Wein. Zumeist sind dies Tafelweine.

vinya: Weinrebe, Weinstock.

Weyler i Nicolau, Valeriano: lebte von 1838 bis 1930. Er diente in Kuba, wo er eine Freiwilligeneinheit (»*voluntarios*«) aufbaute. 1878 wurde Weyler General und erhielt militärische Auszeichnungen für seinen Einsatz während des letzten Karlistenkrieges.

xoriço; span.: *chorizo*: eine grobe, feste, geräucherte Wurst vom Schwein, stark mit Knoblauch und Paprika gewürzt. Die beliebteste und bekannteste Wurstsorte Spaniens.

INHALT

Erster Teil
Die Rückkehr
Vor dem Dorf Roquebrun
in der Provinz Languedoc in Südfrankreich
22. Februar 1874

Zweiter Teil
Der Jagdverein
Das Dorf Santa Eulalia
in der Provinz Katalonien in Spanien
3. April 1870

Dritter Teil
Hinaus in die Welt
In Madrid
27. Dezember 1870

INHALT

Erster Teil
Die Rückkehr
Vor dem Dorf Roquebrun
in der Provinz Languedoc in Südfrankreich
22. Februar 1874

Zweiter Teil
Der Jagdverein
Das Dorf Santa Eulalia
in der Provinz Katalonien in Spanien
3. April 1870

Dritter Teil
Hinaus in die Welt
In Madrid
27. Dezember 1870

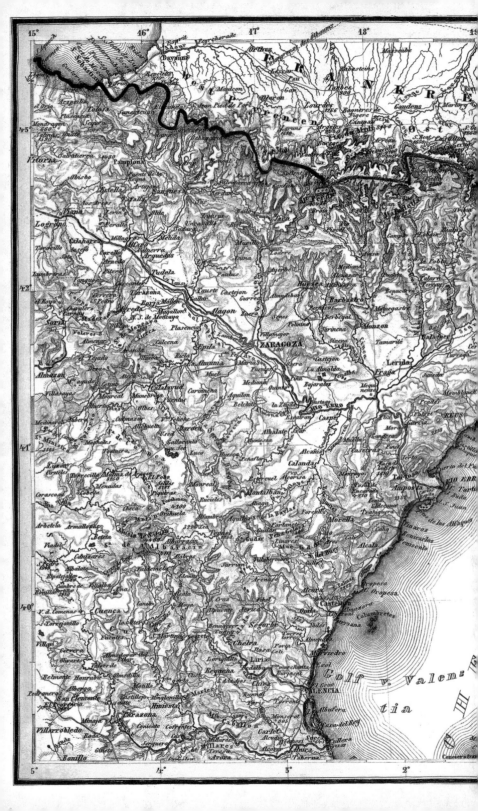